Martha Wells

AUF MESSERS SCHNEIDE

Imperium und Rebellen

DAS STAR-WARS-UNIVERSUM IM BLANVALET VERLAG IN CHRONOLOGISCHER REIHENFOLGE

Tim Lebbon: Der Aufstieg der Jedi-Ritter – Ins Nichts (26982)

John Jackson Miller: Der Vergessene Stamm der Sith. Storys (26931)

Joe Schreiber: Darth Scabrous (37938)

John Jackson Miller: Knight Errant – Jägerin der Sith (26877)

Drew Karpyshyn: Darth Bane – Schöpfer der Dunkelheit (26981) · Darth Bane – Die Regel der Zwei (26596) · Darth Bane – Dynastie des Bösen (37559)

James Luceno: Darth Plagueis (38045) · *James Luceno:* Schleier der Täuschung (26854) · *Michael Reaves:* Darth Maul – Der Schattenjäger (24315) · *Joe Schreiber:* Darth Maul: In Eisen (26983) · *Terry Brooks:* Episode I. Die dunkle Bedrohung (36313) · *Greg Bear:* Planet der Verräter (35886) · *T. Zahn:* Die Kundschafter (36898) · *Alan D. Foster:* Ein Sturm zieht auf (37093) · *R. A. Salvatore:* Episode II. Angriff der Klonkrieger (35761) · *Karen Traviss:* Clone Wars (26635) · *Karen Miller:* Clone Wars – Wilder Raum (26636) · *Karen Traviss:* Clone Wars – Keine Gefangenen (26637) · *Karen Miller:* Clone Wars – Im Verborgenen (26638) · *Karen Miller:* Clone Wars – Unter Belagerung (26639) · *Michael Reaves:* MedStar – Unter Feuer (26811) · *Michael Reaves & Steve Perry:* MedStar – Jedi-Heilerin (26815) · *Matthew Stover:* Mace Windu und die Armee der Klone (36292) · *Steven Barnes:* Obi-Wan Kenobi und die Biodroiden (36394) · *David Sherman & Dan Cragg:* Die Feuertaufe (36163) · *Sean Stewart:* Yoda – Pfad der Dunkelheit (24436) · *James Luceno:* Labyrinth des Bösen (36226) · *Matthew Stover:* Episode III. Die Rache der Sith (36431) · *James Luceno:* Dunkler Lord. Der Aufstieg des Darth Vader (36609) · *Michael Reaves & Maya Kaathryn Bohnhoff:* Der letzte Jedi-Ritter (26959)

Michael Reaves & Steve Perry: Die Macht des Todessterns (26566) · *Joe Schreiber:* Der Todeskreuzer (37560) · *George Lucas:* Eine neue Hoffnung [Episode IV] (35248) · *Timothy Zahn:* Treueschwur (36980) · *Timothy Zahn:* Glücksritter (26957) · *Martha Wells:* Imperium und Rebellen – Auf Messers Schneide (26403) · Einsame Entscheidungen (37954) · *Donald F. Glut:* Das Imperium schlägt zurück [Episode V] (35249) · *Kevin J. Anderson (Hrsg.):* Kopfgeld auf Han Solo (25008) · *James Kahn:* Die Rückkehr der Jedi-Ritter [Episode VI] (35250) · *Matthew Stover:* Luke Skywalker und die Schatten von Mindor (26599) · *Troy Denning:* Der Geist von Tatooine (26842)

Timothy Zahn: Erben des Imperiums. Jubiläumsausgabe (26914) · Die dunkle Seite der Macht (26407) · Das letzte Kommando (26408)

Peter Schweighofer (Hrsg.): Flucht der Rebellen (24234) · *Jeff Grubb:* Die Geißel (26938) · *Peter Schweighofer & Craig Carey (Hrsg.):* Kampf um die Neue Republik (24235)

Aaron Allston: Operation Eiserne Faust (35142)

DAS ERBE DER JEDI-RITTER: *R. A. Salvatore:* **1.** Die Abtrünnigen (35414) · *Michael Stackpole:* **2.** Die schwarze Flut (35673) · **3.** Das Verderben (35620) · *James Luceno:* **4.** Der Untergang (35822) · **5.** Die letzte Chance (35883) · *Kathy Tyers:* **6.** Planet der Verlorenen (35983) · *Greg Keyes:* **7.** Anakin und die Yuuzhan Vong (36101) · **8.** Die Verheißung (24302) · *Troy Denning:* **9.** Das Ultimatum (24342) · *Elaine Cunningham:* **10.** Jainas Flucht (24347) · *Aaron Allston:* **11.** Rebellenträume (24370) · **12.** Aufstand der Rebellen (24377) · *Matthew Stover:* **13.** Verräter (24408) · *Walter Jon Williams:* **14.** Wege des Schicksals. Mit Bonus-Roman Ylesia (24398) · *Sean Williams & Shane Dix:* **15.** Die Ruinen von Coruscant (24433) · **16.** Der verschollene Planet (24438) · **17.** Wider alle Hoffnung (24459) · *Greg Keyes:* **18.** Die letzte Prophezeiung (24468) · *James Luceno:* **19.** Vereint durch die Macht (24489)

DUNKLES NEST: *Troy Denning:* **1.** Die Königsdrohne (24491) · **2.** Die verborgene Königin (26567) · **3.** Der Schwarmkrieg (26568)

WÄCHTER DER MACHT: *Aaron Allston:* **1.** Intrigen (26603) · *Karen Traviss:* **2.** Blutlinien (26607) · *Troy Denning:* **3.** Sturmfront (26624) · *Aaron Allston:* **4.** Exil (26625) · *Karen Traviss:* **5.** Opfer (26597) · *Troy Denning:* **6.** Inferno (26598) · *Aaron Allston:* **7.** Zorn (26666) · *Karen Traviss:* **8.** Enthüllungen (26684) · *Troy Denning:* **9.** Sieg (26685)

Paul S. Kemp: Gegenwind (37743) · *Paul S. Kemp:* Dunkle Flut (26885) · *James Luceno:* Millennium Falke (37851)

DAS VERHÄNGNIS DER JEDI-RITTER: *Aaron Allston:* **1.** Der Ausgestoßene (26660) · *Christie Golden:* **2.** Omen (26676) · *Troy Denning:* **3.** Abgrund (26677) · *Aaron Allston:* **4.** Rückschlag (26678) · *Christie Golden:* **5.** Die Verbündeten (26679) · *Troy Denning:* **6.** Im Vortex (26680) · *Aaron Allston:* **7.** Verurteilung (26681) · *Christie Golden:* **8.** Aufstieg (26682) · *Troy Denning:* **9.** Apokalypse (26683)

X-WING: *Aaron Allston:* Gnadentod (26936) · *Troy Denning:* Feuerprobe (26958)

Martha Wells

STAR WARS™

AUF MESSERS SCHNEIDE

Imperium und Rebellen

Aus dem Englischen
von Andreas Kasprzak

LUCAS BOOKS
blanvalet

Die amerikanische Originalausgabe erschien unter dem Titel
»Star Wars™ Empire and Rebellion 1. Razors's Edge«
bei Del Rey/The Ballantine Publishing Group, Inc., New York.

MIX
Papier aus verantwortungsvollen Quellen
FSC
www.fsc.org
FSC® C014496

Verlagsgruppe Random House FSC® N001967
Das FSC®-zertifizierte Papier *Holmen Book Cream* für dieses Buch
liefert Holmen Paper, Hallstavik, Schweden.

1. Auflage
Deutsche Erstveröffentlichung April 2015
bei Blanvalet, einem Unternehmen der Verlagsgruppe
Random House GmbH, München.

Umschlaggestaltung: Isabelle Hirtz, Inkcraft,
nach einer Originalvorlage

Jacket illustration: Steve Stone
Jacket design: Scott Biel
HK · Herstellung: sam
Satz: omnisatz GmbH, Berlin
Druck und Bindung: GGP Media GmbH, Pößneck
Printed in Germany
ISBN 978-3-442-26403-2

www.blanvalet.de

STAR WARS™

DIE ROMANE: WAS GESCHAH WANN?

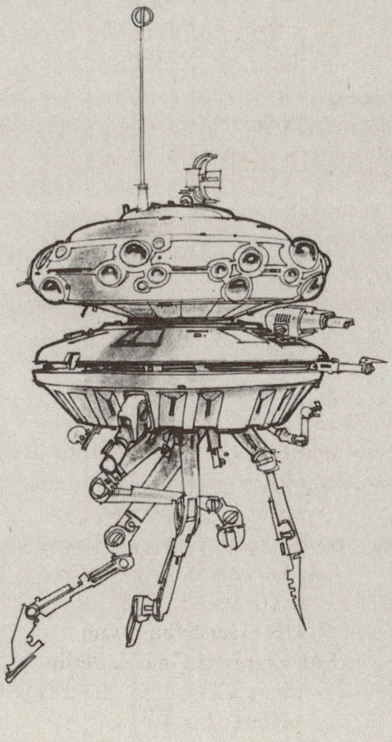

25783 VSY
- Der Aufstieg der Jedi-Ritter – Ins Nichts

5000–2975 VSY
- Der Vergessene Stamm der Sith

3645 VSY
- Darth Scabrous

1032 VSY
- Knight Errant – Jägerin der Sith

ca. 1000 VSY
Darth Bane:
- Schöpfer der Dunkelheit
- Die Regel der Zwei
- Dynastie des Bösen

67–32 VSY
- Darth Plagueis

32,5–32 VSY
- Schleier der Täuschung
- Darth Maul – Der Schattenjäger
- Darth Maul – In Eisen

32 VSY
- *Star Wars*: Episode I *Die dunkle Bedrohung*

29 VSY
- Planet der Verräter

27 VSY
- Die Kundschafter

22 VSY
- Ein Sturm zieht auf
- *Star Wars*: Episode II *Angriff der Klonkrieger*

22–19 VSY
Clone Wars:
- *Star Wars*: *Clone Wars*
- Wilder Raum
- Keine Gefangenen
- Im Verborgenen
- Unter Belagerung

- Mace Windu und die Armee der Klone
- Obi-Wan Kenobi und die Biodroiden
- *MedStar* I – Unter Feuer
- *MedStar* II – Jedi-Heilerin
- Die Feuertaufe
- Yoda – Pfad der Dunkelheit
- Labyrinth des Bösen

19 VSY
- *Star Wars*: Episode III *Die Rache der Sith*
- Dunkler Lord – Der Aufstieg des Darth Vader

18 VSY
- Der letzte Jedi-Ritter

10–0 VSY
Die Han-Solo-Trilogie:
· Der Pilot
· Der Gejagte
· Der König der Schmuggler

5–2 VSY
Lando Calrissian – Rebell des Sonnensystems:
· Die Geistharfe von Sharu
· Der Flammenwind von Oseon
· Die Sternenhöhle von Thon Boka

Han Solos Abenteuer:
· Han Solo auf Stars' End
· Han Solos Rache
· Das verlorene Vermächtnis

1–0 VSY
· Der Todeskreuzer
· Die Macht des Todessterns

0
· *Star Wars:* Episode IV *Eine neue Hoffnung*

0–3 NSY
· Sturm über Tatooine
· Glücksritter
· Treueschwur
· Einsame Entscheidungen
· Skywalkers Rückkehr
· Imperium und Rebellen – Auf Messers Schneide

3 NSY
· *Star Wars*: Episode V *Das Imperium schlägt zurück*
· Kopfgeld auf Han Solo

3,5 NSY
· Schatten des Imperiums

4 NSY
· *Star Wars*: Episode VI *Die Rückkehr der Jedi-Ritter*
· Palast der dunklen Sonnen

Der Kopfgeldjägerkrieg:
· Die mandalorianische Rüstung
· Das Sklavenschiff
· Die große Verschwörung

· Der Pakt von Bakura

5 NSY
· Luke Skywalker und die Schatten von Mindor

6,5–7,5 NSY
X-Wing:
· Angriff auf Coruscant
· Die Mission der Rebellen
· Die teuflische Falle
· Bacta-Piraten
· Die Gespensterstaffel
· Operation Eiserne Faust
· Kommando Han Solo

8 NSY
- Entführung nach Dathomir
- Der Geist von Tatooine

9 NSY
Die Thrawn-Trilogie:
- Erben des Imperiums
- Die dunkle Seite der Macht
- Das letzte Kommando

X-Wing:
- Isards Rache

11 NSY
Die Jedi-Akademie-Trilogie:
- Flucht ins Ungewisse
- Der Geist des Dunklen Lords
- Der Meister der Macht

- Der Kampf des Jedi

12–13 NSY
- Palpatines Auge
- Darksaber – Der Todesstern
- Planet des Zwielichts

X-Wing:
- Das letzte Gefecht

14 NSY
- Der Kristallstern

16–17 NSY
Die Schwarze Flotte:
- Vor dem Sturm
- Aufmarsch der Yevethaner
- Entscheidung bei Koornacht

- Rebellion der Verlorenen

18 NSY
Die Corellia-Trilogie:
- Der Hinterhalt
- Angriff auf Selonia
- Showdown auf Centerpoint

19 NSY
Die Hand von Thrawn:
- Schatten der Vergangenheit
- Blick in die Zukunft
- Der Zorn des Admirals

- Die Geißel

22 NSY
- Die Verschollenen

23–24 NSY
Young Jedi Knights:
- Die Hüter der Macht
- Akademie der Verdammten
- Die Verlorenen
- Lichtschwerter
- Die Rückkehr des dunklen Ritters
- Angriff auf Yavin 4
- Die Trümmer von Alderaan
- Allianz der Vergessenen
- Stimmen des Zorns
- Gefangen auf Ryloth
- Das Vermächtnis des Imperiums

25–29 NSY

Das Erbe der Jedi-Ritter:

- Die Abtrünnigen
- Die schwarze Flut
- Das Verderben
- Der Untergang
- Die letzte Chance
- Planet der Verlorenen
- Anakin und die Yuuzhan Vong
- Die Verheißung
- Das Ultimatum
- Jainas Flucht
- Rebellenträume
- Aufstand der Rebellen
- Verräter
- Wege des Schicksals
- Die Ruinen von Coruscant
- Der verschollene Planet
- Wider alle Hoffnung
- Die letzte Prophezeiung
- Vereint durch die Macht

35–36 NSY

Dunkles Nest:

- Die Königsdrohne
- Die verborgene Königin
- Schwarmkrieg

40–41 NSY

Wächter der Macht:

- Intrigen
- Blutlinien
- Sturmfront
- Exil
- Opfer
- Inferno
- Zorn
- Enthüllungen
- Sieg

41,5 NSY

- Gegenwind
- Dunkle Flut

43 NSY

- Millennium Falke

43–44 NSY

Das Verhängnis der Jedi-Ritter:

- Der Ausgestoßene
- Omen
- Abgrund
- Rückschlag
- Die Verbündeten
- Im Vortex
- Verurteilung
- Aufstieg
- Apokalypse

44 NSY

X-Wing:

- Gnadentod

45 NSY

- Feuerprobe

Für all die Freunde,
die ich vor so vielen Jahren in der *Star Wars*-Fangemeinde gewonnen habe. Und insbesondere für Z. P. Florian – ich wünschte, du wärst hier.

Dramatis Personae

ALIA TERAE; Piratin (Mensch)
ANAKARET; Schmugglerin (Twi'lek)
ANDEVID; Pirat (Aqualishaner)
ARAL TUKOR VIEST; Piraten-Flugmeisterin (Lorrdianerin)
C-3PO; männlich programmierter Protokolldroide
CALINE METARA; Captain der *Aegis* (Mensch)
CHEWBACCA; Kopilot des *Millennium Falken* (Wookiee)
DANNAN KELVAN; Erster Offizier der *Aegis* (Mensch)
DEGOREN; Imperialer Commander (Mensch)
HAN SOLO; Captain des *Millennium Falken* (Mensch)
JERELL; Adjutant von General Willard (Mensch)
KEARN-SA'DAVIT; Rebell (Videllaner)
KIFAR ITRAN; Rebell (Mensch)
LEIA ORGANA; Rebellin (Mensch)
LUKE SKYWALKER; Rebell (Mensch)
R2-D2; männlich programmierter Astromechdroide
SIAN TESAR; Rebellin (Mensch)
VANDEN WILLARD; Rebellengeneral (Mensch)

Es war einmal vor langer Zeit
in einer weit, weit entfernten Galaxis …

1. Kapitel

Leia Organa hatte ein ganz mieses Gefühl bei der Sache.« Zumindest sind sie pünktlich«, meinte sie, während sie die Datenübertragung auf dem Kom-Schirm verfolgte. Gemeinsam mit General Willard stand sie auf der kleinen Brücke der *Wagnis*, wo Captain Denlan und Lieutenant Esrai auf dem Piloten- und dem Kopilotensitz Platz genommen hatten. Sie waren gerade aus dem Hyperraum zurückgefallen, und als das Schiff auf Sublichtgeschwindigkeit abbremste, stabilisierte sich das Sternenfeld vor dem Sichtfenster wieder.

Captain Denlan erklärte: »Wären wir nur ein wenig später gestartet, oder wäre unser Hyperantrieb nicht perfekt eingestellt, hätten wir die Übertragung verpasst.«

»Haben wir aber nicht«, entgegnete Leia scharf. Wenn die Rebellenallianz es sich leisten könnte, jedes Schiff mit der nötigen Kom-Ausrüstung zu bestücken, um Hyperwellenübertragungen zu empfangen, dann wäre ihnen dieser Moment der Verwundbarkeit erspart geblieben. Trotzdem war die Mission bislang nach Plan verlaufen. Es gab also eigentlich keinen Grund für sie, so angespannt zu sein – und doch war sie es. Immerhin, sagte sie sich, mussten sie nicht lange warten.

»Zum Glück hat das Flottenkommando die Zeitkonversion richtig berechnet«, meinte Esrai, und ihre Hände nahmen einige schnelle Korrekturen auf der Kontrolltafel vor.« Das wäre sonst peinlich geworden.«

»Das wäre *eine* Art, es auszudrücken«, kommentierte General Willard. Er stand neben Leias Kom-Station, die Aufmerksamkeit auf den Prozentbalken des Übertragungsschirms gerichtet. Er war ein hochgewachsener, schlanker Mensch mit kurzem ergrauendem Haar, und Leia kannte ihn gut genug, um zu sehen, dass auch er unruhig war. »Prinzessin?«

»Wir haben es.« Sie drehte den Sessel zur Computerkonsole herum und überprüfte das Protokoll, um sicherzugehen, dass auch die gesamte Nachricht aufgezeichnet worden war. Ja, es war alles da. Jetzt mussten sie die übermittelten Koordinaten nur noch dechiffrieren und den Sprung zum Treffpunkt machen, wo sie über den Kauf der Rohmaterialien verhandeln würden, die sie für die Errichtung der Echo-Basis brauchten – dem neuen, geheimen Hauptquartier der Rebellenallianz. Der Stützpunkt stand kurz vor der Vollendung, aber die letzten beiden Monate waren alles andere als einfach gewesen. So vieles war schiefgelaufen, und die Mittel der Allianz waren gefährlich knapp. Sobald diese Mission vorüber und die nötigen Materialien gesichert waren, würde Leia sich gestatten, ein wenig leichter zu atmen. »Wir sind hier fertig«, meinte sie. »Captain …«

»Einen Moment.« Esrais Stimme klang angespannt. »Ich habe einen Sensorkontakt. Er ist ziemlich weit entfernt, aber …«

So viel zum Thema »Leichter atmen«. Jeder Nerv in Leias Körper sagte ihr, dass gerade etwas schrecklich aus dem Ruder lief. Sie befanden sich im Mittleren Rand, im entlegensten

Winkel eines unbewohnten Systems namens Eschaton. Hier gab es nur kalte, leblose Planeten, die weithin verstreut waren, dazu einen Gasriesen, eine gestreifte, blau glühende Kugel. In einem solchen System sollte es wenig bis gar keinen Verkehr geben – für die Anwesenheit anderer Schiffe hier gab es schlicht keinen Grund. Sie blaffte: »Bringen Sie uns in den Hyperraum – *sofort*!«

Gerade, als Leia den Sitz wieder nach vorn drehte, traf sie plötzlich etwas von hinten und schleuderte sie gegen die Konsole. Die Sicherheitsgurte gruben sich schmerzhaft in ihre Brust, ihre Ohren klingelten, die Augen tränten, dann brandete Hitze über ihren Nacken. Einen Sekundenbruchteil später erkannte Leia, dass sie getroffen worden waren.

Sie wirbelte herum und sah Denlan und Esrai über ihren Instrumentenpulten zusammengesunken. Streuenergie ließ Funken von den Kontrollen stieben, das Metall war durch die Energie der Explosion geschwärzt, und Rauch trieb durch die Luft. Mit tauben Fingern griff Leia nach den Gurten, dann öffnete sie den Verschluss und stemmte sich auf die Füße. Doch nach nur einem Schritt fiel sie auf die Knie. Sie landete neben General Willard, der gegen den Fuß der Navigationskonsole geschleudert worden war. Leia sagte laut seinen Namen, konnte aber die eigene Stimme nicht hören – ihre Ohren klingelten noch immer unter den Alarmsirenen des Schiffes, die sich aber seltsam gedämpft anhörten. Das Gesicht des Generals war voller Blut, und seine Augen waren geschlossen, aber als sie die Hand auf seine Brust legte, spürte sie, dass er atmete. Sie seufzte erleichtert, griff nach ihrem Sessel und zog sich wieder in eine aufrechte Position.

Alles, was sie durch das Sichtfenster sehen konnte, war ein umherwirbelndes Sternenfeld – das Schiff trudelte unkontrolliert durch den Raum. Jede Anzeige auf der Brücke war entweder rot leuchtend, von blinkenden Notfallmeldungen erfüllt oder komplett schwarz. Leia taumelte zum Sitz des Piloten und packte Denlan an der Schulter, um ihn von der Funken sprühenden Konsole hochzuziehen, aber dann erstarrte sie, und ihr drehte sich fast der Magen um. Die Kontrolltafel direkt vor ihm war explodiert und hatte ein Loch in seine Brust gesprengt. Mit zusammengepressten Zähnen ließ sie ihn los und wandte sich zu Esrai um, die seitlich aus ihrem Sessel hing. Leia tastete am Hals des Lieutenants nach einem Puls, und als sie die Hand zurückzog, war sie glitschig vor Blut. Obwohl sie Angst davor hatte, was sie sehen würde, schob sie Esrais Haar zur Seite. Splitter hatten sich in die Schläfe der Frau gebohrt, und ihre Augen waren offen, aber starr. Tot.

Die Prinzessin kniff die eigenen Augen zu, um zu verhindern, dass ihr Magen sich vollends umdrehte. Da erbebte und zitterte das Deck unter ihr, und sie griff nach der Rückenlehne des Kopilotensitzes. Sie standen noch immer unter Feuer. Leia blickte auf den Sensorschirm, um herauszufinden, wo der Angreifer steckte.

Eines ihrer Ohren knackte, und das dumpfe Heulen der Sirenen wurde lauter. Einer der Alarme, der ganz in ihrer Nähe erklang, war dabei besonders hartnäckig. Er stammte von einer der wenigen noch funktionierenden Anzeigen auf der Kommandokonsole, auf der eine rasch sinkende Prozentzahl zu sehen war. AUSFALL DES BRÜCKENEINDÄMMUNGSSCHILDES, las Leia, bevor ihr Blick weiter zum Sichtfenster wanderte. Im unteren Viertel der Scheibe hatte sich ein tiefer, gezackter Riss gebildet.

Leia fluchte und rannte über die Brücke, dann schlug sie auf den Öffnungsknopf für die Luke und bückte sich, um Willard zu packen. Der Eindämmungsschild hatte sich automatisch über das Fenster gesenkt, als das Schiff das Leck entdeckt hatte – das war der einzige Grund, warum sie nicht bereits Vakuum atmete. Sie wusste nicht, wie lange es noch dauern würde, ehe der Schild vollständig ausfiel, aber der Alarm ließ darauf schließen, dass es jeden Moment so weit sein könnte.

Nachdem Leia Willard in eine sitzende Position hochgezogen hatte, stellte sie fest, dass die Luke sich nicht geöffnet hatte. Also stand sie auf und schlug noch einmal auf den Knopf. Keine Reaktion. »Das soll doch wohl ein Witz sein«, zischte sie und klappte die Tafel für die manuelle Öffnung hoch. Der Alarm des Eindämmungsschildes heulte ihr in den Ohren, während sie den Hebel für die Notlösung drückte, und sie konnte spüren, wie die Verriegelung klickte. Doch die Luke wollte noch immer nicht aufgleiten. Sie schob ihre Finger in die Dichtung, stemmte den Fuß gegen die Navigationskonsole und setzte dann ihre ganze Kraft ein, um die Türen aufzuzerren.

Langsam bewegte sich die Luke, bis der Spalt schließlich breit genug war, um die Schultern hindurchzuschieben. Das hektische Schrillen des Alarms sagte ihr, dass für mehr keine Zeit war, und so beugte sie sich rasch hinab, packte den General am Kragen seiner Jacke und begann, seinen bewusstlosen Körper durch die Öffnung zu ziehen. Gerade, als sie glaubte, sie würden beide in der Luke steckenbleiben und nicht nur hier sterben, sondern auch noch in einer extrem würdelosen Haltung ihr Ende finden, hörte sie, wie aus der Richtung des Korridors jemand auf sie zurannte. »Hier!«, schrie Leia. Selbst in ihren eigenen Ohren klang ihre Stimme schrill und verzweifelt.

Ein weibliches Mannschaftsmitglied tauchte im Eingang der Brückensektion auf, verschaffte sich kurz einen Überblick über die Situation und sprang dann vor. Sie griff General Willard unter den Armen und warf sich mit ihrem ganzen Gewicht nach hinten.

Leia hob unterdessen die Beine des Generals an und quetschte sich selbst durch die Luke. Anschließend deutete sie auf die Panzertür der Brückensektion. »Beeilung! Die Luke wird sich nicht versiegeln. Wir haben keine Zeit …«

Die Worte sprudelten der Prinzessin zusammenhanglos aus dem Mund, aber die andere Frau begriff trotzdem. Gemeinsam schleiften sie den General durch den Vorraum und nach draußen auf den Gang.

Kaum, dass sie dort angekommen waren, ließ Leia Willards Beine los und wirbelte zu den Türkontrollen herum, um den Knopf für die Notfallversiegelung zu drücken. Im selben Moment, in dem die Panzertür zuglitt, schrillte der Eindämmungsalarm ein letztes Mal und verstummte dann schlagartig. Leia spürte ein Rumpeln und Beben durch das Metall vibrieren, als das Sichtfenster auf der Brücke nachgab.

Schwer keuchend fragte die Frau: »Sind der Captain und Esrai tot?« Sie war ein hochgewachsener Mensch mit dunkelbrauner Haut, das Haar zu Zöpfen geflochten und streng nach hinten gebunden. Sie hätte attraktiv gewirkt, wäre da nicht dieser ausgezehrte Ausdruck der Sorge auf ihren Zügen. Sie blutete aus der Nase, und die Haut um die Augen war verfärbt, so, als wäre sie mit dem Gesicht voran gegen eine Konsole oder ein Schott geprallt.

Leia nickte. »Als wir das erste Mal getroffen wurden.« Das Deck erbebte unter ihren Füßen, die Vibration einer Explosion, die sie nur um Haaresbreite verfehlt hatte. Sie mussten mit dem Schiff von hier fort. In der Nähe der Luke befand sich eine Kom-Tafel, und Leia drückte den Schalter für die bordweite Notdurchsage. »Han Solo! Han, können Sie mich hören?«

Die einzige Antwort, die sie zunächst erhielt, bestand im Poltern des Gefechts, dann meldete sich schließlich ein anderes Kom. Im Hintergrund waren Schreie zu hören, und eine Stimme sagte: »Er bedient gemeinsam mit Barani die Kanonen, Euer Hoheit. Ist alles in Ordnung mit Ihnen? Die Schotttüren zum oberen Deck sind versiegelt, wir können nicht zu Ihnen durch ...«

Das hatte Leia gerade noch gefehlt: Der Pilot, der die meiste Erfahrung mit derartigen Situationen hatte, war ausgesperrt und konnte nicht aufs Kontrolldeck. »Wir haben einen Druckausfall auf der Brücke«, erklärte sie. »Ich werde die Hilfssteuerung aktivieren und das Schiff in den Hyperraum bringen. Versuchen Sie nur, diese Kerle noch ein klein wenig länger zurückzuhalten.« Sie hatte keine Ahnung, wer »diese Kerle« waren, auch wenn natürlich davon auszugehen war, dass es sich um ein imperiales Schiff handelte. Doch sie wollte nicht über einen offenen Kom-Kanal eingestehen, dass sie ihre Angreifer nicht einmal identifiziert hatte.

»Ja, Euer Hoheit«, sagte die Stimme, dann hörte Leia den Mann noch »Sie sagt, ihr sollt weiterschießen!« rufen, bevor das Kom wieder auf Standby geschaltet wurde.

»Wir müssen zur Hilfssteuerung.« Leia zögerte und blickte auf Willards reglosen Körper hinab. Er atmete, und bis das Schiff außer Gefahr war, gab es nichts, was sie für ihn tun konnte. Also machte sie sich auf den Weg den Korridor hinunter, gefolgt von der anderen Frau. Am liebsten wäre sie gerannt, aber das Deck schwankte unter ihren Füßen hin und her, ein Zeichen dafür, dass die Gravitationskontrollen allmählich den Geist aufgaben. Leia blickte zu ihrer Begleiterin hinüber. »Sie ...« Die Frau trug keine Rangabzeichen. Aufgrund ihrer Mission hatte niemand an Bord etwas bei sich, das ihn als Mitglied der Rebellenallianz ausweisen könnte, und die meisten waren in schlichte Arbeitsanzüge oder die Aufmachung ziviler Raumfahrer gekleidet. Doch Leia erinnerte sich noch vage daran, sie im Jägerhangar der *Independence* gesehen zu haben. »Sie sind Pilotin, richtig? Können Sie dieses Schiff fliegen?«

»Ich bin X-Flügler-Pilotin. Davon abgesehen habe ich nur langsame Frachttransporter und Luftgleiter geflogen, aber ich kann's versuchen.«

Das war alles, was Leia im Augenblick verlangen konnte. Die *Wagnis* war ein kleiner umgebauter Frachter mit zwanzig Mann Besatzung, ohne Sternenjäger, aber dafür mit weit mehr Vierlingslasern, als ihre Größe und ihr Frachtraum erahnen ließen. Aufgrund der Umrüstung und des Einbaus der zusätzlichen Geschütze waren die Gänge des Schiffes nun extrem schmal, und der gesamte Aufbau glich einem Labyrinth. Esrai hatte gemeint, die Kontrollen wären genauso notdürftig zusammengebastelt und umgemodelt wie der Rest des Frachters. Die Welt vor Leias Augen verschwamm. »Tut mir leid, mir fällt Ihr Name nicht ein …«

Das Deck neigte sich zur Seite, und sie wurden beide gegen ein Schott geschleudert. Die Pilotin packte Leia am Arm, dann stieß sie sich mit der anderen Hand von der Wand ab und zog die Prinzessin hinter sich her den Korridor hinunter. »Ich bin Sian Tesar. Ich war unten auf dem Maschinendeck, als Sie an Bord kamen.«

»Oh, gut. Ich versuche immer, mich mit der gesamten Mannschaft vertraut zu machen, damit ich nicht mitten in einem Gefecht fragen muss, ob jemand ein Pilot ist.« Ihr war schwindelig, und ihr dröhnte der Kopf.

Sie erreichten den Schacht, der zur Hilfssteuerung des Frachters führte, und die Schwerkraft blieb gerade noch lange genug bestehen, dass sie nach unten in die kleine Kabine klettern konnten. Es gab hier kein Sichtfenster, nur einen Bildschirm für die Sensordaten. Er war leer, aber hoffentlich nur, weil die Kontrollen heruntergefahren waren.

Mit angehaltenem Atem gab Leia den Überbrückungscode ein, um die Kontrolle über die verbliebenen Systeme von der Brücke auf dieses Pult zu legen. Falls das nicht funktionierte, waren sie tot. Kurz schien die Zeit stillzustehen, dann leuchteten die Anzeigen auf und die Prinzessin atmete erleichtert auf.

Sian schob sich in den Pilotensitz und drückte den Hauptschalter, um die Kontrollen hochzufahren. Als die Schirme zum Leben erwachten, zuckte sie zusammen. »Unsere Deflektorschilde sind unten, und wir werden mit Turbolasern beschossen. Ich kann aber nicht sehen, wer auf uns feuert.«

Leia kämpfte sich auf den zweiten Sitz und zog die Gurte fest. »Es muss deutlich kleiner als ein Kreuzer sein, ansonsten wären wir schon längst erledigt.« Sie schaltete den Navigationscomputer ein, und eine große Last wich von ihr, als sie sah, dass der Hyperantrieb zumindest im Augenblick noch funktionierte. Doch dann überprüfte sie das Diagnosedisplay und stellte fest, dass die Leistung bereits auf 50 Prozent gesunken war. *Das ist ein Problem.* Die Explosion, die so viel zerstörerische Energie durch die Kontrollen der Brücke gejagt hatte, musste auch die Antriebssysteme erwischt haben, was bedeutete, dass die *Wagnis* nicht direkt zur Flotte zurückspringen konnte – und einen Sprung zum Treffpunkt konnte sie auch nicht einprogrammieren, weil sie die Koordinaten noch nicht dechiffriert hatten.

Während Sian die Sublichttriebwerke mit viel gutem Zureden wieder zum Leben erweckte, ließ Leia das Navigationssystem nach verlässlichen Koordinaten in ihrer Nähe suchen. Nach einem Raumhafen konnten sie auch später noch suchen – im Moment zählte nur, dass sie von hier fortkamen. Sie blickte kurz auf den Schirm, und im selben Moment schnappten die Sensoren ein Bild ihres Angreifers auf. »Es ist eine leichte Korvette«, meldete sie Sian. Das bedeutete, dass die Imperialen noch nicht lange von ihrer Mission wissen konnten. Hätten sie mehr Zeit gehabt, hätten sie ein ungleich größeres Schiff geschickt.

Sian fluchte und drückte den Steuerknüppel nach vorn. »Falls sie uns mit ihrem Traktorstrahl erfassen, können sie uns entern.«

»Dann sorgen Sie dafür, dass sie uns nicht mit ihrem Traktorstrahl erfassen«, meinte Leia, und trotz ihres pochenden Herzens versuchte sie, dabei gefasst zu klingen.

Sian schenkte ihr unvermittelt ein Grinsen, das Leia in ihrer Einschätzung der Pilotin bestätigte. »Wird gemacht.«

Während die Frau ihr unkontrolliertes Trudeln in einen kontrollierten Spiralflug verwandelte, verteilte Leia die verbliebene Schildenergie neu, um in den ausgefallenen Sektionen einen Ausgleich herzustellen, dann legte sie weitere Sensordaten auf den Hauptschirm. Doch sie tat sich schwer mit den Instrumenten, denn immer wieder musste sie nach Kontrollen suchen, die nicht dort waren, wo sie sie erwartet hatte. Sian lernte zum Glück schneller. In Windeseile schien sie sich auf den Aufbau der Konsole eingestellt zu haben. Das Schiff erzitterte erneut unter einem Beinahetreffer, und auf dem Waffenschirm konnte Leia sehen, dass die Turbolaser der *Wagnis* weiter das Feuer erwiderten.

Sian zog den umgebauten Frachter in ein Ausweichmanöver, bei dem sämtliche angeschlagenen Systeme rot aufblinkten. Sie steuerte das Schiff, als wäre es ein X-Flügler, eine Strategie, die Leia vollauf befürwortete, auch wenn die Pilotin das vermutlich nur tat, weil sie lediglich auf diese Weise fliegen konnte. Plötzlich waren sie aus dem Schussfeld der Korvette und eilten einem freien Sternenfeld entgegen.

»Komm schon, komm schon«, murmelte Leia mit einem Blick auf den Navigationscomputer. Endlich hatte er sich auf einen Satz Koordinaten festgelegt, und ein Signal erklang. Die Prinzessin bestätigte die Daten und versuchte, um die quälenden Schmerzen im Kopf herumzudenken, als sie, die Augen konzentriert zusammengekniffen, die Vorbereitungen für den Sprung traf. Sie wollte nicht, dass sie mitten in einem Stern landeten, weil sie dem Computer die falschen Anweisungen gegeben hatte. »Wir gehen in den Hyperraum«, erklärte sie dann und zog die Kontrollregler nach unten.

Der Antrieb stotterte merklich, dann rollte eine Woge plötzlicher Energie durch das Schiff, und das Sternenfeld verschwamm zu langen Lichtfäden. Die Anzeigen waren abwechselnd im roten Bereich, zeigten wieder normale Daten, dann beruhigten sie sich schließlich.

Leia interpretierte das Ganze als: *Es könnte besser sein, aber zumindest wird nicht gleich irgendwas explodieren.* Sie sank zurück und legte den schmerzenden Kopf sanft gegen die abgenutzte Rückenlehne. Das war genau die Art von Aufregung, auf die sie gut und gerne verzichten konnte.

Sian atmete langgezogen aus. »Wir haben es geschafft.« Sie warf Leia einen Blick zu. »Hoffe ich.«

»Ja, das hoffe ich auch«, stimmte Leia ernst zu.

Sian wollte versuchen, die blockierte Panzertür zu den unteren Decks zu öffnen, und nachdem sie gegangen war, nahm Leia sich einen Augenblick Zeit, um die Vorratskiste im Spind der Hilfssteuerungskabine nach einer Datenkarte zu durchforsten. Anschließend vergewisserte sie sich, dass die Übertragung ebenfalls von der Hauptkonsole auf der Brücke in den Navigationscomputer kopiert worden war, als sie die Kontrollsysteme hierher umgeleitet hatte. Dann speicherte sie die Nachricht auf der Datenkarte ab und löschte die originale Übertragung aus dem System.

Berichte über die Opfer sprudelten aus dem Kom. Sie hatten eine kleine Krankenstation auf der *Wagnis*, und nur einen Sanitäter. Leia hoffte, dass er den Verwundeten helfen konnte, bis sie eine sichere Einrichtung mit einem Medidroiden erreichten. Zudem hatte jemand den Imperialen verraten, wo sie aus dem Hyperraum austreten würden, und sie musste herausfinden, wer dieser Jemand war. Der Gedanke, dass die Information irgendwo aus Kearn-sa'Davits Organisation stammen musste, war natürlich verlockend, schließlich hatte der Allianzagent das Treffen mit den Informationshändlern eingefädelt. Doch sie wusste, dass das Leck vermutlich eher irgendwo in der Kommunikationskette der Rebellenallianz lag. Müde rieb sie sich die Augen. Diese Sache könnte für ihre Pläne mit der Echo-Basis einen schrecklichen Rückschlag bedeuten.

Der Schirm zeigte an, dass die Übertragung vollständig auf die Datenkarte überspielt und aus dem Navigationssystem gelöscht war. Leia nahm die Karte aus dem Schlitz und schob sie in ihre Westentasche. Die Nachricht musste natürlich noch immer dechiffriert werden, aber zumindest war sie jetzt sicher. Selbst wenn die imperiale Korvette sie abgefangen hatte – nur Leia und General Willard kannten den Codeschlüssel. *Die Übertragung ist also genauso sicher, wie wir es sind*, dachte sie, und die Ironie dieser Situation blieb ihr nicht verborgen. Mit einem Ächzen löste sie die Sicherheitsgurte und machte sich daran, wieder den Schacht zum Brückendeck hinaufzuklettern.

Die Schwerkraft kehrte zurück, als sie auf mittlerer Höhe der Leiter war, und sie wurde zur Seite gegen die Wand geschleudert, bevor die Kompensatoren des Schachts sich wieder ausgerichtet hatten. »Genau das habe ich jetzt gebraucht«, zischte sie die Kompensatoren und das Universum im Allgemeinen an. »Vielen Dank auch!«

Im selben Moment, als sie aus dem Schacht stieg, kam Han um die Ecke gerannt. Sian musste die Panzertür zum unteren Teil des Schiffes also bereits aufbekommen haben. »Gut«, meinte sie. »Ich brauche Hilfe mit General Willard. Er ist verletzt …«

»Leia …« Han griff nach ihren Schultern. Abgesehen von einem Bluterguss, der sich auf seiner Stirn ausbreitete, schien er nicht weiter verletzt. Ein paar Ruß- und Brandflecken prangten auf dem Kragen seines weißen Hemdes – vermutlich war er ganz in der Nähe der Explosion gewesen. »Können Sie mich hören?«

Sie blickte verärgert zu ihm hoch. »Offensichtlich ja.«

Er berührte die rechte Seite ihres Gesichts und hielt dann die Hand hoch: Sie war rot verschmiert. »Sie bluten.«

»Oh … Nein, das ist …« Sie machte einen Schritt nach hinten und presste sich die Hand aufs Ohr. Kein Wunder, dass Han geglaubt hatte, sie wäre verletzt. Das Blut war überall auf ihrer Wange, in ihren Zöpfen – es musste durch die Brücke gespritzt sein, als Denlan und Esrai gestorben waren. »Das ist von Captain Denlan. Oder von Lieutenant Esrai. Sie wurden beide … Sie sind beide tot.« Leia wandte sich ab und ging den Korridor entlang, auch wenn sie dabei um ein Haar gegen die Wand getaumelt wäre. Sie durfte jetzt nicht stehen bleiben, denn täte sie es, so fürchtete Leia, würde sie sich nicht wieder in Bewegung setzen können.

General Willard lag noch immer dort auf dem Gang, wo sie

und Sian ihn zurückgelassen hatten. Leia kniete sich neben ihn, verlor aber das Gleichgewicht, weil die Welt im falschen Moment vor ihren Augen verschwamm. Zumindest schaffte sie es, nicht auf ihn zu fallen. Er atmete noch, und als sie behutsam seinen Kopf abtastete, entdeckte sie außer Blut und einer Beule nichts Besorgniserregendes. Sie blickte sich um und stellte fest, dass Han irgendwann hinter ihr zurückgefallen sein musste, aber eine Sekunde später tauchte er auch schon wieder auf, ein Medikit in der Hand.

Han ging auf Willards anderer Seite auf die Knie und riss das Kit auf. »Sie sehen fürchterlich aus, Prinzessin.«

»Das weiß ich selbst, vielen Dank.« Sie griff nach dem Diagnosescanner, aber Han hielt ihr stattdessen eine Kühlpackung hin. Vielleicht war es besser so. Die kleine Anzeige des Scanners war im Augenblick ohnehin nur ein grüner Klecks für sie, also nahm sie die Packung und legte sie auf die Beule an Willards Schläfe. Zu ihrer Erleichterung regte sich der General und murmelte etwas. »Das ist ein gutes Zeichen«, sagte sie.

»Hier.« Han versuchte, ihr eine zweite Kühlpackung in die Hand zu drücken.

»Ich weiß noch nicht, wo er sonst noch verletzt ist«, entgegnete Leia gereizt.

»Das ist für Sie.« Als sie ihn nur anstarrte, fügte er langsam und deutlich hinzu: »Für Ihren Kopf.«

»Oh.« Leia drückte sich die Packung seitlich gegen das Gesicht und zuckte erleichtert zusammen. Die Kälte schenkte ihr ein wenig neue Energie, und die Schwärze, die sich am Rand ihres Blickfeldes ausgebreitet hatte, wich zurück, während gleichzeitig auch das Schwindelgefühl nachließ – und keinen Moment zu spät, denn da eilten auch schon Sian und Jerell, der Assistent von General Willard, durch den Korridor auf sie zu.

»Euer Hoheit!«, entfuhr es Jerell mit entsetzter Stimme. »Der General ...«

»Er lebt«, informierte sie ihn. »Er hat bei der ersten Explosion das Bewusstsein verloren. Wer ist der ranghöchste Offizier an Bord?«

Jerell war ein schlanker blasser Mensch, ebenfalls ein Überlebender von Alderaan, und im Augenblick wirkte er schrecklich jung. Voller Unbehagen, so, als wüsste er nur zu gut, dass er gerade schlechte Nachrichten überbrachte, sagte er: »Das sind Sie, Euer Hoheit.«

»Natürlich.« *Genau das, was ich befürchtet hatte,* dachte Leia grimmig. Han richtete den Diagnosescanner auf sie, dann runzelte er die Stirn, als er die Ergebnisse sah. Leia tat so, als würde sie ihn überhaupt nicht beachten. Sie war ziemlich sicher, dass sie eine Gehirnerschütterung hatte, aber für solche Dinge war jetzt keine Zeit. »Ich brauche einen Statusbericht über den Schaden am Schiff und die Verwundeten. Haben wir schon einen Überblick über die Mannschaft?«

Jerell beobachtete sie weiter sorgenvoll, während er antwortete. »Ja, Euer Hoheit. Einschließlich General Willard haben wir sieben Verletzte. Die meisten von ihnen haben Brandwunden erlitten, als ein Instrumentenpult auf dem Maschinendeck und eine Kontrollkonsole für die Laserkanonen explodiert sind.« Er linste erneut zur versiegelten Tür der Brückensektion hinüber und schluckte schwer. »Captain Denlan und Lieutenant Esrai sind die einzigen Todesopfer.«

Also war fast die Hälfte der Besatzung verwundet. Leia musste den Bordsanitäter aufsuchen und sich ein Bild davon machen, wie schlimm die Situation tatsächlich war. Kleinere Verbrennungen und Brüche konnten direkt hier an Bord behandelt werden, aber falls sie eine medizinische Einrichtung anfliegen mussten, würde es schwer werden, eine zu finden, die nicht unter imperialer Kontrolle ...

»Soll ich eine Übertragung an die *Independence* vorbereiten?«, fragte Jerell.

»Darum kümmere ich mich selbst.« Leia zwang sich, die Aufmerksamkeit wieder auf das Hier und Jetzt zu richten. Hoffentlich hatte man nicht gesehen, dass ihre Gedanken eine Sekunde abgeschweift waren. »Jemand hat den Imperialen gemeldet, wo wir aus dem Hyperraum austreten würden. Ich will nicht ausschließen, dass es jemand aus der Flotte war.«

»Ein imperialer Spion?«, fragte Sian.

Jerell runzelte die Stirn, verblüfft und augenscheinlich empört. »Das kann nicht sein. Unsere Sicherheitsvorkehrungen sind zu gründlich.«

»Ja, das höre ich nicht zum ersten Mal«, warf Han ein.

Leia hätte die Augen verdreht, aber ihre Kopfschmerzen waren zu stark. Jerell gehörte zu den Offizieren, die für die gesicherte Kommunikation zuständig waren, und Han wusste das.

»Es ist doch viel wahrscheinlicher, dass jemand aus dem Umfeld dieses Händlers, Davit, damit zu tun hat«, blaffte Jerell Han an. »Vielleicht haben Sie einfach zu viel Umgang mit zivilen Händlern und Kriminellen, für die Loyalität ein Fremdwort ist ...«

Han setzte zu einer Entgegnung an, aber Leia fuhr dazwischen. »Jerell, falls Sie sich solche Seitenhiebe nicht verkneifen können, warten Sie wenigstens, bis ich außer Hörweite bin. Han, Sie wissen genau, was Sie da tun. Hören Sie auf damit. Und Sian ...«

»Ich habe überhaupt nichts gesagt, Euer Hoheit«, verteidigte sich die Pilotin.

Leia streckte die Hand aus. »Sie können mir aufhelfen.«

Nachdem Sian sie auf die Beine gezogen hatte, fügte Leia hinzu: »Ich brauche Sie bei der Hilfssteuerungseinheit, bis ich jemanden gefunden habe, der Ihnen helfen kann. Und seien Sie vorsichtig mit Ihrer Nase.«

»Vorsichtig mit meiner …« Sie berührte ihre Nase und zuckte zusammen. »In Ordnung.«

Commander Degoren lehnte sich sitzend zurück, die Zähne in unterdrücktem Zorn so fest zusammengebissen, dass sie ihm schmerzten. Das Rebellenschiff war im Hyperraum verschwunden, und alles, was es zurückgelassen hatte, war eine Ionenspur, die sich rasch auflöste. Er hatte nie viel von Kommandanten gehalten, die laut brüllten oder sich Wutausbrüchen hingaben, also zwang er sich, schlicht zu sagen: »Das ist bedauernswert.«

Die Crew an den Brückenkonsolen zeigte nach außen hin keine Reaktion, aber an der Haltung ihrer Schultern konnte Degoren die Anspannung der Männer ablesen. Sie wussten ebenso gut wie er, dass ihnen bestenfalls eine rasche Exekution bevorstand, falls ihr Kommandant seinen Vorgesetzten melden musste, dass er diese Chance vertan hatte. Schlimmstenfalls erwartete sie eine sehr lange, langsame Hinrichtung in Form einer Versetzung auf irgendeinen Höllenplaneten – wohin immer das Imperium sein entbehrliches Personal eben gerade schickte.

Sorvir, sein Erster Offizier, meinte: »Hätten wir mehr Zeit gehabt, um uns vorzubereiten …«

Degoren schnitt ihm das Wort ab. »Als ob sich Lord Vader durch Ausreden beeindrucken ließe.« Selbst wenn diese Ausreden der Realität entsprachen. Ihr imperialer Agent hatte erst Gelegenheit gehabt, ihnen eine Nachricht zu schicken, als es schon fast zu spät gewesen war, und ihr Schiff war das einzige in Reichweite gewesen. Sie hatten nicht einmal Gelegenheit gehabt, das Überwachungsschiff hinzuzuziehen, mit dem sie in diesem Sektor zusammenarbeiteten. Es war im Augenblick mehrere Systeme entfernt und spielte den Köder für einen Schmugglerring. Sie waren im Begriff gewesen, die Gruppe zu zerschlagen, als sie plötzlich diese dringenden Befehle erhalten hatten. Er schüttelte den Kopf. »Alles, was wir tun können, ist, auf eine weitere Meldung zu warten.«

Nach dem, was er wusste, hatte der Agent schon vor Langem die Reihen der Rebellen infiltriert und wartete seitdem auf die richtige Gelegenheit. Die Tatsache, dass Degorens Zollkorvette nahe genug gewesen war, um auf seine Nachricht zu reagieren, war gleichzeitig ein Segen und ein Fluch. Falls sie Erfolg hatten, würde die Belohnung alle Vorstellungen übersteigen. Er würde in den Rängen des Imperiums aufsteigen – etwas, wovon er schon immer geträumt hatte –, aber bislang war eine solche Beförderung immer knapp außerhalb seiner Reichweite gewesen. Falls es ihnen hingegen nicht gelang, Prinzessin Leia Organa gefangen zu nehmen, würde die Strafe dafür ebenso unvorstellbar sein. Degoren hatte jedoch nicht vor zu versagen.

2. Kapitel

Eine neue Kühlpackung gegen den Kopf gedrückt, versuchte Leia, eine Lösung für die katastrophale Lage zu finden, in der die *Wagnis* sich derzeit befand. Sie rief den Chefingenieur, Sorel, via Kom, und der Statusbericht, den er ihr gab, ließ sich im Grunde mit der Aussage »Es sieht wirklich übel aus, aber ich glaube nicht, dass das Schiff uns gleich um die Ohren fliegt« zusammenfassen. Als Leia fertig war, bat sie Han, unten auf dem Maschinendeck zu helfen.

Sorel hatte gemeint, ein Energieimpuls von einer der ersten Explosionen wäre durch das Antriebssystem der *Wagnis* gewandert und hätte dabei die beiden Konsolen in der Maschinensektion in die Luft gejagt und eine der Laserkanonen beschädigt. So, wie es klang, würden die unverletzten Crewmitglieder jede Hilfe brauchen, die sie nur kriegen konnten, denn sie mussten den Hyperantrieb zumindest so lange in Betrieb halten, bis sie ihr Ziel erreicht hatten, und außerdem den Sublichtantrieb und die anderen Systeme so weit reparieren, wie es im Augenblick möglich war.

Schließlich tauchte der Sanitäter Sarit mit einer Trage auf einer Repulsoreinheit auf, und Leia begleitete ihn, als er Willard nach unten brachte. Sie brachten den General in einer Kabine nahe der kleinen Krankenstation unter, wo das Mannschaftsmitglied, das als Sarits Assistent zwangsrekrutiert worden war, gerade Bacta-Pflaster für kleinere Verbrennungen und Medizin für leichte Gehirnerschütterungen austeilte. Willard war noch immer zu benommen, um wirklich mitzubekommen, was um ihn vor sich ging, aber zumindest war er wach genug, um Leias Hand zu drücken, als sie mit ihm sprach.

Als der General versorgt war, erklärte Sarit: »Sämtliche anderen Verletzungen, die bislang gemeldet wurden, kann ich mit dem behandeln, was ich an Bord habe. Größtenteils sind es Brandwunden und ein paar Quetschungen.« Er war ein Andulianer, mit grauer Haut, langem weißem Haar, weißen buschigen Brauen und verkümmerten Kiemen an den Wangen, die aussahen wie Hängebacken bei einem Menschen. Für Leia ließen diese »Hängebacken« den Sanitäter alt und tröstlich weise wirken, aber als sie mit ihm sprach, erkannte sie schon bald, dass er jung war, vielleicht sogar noch jünger als sie selbst, und dass die gesamte Situation ihm ziemlich zusetzte. Voller Unbehagen blickte er sie an. »Oh, Ihr Kopf?«

Leia ließ die Kühlpackung sinken und entdeckte Blutflecken darauf. »Das ist nicht mein Blut«, sagte sie und rechnete es Sarit hoch an, dass er nur ein mitfühlendes Geräusch von sich gab und ihr dann ein Päckchen mit antiseptischen Reinigungstüchern reichte. Leia zog sich in die winzige Sanizelle zurück, die an die Kabine anschloss, und schrubbte sich die Haare, bis das Blut daraus verschwunden war. Ihre Kopfschmerzen wurden dadurch zwar noch schlimmer, aber es war doch eine Erleichterung, sich endlich von dem Blut zu befreien.

Anschließend ging Leia in das kleine Abteil, wo sich ursprünglich das Büro des Frachtspediteurs befunden hatte, und fand dort eine Kommandokonsole vor. Sie schob die Datenkarte in den Schlitz, legte die Aufzeichnung auf den Schirm und gab den Dechiffrieralgorithmus ein. Eine Sekunde später konnte sie die Botschaft bereits lesen: Da waren Koordinaten und eine kurze Notiz, dass es sich bei dem Zielort um eine kommerzielle Raumplattform, die Arnot-Station, handelte – dort würde Kearn-sa'Davit sie erwarten. Die Nachricht enthielt überdies eine Warnung, wonach sich die Station tief im Territorium von Piraten befand, was zwar ärgerlich, aber alles andere als überraschend war. Die Bemühungen des Imperiums, seine Macht auszubauen und die Rebellen auszurotten, hatten in vielen Sektoren für Chaos gesorgt, weswegen es nun in den meisten von ihnen Piraten gab.

Davit, der Agent der Allianz, war ein entfernter Bekannter von Han. Angeblich hatten sie sich vor einigen Jahren während ihrer Arbeit im Gebiet der Korporationssektorverwaltung kennengelernt. Leia vermutete zwar, dass Han mit »Arbeit« Schmuggel und andere kriminelle Aktivitäten meinte, aber sie hatte nicht weiter nachgeforscht. Wenn sie in den zwei Jahren seit der Schlacht von Yavin etwas gelernt hatte, dann, dass sie möglichst wenig über Hans und Chewbaccas nicht allianzbezogene Aktivitäten wissen wollte – davon begann nur ihr linkes Augenlid zu zucken.

Mit einem nachdenklichen Stirnrunzeln griff sie auf die Navigationsdaten zu. Wenn sie aus dem Hyperraum heraus waren, wäre es nur noch ein kurzer Sprung bis zur Arnot-Station. Zufrieden stellte sie fest, dass es außerdem weitere Handelsstationen in Reichweite gab, und dazu mindestens zwei halbwegs große Handelshäfen. Durch das Vorhandensein anderer, naher Anflugpunkte wäre ihr Ziel für die leichte Korvette weniger offensichtlich, sofern das Schiff noch immer dort draußen nach ihnen suchte – und Leia hatte keinen Grund, vom Gegenteil auszugehen.

Sie trommelte mit den Fingerspitzen auf der Konsole. Falls sie recht hatte und die Informationen, die die Imperialen auf ihre Spur gelockt hatten, aus der Allianzflotte oder ihrer Kommunikationskette stammten … Doch das machte keinen Unterschied. So oder so, sie musste mit Davit sprechen. Sie durften diese Gelegenheit, die nötigen Materialien für die Echo-Basis zu bekommen, nicht ungenutzt lassen.

Als Nächstes musste Leia Unterstützung für Sian organisieren. Als sie die Mannschaftsliste überflog, fiel ihr auf, dass sie einen jungen Kampftransportpiloten namens Ilen an Bord hatten, der schon früher einige Schichten am Steuer der *Wagnis* abgeleistet hatte. Sie scheuchte ihn unter einer Konsole im Maschinenraum hervor und schickte ihn los, um Sian abzulösen.

»Das ist schon in Ordnung«, meinte Chefingenieur Sorel, als sie ihn über die neue Aufgabe des Piloten informierte. »Er kann mit Waffensystemen umgehen, aber von der Arbeit an einem Hyperantrieb versteht er nicht viel. Da wäre auch noch Barani, unser junger Mon Calamari. Er hat Erfahrung im Fliegen von Frachtern. Ich werde ihn ebenfalls gleich hochschicken.«

»Gut.« Gedankenverloren blickte Leia durch den Maschinenraum: Jede Luke schien offen zu stehen, jede Konsole halb auseinandergeschraubt zu sein. Die gesamte Sektion roch außerdem noch immer, als würde es brennen, und Rauch trieb durch die Luft.

Nicht weit entfernt stand eine ältere Frau in zerrissenem Hemd, mit einem Druckverband um die Schulter und das Schlüsselbein, und legte vorsichtig die Einstellungen an einem Kontrollpult fest, dann rief sie in eine offene Luke am Boden zu ihren Füßen hinab: »Wie ist es jetzt?« Flackerndes Licht wurde aus der Luke nach oben reflektiert, anschließend erklang eine Entgegnung in Form eines unverständlichen Brummelns.

Vorsichtig fragte Leia den Chefingenieur: »Wie genau ist unsere Lage?« Sie stellte fest, dass ihr Körper sich in Erwartung der Antwort versteifte.

»Äh.« Sorel wischte sich den Schweiß von der Stirn. »Es ist ... Haben wir schon einen sicheren Hafen gefunden? Ich glaube, ein kurzer Sprung ist noch drin.«

»Das ist im Augenblick meine Hauptsorge. Glauben Sie, wir schaffen es?« Sie zeigte ihm die ungefähre Position der Arnot-Station.

Sorels Züge glätteten sich. »Das kriegen wir hin.«

Leia schritt durch den Maschinenraum, bis sie Han entdeckte. Er lag auf dem Boden, und sein Oberkörper hing durch eine Zugangsluke nach unten, wo er mit einem Sensor diverse Komponenten des Kühlsystems überprüfte. Die Ergebnisse entlockten ihm immer wieder Verwünschungen. Die Prinzessin ging neben ihm in die Hocke. »Wie geht es voran?«

Han rollte herum und zog sich an einer Stützstrebe nach oben. »Wie sieht es denn aus?«

»Fürchterlich«, gestand Leia mit gesenkter Stimme.

»Gut geraten, Hochwohlgeboren.«

Oh, toll, jetzt nennt er mich wieder so, dachte sie säuerlich. Doch sie war inzwischen schlau genug, nicht darauf anzuspringen. Ihre Beziehung zu Han war deutlich angespannter als die unkomplizierte Kameraderie, die sie mit Luke Skywalker verband. Sie wusste, dass Han noch immer gemischte Gefühle bezüglich seiner Arbeit für die Rebellenallianz hatte, und auch wenn er seine Zweifel immer wieder auf schrecklich provozierende Weise zum Ausdruck brachte, konnte sie ihn doch verstehen. Was seine Vergangenheit anging, war er so wortkarg, wie es nur ging, ohne ganz in Schweigen zu verfallen, aber es war offensichtlich, dass er dem Tod mehrmals nur knapp entgangen war, und dass es ihm enorm schwerfiel, anderen zu vertrauen. Leia war mit der Rebellenallianz aufgewachsen, und sie hatte einen Großteil ihres Lebens und ihres Willens in den Dienst der Gruppe gestellt, dennoch war sie aufgeschlossen genug, um seine Perspektive nachzuvollziehen. Nur geriet sie leider immer wieder in Konflikt damit. Sie hielt das Datapad hoch, sodass er den Bildschirm sehen konnte. »Haben Sie schon mal von der Arnot-Station gehört?«

»Nein.« Hans Stirn furchte sich, als er die Anzeige betrachtete. »Was ist damit?«

»Das ist der Ort, an dem Ihr Freund Davit unser Treffen angesetzt hat. Zum Glück ist sie nicht weit entfernt. Wir werden sie trotz des beschädigten Hyperantriebs erreichen.«

»Er ist nicht mein Freund.« Han las sich die spärlichen Informationen über die Station durch. »Das ist Piratengebiet.«

Leia hatte bereits über diesen Punkt nachgedacht. »Es ist trotzdem merkwürdig. Der Großteil des Raumverkehrs in diesem Bereich beschränkt sich auf Landwirtschaftsprodukte und Mineralien, dazu kommen noch Vorräte für die Siedlungen. Aber Luxusgüter oder Geldladungen werden dort kaum transportiert. Was also hat die Piraten dorthin gelockt?«

»Das kann viele Gründe haben«, erklärte Han, aber bevor Leia Gelegenheit zu einer frustrierten Entgegnung bekam – oder dem Drang nachgeben konnte, ihm mit dem Datapad auf den Kopf zu schlagen –, schob er eine etwas konstruktivere Bemerkung nach: »Aber diese Arnot-Station scheint mir sauber zu sein. Ein reges Kommen und Gehen von kleinen und mittleren Frachtern, dazu ein paar größere Schiffslinien aus der

Gegend, aber keine Imperialen. Davits Händler werden dort wohl den Großteil ihrer Geschäfte machen. Vermutlich haben sie deshalb diesen Ort ausgewählt.«

»Schön.« Leia lehnte sich zurück. »Nach all den Problemen haben wir uns einen sicheren Hafen verdient.«

Hans Gesichtsausdruck war mehr als skeptisch. »Tja, so funktioniert das Universum aber nicht.«

Das musste er Leia nicht erst sagen. »Ich werde eine gesicherte Nachricht direkt an General Madine schicken und ihm unsere Situation schildern. Außerdem würde ich gerne Chewbacca bitten, sich mit uns auf dieser Station zu treffen, damit wir den *Falken* auf dem Rückweg zur Flotte als Geleitschiff benutzen können.«

Solo musterte sie misstrauisch. »Warum ausgerechnet der *Falke*?«

»Von den Schiffen, auf die wir sofort zugreifen können, ist er das einzige, das schwer genug für eine Eskortmission bewaffnet ist. Außerdem möchte ich nicht riskieren, dass irgendjemand herausfindet, wo wir sind, und es an die falsche Person weiterleitet.« Sie hatte bereits ihre eigenen Schlussfolgerungen gezogen, nun wollte sie sehen, ob Han ihre Einschätzung teilte. »Jemand hat den Imperialen verraten, wo wir aus dem Hyperraum kommen. Davit war es vermutlich nicht, denn der kennt ja bereits unser endgültiges Ziel. Hätte er uns eine Falle stellen wollen, hätte er es während des Treffens tun können.«

»Ich hab mich schon gefragt, ob Ihnen das auffallen würde.« Han klopfte abwesend mit dem Sensor auf seine Handfläche.

»Ja, manchmal macht es sich bezahlt, wenn man sein ganzes Leben lang gelernt hat, Dinge vor dem Imperium zu verbergen.« Mit einem Stöhnen richtete sie sich wieder auf. Jetzt, wo die Wirkung des Adrenalins nachgelassen hatte, spürte sie jeden blauen Fleck und jede Zerrung. »Ich hoffe, Chewbacca kann bald hier sein. Ich brauche Verstärkung, der ich trauen kann.« Sie blickte gerade rechtzeitig nach unten, um zu sehen, wie ein untypischer Ausdruck über Hans Gesicht huschte – unsicher, seltsam verwundbar und irgendwie schwer zu definieren. Da erkannte sie, dass sie ihn mit ihrer beifälligen Bemerkung über Vertrauen überrascht hatte.

Han merkte, dass sie ihn beobachtete, und zog sich rasch wieder unter die Luke zurück, wobei er murmelte: »Tja, vergessen Sie nur nicht, dass ich und Chewie unseren Preis haben.«

»Das weiß ich allerdings. Wissen Sie überhaupt, was ein brandneuer Isolator kostet?« Als Bezahlung dafür, dass Solo das Treffen mit Davit eingefädelt hatte und sie auf dieser Reise begleitete, hatte Leia einen Vintredi-Apex-Isolator für ihn organisiert. Dabei handelte es sich um ein neues, verbessertes Modell eines Sensorstörers. Ein Transportunternehmer, der Familienmitglieder in der Allianz hatte, hatte es geschafft, ihnen eine ganze Schiffsladung dieser Geräte zukommen zu lassen. Chewbacca war gerade auf der *Independence* und baute den Isolator in den *Millennium Falken* ein. Eigentlich waren die Vintredis für Allianztransporter gedacht, aber bei all den Missionen, die der *Falke* für die Rebellen flog, hatte er sich einen solchen Störsender mehr als verdient. Leia würde nie den geradezu träumerischen Ausdruck vergessen, der in Hans Augen getreten war, als man die Kisten aus dem sullustanischen Versorgungstransporter ausgeladen hatte.

»Ich lass Sie auch gerne anschreiben!«, rief Han ihr nach, als sie davonging.

Leia kehrte zur Kommandokonsole im Abteil bei den Mannschaftsquartieren zurück, um ihre verschlüsselte Nachricht an

Madine aufzuzeichnen. Anschließend funkte sie die Hilfssteuerung an und übermittelte Ilen die Koordinaten der Arnot-Station, zusammen mit dem Befehl, den Sprung zu machen, sobald die *Wagnis* wieder dazu in der Lage war. Nun musste sie noch Sorel warnen, dass das Schiff in Kürze wieder in den Hyperraum eintreten würde. Sie öffnete den Kom-Kanal zum Maschinendeck. »Hier spricht Leia Organa …«

Diskutierende Stimmen drangen an ihr Ohr, und jemand sagte: »Sorel, Captain Solo will, dass wir die Dämpfer deaktivieren. Aber dadurch erhöht sich der Gefahrenfaktor …«

Han schnitt den anderen das Wort ab. »Sie machen sich Sorgen wegen des Gefahrenfaktors? Wie sieht es denn mit dem Gefahrenfaktor dafür aus, dass eine leichte imperiale Korvette uns in tausend Teile sprengt? Damit haben Sie kein Problem, hm?«

Sorel meldete sich zu Wort. »Ja, Kifar, das ist ein Problem, aber Solo hat recht. Ich wüsste nicht, wie wir den Antrieb lange genug hochfahren können, ohne die Energie aus den Dämpfern abzuleiten …«

»Die Dämpfer auszuschalten ist zu riskant«, protestierte Kifar. »Die nötige Zusatzenergie können wir auch aus …«

Han fuhr dazwischen. »Denken Sie nicht mal dran …«

Leia rieb sich die schmerzende Stirn und sagte: »Ingenieur Sorel, muss ich zu Ihnen runterkommen?« Sämtliche Stimmen erstarben. Sie hatte die Frage ernst gemeint, denn sie wollte wirklich wissen, ob man sie dort unten als Schlichterin brauchte. Doch inzwischen war sie mit ihrer Geduld am Ende, und vielleicht hatte ihre Stimme deswegen ein wenig schärfer geklungen oder ein wenig zu laut. Es wäre nicht das erste Mal. Doch wie auch immer, ihre Worte zeigten Wirkung.

Sorel räusperte sich und erklärte: »Ähm, nein, Euer Hoheit.«

»Ich habe Ilen Befehl gegeben, sofort den Sprung zur Arnot-Station zu machen, wenn wir aus dem Hyperraum kommen«, sagte Leia dem Chefingenieur. »Teilen Sie Captain Solos Meinung, dass wir die Dämpfer herunterfahren müssen, um unser Ziel zu erreichen?«

»Ja, Euer Hoheit.«

»Dann tun Sie es.« Sie unterbrach die Verbindung, dann holte sie die Daten von den Konsolen der Hilfssteuerung und des Maschinenraums auf den Schirm, um einen kurzen Blick darauf zu werfen. Alles, was sie zu sehen bekam, war eine Zusammenfassung der Lebenserhaltungssysteme, aber das reichte schon, um sie bestürzt auf ihre Lippe beißen zu lassen. Han hatte nicht übertrieben. Da waren so viele Systeme im roten Bereich, dass Leia sich fragte, wie es ihnen überhaupt gelungen war, in den Hyperraum zu springen, wie sie es schafften, im Hyperraum zu bleiben, ohne zu explodieren, und warum alle sicher schienen, dass sie noch einen zweiten Sprung durchführen könnten. So, wie es aussah, würden sie den *Falken* vielleicht weniger als Eskorte brauchen, sondern eher, um die Mannschaft der *Wagnis* zu evakuieren.

Als Han an die offene Luke klopfte und in das Abteil trat, reichte Leia ihm die Datenkarte. »Hier, die Nachricht für Madine. Würden Sie sie bitte von der Hilfssteuerung aus senden?«

»In Ordnung.« Er nahm die Karte und drückte ihr im Austausch ein Päckchen mit Medikamenten in die Hand. »Sarit will, dass Sie das nehmen. Ist für Ihre Gehirnerschütterung.«

Leia blickte ihn mit gerunzelter Stirn an. »Gerade eben hielt er es noch nicht für nötig, dass ich etwas nehme.«

»Tja, nun, es war über Bordkom zu hören, wie sie diesen Streit im Maschinenraum unterbrochen haben. Da hat er es sich noch mal überlegt.«

Sie verzog das Gesicht. Ihr war nicht aufgefallen, dass sie das bordweite Kom aktiviert hatte. Sie konnte sich im Moment keine Fehler erlauben, und schon gar nicht so leichtsinnige Fehler wie diesen. Sie riss das Päckchen auf und schluckte die beiden Kapseln ohne Wasser hinunter.

»Aber damit das Zeug wirken kann, brauchen Sie etwas Schlaf«, fügte Han hinzu.

»Ist das Ihre Meinung oder Sarits?«, schnappte Leia, obwohl sie wusste, dass es ungerecht war. Jemand hatte entschieden, dass man sie so nicht weitermachen lassen konnte, und das gefiel ihr nicht, aber Han war lediglich ausgewählt worden, um das Monster in seiner Höhle aufzusuchen.

»Die gesamte Mannschaft hat abgestimmt.« Han warf die Datenkarte hoch und fing sie wieder auf. »Ich übermittle das, sobald wir wieder aus dem Hyperraum sind.«

»Danken Sie der Mannschaft von mir«, meinte Leia. Sie versuchte, ruhig zu klingen, aber sie wusste, dass sie nur griesgrämig wirkte. »Und Han, niemand sonst soll wissen, dass die Arnot-Station unser Treffpunkt mit Davit ist. Noch nicht. Soweit es die anderen betrifft, ist es einfach nur der nächste Hafen in Reichweite.«

Er legte die Stirn in Falten. »In Ordnung. Haben Sie auch einen Grund dafür, oder ist das nur Paranoia?«

»Paranoia«, gestand Leia. Sie hatte dieses Gefühl, das sie einfach nicht abschütteln konnte. Je weniger Leute über ihr Treffen mit Davit Bescheid wussten, desto besser. Wenn sie die Informationen so weit wie möglich eingrenzte, würde es nach ihrer Rückkehr zur Flotte außerdem leichter sein, das Datenleck zu isolieren.

Han meinte noch: »Willkommen im Club, Allerhochwürdigste«, dann schlenderte er davon.

Leia wollte ihm eine schneidende Bemerkung hinterherrufen, aber ihr Kopf schmerzte im Augenblick zu sehr, um sich etwas Passendes einfallen zu lassen. So wütend war sie, dass sie nicht einmal seine Hüftbewegungen beobachtete, als er den Gang hinabging. Nicht dass sie überhaupt einen Grund hatte, Hans Hüftbewegungen zu betrachten, ermahnte sie sich rasch. Die Prinzessin atmete tief ein, sammelte ihre Gedanken und öffnete anschließend den bordweiten Kom-Kanal – diesmal ganz bewusst –, um die Mannschaft auf den letzten Stand zu bringen, was den Status des Hyperantriebs und ihre Absicht betraf, die Arnot-Station anzufliegen.

»Solo.«

»Was?« Han kniete auf dem Boden des Maschinenraums, die Schenkel auf den Fersen, und war gerade dabei, die Sensordaten der alluvialen Dämpfer zu überprüfen. Er blickte kurz hoch und sah Kifar Itran über sich stehen.

Solo gab einen unverständlichen, erschöpften Fluch von sich und stand auf.

Itran war ein großer Mann von kräftiger Statur – so kräftig, dass seine Vorfahren vermutlich von einer Welt mit überdurchschnittlich hoher Schwerkraft stammten. Seine Gesichtszüge und die buschigen Brauen brachten ebenfalls große Stärke zum Ausdruck, und seine Haut hatte einen leicht orangefarbenen Ton, passend zu einigen Strähnen in seinem ansonsten braunen Haarschopf. »War das Ihre Idee?«, fragte er feindselig.

Eine solche Einstellung war das Letzte, was Han jetzt brauchen konnte. Er war müde, er hatte sich einige leichte Verbrennungen zugezogen, als der Energieimpuls die Kontrollen der Laserkanone gegrillt hatte, und die Art, wie Itran ihn vor der Instrumententafel in die Enge trieb, gefiel ihm auch nicht. Er machte einen Schritt nach vorn und zwang den anderen, von ihm zurückzuweichen, dann trat er an ihm vorbei und lehnte sich mit der Hüfte gegen den Arbeitstisch. »Wollen Sie jetzt schon wieder wegen der Dämpfer anfangen? Es funktioniert.«

»Darum geht es nicht. Ich weiß, dass Sie nach oben gegangen sind und mit Ihrer Hoheit geredet haben.«

Han musterte ihn einen Moment lang argwöhnisch, bevor er entgegnete: »Und?«

»War es Ihre Idee, diese Station anzufliegen? Wir sollten bleiben, wo wir sind und die Flotte um Hilfe bitten.«

Solo deutete in einer vielsagenden Geste auf die Instrumente ringsum – aus einigen stieg noch immer Rauch empor. »Sie finden also, wir sollten hierbleiben, damit die Imperialen Gelegenheit haben, uns zu finden. Schön. Aber wir anderen ziehen es vor, am Leben zu bleiben.«

Itran blieb hartnäckig. »War es Ihre Idee?«

»Die Prinzessin braucht mich nicht, um auf solche Ideen zu kommen. Sie weiß, was sie tut.« Er hatte immer wieder mit solchen Situationen zu tun. Ihm war klar, dass er nicht gerade dem Bild eines neuen Rekruten in der Allianz entsprach, und für die anderen Rebellen musste es aussehen, als würde er sie ohne Zögern an das Imperium verraten, wenn nur das Geld stimmte. Dass er immer wieder betonte, dies wäre nur ein weiterer Job für ihn, machte die Sache nicht gerade besser – und dass er versuchte, sich selbst das Gleiche einzureden, half ebenfalls nicht.

»Nach dem, was ich gehört habe, war diese gesamte Mission Ihre Idee.«

»Da haben Sie falsch gehört.« Han hatte keine Lust, weiter

darauf einzugehen. Er wollte diese Unterhaltung nicht führen, und erst recht wollte er nicht ins Detail gehen und sich mit Itran über Entscheidungen bei Allianzbesprechungen streiten, zu denen dieser überhaupt nicht eingeladen war. Also setzte er einen bewusst gelangweilten Gesichtsausdruck auf. »Sagen Sie, was Sie zu sagen haben, oder suchen Sie sich eine andere Beschäftigung.«

»Ich finde es nur verdächtig. Sie sind an dieser Mission beteiligt, und schon werden wir von den Imperialen angegriffen. Ich hörte, Ihr Wort hat bei der Prinzessin viel Gewicht. Vielleicht benutzten Sie sie ja für Ihre eigenen Zwecke.«

Etwa, um mich von den Imperialen in die Luft sprengen oder gefangen nehmen zu lassen?, fragte er sich. Itran war wütend, und er schien jemanden zu suchen, dem er die Schuld an ihrer Misere geben konnte. »Sie glauben also, ich bin derjenige, der auf diesem Schiff das Sagen hat?«, entgegnete Han. »Warum gehen Sie damit nicht zur Prinzessin?« Er hoffte, dass Itran tatsächlich so dumm sein würde. Er bezweifelte, dass die meisten der Rebellen, die mit Leia zusammenarbeiteten, um das beeindruckende Temperament wussten, das unter ihrer beherrschten Fassade schlummerte, aber er genoss es jedes Mal, wenn er dieses Temperament in Aktion erlebte. Soweit es ihn anging, gehörte es zu den attraktivsten Eigenschaften von Leia Organa.

Itrans Augen wurden schmal, aber bevor er etwas erwidern konnte, tauchte ein paar Meter entfernt Sorel hinter einem hohen Turm von Sensorverbindungen auf und erklärte: »Kifar, dein Dienst ist um. Warum ruhst du dich nicht ein wenig aus?«

Itran zögerte verunsichert. Augenscheinlich hatte er nicht gewusst, dass der Chefingenieur in Hörweite war. Schließlich sagte er »Sicher« und wandte sich zum Gehen.

Als er im hinteren Teil des Maschinenraums verschwunden war, trat Sorel zu Han hinüber. »Worum ging es denn? Ist er noch immer wütend wegen der Dämpfer?«

»Nein, es war was anderes.«

Sorel seufzte. »Er ist neu. Bislang hat er auf Frachttransportern gearbeitet, meistens draußen im Äußeren Rand. Ich glaube nicht, dass er schon in einem Gefecht war. Das erste Mal ist nie leicht.«

Zumindest in der Hinsicht hatte der Chefingenieur recht, überlegte Han. Vielleicht war das ja wirklich schon alles, worum es hier ging.

Während der nächsten Stunde hatte Leia keine Schwierigkeiten wachzubleiben: Die *Wagnis* stürzte aus dem Hyperraum zurück, sie sendeten die Nachricht für Madine an die Allianzflotte, und dann begann das sorgenvolle Nägelkauen, als das Schiff erzitterte. Kurz verharrte es, aber dann machte es den nächsten Sprung, der sie hoffentlich so weit tragen würde, dass sie die restliche Distanz zur Arnot-Station auch mit dem Sublichtantrieb mühelos zurücklegen konnten. Erst jetzt, als sie wieder im Hyperraum waren, döste Leia ein.

»Prinzessin.«

Leia schreckte hoch und sah Sarit am Eingang stehen. Sie hatte einen Alptraum gehabt, in dem sie auf dem Balkon des Sommerpalastes auf Alderaan stand und mit Lieutenant Esrai sprach, bis eine Energieexplosion die gesamte Szenerie hinfortwischte, und allein Leia war davon verschont geblieben. Der Traum hatte damit geendet, dass sie nach unten blickte und Esrais Blut an ihren Händen entdeckte, ein schrecklich realistisches Bild. Jetzt kehrte sie allmählich in die Realität zurück und erkannte, dass sie auf ihrem Stuhl zusammengesunken war. Dort, wo ihre Wange sich gegen das alte, rissige Kunstleder der Rückenlehne geschmiegt hatte, fühlte sich ihre Haut angespannt an, außerdem juckte es sie an dieser Stelle.

»Tut mir leid, dass ich Sie stören muss«, begann Sarit, »aber General Willard ist wach und möchte mit Ihnen sprechen.«

»Gut, danke.« Leia warf einen Blick auf die Zeitanzeige an der Konsole. Sie sollten die Arnot-Station bald erreicht haben, das Schiff war noch nicht in die Luft geflogen, und ihre Kopfschmerzen waren zwar noch immer da, aber zumindest fühlte es sich nicht länger an, als würde ein riesiges Reittier auf ihrem Gehirn herumtrampeln. Sie stand auf, wobei sie so stark gähnte, dass ihr Kiefer knackte, dann versuchte sie, die aufgetrennten Zöpfe wieder in Ordnung zu bringen, gab aber schon nach einem Moment wieder auf. An Bord dieses Schiffes gab es niemanden, der sich daran stören würde, dass das Haar von Prinzessin Leia aussah, als hätte ein Nagetier darin gehaust.

Als sie die benachbarte Kabine betrat, untersuchte Sarit den General gerade mit einem Diagnosescanner. Willard hatte sich auf der Koje aufgesetzt, den Rücken an die Kissen gelehnt. Das hässliche Violett von Blutergüssen prangte auf Stirn und Schläfe, und er sah um zehn Jahre älter aus. Doch als Leia eintrat, richtete er den Blick auf sie und sagte: »Schön, Sie zu sehen, Prinzessin.« Seine Stimme klang rau und schwach.

»Es freut mich, dass Sie wieder wach sind.« Leia lächelte. Sie war sicher, dass er noch mehr Schlaf brauchte, aber es war eine große Erleichterung zu sehen, dass er wieder bei Sinnen war und kräftig genug, um aufrecht zu sitzen.

»Bevor er nicht in einer medizinischen Einrichtung mit vollständiger Scannerausrüstung ist, darf er weder aufstehen noch sich aufregen«, erklärte Sarit.

»Ich passe schon auf, dass er sich nicht aufregt«, versprach

Leia. Sarit klang selbst ein wenig erschöpft, und sie fragte sich, ob er seit dem Angriff wohl überhaupt Gelegenheit gehabt hatte, sich hinzusetzen und durchzuatmen. »Aber ich muss mit ihm reden. Unter vier Augen. Warum gönnen Sie sich nicht eine Pause und ruhen sich ein wenig aus, bevor wir die Station erreichen?«

Der Sanitäter blinzelte, als wäre ihm ein solcher Gedanke noch gar nicht gekommen. »Oh … Oh ja, das könnte ich vermutlich.«

Sarit trat hinaus auf den Korridor, und Leia drückte den Knopf, um die Tür hinter ihm zu schließen. Anschließend nahm sie auf dem Hocker neben der Koje des Generals Platz. »Wie fühlen Sie sich wirklich?«

»Furchtbar«, gestand er. »Was ist mit Denlan und Esrai?«

Leia drückte seine Hand. »Es tut mir leid.«

Willard machte einen tiefen, zittrigen Atemzug, dann zuckte er zusammen und hob die Hand, wie um sich den Kopf zu halten. »Verdammt! Das hatte ich schon befürchtet, als Sarit mir nicht sagen wollte, wie es den beiden geht.« Er blickte zu Leia hoch. »Wie ist die Lage?«

»Nicht katastrophal, aber auch nicht gut«, begann sie, dann fasste sie den Zustand von Schiff und Besatzung für ihn zusammen und erklärte, was sie gerade taten, um ihre Situation zu verbessern. Sie erzählte ihm auch von ihrer Entscheidung, nach ihrem Notsprung sofort zur Station weiterzufliegen, und von der Nachricht an Madine, in der sie um die Unterstützung des *Millennium Falken* gebeten hatte. »Laut Sorel werden die Reparaturen noch mindestens drei oder vier Standardtage in Anspruch nehmen, ich wusste also, wir brauchen ein zusätzliches Schiff für den Fall, dass wir schnell von der Station verschwinden müssen.« Sie beugte sich vor. »Vanden, jemand wusste, wo die *Wagnis* sein würde, und er wusste auch, dass wir am verwundbarsten sein würden, wenn wir die Holo Net-Übertragung empfangen. Diese leichte Korvette ist nicht zufällig genau in dem Moment aus dem Hyperraum gekommen und hat uns angegriffen.«

Mit gefurchter Stirn verarbeitete Willard ihre Worte. »Wir müssen also davon ausgehen, dass uns jemand aus unserem eigenen Kommunikationsapparat verraten hat, richtig? Würde Davit dahinterstecken, hätte er uns einfach während des Treffens erledigt.«

»Genau das denke ich auch«, bestätigte Leia. »Wer immer uns an die Imperialen verkauft hat, er hat sie erst im letzten Moment alarmiert, so, als hätte er die Koordinaten erst erfahren, nachdem wir sie erhalten hatten. Andernfalls hätte das Imperium mehr als nur ein Schiff geschickt. Ich glaube, die Korvette wurde nur deshalb auf uns angesetzt, weil sie unserer Position am nächsten war und als Einzige rechtzeitig dort eintreffen konnte.« Sie schaute finster drein. »Außer diesem zeitlichen Ablauf habe ich im Moment leider kaum etwas, das uns weiterhelfen könnte.« Nur ihren Instinkt ...

Leia brauchte keine Bestätigung, dennoch war sie Willard dankbar, als er sagte: »Ja, höchstwahrscheinlich kam die Information aus der Flotte.« Er versuchte, sich ein Stück weiter aufzusetzen, sank dann aber mit einem Ächzen zurück. »Wir müssen einen Weg finden, um dieses Leck zu isolieren und den Kerl zu schnappen.«

»Später. Fürs Erste haben wir alles getan, was wir tun können.« Sollte es einem Verräter tatsächlich gelungen sein, das Kommunikationsnetzwerk der Allianz zu infiltrieren, war es unmöglich abzuschätzen, welcher Schaden bereits entstanden war. Doch Leia wusste, dass sie nichts dagegen tun konnte, zumindest nicht im Augenblick. Denn jetzt musste sie dafür sorgen, dass die *Wagnis* diese Reise überstand und nicht zu einem weiteren Allianzschiff wurde, das in den Weiten des Raumes verschwand, ohne dass irgendjemand je erfuhr, was mit ihm geschehen war. »Ich sollte jetzt gehen. Ruhen Sie sich ein wenig aus. Wir werden die Station bald erreichen.«

Die Prinzessin wollte aufstehen, aber der General griff nach ihrer Hand. Mit müder, reuevoller Miene murmelte er: »Es tut mir leid, dass ich Ihnen nicht helfen kann.«

»Sie *haben* mir schon geholfen«, entgegnete Leia, und das meinte sie auch so. Sie musste Entscheidungen treffen, von denen das Leben anderer abhing, und in einer solchen Situation war es wichtig, jemanden um Rat fragen zu können, der einem nicht einfach blind zustimmte, nur, weil man war, wer man war – oder weil man einen ganz speziellen Mann zum Vater hatte.

Luke Skywalker hatte sich gerade tief ins Antriebsabteil seines Lieblings-X-Flüglers vorgebeugt, als er spürte, wie eine große Hand nach seinem Knöchel griff. *Zum Glück weiß ich, wer das ist,* dachte er resignierend. »Chewie, ich habe gerade beide Hände im Protonentorpedorohr!«, protestierte er.

R2-D2, der unten neben der Hängebühne des X-Flüglers auf dem Deck stand, piepte verärgert ob dieser Unterbrechung. Der kleine Droide war durch mehrere Kabel mit dem Astromechsockel des Sternenjägers verbunden und hatte gerade die Systeme überprüft.

Chewbacca knurrte einen langen Kommentar, und C-3PO, den der Wookiee mitgebracht haben musste, um als Übersetzer zu fungieren, erklärte: »Master Luke, er sagt, es wäre wichtig und dass Sie sofort Ihren kleinen … äh, dass Sie sofort von dort oben herunterkommen sollen.« An Chewie gerichtet, fügte der goldene Droide hinzu: »Das war sehr unhöflich.«

Mit einem Seufzen rutschte Luke aus der Wartungsluke und sprang aufs Deck hinab. Nachdem er die Schutzbrille abgenommen hatte, fragte er: »Was ist los? Ich dachte, du wolltest versuchen, den Isolator zu installieren.« Doch als er sich umdrehte und sah, wer vor ihm stand, hielt er abrupt inne. »Oh, General Madine.«

Madine antwortete nicht sofort, sondern ließ seinen kühlen Blick über die Sternenjägerbuchten und Technikstationen in der Nähe gleiten, so, als wollte er überprüfen, ob sie besetzt waren. Im Reparaturhangar der *Independence* wimmelte es normalerweise nur so von Piloten, Mechanikern, Droiden und sonstigem Hilfspersonal, das beschädigte Jagdmaschinen reparierte, die Wartungspläne umsetzte oder in den Simulatoren am anderen Ende der Halle trainierte. Doch nun war es kurz vor Schichtwechsel, und nur wenige Stimmen hallten durch den gewaltigen Raum. Wedge und die anderen Mitglieder der Staffel Rot waren auf einer Mission. Eigentlich hätte Luke sie begleiten sollen, aber der Zielcomputer seines X-Flüglers hatte im letzten Moment nur noch Fehlermeldungen ausgespuckt, und so war seine Rolle bei diesem Einsatz fürs Erste gestrichen worden. Mit leiser Stimme fragte Madine: »Sind Sie startbereit, um unverzüglich mit Chewbacca aufzubrechen?«

»Ja, Sir.« Luke blickte kurz zu Chewie hinüber. Wookiees zeigten Besorgnis nicht auf dieselbe Weise wie Menschen, aber seine Haltung brachte Anspannung und Ungeduld zum Ausdruck. »Möchten Sie, dass ich eine Einheit zusammenstelle?«

»Nein, nur Sie«, erklärte Madine. »Kommen Sie an Bord des *Falken*, da können wir uns ungestört unterhalten. Dort gebe ich Ihnen dann auch die Koordinaten und erkläre Ihnen alles.«

Luke entging die Bedeutung der Worte »Dort können wir uns ungestört unterhalten« keineswegs. Doch falls Madine sich Sorgen machte, er könnte auf dem Flugdeck der *Independence* belauscht werden ... *Das kann nichts Gutes bedeuten.*

Als die *Wagnis* den Hyperraum verließ, ertönte ein Knacken, bei dem Leias Hände sich so fest in die Armlehnen des Kom-Sessels bohrten, dass ihre Knöchel weiß hervortraten. Han steuerte das Schiff, unterstützt von Ilen, und nun arbeiteten die beiden Männer hektisch an den Konsolen der Hilfssteuerung, um den Hyperantrieb herunterzufahren. Etwas tief im Inneren des Schiffes ließ das Deck erzittern, dann plärrte ein Alarm los, bis Han abwesend auf einen Knopf schlug und ihn wieder abstellte. Leia konnte sehen, wie einige der Anzeigen erneut in den roten Bereich krochen. Da ebbte die Vibration plötzlich ab, und die Sternenstreifen verwandelten sich wieder in die Realität.

»Hyperantrieb ist deaktiviert«, meldete Ilen erleichtert.

»Gute Arbeit«, kommentierte Han abgelenkt.

Leia fiel auf, dass sich Ilens Nacken vor Verlegenheit rötete. Es geschah nicht jeden Tag, dass Han einem anderen Piloten ein Kompliment machte. »Funktioniert der Sublichtantrieb noch?«, erkundigte sich die Prinzessin. Im selben Moment, in dem sie auf den Sensorschirm blickte, blinkte dort ein Erkennungscode für die Arnot-Station auf, und sie gestattete sich ein stilles, erleichtertes Aufatmen: Sie hatten es geschafft. Sie waren nicht mehr weit von ihrem Ziel entfernt, und selbst wenn die *Wagnis* sie nun im Stich ließ, wäre die Station in Reichweite für einen Notruf.

»Wir haben ein Triebwerk. Die Werte sehen stabil aus«, sagte Ilen.

»Bis jetzt«, fügte Han an. Dadurch bestätigte er einmal mehr Leias lange gehegten Glauben, dass er die pessimistischste Person war, die sie je getroffen hatte.

Ilen fragte: »Soll ich zur Station fliegen, Euer Hoheit?«

»Ja, bringen wir das Schiff ins Dock, so schnell es nur geht.«

Eine Überprüfung der Sensordaten zeigte, dass sich die Station in den Randgebieten eines Sternensystems mit mehreren bewohnten Planeten befand, von denen alle kleine, landwirtschaftlich geprägte Siedlungen aufwiesen. Für eine imperiale Präsenz gab es keinerlei Anzeichen. Als sie sich der Arnot-Station näherten, verwandelte sich der große Fleck auf dem Sensorschirm in das Bild eines großen Torus mit einem Andockring in seiner Mitte. Es war offensichtlich, dass die Station uralt und schon arg mitgenommen war: Die Luken waren von Brandspuren früherer Andockunfälle gezeichnet, die Hüllenplatten waren verbeult und von Explosionen vernarbt ...

Plötzlich heulte der Sensoralarm los.

3. Kapitel

Han fragte: »Was ist jetzt los?«

Leia schloss die Hände um die Armlehnen ihres Sessels. *Nicht schon wieder!* »Imperiale?« Das Kom erwachte zum Leben und spuckte ein Durcheinander widerstreitender Übertragungen aus.

Han schüttelte den Kopf. »Wir sind nicht die Einzigen, die heute einen lausigen Tag haben.«

Leia verstand nicht, was er damit meinte, und starrte stirnrunzelnd auf den Monitor, während Ilen den Schiffsalarm aktivierte, um Maschinenraum und Geschützstände zu warnen. Da löste sich der Sensorschirm in ein verschwommenes Bild auf. Zwischen der *Wagnis* und der Raumstation waren zwei Schiffe in ein Gefecht verstrickt. Alles, was Leia im ersten Moment erkennen konnte, war, dass eines klar die Oberhand zu haben schien und keines von ihnen ein imperiales Transpondersignal sendete. Der vermeintliche Sieger war größer als die *Wagnis*, langgezogen und gut bewaffnet, aber noch konnten ihr die Sensoren kein klares Bild zeigen.

Ilen meinte: »Das unterlegene Schiff ist ein Frachter …«

»Ja, und im Gegensatz zu uns ist es ein echter Frachter«, erklärte Han. Seine Hände bewegten sich wieder über die Kontrollen. »Er hat keine zusätzliche Bewaffnung.«

Leia versteifte sich, als ein Notruf aus dem Kom erklang. Es war aber zumindest eine weitere Frequenz geöffnet, sodass sich alarmierte Schreie, Schluchzen, panische Befehle und das Grollen von direkten Treffern in der Übertragung vermengten.

Han brummte: »Das Transpondersignal gehört zu einem Agrarhändler, vermutlich aus einem der umliegenden Systeme. Und die Angreifer ... Ja, das ist ein gefälschtes Signal.« Er sah hoch zum Schirm. »Wir haben hier Piraten vor uns.«

Beunruhigt blickte Ilen nach hinten zu Leia. »Wir können dem Frachter nicht helfen – oder?«

Die Prinzessin biss die Zähne zusammen. Das Kom-System hatte die Übertragungen mittlerweile entwirrt und sie ihrer Dringlichkeit nach geordnet, sodass sie nun mehr Sinn ergaben. Eine davon war ein verzweifelter Hilferuf an die Station, und die Stimme stieß ihr Flehen in stockendem, gedehntem Basic aus. Es befanden sich dreiundzwanzig Wesen an Bord des Frachters, schrie sie aus dem Lautsprecher, und allesamt waren sie zivile Händler. Die Antwort des Kom-Postens auf der Station bestand aus einer beruhigenden Litanei, wonach Hilfe in Kürze eintreffen würde. Auf ihrem Schirm konnte Leia aber sehen, dass die Station zu weit entfernt war, als dass ihre Abwehrgeschütze die Piraten vertreiben konnten, und es hatte auch nicht den Anschein, als könnte ein Rettungsschiff den Transporter noch rechtzeitig erreichen. Die *Wagnis* hingegen war zu schwer beschädigt, um den Händlern helfen zu können.

»Wir können es uns nicht leisten einzugreifen«, sagte Leia, bemüht, ihrer Stimme einen harten Tonfall zu geben, sodass man ihre Emotionen nicht hören konnte. Sie sah, wie Ilens Schultern resigniert nach unten sanken.

»Unsere Deflektorschilde sind geschwächt, der Hyperantrieb ist nicht mehr zu gebrauchen, und dass uns der Sublichtantrieb noch nicht im Stich gelassen hat, ist pures Glück«, führte Han aus. »Wir haben keine Wahl.«

»Ich weiß«, murmelte Leia. Doch ganz gleich, wie überzeugend diese Entschuldigung auch war, es machte keinen Unterschied. Sie sahen tatenlos zu, während die Händler auf diesem Schiff starben oder in Gefangenschaft gerieten.

Das Bild auf dem Sensorschirm kippte und stabilisierte sich dann wieder, als Han den Kurs wechselte. Die malträtierten Systeme der *Wagnis* protestierten, und mehrere Anzeigen färbten sich rot und piepten warnend. Solo steuerte sie über das Gefecht hinweg, außer Reichweite der Schiffskanonen, dann nickte er mit dem Kinn zu Ilen hinüber. »Melden Sie sich bei der Station und sagen Sie denen, dass wir einen Sublichtschaden haben und dem Frachter nicht helfen können.« Anschließend schob er nach: »Zumindest müssen wir uns jetzt keine wilde Geschichte mehr aus den Fingern saugen, wenn uns jemand fragt, wie wir so zusammengeschossen wurden.«

Leia stimmte ihm zu. Während Ilen die Station kontaktierte, hielt sie den Blick weiter auf den Sensorschirm gerichtet. Sie konnte die Augen einfach nicht abwenden, sosehr sie es auch wollte. Das Handelsschiff wehrte sich noch immer und feuerte mit einem Vierlingslaser auf die Piraten, aber, wie Han schon betont hatte, ihr Transporter verfügte im Gegensatz zur *Wagnis* nicht über verbesserte Systeme, und seine Bewaffnung war dem Feind hilflos unterlegen. Sie konnten von Glück reden, dass die Piraten den Frachter überfielen und nicht die *Wagnis* bei ihrem Anflug auf die Station abgefangen hatten, aber sosehr Leia auch versuchte, sich das einzureden, sie schätzte sich nicht glücklich. *Ich bin es so leid, zuzusehen und nichts tun zu können ...*

Da ertönte ein Piepen, als die Sensoren das Piratenschiff identifizierten, und eine schematische Darstellung tauchte auf dem Schirm auf.

»Wie bitte?« Mit einem Mal saß Leia kerzengerade, und ein eisiger Schock durchfuhr sie. »Das ist ein alderaanisches Kanonenboot!«

Han starrte auf den Schirm, die Brauen zusammengezogen. »Was, die Piraten?«

»Ja!«, bestätigte Leia knapp, und der kalte Schrecken verwandelte sich in heißen Zorn. Schäumend zerrte sie am Verschluss der Sicherheitsgurte. »Ich weiß, wo alle unsere Kanonenboote sind.« Nach der Zerstörung von Alderaan war es den verbliebenen Schiffen gelungen, die Allianz zu kontaktieren, einige von ihnen schwer beschädigt, ihre Mannschaft verwundet. »Zeigen Sie mir den Transpondercode!«

Han legte den Datensatz auf den Schirm. »Er ist gefälscht, Euer Gnaden«, kommentierte er spitzfindig. »Der Planet, der hier als Heimathafen angegeben ist …«

»Das ist unwichtig. Es ist ein alderaanisches Schiff. Der Name …« Der Name war *Aegis*. Sie kannte dieses Schiff, das hieß, sie wusste davon. Sie konnte sich nicht erinnern, den Offizieren oder der Mannschaft je persönlich begegnet zu sein. Alle anderen Informationen in dem Datensatz waren gefälscht, aber wer immer sie verfremdet hatte, hatte sich nicht die Mühe gemacht, den Namen zu ändern. »Ich kenne das Schiff. Es gehörte zur Verteidigungspatrouille unseres Systems.«

Die Kanonenboote hatten vor allem eine abschreckende Wirkung gehabt und dazu gedient, das Sternensystem, die Handelsrouten und den Frachtverkehr von Alderaan gegen jedwede Angriffe zu schützen. Sie hatten Schiffen in Not geholfen und den zivilen Raumverkehr gesichert und unterstützt.

Natürlich wusste niemand, was mit ihnen allen geschehen war, und wie auch? Einige mussten am Boden gewesen sein, als Alderaan vernichtet wurde, und andere in unmittelbarer Nähe des Planeten, wo die Detonationswelle sie erfasst hatte.

Leia war sicher gewesen, alle alderaanischen Flottenschiffe, die jenen Tag überlebt hatten, wären gefunden worden. Die *Aegis* musste in einem verwundbaren Moment angegriffen worden sein, bevor sie Kontakt zur Allianz aufnehmen konnte, dann hatten die Piraten sie übernommen, und die Mannschaft … Sie musste herausfinden, wo die Mannschaft war. Es fühlte sich an, als würde eine alte Wunde wieder aufreißen, nur, dass diese Wunde nie wirklich verheilt war. Leia hatte lediglich gelernt, die meiste Zeit so zu tun, als gäbe es sie überhaupt nicht. Sie stand auf und trat hinter Ilen, sodass sie auf die Kom-Tafel hinabgreifen konnte, anschließend nahm sie den Ersatzkopfhörer, schaltete alle anderen Frequenzen auf stumm und öffnete einen neuen Kanal, um das Kanonenboot anzufunken. Natürlich stellte sie auch sicher, dass es eine geschlossene Verbindung war, damit man die Übertragung auf der Station nicht mithören konnte.

Ilen starrte sie aus großen Augen an, und Han sagte: »Leia, verdammt noch mal, hören Sie auf! Sie werden die Piraten nur auf uns aufmerksam …«

Leia ignorierte ihn, war zu sehr von ihrem Zorn geblendet, als dass sie sich um seine Worte geschert hätte. »*Aegis*, ich weiß, dass Sie ein alderaanisches Kanonenboot waren. Sagen Sie mir, wie Sie zu dem Schiff gekommen sind und wo die ursprüngliche Besatzung ist, und ich werde nicht das Feuer auf sie eröffnen.« Sie hörte Han fluchen und konnte nur hoffen, dass ihr Bluff funktionierte. Ihr Puls pochte so laut, dass das Rauschen selbst ihre eigenen Gedanken übertönte. Leia war auch nicht sicher, welche Antwort sie von den Piraten hören wollte – vermutlich hatten sie die Crew getötet oder sie irgendwo am anderen Ende der Galaxis als Sklaven verschachert, und selbst in letzterem Fall wäre es jetzt sicher schon viel zu spät, um sie noch zu retten. Es sei denn, sie fand heraus, in welches System die Männer und Frauen verkauft worden waren …« Ich möchte nur wissen, was Sie mit der Mannschaft gemacht haben«, sagte sie ins Kom.

»Sie haben das Feuer auf den Frachter eingestellt«, meldete Ilen, seine Stimme leise und angespannt.

Han meinte: »Das liegt daran, dass sie gleich das Feuer auf *uns* eröffnen werden.« Vermutlich hatte er damit nicht einmal unrecht.

Leia blickte auf die Sensoren. Der Handelsfrachter hing hilflos im Raum. Seine Kanonen waren ebenfalls verstummt, aber augenscheinlich war er nicht länger in der Lage, diese Gelegenheit zur Flucht zu nutzen. Die *Aegis* hatte ihre Position nicht verändert, und an der Silhouette des Kanonenbootes konnte Leia erkennen, dass es umgebaut worden war – auch wenn sie nicht genau zu sagen vermochte, wie. Die meisten Piratenschiffe verfügten über spezielle Ausrüstung, um sich an überfallene Transporter zu heften und Löcher in deren Luken zu bohren, und dazu noch vieles mehr, womit sie ihre Opfer bezwingen konnten.

Kein Ton drang aus dem Kom. Vermutlich überprüfte die *Aegis* gerade den Transpondercode der *Wagnis* – es war ein echter Code, noch aus der Zeit, als das Schiff auf Sullust seinem ursprünglichen Dienst nachgegangen war.

Leia drückte den Stummschalter des Kopfhörers, um Han etwas zu sagen. »Fliegen Sie weiter auf die Station zu.«

»Ja, Hochwohlgeboren, ich dachte mir schon, dass ich das

tun soll.« Er überprüfte ein weiteres Mal die Sensoren. »Sie hätten zumindest warten können, bis wir ein wenig näher am Verteidigungsperimeter der Station sind.«

Vermutlich hätte sie das tun sollen. *Und hätte ich klar denken können*, sagte sie sich, *dann hätte ich es auch getan.* Sie starrte das Kom an, fast, als wollte sie es so zu einer Antwort zwingen.

Da piepte der Kopfhörer, und eine Stimme von der *Aegis* erklang. »Wer seid ihr? Woher wisst ihr, dass das hier ein alderaanisches Schiff war?«

Derjenige am anderen Ende sprach Basic, und Leia hielt die Stimme für menschlich, womöglich weiblich, doch wegen des hintergründigen, aber steten Rauschens konnte sie nicht sicher sein. Sie zögerte. Aller Hoffnungen zum Trotz hatte sie erwartet, dass man sie anraunzte, sie solle zur Hölle gehen, oder dass jemand erklärte, die Mannschaft wäre aus der Luftschleuse geworfen worden, oder – das war ihr am wahrscheinlichsten erschienen – dass sie überhaupt keine Antwort erhielt. Jetzt klang es allerdings, als wäre jemand auf dem Schiff bereit, mit ihr zu reden. Sie schaltete das Kom wieder auf Senden und erklärte: »Ich habe es erkannt. Ich bin eine Überlebende von Alderaan.«

Plötzlich klang die Stimme drängender: »Sag mir ... Sag mir, wer du bist. Wie hast du überlebt?«

Han beugte sich an Ilen vorbei und drückte den Stummschalter auf der Tafel, dann sagte er zu Leia: »Die wollen Sie nur am Kom halten.«

»Das weiß ich auch.« Leia biss sich auf die Lippe. Sie versuchte, ihre Wut und die Sorge um das Schicksal der ursprünglichen *Aegis*-Besatzung zu verdrängen und diese Sache logisch anzugehen. »Falls sie versuchen, uns hinzuhalten ...«

Ernst und besorgt ergriff Ilen das Wort. »Falls es uns gelingt, *sie* hinzuhalten, kann die Station vielleicht Schiffe herschicken, um dem Handelsfrachter zu helfen.«

»Genau darauf wollte ich hinaus«, brummte Han verärgert. »Falls hier irgendjemand jemanden hinhält, sollten wir das eigentlich sein …«

»… also warum reden sie weiter mit uns?«, beendete Leia den Satz. Sie blickte erneut auf die Sensorschirme, aber die *Aegis* hatte sich nicht bewegt, und die *Wagnis* war inzwischen zu weit entfernt, als dass das Kanonenboot sie noch mit seinem Zielcomputer erfassen konnte – es sei denn, es änderte seine Position. *Wie hast du überlebt*, dachte sie. Warum diese Frage, warum diese Formulierung? Sie schob Hans Hand vom Stummschalter und sprach ins Kom: »Ich war nicht auf dem Planeten, als es geschah. Warum wollen Sie das wissen? Sagen Sie mir, wer Sie sind.« Kurz hielt sie mit wild klopfendem Herz inne, dann schob sie aus einem Instinkt heraus nach: »Sagen Sie mir, wie *Sie* überlebt haben.«

Es folgte Stille, und sie schien sich ewig dahinzuziehen, ehe schließlich eine Antwort kam. »Ich war nicht auf dem Planeten.«

Leia nickte, doch Han schüttelte den Kopf und formte lautlos die Worte: *Sie wiederholt nur, was Sie gesagt haben.*

Doch da fuhr die Stimme fort. »Wir waren am äußersten Punkt unserer Patrouillenroute, am Rand des Systems. Die Sensoren fingen die Schockwelle auf, und wir versuchten zurückzufliegen, um es mit eigenen Augen zu sehen – aber da waren Sternenzerstörer im System. Also flohen wir.«

Leia benetzte sich die Lippen. Irgendwann nach diesem Ereignis musste die *Aegis* von Piraten geentert worden sein, bevor sie Gelegenheit gehabt hatte, eine Allianzbasis zu erreichen oder sich mit den anderen verbliebenen Schiffen Alderaans zusammenzutun. Doch offenbar gab es einen Überlebenden der Mannschaft an Bord, und vielleicht war er nicht der einzige. »Wer hat jetzt die Kontrolle über das Schiff?«

Ein weiteres Zögern, dann: »Ich bin Captain Caline Metara.«

Leias Kehle wurde trocken. »Vom Haus Metara?«

»Ja.« Das Wort klang beinahe atemlos.

Die Prinzessin konnte es nicht fassen. Die Familie Metara hatte der alderaanischen Regierung über Generationen hinweg gedient, indem sie Ratsmitglieder und Botschafter stellte, und diejenigen, die keine solche Laufbahn gewählt hatten, waren Lehrer, Forscher, Ärzte gewesen. Es musste ein Trick sein. »Woher soll ich wissen, dass Sie nicht lügen?«, fragte sie, und ihre Stimme klang barsch und gereizt.

»Meine Mutter war Gerane Metara, unser Familiensitz befand sich in Crevasse-Stadt.« Getrieben von Frustration, sprach Metara nun immer lauter. »Sag mir, wer *du* bist! Ich könnte fast … Ich glaube, ich kenne deine Stimme, aber das kann nicht sein …«

Leia musste auf Nummer sicher gehen. »Wie war der Name Ihres Vaters? Welche Position bekleidete er zuletzt?«

»Sein Name war Stavin, und er war Künstler. Meine Mutter war Verwaltungsangestellte und im Bildungsrat.« Metaras Stimme wurde härter. »Ich habe alle deine Fragen beantwortet. Jetzt sag mir, wer *du* bist!«

Han schüttelte hektisch den Kopf, aber sie verkündete: »Ich bin Prinzessin Leia Organa.« Das Kom verstummte. Ohne auf Hans Flüche zu achten, fuhr Leia fort: »Warum haben Sie dieses Handelsschiff angegriffen?« Sie konnte nicht glauben, dass die Mannschaft der *Aegis* den Frachter einfach so überfallen hatte – es musste einen Grund dafür geben. Vielleicht glaubten sie, dass die Händler für das Imperium arbeiteten …

»Wir haben es angegriffen …« Metaras Worte waren abgehackt, barsch. »Wir haben es angegriffen, weil wir jetzt so unser Überleben sichern.«

Eine alderaanische Crew, mit Mitgliedern der planetaren Schutz- und Verteidigungskräfte, war zu Piraten geworden? Ein Gefühl der Übelkeit breitete sich in Leias Brust aus.

»Wir werden die Fracht verkaufen«, erklärte Metara weiter. »Der Mannschaft wird nichts geschehen.«

Der Mannschaft wird nichts geschehen. Leias unbändiger Zorn ließ sie einen Moment lang nur noch Rot sehen, und sie verdankte es allein den vielen Jahre des Trainings und ihrer eisernen Selbstbeherrschung, dass ihre Stimme ruhig blieb. »Der Mannschaft ist bereits etwas geschehen, und sofern Sie ihre Notrufe nicht auf stumm geschaltet haben, wissen Sie das auch.«

Metara antwortete nicht.

Leias Miene sagte alles. Dieses Schweigen bedeutete, dass die Alderaanerin im Bilde darüber war, dass ihr Schiff bereits einige der Händler getötet oder verletzt hatte. Die Prinzessin atmete tief ein und zwang ihren Zorn zurück. Sie wollte Metara nicht in die Enge treiben, zumindest noch nicht. Also versuchte sie es erneut: »Lassen Sie das Handelsschiff ziehen, dann können wir über unsere Situation reden. Ich kann Ihnen helfen.«

Diesmal gab es kein Zögern. »Wir können den Frachter nicht gehen lassen.«

»Doch, das können Sie.« Leia zwang sich, ruhig und nicht drängend zu klingen, gleichzeitig wandte sie Han den Rücken zu, denn seine zunehmende Empörung störte ihre Konzentration. »Sie sind Ihr eigener Herr. Sie müssen überhaupt nichts tun. Lassen Sie das Schiff ziehen, und wir …«

»Kommt zu uns.«

»Was?« Das brachte Leia aus dem Konzept. »Wie meinen Sie das?«

»Steigt in eine Rettungskapsel. Wir lotsen Euch in den Hangar. Danach können wir uns an Bord unterhalten.«

Han drehte sich so, dass er Leia wieder finster anstarren konnte, die derweil grimmig die Lippen zusammenpresste. Sie wusste selbst sehr genau, wonach das klang. Die Besatzung der *Aegis* trat die Prinzipien Alderaans mit Füßen, indem sie hilflose Zivilisten ausraubte und beinahe umbrachte, warum sollten sie also davor zurückschrecken, eine alderaanische Prinzessin zu entführen und ein Lösegeld für sie zu erpressen? »Das kann ich nicht tun, und das wissen Sie.«

Einmal mehr drang nur Stille aus dem Kom. Leia wartete einen langen Moment, hin und her gerissen zwischen Abscheu, Verzweiflung und einem letzten, hartnäckigen Rest Hoffnung, dass Metara es sich doch noch anders überlegen würde. *Aber warum sollte sie das tun? Weil du einmal kurz mit ihr gesprochen hast?*, fragte sie sich. *Du bist gut, Leia, aber nicht* so *gut.* Da bäumte sich das Deck unter ihren Füßen auf, und sie griff nach der Rückenlehne von Ilens Sessel, um sich festzuhalten. »Was …?«

Han ruckte wieder zur Pilotenkonsole herum und schlug auf die Kontrollen für das verbliebene Sublichttriebwerk. Die *Wagnis* erschauderte, woraufhin noch weitere Anzeigen in den roten Bereich wanderten, aber der erwartete Satz nach vorn blieb aus. »Verdammt!«

»Haben wir den Antrieb verloren?«, fragte Leia.

Den Blick verwirrt auf die Sensoren gerichtet, antwortete Ilen: »Wir sind in einem Traktorstrahl gefangen!«

»Ja, das sind wir.« Han hantierte hastig an den Instrumenten herum, dann nahm er Schub von dem überbelasteten Triebwerk. Mit einem ironischen Lächeln fügte er hinzu: »Sieht aus, als wären diese Kerle wirklich entschlossen, Sie zu sehen, Prinzessin.«

»Alderaanische Kanonenboote haben keine Traktorstrahlen«, stieß Leia verdutzt hervor. *Aber Piraten schon*, erkannte sie dann, und ein unterdrückter Fluch kam ihr über die Lippen. Sie konnte spüren, wie der Sublichtantrieb zur Ruhe kam, als Han ihn abschaltete, um ein Überhitzen der ohnehin schon beschädigten Systeme zu verhindern. »Ich konnte sehen, dass sie ihr Schiff modifiziert haben. Es tut mir leid. Ich habe nicht daran gedacht, dass sie vielleicht auch einen Traktorstrahl eingebaut haben.«

»Ich schon«, meinte Han. »Darum sollten wir jetzt eigentlich außer Reichweite sein. Sie müssen einen Traktorverstärker haben – so was sieht man bei einem Schiff dieser Größe nur selten.« Er warf ihr einen ernsten Blick zu. »Diese Kerle scheinen ihr Handwerk wirklich zu verstehen. So ein Spielzeug kauft man nicht einfach so.«

Leia dachte angestrengt nach, den Blick auf die Kontrollkonsole geheftet. »Wir haben noch immer Waffen. Ich nehme an, unsere Schilde haben sich nicht auf wundersame Weise regeneriert, während wir uns unterhalten haben?«

»Tja, nein.« Han schaltete sich durch mehrere Statusanzeigen und verzog das Gesicht. »Sie müssen nur einen Treffer landen, und wir sind Geschichte.«

»Noch haben sie nicht auf uns geschossen.« Leia tippte mit dem Finger auf die Konsole. »Wenn wir warten, bis sie uns ranziehen, um an Bord zu kommen, und dann alle unsere Kanonen abfeuern …«

»Da müssten wir aber schon großes Glück haben.« Han

schüttelte den Kopf. »Außerdem würde das nichts ändern. Wir würden nur nicht kampflos untergehen – und vielleicht würden wir sie mitnehmen.«

Ilen legte den Finger an sein Headset. Er hatte die Kom-Frequenz der Station überwacht. »Die Sublichttriebwerke des Frachters sind tot, und jemand an Bord meldet, dass sie sie nicht wieder hochfahren können. Die Station hat ein Rettungsschiff losgeschickt.«

Der Kom-Kanal öffnete sich mit einem Klicken, und Metara sagte: »Prinzessin Leia …«

Leia fuhr dazwischen. »Meine Mannschaft sagt mir, Sie müssen besonders gute Piraten sein, wenn Sie sich diese Art von Traktorstrahl leisten können. Meinen Glückwunsch zu Ihrer neuen Laufbahn, Metara. Ich bin sicher, Ihre Mutter wäre äußerst stolz auf Sie gewesen.« Die Worte kamen mit all dem Sarkasmus über Leias Lippen, den sie bislang zurückgehalten hatte. Ihn jetzt noch zu unterdrücken, schien keinen Sinn zu haben, denn die *Aegis* hatte ihre Absichten deutlich genug zum Ausdruck gebracht.

Metara entgegnete: »Ich … Ich weiß, wie das aussehen muss. Aber wir wollen nur mit Euch sprechen.«

Die Piratin hatte die Oberhand, und Leia fragte sich, warum sie das nicht ausnutzte. »Ich unterhalte mich lieber, wenn mein Schiff nicht in einem Traktorstrahl gefangen ist.«

»Wir möchten uns hier mit Euch unterhalten, von Angesicht zu Angesicht. Benutzt eine Rettungskapsel, dann holen wir Euch an Bord. Wir haben nicht vor, Euch als Geisel zu nehmen oder Euch in sonst einer Form zu schaden. Ihr müsst auch nicht allein kommen.«

Leia schüttelte den Kopf, eine Geste, die größtenteils ihr selbst galt. Das war ein schrecklicher Vorschlag. »Falls ich darauf eingehe, werden Sie dann mein Schiff und die Händler ziehen lassen?«

Ilen drehte sich im Sitz und starrte sie ungläubig an. Han versuchte, ihr noch einmal lautlos etwas zu sagen, etwas, das eine scharfe Kritik an ihren geistigen Fähigkeiten zu sein schien.

Leia kehrte beiden den Rücken zu und lauschte angespannt. Über das statische Rauschen hinweg hörte sie, wie Metara scharf den Atem einsog.

Schließlich antwortete die Piratin: »Ja, Euer Hoheit, Ihr habt mein Wort darauf. Mein Wort als eine Metara.«

Leia verdrehte bei dieser Bemerkung die Augen. *Das Wort einer Metara, die zur Piratin geworden ist*, dachte sie. Laut sagte sie jedoch: »Dann werde ich zu Ihnen kommen.«

»Ich weiß, was Sie denken«, sagte Han, und Leias erster Impuls war es, *Sie wissen* nie, *was ich denke*, zu keifen. Doch bevor sie reagieren konnte, fuhr er bereits fort: »Die Tatsache, dass sie von Alderaan stammen, hat jetzt nichts mehr zu bedeuten. Als sie beschlossen, dieses Schiff zu nehmen und Piraten zu werden, wussten sie, was sie tun. So einen Schritt macht eine Mannschaft nicht einfach so. Sie wussten, dass die Allianz sie mit offenen Armen empfangen würde, wussten, dass sie dort auf Hilfe zählen konnten, auf Reparaturen, Vorräte, was immer sie brauchten, genau wie all die anderen. Sie hätten nur fragen müssen. Aber sie haben nicht gefragt. Sie sind nicht durch Zufall in dieses Piratenleben gerutscht, oder weil sie keine andere Wahl hatten. Dass sie jetzt hier sind und Sie aus einem Anfall von Sentimentalität heraus sehen möchten, hat gar nichts zu bedeuten.«

Er wusste also *doch*, was sie dachte. Leia nahm den Kopfhörer ab und hängte ihn an den Haken. Sie hatte gerade eine bordweite Durchsage gemacht, um den Rest der Mannschaft über die Identität der *Aegis* und die Lage der *Wagnis* zu unterrichten. Ihren Plan hatte sie ebenfalls geschildert, auch wenn sie wusste, wie General Willard darauf reagieren würde. Sie konnte nur hoffen, dass er sich nicht noch weiter verletzen würde, wenn er versuchte, aus dem Bett zu klettern. »Das ist mir alles klar«, sagte sie, an Han gewandt. »Aber ich sehe keine Alternative. So können sich zumindest die *Wagnis* und die Leute auf dem Handelsschiff in Sicherheit bringen. Ich muss es tun.«

»Ähm, Euer Hoheit ...« Ilen überwachte auf seinem Headset noch immer die anderen Frequenzen. »Die Piraten ... Die *Aegis* hat der Stationszentrale gerade damit gedroht, dass sie das Handelsschiff in die Luft sprengen, sollte das Rettungsschiff von der Arnot-Station sich nicht zurückziehen.«

Leias Blick wanderte zum Sensorschirm, während Han sich aus dem Pilotensitz schälte. Das Rettungsschiff von der Raumstation, ein umgebauter Frachter, gespickt mit Vierlingslasern, war bis gerade auf direktem Kurs zu dem Handelsschiff gewesen, aber offenbar hatte es die Drohung ebenfalls empfangen, denn nun zeigten die Sensoren an, dass es den Anflug abbrach. Es wurde langsamer und kehrte um, bevor es in Waffenreichweite der *Aegis* kam.

»Die Station scheint zu glauben, dass die Piraten es ernst meinen«, kommentierte Ilen.

»Das liegt daran, dass sie es *tatsächlich* ernst meinen«, erwiderte Han.

Leia drehte sich um. Sie musste sich beeilen, bevor die Lage des Frachters sich noch weiter verschlimmerte oder Metara beschloss, auf die *Wagnis* zu feuern, um ihrer Forderung Nachdruck zu verleihen. Dicht gefolgt von Han, kletterte sie den

Zugangsschacht nach oben, und als sie in den Korridor hinaustrat, sah sie sich Jerell, Sian, Kifar, Barani und mehreren anderen Mannschaftsmitgliedern gegenüber, die alle gerade eigentlich andere Pflichten zu erledigen hatten. Sie machten den Weg frei, als die Prinzessin an ihnen vorbeiging. Während sie den Korridor weiter hinabschritt, machte Leia rasch eine gedankliche Bestandsaufnahme. In Erwartung, dass sie auf der Station von Bord gehen würden, war sie in ein sauberes, dunkles Hemd geschlüpft und hatte ihre Jacke und ihren Gürtel samt Blaster angelegt. Den behielt sie auch an, denn Metara hatte nichts davon gesagt, dass sie unbewaffnet auf die *Aegis* kommen sollte.

Jerell folgte ihr, einen verwirrten und beinahe gekränkten Ausdruck auf dem Gesicht. Er war ebenfalls ein Alderaaner, auch wenn er keiner berühmten Familie entstammte und er seine Jugend abseits seiner Heimatwelt verbracht hatte. »Euer Hoheit, wir dürfen nicht …«

»Sie kannten nicht zufällig irgendwelche Metaras, oder?«, fragte sie ihn. »Vielleicht, als Sie in der Schule waren?«

»Nein, Euer Hoheit.« Er hielt ihr ein Komlink hin. »Aber General Willard möchte mit Ihnen sprechen …«

Hinter sich hörte sie Stimmengemurmel auf dem Korridor. Wahrscheinlich war es Han, der Barani gerade anwies, den Posten von Ilens Kopilot zu übernehmen. »Ist das ein sicheres Komlink?«, fragte sie Jerell.

»Ja. Wir dachten, es könnte nicht schaden, eines dabeizuhaben. Es ist auf eine Verbindung zu zwei anderen Geräten geschaltet – eines habe ich, das andere hat General Willard.«

Leia nahm das angebotene Komlink entgegen, und schon hörte sie den General fragen: »Leia, sind Sie sicher …«

»Ja, ich bin sicher, dass ich das tun möchte.« Jerell folgte ihr und lauschte ihrem Teil der Unterhaltung, als sie dem General erklärte: »Ich habe keine Wahl, Vanden. Nur, weil sie wissen, dass ich an Bord bin, heißt das noch lange nicht, dass sie das Schiff nicht zerstören würden.« Sie atmete tief ein. »Und vielleicht kann ich sie ja davon überzeugen, dieses Dasein aufzugeben und sich der Allianz anzuschließen.«

»Leia, das sind Verräter.« General Willard klang hart. »Wäre es nicht so, hätten sie sich uns schon längst angeschlossen.«

»Sie sind keine Verräter. Wir haben keine Hinweise darauf, dass sie je für das Imperium gearbeitet haben ...« Sie hielt inne. Wenn die *Aegis* so weit ging, zivile Schiffe zu überfallen, dann war ihrer Besatzung wohl alles zuzutrauen. Sie beendete den Satz mit: »Wir wissen nicht, was sie durchgemacht haben.«

»Aber wir wissen, was *wir* durchgemacht haben«, entgegnete der General.

Sie nahm den kleinen Seitenkorridor, der zur ersten Gruppe von Rettungskapseln führte. »Ja, das weiß ich. Glauben Sie mir, ich weiß es. Und ich bin für alle Vorschläge offen, falls Sie einen anderen Ausweg sehen.«

Willard schwieg einen Moment lang. »Ich kann Sie nicht auch noch verlieren. Seien Sie vorsichtig, Leia.«

Leia hatte keine Lust, irgendjemandem verloren zu gehen, aber sie hatte das Gefühl, dass ihr im Augenblick keine andere Wahl blieb. Sie würde einfach abwarten müssen, welche Möglichkeiten sich eröffneten, wenn sie die *Aegis* erreichte. »Was immer geschieht, ich kann nicht zulassen, dass sie eines unserer Schiffe weiter für derartige Zwecke benutzen.« Die Prinzessin unterbrach die Verbindung und wandte sich an Jerell. »General Willard hat in meiner Abwesenheit natürlich das Kommando, aber er wird Ihre Hilfe benötigen. Gehen Sie zur Hilfssteuerung, damit Sie seine Befehle an Ilen weiterleiten können.«

»Jawohl, Euer Hoheit«, sagte Jerell, dann machte er ihrem Befehl entsprechend kehrt, aber nicht, ohne ihr noch hinterherzurufen: »Seien Sie vorsichtig!«

»Ich weiß, was ich tue«, erwiderte Leia, und sie beglückwünschte sich zu ihrem gleichmäßigen Tonfall. Vor der Luke der ersten Rettungskapsel blieb sie wieder stehen und öffnete die Kontrolltafel, um den automatischen Systemcheck zu starten. Die Kapseln waren für eine größere Mannschaft ausgelegt, wie sie vor dem Umbau auf der *Wagnis* Dienst getan hatte, und so bot jede einzelne von ihnen Raum für fünf große Passagiere.

»Dann wollen Sie diesen Kerlen ihre Faxen also entweder ausreden oder bei dem Versuch sterben.« Han lehnte sich neben ihr gegen die Wand, seine Stimme leise und düster. »Oder Sie sorgen dafür, dass die Piraten bei dem Versuch ebenfalls draufgehen.«

Leias Hand erstarrte auf dem Kontrollfeld. Es war seltsam, dass in diesem Moment ausgerechnet Han Solo der Einzige zu sein schien, der begriff, wie wichtig ihr diese Sache war. Sie hielt die Stimme ebenfalls gesenkt, als sie erklärte: »Ich kann nicht zulassen, dass sie so weitermachen und das Andenken an Alderaan beflecken. Ich kann einfach nicht.« Falls sie Metara nicht dazu bewegen konnte, ihr Piratendasein zumindest zu überdenken, wollte sie wenigstens so viel wie möglich über die *Aegis* in Erfahrung bringen und herausfinden, ob das Schiff in dieser Region blieb, und falls nicht, wohin es flog, damit sie es später wieder aufspüren konnten.

Han starrte Leia so lange an, dass sie sich allmählich unbehaglich fühlte, dann sagte er schließlich in kühlem, ruhigem Tonfall: »Dann können Sie ja von Glück reden, dass ich mitkomme.«

Bevor Leia ihn darauf hinweisen konnte, dass er sie unter

gar keinen Umständen begleiten würde, rief Sian aus: »Wie bitte, sie haben nicht gesagt, dass Sie allein kommen sollen? In dem Fall bin ich auch dabei!«

»Nein«, begann Leia. »Sie sind nicht ...«

»Und ich auch«, fügte Kifar hinzu. »Ich weiß, wie man eine Rettungskapsel so einstellt, dass sie wieder an ihrem Andockplatz festmacht. Ich könnte also auf dem Rückweg ganz nützlich für Sie sein.«

Aufgebracht entgegnete Leia: »Wir haben keine Vorstellung davon, was diese Leute wirklich wollen. Es ist zu gefährlich.«

»Prinzessin«, sagte Sian, »hier ist es vermutlich noch gefährlicher. Davon abgesehen würde es nicht gut aussehen, wenn wir Sie allein gehen ließen.«

Das Diagnoseprogramm war inzwischen beendet, und die runde Luke glitt auf. Die Systeme im Inneren der Luke wurden bereits hochgefahren, und die Anzeigen auf dem Kontrollpult leuchteten auf. Nun hatte Leia keine Zeit mehr, um mit den anderen zu streiten. »Also schön, dann gehen wir also gemeinsam.« Sie hoffte nur, dass sie diese Entscheidung nicht bereuen würden.

4. Kapitel

Die innere Luke der Kapsel öffnete sich mit einer zischenden Kreisbewegung, und der Sauerstoff, der gerade hineingepumpt worden war, mischte sich mit der Luft aus dem Korridor. Han schob sich als Erster ins Innere, gefolgt von Sian. Kifar bedeutete Leia mit einer höflichen Geste, dass er ihr den Vortritt ließ.

Die Prinzessin stieg in die Kapsel. Diese verfügte über fünf Sitze und eine einfache Kontrollstation, welche die Passagiere aus der Gefahrenzone bringen konnte, während sie darauf warteten, von einem Rettungsschiff aufgesammelt zu werden. Falls nötig, konnten die Kontrollen aber auch auf eine Notlandung eingestellt werden. Die Vorratsbehälter, die in die Wände eingebaut waren, enthielten vermutlich Proviant, medizinische Ausrüstung und weitere Versorgungsgüter. Obwohl den Polstern ein leicht moderiger Geruch entstieg, sah es nicht so aus, als wäre die Kapsel je benutzt worden. Han ließ sich auf den Sitz neben der Kontrollstation fallen, und Leia nahm ihm gegenüber Platz. Während Sian sich festschnallte und Kifar die Luke versiegelte, tippte Leia die kleine Kom-Tafel an, um in Kontakt mit der *Aegis* zu treten, dann sagte sie: »Captain Metara, ich werde jetzt die Kapsel starten. Drei Mitglieder meiner Mannschaft sind bei mir.«

»Verstanden«, erwiderte Metara. »Wir erwarten Euch.«

Leia bestätigte die Antwort und unterbrach die Verbindung.

Sian meinte: »Äh, findet sonst jemand hier, dass das ein wenig unheimlich klang?«

Han, der gerade die Kontrollen überprüfte, brummte: »Ja«, und Kifar nickte.

Auch Leia musste eingestehen: »Ein wenig.« Sie hatte keine Ahnung, was in Metaras Kopf vor sich ging – nicht gerade eine optimale Situation, wenn man sich auf Verhandlungen vorbereitete, die äußerst schwer zu werden versprachen. Leia nickte Han zu, der daraufhin die Startsequenz einleitete.

Ein dumpfes Geräusch ertönte, als sich die Kapsel aus ihrer Bucht löste, und die Prinzessin lehnte sich im Sitz zurück, als sie sich mit einem kurzen Beschleunigungsschub von der *Wagnis* abstießen. Kaum, dass sie den Schutz des Frachters hinter sich gelassen hatten, wurde die Kapsel auch schon vom Traktorstrahl erfasst. Leia beobachtete durch das kleine Sichtfenster, wie sie sich der *Aegis* näherten, und sie sah, dass sie auf den Shuttlehangar des Schiffes zuschwebten. Seinerzeit waren sämtliche alderaanischen Kanonenboote mit zwei Shuttles bestückt gewesen, die bei Rettungsoperationen zum Einsatz gekommen waren. Sie spannte den Kiefer. Heute benutzten die Piraten die Hangars vermutlich, um gefangene Schiffe zu entern, dachte sie.

Han aktivierte die beschränkte Sensorausrüstung der Kapsel. »Als sie uns erfasst haben, haben Sie die *Wagnis* aus dem Traktorstrahl entlassen.«

»Gut.« Sie nahm das sichere Komlink aus ihrer Tasche, um es zu testen.

»Seien Sie vorsichtig damit«, warnte Han. »Falls sie ihre Systeme auf ausreichend Leistung gestellt haben, könnten sie trotz der Sperre mithören.«

»Ich werde ohnehin nichts sagen, was sie nicht bereits wissen.«

Leia rief die *Wagnis*, und sofort meldete sich Jerell. »Sagen Sie Ilen, er soll das Schiff in den Verteidigungsbereich der Station bringen.«

Es folgte eine kurze Pause, und Leia wusste, dass er den Befehl gerade an General Willard weiterleitete. Anschließend erklärte er: »Ähm, wir werden hier auf Sie warten, Euer Hoheit.«

»Warten können Sie auch innerhalb des Verteidigungsbereichs. Auf diese Weise kann die *Aegis* sie zumindest nicht als Druckmittel gegen mich einsetzen.« Sie war auf Metaras Forderung eingegangen, aber sie wollte nicht, dass die Piratin auf den Gedanken kam, sie könnte noch mehr von ihr verlangen und mit der Zerstörung der *Wagnis* drohen, sollte Leia sich weigern.

Es folgte eine weitere Pause, dann: »In Ordnung, Euer Hoheit.«

Erleichtert atmete sie auf. Die Kapsel näherte sich dem Shuttlehangar, und als seine Tore sich öffneten, griff ein Landungstraktorstrahl nach ihnen, um sie ins Innere zu ziehen und sie in eine der Andockbuchten zu betten. Leia spürte das Poltern, mit dem die Tore sich wieder schlossen, und ein paar Sekunden später zeigten die Instrumente an, dass der Druckausgleich im Hangar abgeschlossen war. Sie nickte in Richtung der Luke. »Öffnen Sie sie.« Als Kifar zögerte, fügte sie hinzu: »Wollten sie uns töten, hätten sie schon früher Gelegenheit dazu gehabt.« Zumindest versuchte sie, sich das einzureden.

Kifar neigte resignierend den Kopf und aktivierte die Öffnungssequenz der Luke. Als sie hinauskletterten, griff Han nach Leias Arm, um sie zu stützen. Nicht dass es nötig war, aber sie wusste die Geste dennoch zu schätzen.

Der Hangar war klein, aber er bot auf dieser Ebene noch Platz für weitere Rettungskapseln, und über ihren Köpfen hingen zwei schlanke Shuttles startbereit von ihren Haltebühnen.

»Wie groß war die Besatzung?«, wollte Han mit gedämpfter Stimme wissen.

»Normalerweise zweiunddreißig Mann Besatzung, und dazu noch die Offiziere. Aber diese Kanonenboote waren für mehr Personen ausgelegt, weil sie für die Evakuierung beschädigter Schiffe eingesetzt wurden und deshalb oft mehr Personen an Bord nehmen mussten«, flüsterte sie zurück.

»Es kann also sein, dass sie ihre Crew ausgebaut haben, seit sie zu Piraten wurden«, meinte Han.

Die inneren Hangartore glitten auf, und angeführt von einer Frau traten fünf Menschen herein. Sie trugen keine alderaanischen Uniformen, was Leia als ungemeine Erleichterung empfand. Stattdessen waren sie in die zweckmäßige Kleidung gewandet, wie Raumfahrer sie für gewöhnlich bevorzugten: Hosen und Hemden in Grau oder anderen dunklen Farben, dazu Westen und Jacken. Hätte Leia eine Karriere als Piratin angestrebt, hätte sie dieselbe Garderobe gewählt. In diesen Outfits würde niemand sie auch nur eines zweiten Blickes würdigen, wenn sie einen Handelshafen oder eine Raumstation besuchten. Darüber hinaus trugen sie Waffen an der Seite, und sie schienen alle ein wenig nervös zu sein.

Die Frau an der Spitze war schlank und elegant, nur unmerklich größer als Leia, mit blasser Haut und kurzem dunklem Haar. Ein paar Schritte entfernt blieb sie stehen und sagte: »Euer Hoheit, ich bin Captain Caline Metara.«

»Ich bedaure, dass wir uns unter diesen Umständen begegnen müssen, Captain Metara.« Leia war bewusst, wie trocken ihre Stimme klang. Angesichts von Metaras selbstbewusstem, professionellem Auftreten fiel es ihr schwer, ruhig zu bleiben. Die Piraterie schien der Alderaanerin gut zu bekommen. »Jetzt, wo ich an Bord bin, gestatten Sie dem Rettungsschiff von der Station, den beschädigten Handelsfrachter ins Dock zu ziehen.«

Metara hatte offenbar mit dieser Bitte gerechnet, denn sie antwortete unverzüglich. »Es tut mir leid, das kann ich nicht tun. Wir hatten noch keine Zeit, die Fracht von Bord zu holen. Außerdem könnt Ihr vielleicht für die Zurückhaltung Eures Schiffes bürgen, aber den Sicherheitsdienst der Station könnt Ihr nicht kontrollieren. Würde ich sie nahe genug heranlassen, um den Frachter in Schlepp zu nehmen, würde es uns unter Beschuss nehmen.«

Damit hatte sie vermutlich sogar recht, insofern hatte Leia gar keine andere Antwort erwartet. Dennoch war es eine weitere Belastungsprobe für ihre ohnehin schon über Gebühr strapazierte Geduld. »Na schön.« Am liebsten hätte sie hinzugefügt: *Ich hoffe nur, dass nicht allzu viele Personen an Bord dieses Handelsschiffes sterben, während wir hier unseren liebreizenden, kleinen Tratsch abhalten.* Sie schaffte es jedoch, die Worte hinunterzuschlucken.

Metara schien zu wissen, dass sie im Moment nicht gerade Leias liebste Person in der Galaxis war. Sie nickte bedeutsam und sagte: »Hier entlang. In der Bordlounge lässt es sich besser reden.«

»Wenn Sie meinen«, erwiderte Leia. Ihr Kiefer schmerzte allmählich, so anstrengend war es, ihre Miene unter Kontrolle zu halten. Han warf ihr einen warnenden Blick zu.

Als Metara sie durch die Panzertüren des Hangars in den Korridor führte, berichtete sie: »Wir hatten Gerüchte gehört, wonach Ihr die Zerstörung Alderaans überlebt hattet, aber wir wussten nicht, wie viel Glauben wir den Meldungen von imperiumskontrollierten Nachrichtendiensten schenken durften.« Ihre Stimme zitterte ein wenig, das erste Anzeichen überhaupt, dass sie sich der Unbehaglichkeit der Situation bewusst war. »Ich nehme an, Euer Frachter ist ein Rebellenschiff.«

»Er gehört zur Allianz«, sagte Leia, erleichtert über diesen Anflug von Verletzlichkeit. Verletzlichkeit bedeutete Zweifel, und falls sie Metara von ihrem Kurs abbringen wollte, musste sie erst einen Weg an dieser polierten Fassade vorbeifinden.

Es war eine Weile her, dass Leia zum letzten Mal auf einem alderaanischen Kanonenboot gewesen war, und es hatte sich dabei um eines der Schiffe gehandelt, die der Katastrophe entgangen und der Allianz beigetreten waren. Obwohl sie wusste, dass diese Schiffe alle mehr oder weniger gleich aussahen, war es doch ein Schock, durch die vertrauten Korridore zu gehen und zu erkennen, wie wenig sich an Bord der *Aegis* verändert hatte. Die Mannschaft wartete das Kanonenboot offenbar sehr gründlich, auch wenn hier und da natürlich Zeichen unvermeidlicher Abnutzung zu sehen waren, Flecken auf der Verkleidung um die Türen oder auch Farbbrüche im Metall, wo Konsolen mit anderen Materialien repariert worden waren. Ihr fiel auf, dass Metara sie durch die Mannschaftsquartiere führte und nicht durch die Maschinen- oder Waffensektionen, und sie fragte sich, welche Modifikationen man wohl in diesen Bereichen am Schiff vorgenommen hatte.

Schließlich blieb Metara vor einer Tür stehen. Ihr Gefolge blieb auf dem Korridor zurück, während sie ihre Gäste in den Raum führte, bei dem es sich nur um den Aufenthaltsraum für die Mannschaft handeln konnte. Neben den Sofas, die man entlang der Wände aufgestellt hatte, war er noch mit Schränken möbliert, in denen normalerweise Spiele, Lesegeräte, Holosets und andere Unterhaltungsgeräte verstaut waren. Die Lounge war sauber und ebenso gepflegt, als stünde die *Aegis* noch unter Kontrolle der planetaren Sicherheitskräfte von Alderaan. Über dem Eingang an der gegenüberliegenden Wand erblickte Leia zudem die Indienststellungsplakette mit dem alderaanischen Siegel, und der Anblick ließ sie mit den Zähnen knirschen. Wie konnten sie als Piraten leben und noch immer diese Plakette zur Schau stellen? Dazu hatten sie kein Recht.

Zwei Mannschaftsmitglieder warteten bereits in der Lounge auf sie. »Mein Erster Offizier, Dannan Kelvan«, sagte Metara und deutete mit der Hand auf ihn. »Und unsere Ingenieurin und Waffenoffizierin, Alia Terae.«

Diese Leute sahen nicht so aus, wie Leia sie sich vorgestellt hatte. Sie hatte verzweifelte Seelen erwartet, die mehr unter ihrer Entscheidung litten, Piraten zu werden. Terae und Kelvan waren beide jünger als Metara – sie mit blasser Haut und blondem Haar, das sie streng zurückgebunden hatte, er schlank, hochgewachsen und dunkelhäutig, mit einem ernsten Ausdruck im Gesicht. Teraes Haltung erinnerte Leia an eine rebellische Jugendliche, die man bei etwas Verbotenem erwischt hatte, und Kelvan wirkte einfach nur streng und ungemütlich.

Als Metara ihnen bedeutete, sich zu setzen, nahm Leia auf einem der Sofas Platz, und Han ließ sich nonchalant neben sie fallen, scheinbar völlig unbekümmert. Teraes Blick huschte argwöhnisch zu ihnen hinüber, und Leia versuchte, ihre Gruppe durch die Augen der anderen Frau zu sehen: Han war gefährlich, Sian kühl und ruhig, Kifar stoisch. Welchen Eindruck sie selbst auf die Piraten machte, konnte sie nicht sagen, aber sie vermutete, dass sie einfach nur wütend wirkte. Stumm beobachtete sie Metara. Sie war nicht daran interessiert, Höflichkeiten auszutauschen, vor allem, da sie nicht sagen konnte, wie viel zusätzliches Leid diese Verzögerung bereits über die Verletzten an Bord des Handelsschiffes gebracht hatte. Also wartete sie darauf, dass die Piratin endlich sagte, was sie zu sagen hatte.

Abrupt brach Metara das Schweigen. »Es ist nicht, als hätten wir gesehen, wie Alderaan zerstört wird, und uns gedacht: *Schön, werden wir eben Piraten.* So war es nicht.«

Leia neigte leicht den Kopf. »Wie war es dann?«

Metara atmete tief ein. »Wir waren im Randbereich des Systems unterwegs und fingen einige imperiale Übertragungen ab. Als uns klar wurde, dass ein Angriff stattfand, setzten wir Kurs auf Alderaan, aber wir kamen zu spät. Der Todesstern war bereits wieder verschwunden.« Ihr Gesicht spannte sich bei diesem Namen an, als würde es ihr noch immer viel abverlangen, ihn laut auszusprechen. »Die Schockwelle hatte unsere Sensoren und Kommunikationssysteme außer Betrieb gesetzt, und wir mussten unterwegs eine Pause einlegen, um das Schiff zu reparieren. Zunächst wusste keiner von uns, was geschehen war, bis wir endlich weiterfliegen konnten und den Rand des Trümmerfeldes erreichten. Es war ein schrecklicher Moment.«

Leia, die Metara weiter genau beobachtete, erkannte, dass die Piratin lange darüber nachgedacht hatte, wie sie diese Geschehnisse erklären würde, auch wenn sie sich vermutlich nicht vorgestellt hatte, dass es Leia sein würde, der sie eines Tages davon erzählte. Vielleicht hatte sie ihre Ansprache in Gedanken geübt, sich vorgestellt, wie sie ihr Handeln vor einem vorgesetzten Offizier, ihren Eltern oder einem Mentor legitimieren konnte. Das war kein gutes Zeichen. Es bedeutete, dass

Metara viel Zeit damit verbracht hatte, Rechtfertigungen für ihren Kurs zu finden.

Als Leia nicht reagierte, schob Kelvan nach: »Jeder Einzelne aus der Mannschaft hatte alles verloren – alles und jeden. Unsere Familien stammten aus Chianar, Aldera …« Bei der Erwähnung der alderaanischen Hauptstadt scharrte er betreten mit den Füßen und wandte den Blick ab, so, als würde er sich plötzlich daran erinnern, wer Leia war. Daran, dass auch sie alles verloren hatte.

In herausforderndem Tonfall fragte Terae: »Wo wart Ihr, Euer Hoheit? Als es geschah, meine ich.«

»Ich war an Bord des Todessterns«, erklärte Leia. Sie hielt die Stimme beherrscht, hoffte, dass sie keine Emotion preisgab. Das war nämlich etwas, was *sie* geübt hatte, und sie hatte sich diese Geschichte so oft vorgesagt, dass sie nun mit derselben Ruhe darüber sprechen konnte, als wäre es nur ein unbedeutender diplomatischer Zwischenfall, von dem sie da erzählte.

Terae starrte sie an, und Metaras Stirn legte sich in Falten. Entsetzt entfuhr es Kelvan: »Ich dachte, das wäre nur ein Gerücht.«

»Es gibt viele Gerüchte über diesen Tag, aber dieses eine entspricht der Wahrheit … Kurz darauf gelang es mir zu entkommen«, fuhr sie fort, ohne Han anzusehen. »Ich war auf Yavin Vier, als der Todesstern vernichtet wurde.« Doch Leia wollte weiter über die Piraten sprechen, nicht über sich. »Was haben Sie anschließend getan?«

Metara wischte sich die Handflächen an der Hose ab. »Wir entdeckten am äußeren Rand des Systems einige andere Schiffe, die die Explosion überlebt hatten. Sie sagten uns, sie wüssten, wo wir mit der Allianz in Kontakt treten könnten, und dass sie vorhätten, sich der Rebellion anzuschließen, um gegen das Imperium zu kämpfen. Meine Crew beratschlagte darüber, was wir tun sollten, und …« Ihre Züge verhärteten sich. »Wir kamen zu dem Schluss, dass es Alderaans Verbindungen zur Allianz waren, die zu seiner Zerstörung geführt hatten.« Sie sprach die Worte aus, als erwartete sie einen feurigen Protest.

Stattdessen entgegnete Leia: »Das ist natürlich richtig. Haben Sie deshalb beschlossen, der Allianz nicht beizutreten?«

»Ja.« Metara reckte das Kinn hoch. Dass Leia nicht gegen ihre Aussage protestierte, hatte sie augenscheinlich aus ihrer auswendig gelernten Ansprache gerissen, und ihre Stimme nahm nun einen abwehrenden Ton an. »Wir wollten nach unseren eigenen Regeln gegen das Imperium kämpfen.«

Leia war versucht zu fragen, wie ein Überfall auf unbewaffnete Händler ohne jede Verbindung zum Imperium dem Kampf gegen den Imperator helfen sollte, aber sie konnte sich gerade noch zurückhalten. »Und diese Entscheidung haben Sie alle einvernehmlich getroffen?«

Sie wollte herausfinden, ob es an jenem Punkt Meinungsverschiedenheiten unter den Mannschaftsmitgliedern gegeben hatte. Doch die Art, wie Terae und Kelvan Metara anblickten – nämlich so, als sollte sie ihnen sagen, wie sie zu reagieren hatten –, legte den Schluss nahe, dass die Antwort auf diese Frage Nein lautete.

Schließlich erklärte Terae: »Hätte Alderaan sich an seine Prinzipien von Frieden und Neutralität gehalten, hätte das Imperium den Planeten nicht angegriffen.«

Und wäre das Imperium nicht korrupt, verdorben und entschlossen, jeglichen Ansatz von Widerstand im Keim zu ersticken, dann hätte es keine Bedrohung für den Frieden von Alderaan dargestellt, dachte Leia. Sie wollte diese Diskussion nicht schon wieder führen müssen, aber es schien, als wäre sie dazu verdammt, sie immer und immer wieder zu wiederholen. Vielleicht war das die Strafe dafür, dass sie überlebt hatte. »Alderaan war zu mächtig, zu einflussreich. Früher oder später hätte das Imperium einen anderen Vorwand gefunden, uns anzugreifen, ganz gleich, wie friedliebend und neutral es zu sein vorgibt.« Sie blickte Metara in die Augen. »Und ein Pirat zu werden ist eine merkwürdige Art, die Prinzipien von Frieden und Neutralität zu verteidigen.« Ganz bewusst fügte sie dann noch hinzu: »Die Sklaverei blüht unter dem Imperium wie nie zuvor, und Piraten gehören zu den größten Bezugsquellen für lebende Ware.« Seit dem Tag, da sie Senatorin geworden war, hatte sie versucht, dem Handel mit intelligenten Wesen einen Riegel vorzuschieben, und vermutlich wusste sie mehr über dieses Thema als selbst die seelenlosen Mistkerle, die von dem Geschäft profitierten. Falls Metara glaubte, sie könnte das Leben eines Piraten führen, ohne sich die Hände am Sklavenhandel schmutzig zu machen, dann war sie eine Närrin.

Terae brauste auf: »Zu so etwas würden wir uns nie herablassen! So sind wir nicht …«

Metara brachte sie mit einem Blick zum Schweigen, dann sagte sie, an Leia gewandt: »Wir haben niemals Mannschaften in die Sklaverei verkauft. Wir nehmen keine Gefangenen.«

»Was tun Sie dann mit den Leuten, die Sie lebend gefangen nehmen, wenn Sie ein Schiff überfallen?«

Einen Moment lang hing die Frage in der Luft, bevor Metara antwortete: »Wir lassen sie an Bord zurück. Sobald wir fort sind, können sie um Hilfe rufen, sofern ihre Systeme zu schwer beschädigt sind, um sie zu reparieren. Wir sind einzig und allein an der Fracht interessiert.«

Diese Einstellung war bestenfalls naiv, und Leia war überzeugt, dass Metara das auf irgendeiner Ebene auch selbst erkannte. Bei so etwas gab es zwangsläufig Opfer. Die Besatzungen der überfallenen Schiffe glaubten schließlich, dass es um ihr Leben und ihre Freiheit ging, sie würden sich also nicht einfach so ergeben. Und unter den Schiffen, die zu schwer beschädigt waren, um von der Crew selbst repariert zu werden, gab es bestimmt einige, für die es bereits zu spät war, wenn Hilfe eintraf. Ganz zu schweigen von dem Verlust der Fracht, der kleinere Transport- und Handelsunternehmen in den finanziellen Ruin treiben konnte. »Es ist ein harter Weg, seinen Lebensunterhalt zu bestreiten«, kommentierte Leia mit einem Hauch von Sarkasmus.

Was sie damit gemeint hatte, war, dass es hart für die Opfer war, aber Metara erwiderte: »Glaubt mir, das wissen wir nur allzu gut. Am Anfang war alles, was für uns zählte, zu überleben.«

Da schaltete sich plötzlich Han ein. »Mit einem Schiff wie diesem ließen sich doch sicher viele Jobs übernehmen. Sie könnten selbst Fracht transportieren oder die Handelsrouten in abgelegenen Systemen überwachen. Das wäre zwar langweilig, aber man kann gut davon leben.«

Leia blickte ihn nicht an. Sie wusste, dass Piraten nicht nur legale Frachtschiffe überfielen, sondern oft auch Schmuggler, und vermutlich hatte er schon am eigenen Leib erlebt, wie es war, von Piraten geentert zu werden. Zudem musste Han in den zwielichtigen Bereichen der intergalaktischen Handelsrouten operieren, um gerade so über die Runden zu kommen. Dass Metara behauptete, mit diesem Schiff und ihrer loyalen, gut ausgebildeten Crew nicht auf andere Weise überleben zu können, das musste für ihn wie ein Schlag ins Gesicht sein. Leia wäre es allerdings lieber gewesen, er hätte sich aus der Unterhaltung herausgehalten. Sie war bereits damit beschäftigt, ihre eigene sarkastische Ader zu unterdrücken, und hatte im Augenblick keine Zeit, sich auch noch um seine Anwandlungen zu sorgen.

»Damit haben wir es zunächst auch versucht«, informierte sie Kelvan. »Wir haben als Patrouillenschiff für Handelsposten gearbeitet, aber …« Erneut huschte sein Blick zu Metara hinüber. »Wir sind immer wieder Imperialen begegnet.«

Leia vermutete, dass »Imperialen begegnet« eine sehr diplomatische Weise war zu beschreiben, was damals tatsächlich geschehen war. Sie hatte nach Alderaan selbst oft mit Momenten überwältigender Wut kämpfen müssen, aber es war besser geworden, nachdem sie gesehen hatte, wie der Todesstern zerstört wurde. Sie vermutete, was sich hinter Kelvans Worten verbarg, war, dass Captain Metara ihren Hass vor das Wohl ihrer Mannschaft und ihres Schiffes gestellt hatte.

»Wir wünschten uns Frieden, aber wie sich herausstellte, war der Wunsch nach Rache größer«, meinte Metara.

Da ist es wieder, dieses »Wir«. »Sie wurden also als alderaanisches Schiff enttarnt und angegriffen?«, fragte Leia. »Oder war es eher so, dass Sie das Feuer auf imperiale Schiffe eröffnet haben?« Sie glaubte inzwischen zu wissen, was sich in jenen Tagen abgespielt hatte. Metara war als starke Anführerin in den Vordergrund getreten. In einer Zeit, da ihrer Crew alles Vertraute und Verlässliche auf die denkbar schmerzhafteste Weise entrissen worden war, hatte sie sich als Anker der Sicherheit und der Stabilität erwiesen. Gewiss war die Mannschaft enger zusammengerückt, und die Bande zwischen den Männern waren noch tiefer geworden als zuvor. Metara war nicht nur Captain eines Schiffes – sie war das Oberhaupt einer Familie. Vielleicht fragte sie die anderen nach ihrer Meinung, aber die endgültige Entscheidung lag bei ihr, und niemand würde dagegen protestieren. Leias Mission versprach, schwieriger zu werden, als sie erwartet hatte – dabei war es von vornherein nicht so gewesen, als hätte sie geglaubt, es würde leicht werden.

Metara ignorierte ihre Fragen. »Wir entdeckten, dass der imperiale Gouverneur des Systems mehrere Handelskonzerne unterhielt, also griffen wir seine Transporter an. Anschließend mussten wir aus dem Gebiet verschwinden. Wir kamen hierher ... weil wir hörten, dies wäre ein günstiger Ort, um den imperialen Frachtverkehr zu stören.«

Leia hatte nie von imperialen Schifffahrtsrouten in diesem Teil des Mittleren Randes gehört, und würde es sie geben, dann würde das Imperium hier eine viel sichtbarere Präsenz zeigen und es den Piraten nicht so leicht machen, die örtlichen Händler auszuplündern.

Bevor sie etwas entgegnen konnte, meldete sich Kifar zu Wort: »Dieser Frachter, den Sie da gerade angegriffen haben – das war ein Agrarhändler. Was hat das bitte mit der Störung des imperialen Frachtverkehrs zu tun?«

Er hatte recht, aber Leia brauchte keine Hilfe, und sie wollte nicht, dass einer der anderen das Thema wechselte. Sie bedachte ihn mit einem kurzen Blick, und er lehnte sich zurück, den Mund grimmig verzerrt.

Metara runzelte die Stirn, aber nicht wegen Kifars Bemerkung. Das Agrarschiff war offensichtlich ein wunder Punkt, aber noch konnte Leia nicht genau sagen, warum. Sie bezweifelte aber, dass es die moralische Dimension war, die Metara zu schaffen machte. Die Piratin sagte: »Das hat mehr mit einer Verpflichtung zu tun.«

Leia zog die Brauen hoch. »Der Angriff auf das Schiff war eine Verpflichtung?« Das gefiel ihr nicht. »Inwiefern?«

Alle zuckten zusammen, als plötzlich ein Schiffsalarm über das Kom-System ertönte. Metara stand auf und machte ein paar Schritte von den anderen fort, bevor sie ein Komlink aus ihrer Jackentasche zog. Leia beobachtete sie, während sie leise in das Gerät sprach und dann der Antwort lauschte. Terae und Kelvan musterten ihren Captain ebenfalls besorgt.

Han beugte sich herüber und flüsterte der Prinzessin zu: »Falls es diese imperiale Korvette ist, könnten wir in Schwierigkeiten stecken.«

Sian und Kifar beugten sich vor, um mitzuhören, und Kifar furchte die Stirn. Falls es die Korvette *war*, dann musste jemand, der über ihre Schritte auf dem Laufenden war, den Imperialen Bescheid gegeben haben, denn eine andere Erklärung gab es nicht dafür, dass das Schiff sie so schnell wieder aufgespürt hätte.

Leia begann zu sagen: »Sollte es …«

Da drehte Metara sich herum und erklärte: »Bitte entschuldigt mich einen Moment, Euer Hoheit.« Sie gab Terae und Kelvan einen Wink, woraufhin die beiden sich erhoben und ihr hastig durch den Ausgang nach draußen folgten.

Die Tür versiegelte sich hinter ihnen, und Han, Kifar und Sian holten alle Luft, um etwas zu sagen. Doch Leia hielt sie mit erhobener Hand zurück und blickte zu der Tür, die auf den anderen Korridor hinausführte. Zwei der Besatzungsmitglieder, die sie vom Hangar hierher eskortiert hatten, standen noch immer dort drüben, mit dem Rücken zur Lounge. Sie holte ihr Komlink hervor und meldete sich mit gedämpfter Stimme: »*Wagnis*, bitte melden. Was ist da draußen los?«

»Prinzessin, ein weiteres Schiff ist gerade in das System eingetreten, und es hält mit Angriffsgeschwindigkeit auf uns zu.« Jerell klang aufgeregt. »Es gehört nicht zum Imperium, aber wir können das Transpondersignal nicht identifizieren, und die Sensoren zeigen an, dass es schwer bewaffnet ist.«

»Noch ein Piratenschiff«, meinte Han.

Das verwirrte Sian. »Woher wollen Sie das wissen?«

Solo zog die Schultern hoch. »In diesem Sektor wimmelt es von Piraten. Es könnte natürlich auch ein schwer bewaffneter Rübentransporter sein, der den anderen Agrarhändlern helfen will, aber das halte ich eher für unwahrscheinlich.«

Leia richtete sich wieder an Jerell. »Bringen Sie die *Wagnis* da weg. Fliegen Sie zur Station und docken Sie an.«

»Aber nein, Euer Hoheit. Was ist mit ...?«

Sie fuhr ihm ins Wort. »Sie können später zurückkommen und uns holen. Wir dürfen das Schiff nicht aufs Spiel setzen.« Kurz herrschte Stille am anderen Ende, und Leia wusste, dass Jerell sich gerade mit General Willard besprach. »Verdammt«, murmelte sie.

»Glauben Sie, diese anderen Piraten arbeiten mit der *Aegis* zusammen?«, fragte Kifar. »Es heißt, draußen im Tingelarm haben sich die Piraten zu großen Gruppen zusammengeschlossen, fast schon Flotten.«

»Könnte sein«, brummte Han, aber der Großteil seiner Aufmerksamkeit galt Leia und dem Komlink.

Nun meldete sich Jerell wieder. »Ja, Euer Hoheit, wir werden jetzt mit dem Schiff zur Station fliegen.«

Sichtlich erleichtert lehnte Han sich zurück, und Sian murmelte: »Na endlich.«

Leia stimmte dem zu, denn noch während sie das Komlink wieder in der Tasche verschwinden ließ, öffnete sich der vordere Eingang erneut. Kelvan trat ein und verkündete: »Euer Hoheit, Captain Metara bittet Euch, zu ihr auf die Brücke zu kommen.«

Die Prinzessin erhob sich, doch als Han, Sian und Kifar es ihr nachtaten, fügte der Pirat hinzu: »Nur Ihr, bitte. Aus Sicherheitsgründen, Ihr versteht.«

Das ließ sie kurz zögern, aber andererseits hatte Metara nicht versucht, ihnen die Waffen abzunehmen. Sie drehte sich zu Han um, und sein Gesichtsausdruck verriet ihr genau, was er dachte: dass sie ebendiese Waffen benutzen sollten. Mit eindringlicher Stimme befahl Leia: »Warten Sie hier und machen Sie keine Dummheiten.«

Er zog eine Augenbraue hoch. »Definieren Sie Dummheit.«

Nun, so ziemlich alles, was Han tat, fiel unter ihre Definition von Dummheit. »Warten Sie einfach.«

Anschließend folgte sie Kelvan durch mehrere kurze Korridore und dann in einen erhöhten Beobachtungsbereich über der Brücke der *Aegis*. Terae stand bereits am Geländer und beobachtete die Aktivitäten unter sich mit sorgenvoll gefurchter Stirn. Leia entdeckte Metara an der Kom-Station sitzend, ein Headset auf dem Kopf, vertieft in eine augenscheinlich angespannte Unterhaltung mit irgendjemandem auf dieser Frequenz.

Einige der Konsolen, einschließlich der Waffenkontrollen, waren durch andere Modelle und Gerätschaften ersetzt worden, die deutlich von der Standardausrüstung abwichen, wie Leia zudem feststellte. Sie glaubte nicht, dass sie im Zuge von Reparaturen installiert worden waren. Vielmehr nahm sie an, dass sie für die modifizierten Systeme zuständig waren. Irgendwie mussten sie ihren Traktorstrahl und ihre nachgerüsteten Waffen schließlich kontrollieren.

Von ihrer Position aus hatte Leia einen freien Blick auf einen der Sensor-Holoschirme und das Bild, das er anzeigte. Das näher kommende Schiff hatte die Form eines großen Frachtschleppers, aber ober- und unterhalb der Brücke waren Geschütze angebracht worden, zudem war das Modul, wo sich eigentlich die Frachttore hätten befinden sollen, um große Aufbauten ergänzt worden. Leia blickte zu Kelvan hinüber. »Was ist das für ein Schiff?«

Dem Piraten war ein Unbehagen deutlich anzusehen. »Es wurde von … unserem Gönner in diese Gegend geschickt.«

»Ihr Gönner?«, wiederholte Leia. »Der Gönner, der für all die zusätzliche Ausrüstung an Bord bezahlt hat? Den Traktorstrahl, die verbesserten Waffen?«

Kelvan versuchte, nicht zusammenzuzucken. »Ja, Euer Hoheit.«

Die Prinzessin hatte den Eindruck, dass er nicht glücklich über dieses Arrangement war, zumindest nicht wirklich, und sie fragte sich, ob er trotz seiner Zweifel keinen Protest eingelegt hatte, oder ob Metara nur nicht auf ihn gehört hatte, als er seine Bedenken vortrug. In einem Versuch, weitere Informationen aus ihm herauszukitzeln, meinte sie: »Ich schätze mal, er gehört nicht zum Imperium.«

Es war Terae, die darauf antwortete. »Nein! Natürlich nicht.« Nach einem Zögern fügte sie hinzu: »Das Schiff ist Teil einer Piratenflotte. Sie haben eine Basis nicht weit von hier.«

Leia fluchte, als ihr plötzlich alles klar wurde – was ihr einen erschrockenen Blick von Kelvan einbrachte. »Eine Piratenorganisation hat Sie mit diesen modifizierten Systemen ausgestattet, und jetzt müssen Sie Ihre Schulden bei ihnen abarbeiten.« Mit einem Mal ergab Metaras Besessenheit von der Fracht des Handelsschiffes viel mehr Sinn. Sie machen Geschäfte mit Piraten, bei allen … »Diese Piraten, handeln die auch nach Ihren Prinzipien, oder verkaufen sie gefangen genommene Mannschaften in die Sklaverei?« Leia schaffte es, das Wort *Prinzipien* auszusprechen, ohne es sarkastisch klingen zu lassen. »Oder haben Sie nicht danach gefragt?« Als sie sah, wie Teraes Miene sich einen Moment verdüsterte, fuhr es ihr durch den Kopf: *Also lautet die Antwort Ja.* Nicht dass es sie wirklich überraschte.

»Wir müssen uns nicht ihren Regeln beugen«, erklärte Terae. »Und sobald wir unsere Verpflichtungen erfüllt haben, können wir gehen.«

»Oh ja, dasselbe haben auch viele Leute gedacht, als sie auf ›Geschäfte‹ mit dem Imperium eingegangen sind«, meinte Leia trocken.

Teraes Körper versteifte sich vor Empörung, und selbst der besonnenere Kelvan wandte den Blick ab, während seine Hände sich fest um das Geländer schlossen. Bevor einer von ihnen Gelegenheit zu einer Entgegnung hatte, nahm Metara den Kopfhörer ab und stand so abrupt auf, dass die gesamte Brückenmannschaft sie anstarrte. Leia sah, wie sie tief Atem holte, um ihre Selbstbeherrschung wiederzufinden, sah, wie die Anspannung aus ihren Schultern wich und ihre Haltung einmal mehr Zuversicht und Ruhe zum Ausdruck brachte. Es schien ihr nicht sonderlich schwerzufallen. Andererseits, würde sie nicht über dieses Talent verfügen, wäre ihre Mannschaft vermutlich nicht mehr bei ihr.

Metara durchquerte die Brücke und stieg die Handvoll Stufen zur Beobachtungsplattform hinauf. Auch wenn ihr Gesicht nun wieder beherrscht und neutral wirkte, konnte Leia doch an der straff gespannten Haut um ihre Augenwinkel ablesen, dass die Neuigkeiten, welche sie via Kom erhalten hatte, wenig erfreulich gewesen waren.

»Sie haben mir gesagt, was das für ein Schiff ist«, begann die Prinzessin. »Was wollen die Piraten von Ihnen?«

»Sie wollen, dass wir mit ihnen kommen, so, wie wir es ihnen zugesichert haben.« Metara strahlte Ruhe aus, aber ihre unterschwellige Nervosität ließ sich nicht ganz verbergen. »Ich habe gesagt, dass wir noch keine Zeit hatten, die Fracht des Agrarschiffes an Bord zu nehmen, und sie antworteten, dass sie sich um das Schiff kümmern werden. Falls wir ihrer Aufforderung nicht nachkommen, werden sie uns unter Beschuss nehmen, das weiß ich, und sie sind uns waffentechnisch haushoch überlegen.« Sie drehte sich zu Leia um. »Es tut mir leid. Ich hatte nicht vor, das Versprechen zu brechen, das ich Euch gegeben habe, aber im Moment geht es nicht anders. Und falls wir Euch in der Rettungskapsel absetzen oder Euch eines unserer Shuttles geben, werden sie Euch abfangen, bevor Ihr den Schutzperimeter der Station erreicht.«

Leia presste die Lippen zusammen, um die erste Entgegnung zurückzuhalten, die ihr in den Sinn kam – und auch die zweite. Sobald die *Aegis* den Bereich um die Arnot-Station verließ, würde die Entfernung für ihr gesichertes Komlink zu groß werden, was bedeutete, dass sie und die anderen auf sich allein gestellt waren. Doch sie konnte es sich nicht leisten, Metara jetzt vor den Kopf zu stoßen. Also beschränkte sie sich auf: »Da sind Verwundete an Bord des Frachtschiffes, und Sie wissen, was die Piraten mit ihnen tun werden.«

Kurz huschte ein Ausdruck echten Schmerzes über Metaras Gesicht. »Ich weiß, und ich wollte nicht, dass es dazu kommt! Glaubt mir, es war nie meine Absicht ...« Die Alderaanerin schüttelte diesen Anflug der Verzweiflung ab, und einen Moment später war sie schon wieder gefasst und professionell. Sie drehte sich zum Geländer herum und befahl: »Thomen, die *Wastrel* wird ihren Traktorstrahl auf den Frachter richten und ihn reinziehen. Bereiten Sie alles dafür vor, ihnen in den Hyperraum zu folgen.«

Trotz der Gleichgültigkeit, mit der sie diese Order gab, war ihr innerer Konflikt deutlich zu erkennen, und zum ersten Mal spürte Leia echte Hoffnung, dass sie die *Aegis* retten konnte. Sie beschloss, die Gunst der Stunde zu nutzen. »Haben Sie den Piraten verraten, dass ich an Bord bin?« Falls Metara dachte, dass es bei Piraten einen Kodex à la »Ehre unter Dieben« gab, falls sie glaubte, dass ihre Geschäftspartner Leia und die anderen nicht bei der erstbesten Gelegenheit an das Imperium verkaufen würden …

Die Alderaanerin blickte sie mit echter Verwirrung an, so, als wäre ihr dieser Gedanke nie gekommen. »Nein, natürlich nicht. Ich habe keine andere Wahl, als jetzt mit ihnen zu gehen, aber sobald wir uns wieder trennen, bringe ich Euch und Eure Leute hierher zurück – oder an irgendeinen anderen Ort, wo Ihr Euch mit Eurem Schiff treffen wollt.« Anschließend schob sie nach: »Falls Ihr uns nicht vertraut, und glaubt mir, ich würde es verstehen, dann kann ich Euch auch an einem sicheren Handelshafen absetzen, wo Eure Freunde Euch abholen können.«

»Ich verstehe. Danke.« Leia spürte, wie sich die Anspannung in ihrer Brust löste. Der Klang der Wahrheit schwang in Metaras Worten mit. Hätte sie nicht vor, ihre Gäste wieder gehen zu lassen, würde sie sich nicht so lange damit aufhalten, wie sie Leia zu ihrem Schiff zurückbringen könnte. Die Alderaanerin hatte darauf bestanden, Leia persönlich zu sehen, weil sie – ob sie es nun realisierte oder nicht – ihre Entscheidung rechtfertigen wollte, und zwar vor jemandem, der die planetaren Sicherheitskräfte und die zivilen Behörden vertrat, welchen sie einst gedient hatte. Leia glaubte nicht, dass Metara bereits mit dem Ergebnis ihres Treffens zufrieden war, aber es schien offensichtlich, dass sie ihr weder schaden noch sie gefangen halten wollte. Sie dachte darüber nach, dass Metara sich vermutlich einfach übernommen hatte, und dass sie es sogar wusste, aber das jetzt anzusprechen, wäre ein schrecklicher Fehler. Leia hatte nach einem gemeinsamen Nenner mit der Crew der *Aegis* gesucht, einer Möglichkeit, sie alle auf eine Seite zu ziehen und dadurch weitere Verhandlungen zu erleichtern. Dies war womöglich ihre beste Chance. »Vertrauen Sie den Piraten?«

Metaras Blick huschte kurz zu Terae und Kelvan hinüber. Die Schultern der Ingenieurin sanken voller Unbehagen nach unten, und der Erste Offizier blickte grimmig drein, während er erklärte: »Es ist nicht so, als hätten wir eine echte Wahl gehabt. Sie sagten, wir würden unerlaubt in ihrem Gebiet operieren und dass wir uns ihnen anschließen oder verschwinden müssten. Wir brauchten dringend Reparaturen, die wir uns nicht leisten konnten. Hätten wir ihre Hilfe abgelehnt, hätten wir das Schiff als Altmetall verkaufen können.« Hilflos zuckte er mit den Schultern. »Ich weiß nicht, was wir dann getan hätten.«

Leia wusste es. Die Crew wäre gezwungen gewesen, sich zu trennen, und sie wären auseinandergedriftet, um nach anderen Wegen zu suchen, wie sie ihren Lebensunterhalt verdienen konnten. Menschen, die bereits alles verloren hatten, hätten dann auch noch einander verloren.

Metara räumte ein: »Ich bin sicher, dass sie uns jagen und zerstören würden, falls wir unseren Teil der Abmachung nicht einhalten.«

Leia zog die Augenbrauen nach oben. »Vielleicht kann ich Ihnen da helfen.«

Die Alderaanerin starrte sie an. »Wie meint Ihr das?«

»Ich bin noch nicht sicher. Ich muss erst mehr über Ihre Situation erfahren. Aber ich habe jede Menge Erfahrung darin, mich aus brenzligen Situationen herauszureden.« In bedeutsamem Tonfall fügte Leia hinzu: »Vielleicht sitzen Sie gar nicht so tief in der Patsche, wie Sie glauben.«

5. Kapitel

Nachdem die *Aegis* in den Hyperraum gesprungen war, führte Kelvan Leia zurück in die Lounge. Als sie eintrat, waren die anderen bereits aufgestanden, und es sah aus, als hätte die aufgleitende Tür eine besonders heftige Diskussion zwischen ihnen unterbrochen. Dem Ausdruck auf ihren Gesichtern nach zu schließen – ganz besonders bei Han –, war ihnen nicht entgangen, dass das Schiff sich nun im Hyperraum befand.

Kelvan zögerte, als würde er die Unbehaglichkeit der Situation spüren, aber nicht wissen, wie er damit umgehen sollte. Letztendlich nickte er nur Leia zu und ging, woraufhin sich die Tür hinter ihm wieder schloss.

»Was ist passiert?«, wollte Solo wissen.

Leia erstattete ihnen mit gedämpfter Stimme kurz Bericht.

Als sie fertig war, meinte Han: »Sie wissen hoffentlich, in was für einer Misere wir vermutlich gerade stecken.«

»Ja, dessen bin ich mir bewusst, Han, aber vielen Dank, dass Sie mich noch mal auf das Offensichtliche aufmerksam machen«, entgegnete Leia bissig. »Ich glaube aber auch, dass wir hier eine großartige Möglichkeit haben könnten.«

Han schlug sich die Hände vor den Kopf.

»Sie meinen eine Gelegenheit, diese Crew zu rekrutieren?«, fragte Sian skeptisch.

»Es besteht zumindest die Möglichkeit.« Leia wusste, dass sie zuversichtlicher klang, als in der gegenwärtigen Lage eigentlich gerechtfertigt war, aber falls sie nicht an die Mannschaft der *Aegis* glaubte, würde niemand es tun. »Jetzt habe ich Zeit, mit ihnen zu reden, und falls ich ihnen bei ihrem Problem helfen kann …«

»Meinen Sie mit ihrem Problem, dass sie bei einem Piratenlord in der Kreide stehen und gerade mit uns an Bord zu seiner Basis fliegen?«, fasste Han die Lage mit enervierender Präzision zusammen. »Dieses Problem?«

»Sie werden die Prinzessin bestimmt nicht verraten«, warf Kifar ein. »Ich meine, sie sind Piraten, aber sie sind noch immer Alderaaner.«

Han warf ihm einen vernichtenden Blick zu. »Eigentlich sollte es mich zum Lachen bringen, dass Sie das glauben.«

Sian schien alles andere als glücklich, aber sie meinte: »Wir sitzen hier mit ihnen fest – machen wir also das Beste daraus.«

Bevor Han etwas erwidern konnte, trat Metara in die Lounge, begleitet von Terae und Kelvan. Leia fragte: »Wo genau fliegen wir hin, Captain?«

»Zu einem der Piratentreffpunkte in dieser Gegend«, antwortete Metara. »Sie nennen es einen Umschlagplatz.«

»Einen was?«, fragte Sian.

Aber Leia war mit dem Begriff in diesem Zusammenhang vertraut und erklärte: »Piraten kommen aus anderen Sektoren hierher – Sektoren mit profitableren Handelsrouten. Sie bringen die Fracht mit, die sie geraubt haben, und tauschen sie am Umschlagplatz bei Hehlern, Schwarzmarkthändlern oder anderen Piraten ein.« Vermutlich brachten sie auch die gefangenen Mannschaftsmitglieder und Passagiere dorthin, um sie zu verkaufen, weit entfernt von dem Ort, wo sie ursprünglich herkamen. Leia sprach aus Gewohnheit ruhig, aber im Stillen dachte sie, dass dies wohl die Erklärung für all die Piratenaktivität in der Gegend war.

»Das stimmt.« Metara rieb die Handflächen gegeneinander. Sie schien abgelenkt, und offenbar war ihr noch immer nicht ganz wohl zumute. »Wir waren noch nie dort, und ihren Anführer habe ich auch noch nicht getroffen. Unsere Abmachung kam durch Mittelsmänner zustande. Von ihnen bekam ich auch die Mittel, um die Modifikationen am Schiff durchzuführen, und dazu die Koordinaten einer Werft, wo man keine Fragen stellt.«

»Aber warum haben sie hier einen Umschlagplatz?«, fragte Kifar. »Ich wüsste nicht, was für diesen Ort spricht.«

»Er ist abgelegen, das spricht für diesen Ort«, antwortete Han. »Das Imperium treibt seine Steuern ein, aber sonst verirrt es sich nicht hierher. Und um lokale Patrouillen oder Milizen müssen die Piraten sich auch keine Sorgen machen. Alles, was es hier gibt, sind ein paar bewaffnete Händler und Farmer.«

Metara blickte weiter Leia an. »Ihr sagtet, Ihr könntet uns helfen. Wie? Wolltet Ihr vorschlagen, dass Ihr unsere Schulden bezahlt?« Der Gedanke schien ihr nicht zu gefallen.

»Und was würdet Ihr als Gegenleistung dafür verlangen?«, schob Terae mit sichtlicher Skepsis nach.

Leia ignorierte sie. Sie wusste, dass die Allianz nicht genug Rücklagen hatte, um die Schulden der *Aegis* zu begleichen, außerdem sträubte sie sich gegen den Gedanken, Piraten und Sklavenhändlern Geld in die Hand zu drücken. »Das war nicht, was ich meinte. Aber falls ich die Piraten davon überzeugen kann, dass wir ihnen etwas Wertvolleres als Ihre Dienste anzubieten haben – und falls wir sie überreden können, nicht nur uns, sondern auch die Crew des Handelsschiffes gehen zu lassen ... Ich kann nicht versprechen, dass wir Erfolg haben werden, aber einen Versuch ist es wert.«

Han starrte sie ungläubig an, aber Metara nickte langsam.

»Mit anderen Worten, Ihr wollt die Piraten anlügen?«, stieß Terae hervor. »Wir haben unser Wort gegeben, und jetzt sollen wir es brechen?«

Metara warf ihr daraufhin einen eisigen Blick zu, der ausdrückte, dass die jüngere Frau bereits genug gesagt hatte.

Leia fuhr unterdessen fort: »Falls wir dadurch eine Gruppe Unschuldiger vor der Sklaverei retten können, ja. Dafür bin ich gerne bereit zu lügen.«

Leia hatte auf eine Möglichkeit gehofft, mit den anderen Crewmitgliedern der *Aegis* zu sprechen, insofern war sie hocherfreut, als man ihnen anbot, mit Metara und dem Rest der Mannschaft, der gerade keinen Dienst hatte, in der Bordküche zu essen. Der Tisch, der dort stand, war gerade groß genug für eine Schicht, aber die Leute, die keinen Platz mehr daran fanden, drängten sich bereitwillig in den beiden Korridoren und den Eingängen zusammen, um der Unterhaltung zu lauschen. Leia vermutete, dass Metara die Stimmung ihrer Crew genau abschätzen konnte, und offenbar wollte sie möglichen Unfrieden vermeiden, indem sie allen die Gelegenheit gab, die Prinzessin zu sehen und mit ihr zu reden.

Natürlich durfte Leia nicht den Eindruck erwecken, als wollte sie Metara ihre Mannschaft abspenstig machen. *Obwohl, irgendwie tue ich es ja doch. Aber wenigstens plane ich keine Meuterei.* Als die Crewmitglieder sich zum Abendessen versammelten, erkannte Leia, dass sie keine Angst vor ihrem Captain hatten. Vielmehr waren sie von Sympathie und Vertrauen in Metara erfüllt. Einen Keil zwischen sie treiben zu wollen wäre also nicht nur grausam, sondern auch ebenso sinnlos.

Es war eine heikle Situation. Leia spürte, dass sie bereits Fortschritte machte, schließlich hatte Metara eingestanden, dass es ein Fehler gewesen war, auf das Angebot der Piraten vom Umschlagplatz einzugehen. Sie hatten jetzt also ein gemeinsames Ziel, und Leia wollte, dass Metara von ihr als einer Verbündeten dachte, nicht als Feindin. Diesen Ansatzpunkt durfte sie nicht verlieren, denn selbst wenn es ihr nicht gelingen sollte, die *Aegis* zum Beitritt zur Allianz zu bewegen, könnte sie Metara doch zumindest überreden, der Piraterie den Rücken zu kehren und an einem weit entfernten Ort einen ehrenwerteren Neuanfang zu wagen. Unter der Führung ihres Vaters hatte sie seinerzeit einige Verhandlungen im Senat geführt, die beinahe ebenso persönlich und kompliziert gewesen waren wie diese nun, und sie würde jeden Trick anwenden müssen, den Bail Organa ihr gezeigt hatte.

Das Essen bestand lediglich aus den typisch einfallslosen Schiffsrationen, und Leia aß, ohne weiter über ihr Mahl nachzudenken. Stattdessen verbrachte sie die meiste Zeit damit, Fragen aus der Mannschaft zu beantworten und ihnen zuzuhören, als sie, zunächst noch zögerlich, dann aber mit immer größerem Zutrauen, über Alderaan sprachen.

Schließlich wollte eines der Crewmitglieder wissen: »Aber was hat Euch überhaupt in diese Gegend geführt, Euer Hoheit?«

»Ich fürchte, das kann ich Ihnen nicht sagen«, erklärte Leia, wobei sie ihre Worte mit einem sanften Lächeln abschwächte.

»Soll das heißen, Ihr seid im Auftrag der Allianz hier?« Jemand stieß den Mann an, und er fügte hastig hinzu: »Es tut mir leid. Ich dachte nur … Ich dachte …«

»Dass ich so etwas wie eine Galionsfigur der Rebellion bin? Ein Symbol?«, fragte Leia. Das hörte sie oft, und wie Mon Mothma und die anderen im Oberkommando der Allianz ihr schon mehrfach erklärt hatten, wollten sie auch, dass genau dieser Eindruck entstand. Ein Symbol zu sein, gehörte zu Leias Pflichten, und sie verstand, dass das Teil ihrer Arbeit für die Allianz war, aber manchmal fragte sie sich, ob Mothma und die anderen wirklich begriffen, was sie da von ihr verlangten. Galionsfiguren waren nicht wie lebende, atmende Wesen – sie waren aus Stein gehauen und durften keine Fehler machen. Leia war nicht sicher, wie lange sie diese Bürde noch tragen konnte. Früher oder später machte jeder Fehler, und sie hasste es zu versagen.

»Ich dachte nur nicht, dass sie Euch auf gefährliche Missionen gehen lassen«, meinte der junge Mann nun, als ihm jemand unter dem Tisch einen Tritt verpasste – dem Winkel nach war es vermutlich Kelvan.

Sie hörte, wie Sian ein spöttisches Schnauben ausstieß. Vermutlich erinnerte sie sich gerade daran, wie der Druckausfall auf der Brücke der *Wagnis* sie beinahe in den Tod gerissen hatte. Als Leia aufblickte, warf Han ihr einen derart sardonischen Blick zu, dass sie beinahe selbst geschnaubt hätte. »Nun«, meinte sie trocken, »wer einmal im Imperialen Senat war, ist an Gefahren gewöhnt«, dann nutzte sie diesen Moment als Übergang zu einer lustigen Geschichte über den jungen Assistenten eines Senators, der einmal in einen Wartungsschacht geklettert war, nur um Senator Palpatine aus dem Weg zu gehen.

Als das Abendessen beendet war, hatte sich die Spannung gelegt und die Crewmitglieder sprachen ungezwungener miteinander, aber Leia fiel auf, dass Metara sie mit einem Blick musterte, den sie nicht einordnen konnte. Ob der Captain es wohl bereute, sie an Bord gebracht zu haben? Glaubte sie vielleicht, dass Leia bereits jetzt zu viel Einfluss unter ihren Männern gewonnen hatte? Die Prinzessin entschied, dass sie bei ihren Bemühungen noch subtiler vorgehen musste, zumindest, bis sie Gelegenheit gehabt hatte, sich mit Metara selbst zu befassen.

Leia und Han standen auf der Beobachtungsplattform der Brücke, als die *Aegis* aus dem Hyperraum zurückfiel. Sian und Kifar waren wieder in der Lounge, aber Han hatte darauf bestanden mitzukommen, als Kelvan gekommen war, um Leia auf die Brücke zu bringen. Sie hatte ihn nicht davon abgehalten, einerseits, weil sie seine Einschätzung hören wollte, und andererseits, weil sie jede Gelegenheit nutzen mussten, die ihnen half, sich freier auf dem Kanonenboot zu bewegen. Metara schien sich langsam an den Gedanken zu gewöhnen, dass sie Verbündete waren, und Leia war entschlossen, das auszunutzen.

Kelvan hatte kurz gezögert und Han dann gefragt: »Sind Sie der Leibwächter der Prinzessin?«

Mit belustigtem Blick hatte Leia beobachtet, wie Solo mit sich rang, und sich auf eine anspielungsreiche Antwort eingestellt. Doch alles, was Han sagte, war: »Ich bin ihr Pilot.«

Kelvan blickte zu ihr hinüber, aber in diesem Moment erklang ein Signalton aus dem Kom-System, der anzeigte, dass das Schiff in ein paar Sekunden den Hyperraum verlassen würde. Der Erste Offizier entschied, dass jetzt keine Zeit war, darüber zu streiten, ob Han nun mitkommen durfte oder nicht, und so führte er sie beide zur Brücke. Leia fiel auf, dass er sich nicht mit Metara in Verbindung setzte, um ihre Erlaubnis einzuholen – vielleicht hatten er und Terae mehr Autorität an Bord, als sie eingangs geglaubt hatte.

Als sie den Kommandoraum erreichten, blieb der Erste Offizier mit Han und Leia auf der Beobachtungsplattform, wogegen Metara und Terae unten standen, hinter den vier Crewmitgliedern an den Brückenstationen. Die *Aegis* schlüpfte geschmeidig in den Normalraum zurück, und die Sterne nahmen wieder ihre normale Form an. Der Hauptsensorschirm, der von der Plattform aus gut einzusehen war, zeigte abgesehen von der *Wastrel*, dem Piratenschiff, das sie hierhergeführt hatte, nur die Leere des Alls, sie mussten also ein gutes Stück von ihrem Ziel entfernt aus dem Hyperraum gekommen sein. Leia vermutete, dass das in diesen Gefilden so üblich war, eine Sicherheitsmaßnahme, damit patrouillierende Schiffe ausreichend Zeit hatten, die Neuankömmlinge zu identifizieren.

Während die beiden Schiffe mit ihren Sublichttriebwerken tiefer in das System vordrangen, beobachtete die Prinzessin, wie Metara eine kurze Unterhaltung über das Kom-Headset führte, vermutlich mit der *Wastrel*.

Plötzlich sagte Han: »Da ist es.«

Vor dem Sichtfenster war nichts zu erkennen, also richtete Leia die Augen wieder auf den Schirm. Eine Ansammlung von Punkten und Zahlen zeigte Sensorkontakte mit fünf anderen Schiffen an. *Das sieht gar nicht so schlimm aus*, dachte sie, doch dann erblühten weitere Kleckse auf dem Schirm, als noch mehr Schiffe in Reichweite kamen. Die fünf Kontakte waren lediglich Ausreißer aus der Gruppe gewesen. Jetzt waren überall auf dem Monitor Schiffe zu sehen, manche dicht zusammengedrängt, während andere einzeln im All hingen. Alle waren sie um etwas versammelt, das die Sensoren nur als große dunkle Masse voller Energiespitzen erfassten.

Kelvan blickte beinahe ebenso entsetzt, wie Leia sich fühlte. »Da müssen mehr als fünfzig Schiffe sein«, murmelte er. Unter ihnen starrte Terae auf den Schirm, und auch wenn Leia ihren Gesichtsausdruck nicht deuten konnte, ihre Schultern waren straff gespannt. Das, überlegte sie, war ein weiterer Beweis dafür, dass Metara nicht gewusst hatte, worauf sie sich mit ihren »Geschäftspartnern« einließ.

Han linste kurz zu ihr hinüber. »Sind das jetzt genug Piraten für Sie, Verehrteste?«

»Ich bin begeistert«, murmelte Leia. Diese Anzahl von Piraten würde ausreichen, um die Arnot-Station und all die kleinen planetaren Siedlungen zu zerstören, welche über die lokalen Handelsrouten mit Vorräten versorgt wurden.

Die Masse im Zentrum der Schiffskontakte wuchs noch weiter heran, und einen Moment lang hatte Leia Angst, es könnte ein gigantisches Schiff sein, größer selbst als ein Sternenzerstörer, aber die Sensoren schienen es nicht genau einordnen zu können. Es gab Kom-Signale und Energiesignaturen von sich, aber weite Abschnitte schienen völlig leblos. Die meisten Piratenschiffe umkreisten es wie auf einem Orbit, doch es war zu klein für einen Mond, geschweige denn einen Planeten.

»Was ist das für ein Ding?«, hauchte Kelvan.

»Das frage ich mich auch gerade«, sagte Han. »Erst dachte ich, es wäre eine verlassene Station, die sie hier rausgezogen haben, aber es scheint dort viele Rohstoffe zu geben ...«

Der Alderaaner an der Sensorstation musste wohl an dem Problem gearbeitet haben, denn als Metara sich hinter ihn stellte, floss das Bild auf dem Sensorschirm zu einem ungleichmäßig geformten Umriss zusammen. Er war überzogen von hellen Punkten, die Energiequellen andeuteten, und dunkle Flecken markierten Luken und Hangartore, weit genug, dass auch größere Frachttransporter hindurchpassten. Den Sensoren zufolge war es teilweise hohl, sein Inneres durchzogen von gewundenen Schächten, aber auch mit mehreren druckfesten Bereichen, die hineingebaut zu sein schienen …« Es ist eine Asteroidenmine«, entfuhr es Leia überrascht.

Han nickte. »Muss alt und ausgemustert sein. Vielleicht ein Überbleibsel aus der Republik oder sogar aus der Zeit davor.«

Asteroidenfelder mit wertvollen Mineralien lockten oft ganze Horden von Erzschürfern und Bergbauunternehmen an, aber sobald die leicht zugänglichen Adern erschöpft waren, zogen sie weiter. Vermutlich bestand ein Großteil der ursprünglichen Bevölkerung in diesem Sektor aus Bergarbeitern und Hilfspersonal, die in der Gegend geblieben waren, nachdem man die Minen geschlossen hatte.

Leia meinte: »Jetzt kennen wir einen weiteren Grund, warum die Piraten dieses Gebiet für ihren Umschlagplatz ausgewählt haben. Dieses Ding ist riesig. Mehr als genug Raum, um Schiffe zu reparieren, Fracht zu lagern, Treffen mit Hehlern abzuhalten – was immer sie eben brauchen.« Sie blickte zu Kelvan hinüber. »Und auch, um ihre Gefangenen unterzubringen, bis sie sie an Sklavenhändler verkaufen können. So wie die Mannschaft des Handelsschiffes.«

Sein Gesicht spiegelte einen inneren Konflikt wider. »Wir hatten keine Ahnung, welche Ausmaße diese Aktivitäten haben. Ich glaube, wir haben uns einfach eingeredet, dass es nur ein Geschäftsabkommen ist, mehr nicht.«

Genauso hatte Metara es auch genannt. »Würde das denn einen Unterschied machen?«, fragte Leia.

Der Erste Offizier schüttelte den Kopf. »Vielleicht. Ich weiß nicht. Wir waren verzweifelt.« Hilflos hob er die Hand. »Wir haben schon so lange keine echte Hoffnung mehr.«

Leia nickte verständnisvoll. Er, Terae und Metara waren für die Sicherheit der anderen Mannschaftsmitglieder verantwortlich, da konnte Verzweiflung ein starker Motivator sein.

Han betrachtete noch immer den Sensorschirm. Ihm schien nicht zu gefallen, was er sah. »Normalerweise ist ein Umschlagplatz nie lange an einem Ort. Sie müssen ziemlich oft verlagert werden, je nachdem, wie viele Geschäfte dort gemacht werden und wie viel Aufmerksamkeit das erregt. Aber die scheinen sich hier langfristig eingerichtet zu haben.«

»Ich frage mich, ob es vielleicht mehr ist als nur ein Umschlagplatz«, sagte Leia. Falls ein paar imperiale Beamte an diesem Ort mitverdienten, konnte das erklären, warum die Behörden dem Piratenproblem in diesem Sektor so wenig Aufmerksamkeit schenkten.

Han zuckte mit den Schultern. »Das wird sich zeigen, wenn wir drinnen sind.«

Die Bilder auf dem Sensorschirm wurden jetzt von Sekunde zu Sekunde größer und deutlicher. Es konnte nicht mehr lange dauern.

Die *Aegis* erhielt Koordinaten für eine Andockstelle und näherte sich der Asteroidenmine. Es fühlte sich an, als würde jeder Pirat vom Äußeren Rand bis zu den Kernwelten dem Kanonenboot mit seinen Waffen folgen, und Leia musste sich zurechtweisen, dass es gar nicht so viele Schiffe waren. Nicht dass es einen Unterschied machen würde, sollten die Piraten alle gleichzeitig das Feuer auf sie eröffnen.

Der Asteroid war früher vermutlich einmal ein Sphäroid gewesen, aber großflächiger Rohstoffabbau hatte eine gesamte Hemisphäre ausgehöhlt und einen der Pole verformt, sodass der Umriss aus diesem Winkel mehr an einen Halbmond mit

Schlapphut erinnerte. Sie waren jetzt nahe genug, um erkennen zu können, dass die Oberfläche mit Gruben, Rissen und Kratern gespickt war, von denen etliche die Spuren von Bohrarbeiten und Ausgrabungen zeigten, sodass es schwer war zu sagen, welche Löcher auf natürlichem Wege entstanden waren und welche man mit den nunmehr verwaisten Bergbaumaschinen hineingegraben hatte, die überall auf dem staubigen Asteroiden herumstanden. Leia entdeckte außerdem eine große Explosionsnarbe, umgeben von den Trümmern eines abgestürzten Schiffes – nein, es waren zwei Schiffe –, aber es war unmöglich, den Zeitpunkt des Unglücks abzuschätzen. Ob es sich um die Wracks von Piratenschiffen handelte, die im Kampf abgeschossen worden waren, oder um die Überreste eines alten Bergbauunglücks, ließ sich ebenso wenig sagen.

Die Andockstelle, die man ihnen zugewiesen hatte, war ungefähr auf mittlerer Höhe des Asteroiden in eine Steilwand hineingebaut: eine klaffende Öffnung ohne Luftschleuse, geschützt allein durch ein Kraftfeld. So wie es aussah, war sie ursprünglich für droidengesteuerte Verladeschiffe gedacht gewesen.

»Nicht gerade ein herzlicher Empfang«, meinte Leia, an Han gewandt. Sie standen inzwischen allein auf der Beobachtungsplattform, nachdem Terae die Brücke verlassen hatte, um in den Maschinenraum zurückzukehren, und Kelvan nach unten zu Metara gegangen war. »Scheint kein sonderlich sicherer Andockplatz zu sein.«

Han zuckte mit den Schultern. »Vielleicht, vielleicht auch nicht. Soweit wir wissen, haben sie keinen Grund, uns zu töten – zumindest noch nicht.«

Das stimmt wohl, dachte Leia. Doch sollten die Piraten auch nur ahnen, dass Metara nicht vorhatte, sie mit Gefangenen für die Sklavenhändler zu versorgen, war die *Aegis* für sie vermutlich ohne Besatzung mehr wert als mit ihr.

Han deutete mit dem Kinn auf den Schirm, der den Kurs der *Wastrel* und des entführten Handelsschiffes verfolgte. »Sie fliegen einen anderen Hangar auf dieser Seite an. Jede Wette, dass es der große dort drüben rechts ist.«

Leia sah hinüber und prägte sich diese Position sorgsam ein. »Gut zu wissen.«

Solo beäugte sie skeptisch, aber sie begegnete seinem Blick und erklärte: »Wir werden diesen Ort nicht ohne sie verlassen.«

Obwohl er im Flüsterton sprach, schaffte Han es, all seine Verärgerung zum Ausdruck zu bringen, als er sagte: »Es ist nicht unsere Schuld, dass sie hier sind.«

Leia starrte finster auf Metaras Rücken hinab. »Glauben Sie mir, ich weiß *genau*, wessen Schuld es ist.«

Der Steuermann bugsierte die *Aegis* vorsichtig durch die Öffnung in die Landebucht. Es war ein riesiger Raum, entworfen für ein ungleich größeres Schiff, mit metallenen Gerüsten, die direkt in die Wölbung der Felsdecke hineingebaut waren, vermutlich, um Erzbehälter ein- oder auszuladen. Leia spürte, wie ein Schauder durch das Deck der *Aegis* rann, als das Kanonenboot auf dem zerfurchten Stein aufsetzte. Der junge Steuermann hatte die verblichenen Linien und Kreise ignoriert, die einst den Droidentransportern ihre Andockstellen gewiesen hatten, und war einfach in der Mitte des Raumes gelandet.

»Sie pumpen Luft in die Bucht«, meldete Kelvan, nachdem er auf eine Konsole hinabgeblickt hatte.

Metara legte die Kopfhörer beiseite und ging über die Brücke zur Beobachtungsplattform hinüber. »Ihre Anführerin möchte mich sehen«, erklärte sie Leia. »Das heißt, ich vermute, dass es ihre Anführerin ist. Ihr Titel lautet ›Flugmeisterin‹.

Ich bin aber nicht sicher, ob sie tatsächlich die Schiffe kontrolliert, die hier angedockt sind, oder ob sie nur entscheidet, wer die Station benutzen darf und wer nicht.«

»Ist sie diejenige, die für die Reparaturen und die neuen Systeme bezahlt hat?«, wollte Leia wissen.

Metara nickte. »Ja. Obwohl wir nur durch Mittelsmänner kommuniziert haben. Ihren Namen habe ich nie erfahren.«

»Ich möchte Sie begleiten«, sagte Leia. Sie blickte ganz bewusst nicht zu Han hinüber, aber sie spürte trotzdem, wie er sich an ihrer Seite versteifte.

Metara schüttelte den Kopf. »Ich werde Euch über Kom auf dem Laufenden halten, und Ihr könnt mir Ratschläge geben, falls Ihr welche habt …«

Die Prinzessin schnitt ihr das Wort ab. »So funktioniert das nicht. Ich kann Ihnen nur helfen, wenn ich genau weiß, womit wir es zu tun haben.«

Die Alderaanerin seufzte. »Euer Hoheit, es gibt schon genug Dinge, mit denen ich leben muss, und ich habe nicht vor, diese Bürde noch zu vergrößern. Sollte Euch etwas zustoßen …«

»Falls diese Flugmeisterin den Eindruck gewinnt, dass Sie jemandem auf diesem Schiff Bericht erstatten, wird sie das nur misstrauisch machen. Wir sagen ihr einfach, ich vertrete ein anderes Piratenschiff oder eine andere Gruppe von Piraten, die Ihnen ein Angebot gemacht hat. Erklären Sie ihr, dass Sie mit uns arbeiten, um Ihre Schulden samt Zinsen schneller zurückzahlen zu können. Falls sie einen Sinn fürs Geschäftliche hat, sollte sie das zufriedenstellen.« Leia biss sich auf die Lippe, als ihr der Gedanke an die Agrarhändler durch den Kopf zuckte. »Aber ich weiß noch nicht, wie wir Ihre Gefangenen zurückbekommen.«

»Unsere Abmachung galt nur für die Fracht, nicht für das

Schiff selbst oder seine Besatzung«, erinnerte Metara sie. »Aber offensichtlich hat die Flugmeisterin ihre Meinung geändert.«

»Vielleicht können wir das als Ansatzpunkt nehmen. Wir erklären, dass die Crew noch immer Ihnen gehört, weil sie ja nicht Teil des Geschäfts war.« Leia bezweifelte allerdings, dass die Piraten ihnen die Gefangenen einfach so übergeben würden. »Oder wir bieten an, sie zu kaufen.« Der Gedanke, Sklavenhändlern Geld zu zahlen, widerstrebte ihr, aber sie bezweifelte, dass es möglich wäre, die Gefangenen mit Gewalt zu befreien. »Falls sie darauf eingehen und uns zur Basis zurückkehren lassen, kann ich das nötige Geld von meinem Schiff holen. Und sollten sie mehr verlangen, als wir an Bord haben, kann ich danach schicken lassen.« Hoffentlich würde der *Millennium Falke* die Arnot-Station bereits erreicht haben, wenn sie dorthin zurückkehrten. »Ich weiß nicht, ob es funktionieren wird«, räumte sie ein. »Aber wir müssen es versuchen.«

Metara musterte sie einen Moment lang mit undeutbarer Miene. »Ich werde nicht zur Allianz gehen, ganz gleich, was Ihr für uns tut.«

Leia war bereit, diesen Teil ihres Plans aufzugeben, oder zumindest fürs Erste so zu tun als ob. »Ich verstehe. Möchten Sie dieses Schiff weiterhin für Piraterie und Sklaverei nutzen?«

Es machte ihr Hoffnung, dass Metara ohne Zögern antwortete. »Nein, nicht Sklaverei. Ich kann nicht versprechen, dass wir nie wieder ein anderes Schiff angreifen, aber es war nie meine Absicht, diese Mannschaft gefangen zu nehmen.«

»Dann verfolgen wir dasselbe Ziel.« *Vorerst jedenfalls*, fügte Leia in Gedanken hinzu. *Was danach kommt, wird sich zeigen.*

Han hielt Leia im Korridor vor der Brücke auf, wo sie einen Moment lang ungestört waren. Es war schwer genug für ihn gewesen, vor Metara und den anderen den Mund zu halten, und nun entfuhr es ihm: »Falls Sie mich fragen wollen, ob ich das für eine gute Idee halte …«

»Will ich nicht.« Der Gedanke, dass sie ihn um Rat fragen sollte, schien die Prinzessin zu amüsieren. »Ich brauche Sie, um ein Auge auf Sian und Kifar zu haben, während ich fort bin. Sorgen Sie dafür, dass sie keinen Streit mit der Crew der *Aegis* oder den Piraten anfangen.«

Das konnte nur eines bedeuten: Sie glaubte nicht, dass sie und Metara bald zurück sein würden und es nur ein kleiner Plausch mit der Flugmeisterin werden würde. »Eigentlich sind wir hier, um auf Sie aufzupassen. Deshalb sind wir mitgekommen. Schon vergessen, ich bin Ihr ›Leibwächter‹?« Er malte mit den Fingern Anführungszeichen in die Luft, um die Bedeutung des Wortes zu unterstreichen.

»Und ich dachte, Sie wären mein ›Pilot‹.« Leia imitierte seine Geste. »Han, dafür ist jetzt keine Zeit.« Sie blickte ihn mit stählerner Entschlossenheit an. »Ich muss diesen Leuten helfen, und Sie müssen – aufhören, sich mir in den Weg zu stellen.«

Natürlich wusste er, dass sie diesen Leuten helfen musste. Es gab niemanden, dem sie *nicht* helfen musste. »Dann lassen Sie mich mitkommen und mithelfen.«

»Sie haben lediglich nach Metara verlangt. Es ist kompliziert genug, wenn *ich* sie begleite. Noch mehr Personen würden die Sache nur schlimmer machen.«

»Kompliziert?« Leias Wortwahl ließ ihn die Brauen hochziehen. Sie hatte recht, aber es gefiel ihm nicht, sie ohne Rückendeckung gehen zu lassen, noch dazu mit Metara. Diese Frau war eine Fanatikerin, und er würde eher dem Anführer einer Hutt-Bande vertrauen als einer Fanatikerin. »*Unangenehm* wird es, wenn die Sie erschießen.«

»Und es wäre nicht weniger kompliziert, wenn sie uns alle erschießen.« Leia verschränkte die Arme vor der Brust und bedachte ihn mit diesem Ich-bin-hier-die-Prinzessin-und-nicht-Sie-Blick. »Meine Entscheidung steht fest.«

Han wollte weitere Widerworte geben, schon allein aus Prinzip, aber leider konnte er keinen besseren Vorschlag machen. Es war ein wenig zu spät, die Brücke zu stürmen und Metara als Geisel zu nehmen, um die Kontrolle über das Kanonenboot zu erringen – von all den schlechten Ideen, die er während des Hyperraumsprungs ersonnen hatte, war ihm das noch die liebste gewesen. Natürlich hatte er sie nicht erwähnt, weil Leia da bereits mit ihren subtilen Manövern begonnen hatte, um dasselbe Ziel ohne Blaster zu erreichen. Irgendwie war es ihr gelungen, sich in dieser Misere zu Metaras Verbündeter zu machen, und indem sie mit der Flugmeisterin verhandelte, wollte sie sich zu Metaras Boss machen. Hätte er es nicht so ungemein anziehend gefunden, wäre es vermutlich einschüchternd gewesen, sie so zu erleben. Han hob die Hände, um die Tatsache, dass er sich geschlagen gab, möglichst beiläufig herunterzuspielen. »Also schön, na gut!«

»Fein.« Leia reichte ihm das Komlink, das sie von der *Wagnis* mitgebracht hatte. »Passen Sie darauf auf. Falls wir durchsucht werden oder unsere Waffen abgeben müssen, möchte ich keine Fragen deswegen beantworten müssen. Metara wird ein Komlink mit sicherer Verbindung zu ihrem Schiff mitnehmen – damit werden die Piraten rechnen. Informieren Sie bitte auch Sian und Kifar über die Lage. Und ziehen Sie nicht so ein Gesicht.«

Er steckte das Komlink in die Tasche. »Sie sind der Boss, Höchstwohldurchlauchtigste.« Er wusste, wie sehr sie es hasste, wenn er sie so nannte, und Leia warf ihm ihren Todesblick zu und stampfte davon, zurück in Richtung Brücke. Einmal mehr fragte Solo sich, welch seltsame Wendung sein Leben doch genommen hatte, dass er sich nun verbale Duelle mit der letzten Prinzessin von Alderaan lieferte. Doch es sollte ihm recht sein, solange er nur nicht der Mann war, der sie auf dem Gewissen hatte. Leia hatte bislang auch auf sich allein gestellt veritable Überlebenskünste an den Tag gelegt, aller Bemühungen des Imperiums zum Trotz. Zudem war er dieses Mal hier, um sie aus Schwierigkeiten herauszuhalten. Größere Kopfschmerzen bereitete ihm da schon die Frage, wie weit sie gehen würde, um die törichten Alderaaner vor sich selbst zu schützen. Es war schon schlimm genug, dass die Crew gedacht hatte, sie könnte Pirat spielen, ohne sich die Hände schmutzig zu machen, aber Metara, die sie dazu überredet hatte, führte das Schiff wie das Oberhaupt eines Kults in einer religiösen Kolonie. Sie war seine größte Sorge.

Han brachte Sian und Itran auf den neuesten Stand, und wie nicht anders zu erwarten, tat Itran so, als wäre das alles seine Schuld. »Haben Sie den Verstand verloren? Ist es denn nicht schon schlimm genug, dass die Prinzessin überhaupt hier ist?«

»Denken Sie?«, meinte Han in einem Ton, als wäre er tatsächlich an einer Antwort interessiert. Er wollte sehen, wie Itran reagierte.

Der Rebell fluchte, und Han provozierte ihn noch ein wenig weiter, während er – nicht ganz ernsthaft – darüber nachdachte, ob er ihn erschießen sollte, als Sian schließlich dazwischenging. »Würden Sie sich jetzt bitte beide beruhigen und leise sein? Das Einzige, was wir im Augenblick tun können, um der Prinzessin zu helfen, ist, eine Einheit zu bilden. Also werden wir das auch tun, in Ordnung?«

Han vermutete, dass es Sian weniger darum ging, Einigkeit zu demonstrieren, als vielmehr darum, dass die beiden Männer den Mund hielten – was sie auch taten. Das Schweigen gab Solo Gelegenheit, sich weiter über Leias Pläne den Kopf zu zerbrechen. Der Umstand, dass alle, die Metara und Leia in die Landebucht hinausbegleiteten, Waffen trugen, machte ihn jedenfalls nicht gerade zuversichtlicher.

Die Bucht war gewaltig, von denselben Bohrgeräten aus dem Fels geschnitten, die auch den Rest des Asteroiden ausgehöhlt hatten. Da die Luft gerade erst in den Raum gepumpt worden war, roch sie nicht abgestanden, sondern wirkte kühl und ein wenig zu feucht, mit einem metallischen Geschmack, vermutlich wegen fehlerhafter Wiederaufbereitungsanlagen irgendwo im System. Die Feuchte verband sich mit dem Felsstaub in der Luft und überzog die Stahlplatten und Steinflächen mit einer Schmutzschicht. Entlang der Decke zogen sich Aufbauten aus Schwermetall dahin: ein Verlademechanismus für die Erztransporter, die einst hier angedockt hatten.

Ein gewaltiges Tor an der gegenüberliegenden Wand öffnete sich und gab den Blick auf einen Korridor frei, wo bereits mehrere bewaffnete Piraten warteten. Vermutlich hatten sie Befehl, das neu rekrutierte Schiff im Auge zu behalten. Als Han sich umblickte, fiel ihm sofort ein zweiter, unbewachter Weg aus der Landebucht auf, dann stieß Sian seinen Arm an und deutete hoch zu den Aufbauten an der Decke. Er nickte ihr kurz zu.

Nun traten drei der Wachen, zwei Menschen und ein Aqualishaner, aus dem Korridor herein. Letzterer war klein, mit grüngrauer Haut, vorstehenden, dunklen Augen und zwei kurzen Hauern, die den unteren Teil seines Gesichts bedeckten. Die Menschen waren beide männlich, stämmig und in schmutziges Leder gekleidet, und beide trugen sie Blaster. Der Aqualishaner erklärte: »Die Flugmeisterin will den Captain sehen. Wer ist der Captain?«

Metara trat vor. »Das bin ich.« Sie deutete auf Leia, indem sie das Handgelenk abknickte. »Sie begleitet mich.«

Der Aqualishaner grunzte, erhob aber keinen Einspruch. »Solange die Flugmeisterin keine weiteren Befehle gibt, bleibt der Rest deiner Mannschaft hier. Wir sehen es nicht gern, wenn Fremde herumschnüffeln.«

Die Alderaanerin blickte kurz zu Kelvan hinüber, und er nickte, wenn auch widerwillig. Anschließend richtete sie sich wieder an den Aqualishaner. »Wir haben verstanden.«

Er drehte sich um. »Dann folgt mir.«

Han sah zu, wie Metara und Leia dem Piraten folgten, aber die Prinzessin warf nicht einmal einen Blick über die Schulter, und sein Unbehagen wuchs. Wenigstens hatte der Aqualishaner nicht von den beiden verlangt, ihre Waffen abzugeben, doch vielleicht würde das später noch kommen, wenn sie weiter vom Schiff und jeder Hilfe entfernt waren. Die meisten der übrigen Wachen waren zurückgeblieben und lungerten weiter hinter dem Durchgang herum.

Einer der Alderaaner sagte zu Kelvan: »Das gefällt mir nicht, Sir.«

Der Erste Offizier sah aus, als würde es ihm noch viel weniger gefallen. »Da sind Sie nicht allein.«

Die Prinzessin würde diesen Ort erst wieder verlassen, wenn sie die gefangenen Agrarhändler im Schlepptau hatte, und Han, der selbst schon mehr als genug Sklavenpferche gesehen hatte, empfand ebenfalls keine große Lust, sie hier zurückzulassen. Er beschloss, Kelvans Entschlossenheit auf die Probe zu stellen, und erklärte: »Wir müssen herausfinden, wo sie ihre Gefangenen festhalten.«

Kelvans Reaktion bestand aus einem Blick auf den Ausgang der Landebucht. Offensichtlich überlegte er, wie schwer es wohl wäre hindurchzugelangen. »Der Aqualishaner sagte, wir sollen hierbleiben. Falls wir unter irgendeinem Vorwand versuchen, die Landebucht zu verlassen, wird das Verdacht erregen. Dieses Risiko will ich nicht eingehen, solange der Captain und Ihre Hoheit dort drinnen sind.«

Da meldete sich unerwartet Terae zu Worte. »Vielleicht könnten wir darum bitten, die Händler zu sehen. Geben wir einfach vor, wir würden sie als unser Eigentum betrachten.«

»Ich weiß nicht.« Kelvan wirkte skeptisch. »Unsere Abmachung betraf die Fracht des Schiffes, von der Mannschaft war nie die Rede. Darum glaubten wir ja auch, diese Piraten wären keine Sklavenhändler. Aber Captain Metara würde nicht wollen, dass wir ohne sie handeln. Was, wenn wir den Wachen diese Geschichte erzählen, und sie erzählt der Flugmeisterin eine völlig andere?«

Er hatte recht, aber zumindest schien er offen für weitere Vorschläge. Han beschloss, dem Mann einen Vertrauensvorschuss zu gewähren. »Ja, wir müssen es so anstellen, dass es niemandem auffällt.«

Terae starrte ihn ungeduldig an. »Das geht aber nicht. Darüber reden wir doch schon die ganze Zeit.«

Han reckte das Kinn nach oben. »Aber es gibt noch einen anderen Weg aus der Landebucht.«

Sämtliche Augen wanderten zur Decke. Die Konstruktion über ihnen formte eine Schiene zur Führung großer Repulsorloren – so war einst das Erz hereintransportiert und in die Droidenschiffe hinabgelassen worden. Hoch oben an der Innenwand des Raumes krümmte sich diese Schiene, bevor sie an einem großen Tor im Fels endete, welches wahrscheinlich nicht mehr geöffnet worden war, seit die letzte Minengesellschaft den Asteroiden verlassen hatte. Doch daneben befand sich eine kleinere Wartungsluke, und falls Han sich nicht irrte, sollte sie leichter aufzubekommen sein. »Sie benutzen diese Landebuchten schon so lange, dass sie die Luken dort oben völlig vergessen haben.« Er beobachtete, wie sich Kelvans Gesichtsausdruck von skeptisch zu neugierig wandelte, und da wusste er, dass er ihn am Haken hatte.

Schließlich meinte Kelvan: »Das könnte funktionieren.«

»Ich werde gehen«, sagte Han. »Wir wissen, dass sie das Agrarschiff zu einem Dock in dieser Richtung gebracht haben. Falls wir es finden, finden wir vielleicht auch heraus, wo sie die Mannschaft untergebracht haben.«

»Ich komme mit«, erklärte Sian.

Itran nickte. »Ich auch.«

»Nein«, entgegnete Terae, bevor Han es tun konnte, dann deutete sie zu Solo und Sian hinüber. »*Ich* gehe mit ihnen, und bei mehr als drei Leuten wird es schwer, unbemerkt zu bleiben.«

»Aber für zwei ist es noch leichter, unbemerkt zu bleiben, als für drei«, warf Han ein. Er wollte Terae ebenso wenig dabeihaben wie Itran.

Metaras Ingenieurin schien diese Einstellung nicht zu gefallen. »Falls Sie beide allein losgehen, wer garantiert uns dann, dass Sie auch zurückkommen werden?«

Sian lachte. »Ist das Ihr Ernst? Wohin sollten wir denn gehen?«

Han verschränkte die Arme. »Das war es dann wohl mit meinem Plan, für alle Zeit in den Wartungstunneln einer halbtoten Asteroidenmine zu hausen.«

»Er hatte sich schon *so* darauf gefreut«, schob Itran zu Solos Überraschung nach. Er hatte nicht geglaubt, dass der Kerl einen Sinn für Humor hatte.

Terae reckte wütend den Kopf vor, und Kelvan erklärte: »Entweder Lieutenant Terae kommt mit Ihnen, oder es geht niemand. Außerdem ist das nur eine Aufklärungsmission. Wir unternehmen nichts, bis wir uns mit Captain Metara abgesprochen haben.«

Itran öffnete den Mund, zweifelsohne, um zu protestieren, aber Han hatte mehr als genug Erfahrung darin, Leute bis zum Äußersten zu treiben, und er erkannte, dass sie Kelvan bereits bis an seine Grenze getrieben hatten. Also sagte er: »Abgemacht.«

Die *Aegis* hatte die standardmäßige Überlebensausrüstung an Bord, darunter auch einen Greifhaken mit Fiberseil. Abgesehen davon nahm Han auch eine kleine Werkzeugtasche mit, da es aussah, als würden sie es mit mehreren Zugangsluken und anderem technischen Gerät zu tun bekommen, das schon beim Fall der Republik veraltet gewesen war. Sobald sie aus der Einstiegsluke an der Oberseite des Kanonenbootes geklettert waren, warf Han den Haken zum untersten Stahlträger der Erzschiene hinauf, dann kletterte er rasch nach oben, dicht gefolgt von Sian und Terae. Sie erreichten ihr Ziel, ohne Lärm zu machen, und das Crewmitglied, das Kelvan nahe der Schiffsrampe postiert hatte, gab kein Warnsignal. Die Wachen am Eingang der Landebucht waren also nicht durch irgendwelche Geräusche oder Bewegungen alarmiert worden.

Bei der Erzschiene handelte es sich um eine offene, aus Stahlträgern gebildete Röhre, versehen mit Schaltkreisen, die die Befehle der Techniker an die Loren weitergeleitet hatten. Der Breite der Schienenspur nach zu schließen mussten diese Loren einen Durchmesser von mindestens zehn Metern gehabt haben. Die Träger waren breit genug, um darauf zu stehen, aber die Lücke zwischen diesen betrug jeweils knapp zwei Meter – mehr als genug, um auf den kalten Steinboden der Landebucht hinabzustürzen, falls man danebensprang. Zum Glück verlief aber an einem der Stahlträger entlang ein schmaler Sims, ungefähr einen halben Meter breit. Wahrscheinlich war er für kleinere Wartungsdroiden gedacht, damit diese sich hier zusammenkauern konnten, während sie Schaltkreise reparierten oder wackelige Loren neu an der Schiene ausrichteten. So wie es aussah, musste es hier viele wackelige Loren gegeben haben, dachte er, als er sich vorsichtig an dem Sims entlangschob und dabei riesige Dellen in dem Träger entdeckte, an dem er sich mit der Hand abstützte.

Sie erreichten die Innenwand der Bucht, eine Mauer aus tief zerfurchtem Fels, wo sich neben dem riesigen Tor für die Erzloren die kleinere, nur knapp einen Meter hohe Wartungsluke befand. Das Gestein um die beiden Durchgänge war bröckelig, was Han mit Hinblick auf die Druckstabilität dieser Einrichtung nicht gerade zuversichtlicher stimmte.

»Hat sie Energie?«, fragte Sian hinter ihm.

Han tippte das Kontrollfeld an und hörte ein Klicken, als die Luke reagierte, aber sonst tat sich nichts. »Ja, nur steckt sie fest.« Er schob seine Finger hinter die Tafel und riss sie aus der Wand, woraufhin ein kleiner Schwarm kristalliner Insekten aus der Öffnung stob und am Fels entlang davonschwirrte. Han schaffte es gerade so, nicht erschrocken aufzuschreien oder zurückzuzucken und dadurch Sian und wahrscheinlich auch sich selbst von dem Sims zu befördern.

Hinter ihm erklang Teraes Stimme. »Beeilen Sie sich mal.«

Ich sehe schon, das wird ein Riesenspaß mit ihr, fuhr es ihm durch den Kopf, während er den Handschalter für den kleineren Durchgang betätigte. Die Luke war ziemlich schwer, aber nachdem es Han gelungen war, beide Hände darunterzuzwängen, glitt sie halbwegs mühelos nach oben.

Han hatte einen dunklen Wartungsgang erwartet, aber was nun vor ihm lag, war ein kurzer Gang, so lang wie die Innenwand der Landebucht breit war. Die wiederaufbereitete Luft, die ihm entgegenwehte, war nicht abgestandener als die draußen in der Bucht, und am anderen Ende der Röhre schimmerte von unten dumpfes Licht herauf. Er bedeutete Sian und Terae, leise zu sein, dann duckte er sich, um durch die Luke zu kriechen.

Der ein Meter hohe Gang war für ein Meter große Droiden gedacht, insofern kam Han darin nur beschwerlich voran. Am Ende führte der Weg wieder zu der Laufschiene für die Erzloren hinaus, die hier über einen breiten Korridor hinweg verlief und dann an der gegenüberliegenden Wand vor einem weiteren Paar Luken endete. Han hielt sich an einem Träger fest, um die Balance zu halten, anschließend beugte er sich vor und blickte nach unten. Er konnte den Boden des Korridors sehen, und, ein paar Meter entfernt, auch das Tor der Landebucht und die Wachen, die dort warteten. Ein paar von ihnen hatten sich auf den Boden gesetzt, und wenn er sich nicht irrte, spielten sie gerade Todeswürfel. Sie waren also abgelenkt, aber nicht abgelenkt genug, um es nicht zu hören, wenn drei Menschen über ihren Köpfen an den Stahlträgern entlangkletterten und dann die Luke auf der anderen Seite aufstemmten. Doch Han glaubte nicht, dass sie diesen Weg überhaupt nehmen sollten, denn wahrscheinlich führte er nur in die Zugangstunnel für die Droiden und die Erzloren. Er beugte sich ein Stück weiter aus dem Gang, bis er unterhalb der Träger einen weiteren, breiteren Sims ausmachen konnte, der parallel zur Korridorwand verlief, ungefähr fünf Meter über dem Boden.

So gefällt mir das schon besser, dachte Han. Der Sims erstreckte sich auch in der anderen Richtung. Dort führte er über dem Eingangstor der Landebucht hinweg und weiter in den Bereich, wo der Aqualishaner mit Leia und Metara verschwunden war. Einen Moment lang musste Solo mit der Versuchung ringen, aber direkt über den Köpfen der Wachen vorbeispazieren zu wollen, wäre töricht gewesen. Er musste darauf vertrauen, dass die Prinzessin auf sich selbst aufpassen konnte.

Nachdem er Sian und Terae zugewinkt hatte, sie sollten ihm folgen, hielt er sich an einem Stahlträger fest und stellte, ein Auge auf die Piraten gerichtet, den Fuß auf den parallel verlaufenden Sims. Es knirschte, als er sein Gewicht verlagerte, aber nur leise, und die Wachen schienen es nicht zu bemerken. Solo machte einen Schritt zur Seite, damit die anderen mehr Platz hatten, und stützte Sian, als sie nach unten kletterte. Die Rebellin half anschließend Terae, und dann führte Han sie langsam den Sims entlang, fort von den Piraten.

6. Kapitel

Leia und Metara folgten dem Aqualishaner durch die großen Panzertüren und vorbei an den anderen Wachen, die sie mit argwöhnischer Neugier musterten. Die Tatsache, dass die Bucht überhaupt bewacht wurde, beunruhigte die Prinzessin, und sie fragte sich, ob das hier eine übliche Vorsichtsmaßnahme war oder ob die *Aegis* aus irgendeinem Grund bereits unter Verdacht stand.

Der Korridor entlang des Andockrings war aus dem nackten Fels gehauen und gewunden, seine unebene Decke größtenteils im Schatten verborgen, da nur einige Lumas für ein wenig Helligkeit sorgten. Als sie die Landebucht hinter sich gelassen hatten, traten sie durch einen runden Durchgang, groß genug, dass ein kleiner Landgleiter hätte hindurchfliegen können, ins Innere des Asteroiden. Auch hier herrschte Düsternis, und der Windzug, der ihnen entgegenwehte, roch nach Schimmel und Moder. Etwas an diesem Geruch bescherte Leia eine Gänsehaut.

»Also, warum seid ihr hier?«, wollte der Aqualishaner wissen.

Leia setzte zu einer Antwort an, aber Metara kam ihr zuvor. »Unsere Geschäfte gehen dich nichts an.«

Der Pirat schnaubte. »Die Flugmeisterin gehen eure Geschäfte sehr wohl an. Falls du das anders siehst, bist du eine Närrin.«

Metara ging nicht darauf ein, aber ihre Miene versteinerte noch mehr.

Leia seufzte innerlich. Der Aqualishaner konnte ihnen vielleicht Informationen liefern – ihn zu verärgern, war einfach nur kurzsichtig. »Oh, ich weiß, dass alles hier die Flugmeisterin etwas angeht«, sagte sie. »Ich frage mich nur, warum sie unsere Landebucht bewachen lässt und uns eine persönliche Eskorte schickt. Wird das bei jedem Schiff so gehandhabt, das zum ersten Mal hier ist?«

Der Pirat warf einen Blick über die Schulter, um sie zu mustern, bevor er sprach. »Die Eskorte habt ihr, weil ihr sonst nie den Weg finden würdet. Die Wachen in der Bucht sind nur für Schiffe, an denen die Flugmeisterin ein besonderes Interesse hat.«

Besonderes Interesse ... Das klang nicht gerade ermutigend. Leia hoffte nur, dass diese Worte Metara verdeutlichten, in was für eine Lage sie sich und ihre Mannschaft gebracht hatte.

Sie kamen an weiteren Türen entlang des Andockrings vorbei, die allesamt versiegelt waren, außerdem an ein paar großen Tunneleingängen, die ins Innere der Anlage führten. Unvermittelt glitt die nächste Luke vor ihnen auf, und mehrere Gestalten taumelten heraus, die meisten von ihnen Menschen oder menschenähnlich, gekleidet in schillernde Gewänder, bewaffnet mit gut gepflegten – und gut sichtbaren – Blastern. Allesamt waren sie betrunken. Die Twi'lek mit der dunkelblauen Haut, die die Gruppe anführte, lehnte sich lässig gegen die Wand, während sie darauf wartete, dass ihre berauschten Gefährten sich hinter ihr einreihten. Sie war die mit Abstand härteste und am gemeinsten aussehende Twi'lek, der Leia je begegnet war. Einer ihrer Kopftentakel war von zahlreichen Narben überzogen, als hätte jemand versucht, ihn abzuschneiden. Wer immer dieser Jemand gewesen sein mochte, Leia war sicher, dass er teuer dafür bezahlt hatte.

Die Augen der Twi'lek begegneten ihrem Blick, und als Leia ihr zunickte, erwiderte sie die Geste, anschließend zischte sie Metara anerkennend etwas zu, als diese sich an ihr vorbeischob.

Sie bogen in den nächsten nach innen führenden Korridor ab, und hier konnte Leia wieder leichter atmen. Entweder war die Luft hier besser, oder sie gewöhnte sich allmählich an den Gestank. Es ging eine Rampe hinab, die spiralförmig durch den grob behauenen Fels nach unten führte, und Leia musste sich fangen, um nicht zu stolpern – die Schwerkraft hatte gerade nachgelassen. Der Fuß der Rampe mündete in einen weiteren Gang, wo die Gravitation unvermittelt wieder auf das Normalmaß anstieg. Verstaubte Energiekontrollen und Leitungen säumten die Felswände, und auf dem Boden waren Schrottteile und defekte Komponenten verstreut, offensichtlich von Plünderern hier zurückgelassen.

Zu guter Letzt erreichten sie einen Bereich, in dem neben alten Sofas auch etwas stand, das wie ein lebloses Holodisplay aussah. Der Aqualishaner blieb stehen und deutete auf einen Laufsteg, der in die dunklen Schatten im hinteren Teil des Raumes führte. »Da lang«, sagte er. »Sie erwartet euch.«

Die menschlichen Wachen machten es sich auf den Sofas bequem, als stünde ihnen eine lange, langweilige Wartezeit bevor, und Leia und Metara wechselten einen misstrauischen Blick, bevor sie den Raum durchquerten und zu dem Steg hinübergingen. Sie fanden sich in einer schattenverhüllten Höhle wieder, wo es gerade genug Licht gab, um zu erkennen, dass der Laufsteg einen Abgrund überbrückte. Dieser Schacht führte mehrere Ebenen in die Tiefe und war mit Gerüsten versehen, die einst Plattformen und Treppenaufgänge getragen haben mussten.

Leia legte Metara die Hand auf den Arm, um sie zurückzuhalten, dann wisperte sie mit leiser Stimme: »Sie haben mich mitgenommen, damit ich das Reden übernehme, also lassen Sie mich einfach machen, wenn wir mit den Verhandlungen beginnen.« Sie hatten sich schon auf der *Aegis* darüber unterhalten, ebenso darüber, dass Metara sie nicht mehr mit Euer Hoheit ansprechen durfte, aber diesen Punkt wollte die Prinzessin noch einmal betont wissen.

»Das werde ich.«

Die Alderaanerin nickte ihr kurz zu, doch Leia dachte nur: *von wegen.* Sie konnte nur hoffen, dass die bedrohliche Atmosphäre an diesem Ort Metaras Ego einen Dämpfer versetzen würde.

Ein paar Stufen führten in einen großen Raum hinab, wo sich früher vermutlich die Kommandozentrale der Mine befunden hatte. Jetzt drängten sich hier Piraten, Männer ebenso wie Frauen, Menschen ebenso wie andere Spezies. Als sie die Treppe hinabgingen, drehten sich die meisten der Wesen herum und starrten sie an, wobei ihre Blicke in unterschiedlichem Grad Neugier und Feindseligkeit ausdrückten. Glücklicherweise war Leia es gewohnt, angestarrt zu werden, für gewöhnlich mit weniger Neugier und mehr Feindseligkeit.

Ein großes gekrümmtes Sichtfenster, das beinahe die gesamte hintere Wand einnahm, gab den Blick auf einen großen, dunklen Hohlraum im Zentrum des Asteroiden frei. Von ihrer Position aus konnte Leia aber lediglich eine Handvoll

Lichter sehen, die sich auf fleckigen Metallträgern spiegelten, und dazu die gigantischen, halb verborgenen Silhouetten alter Bergbaumaschinen – zumindest nahm sie an, dass es Bergbaumaschinen waren. Sie wirkten wie Riesen, die in den Schatten Verstecken spielten.

Entlang der anderen Wände reihten sich alte Konsolen aneinander, allesamt vor langer Zeit ausgeweidet, um Ersatzteile zu ernten, und in den Ecken lagen ein paar deaktivierte Droiden. Sofas und Stühle standen überall im Raum verteilt, bequem gepolstert und mit erlesenen Stoffen drapiert, aber sie entsprangen den unterschiedlichsten Stilen, was anzeigte, das sie von verschiedenen Orten geraubt worden waren. Die meisten Sitzgelegenheiten befanden sich auf einer erhöhten Plattform im Zentrum der Höhle: Hier war ein großer Halbkreis aus Stühlen um einen niedrigen, verzierten Metalltisch angeordnet, auf dem eine Karaffe und Gläser standen. Eine Menschenfrau hatte sich neben diesem Tisch aufgebaut und blickte durch das Fenster in den dunklen Hohlraum hinaus – kein Zweifel, sie musste die Anführerin sein.

Die Frau war groß und schlank, ihr dunkles Haar in einem kompakten Wellenmuster nach hinten gekämmt, das zu gleichen Teilen kunstvoll und praktisch wirkte, war es doch der Zweck dieser Frisur, sie nicht zu behindern. Eine Narbe prangte auf der blassen Haut ihres Gesichts – sie zog sich von der rechten Wange über die Nase, dann dicht am Auge vorbei und nach oben auf die Stirn, bis hinauf zum Haaransatz –, und die kleinen Metallscheiben mit den komplexen Verzierungen, die in ihre Schläfen und Wangenknochen implantiert waren, dienten nicht etwa dazu, von diesem Mal abzulenken, sondern lenkten bewusst noch mehr Aufmerksamkeit darauf. Über ihrer dunklen Kleidung trug sie einen erlesenen braunen Ledermantel, der ihr bis zu den Knien reichte, und seine Innenseite war mit rotem Stoff gefüttert, dem Glanz nach Schimmerseide. Sie schenkte Leia und Metara das höfliche, umgängliche Lächeln einer guten Gastgeberin, als sie sich den beiden zuwandte und ihnen bedeutete, näher zu treten. »Ich bin Captain Aral tukor Viest. Willkommen.«

Metara trat auf die Plattform. »Ich bin Captain Caline Metara, und das ist Leia Durane.« Das war der falsche Name, auf den sie sich geeinigt hatten. Leia nickte Viest zu, und Metara fuhr fort: »Wenn ich mich nicht irre, habe ich Ihnen für die Mittel zur Reparatur meines Schiffes zu danken.«

Viest zog eine Braue nach oben. »Sie sind hier, um mir zu danken? Entschuldigen Sie, aber das ist nicht der Eindruck, den ich habe.« Sie musterte Leia. »Und Sie? Sie gehören nicht zu Captain Metaras Crew, und es ist offensichtlich, dass Sie keine ihrer Untergebenen sind. Also, mit wem genau habe ich das Vergnügen?«

In diesem Moment fügten sich die Teile in Leias Kopf zusammen: der Name, der leichte Akzent in Viests Stimme, ihre überaus scharfsinnige Einschätzung der beiden Frauen. *Oh nein*, dachte sie, *das ist eine Lorrdianerin.* Der simple Plan, wonach Metara sie als neue Geschäftspartnerin auf ihrem Schiff vorstellen sollte, sodass sie anbieten konnte, die Schulden der *Aegis* zu übernehmen, wurde mit einem Mal viel riskanter. Vielleicht zu riskant.

In den frühen Tagen der Alten Republik hatten die Lorrdianer mehrere Jahrhunderte lang ein Dasein als Sklaven gefristet. Da es ihnen von ihren Häschern untersagt war zu sprechen, hatten sie eine unglaublich subtile Zeichensprache, bestehend aus Gesichtsausdrücken und unauffälligen Gesten, entwickelt. Im Lauf der Zeit war daraus eine hochkomplexe kinetische Kommunikationsform geworden, die es vielen Lorrdianern überdies erlaubte, die Körpersprache anderer Spezies und Kulturen zu interpretieren, Absichten zu erkennen und einzuschätzen, ob jemand log oder die Wahrheit sagte.

Als Metara Leia einen verwirrten Blick zuwarf, wusste die Prinzessin, dass diese unwillkürliche Geste der Überraschung und Erschrockenheit auch Viest nicht entging. Sie würde die Geschichte, die sie sich zurechtgelegt hatten, also ein wenig näher an die Wahrheit heranrücken müssen, um die Lorrdianerin zu überzeugen und ihrem Plan zum Erfolg zu verhelfen. Leia lächelte angespannt. »Sie haben recht. Ich habe mein eigenes Schiff. Metara und ich haben uns vor Kurzem getroffen und uns über ein alternatives Arrangement unterhalten.«

Viest neigte den Kopf. Es war schwer, in ihrer Miene zu lesen, aber Leia bezweifelte, dass sie erfreut war. »Eine Alternative zu *meinem* Arrangement mit Metara?«

»Ja. Wir wollten mit Ihnen über unsere Optionen sprechen.« Leia hatte im Senat auf die harte Tour gelernt, dass man einen lorrdianischen Gesichtsleser nur auf eine Weise hinters Licht führen konnte: Man durfte gar nicht erst zulassen, dass das Gespräch auf ein Thema kam, das einem unangenehm war. Das Problem daran war, dass ein guter lorrdianischer Gesichtsleser diese Taktik sofort durchschaute.

Nach einem kurzen Moment setzte Viest sich auf einen der breiten Stühle und deutete auf die Couch ihr gegenüber. »Nehmen Sie Platz, dann können wir uns über diese Optionen unterhalten.« Sie war ebenso elegant wie eine viridianische Matrone aus der obersten Kaste, die zum Tee geladen hatte – allein die glänzenden, spitzen Ringkappen auf ihren Fingern, die Krallen nachempfunden waren, störten diesen Eindruck.

Leia setzte sich gemeinsam mit Metara auf das Sofa und versuchte, sich wie eine gemeine Raumfahrerin zu bewegen, ihre Haltung locker und ungezwungen zu halten. Viest konnte einfach sie selbst sein und tun, was immer ihr beliebte, sie hingegen hatte eine Fassade aufrechtzuhalten, auch, als sie sagte: »Mir gefällt Ihre Basis.« Das Wort »gefallen« hätte zwar nicht weiter von der Wahrheit entfernt sein können, aber sie glaubte, dass Viest die Bemerkung als die höfliche Floskel akzeptieren würde, die es war.

»Ich bin zufrieden damit.« Die Lorrdianerin beugte sich vor, nahm die Karaffe, die auf dem kleinen Tisch stand, und füllte zwei Gläser mit dem hochprozentigen Inhalt.

Die anderen Piraten hatten sich größtenteils von der Plattform zurückgezogen, nur ein paar fläzten sich noch auf den Kissen in der Nähe der zentralen Sitzgruppe. Diese Kerle konnten so ziemlich alles sein, von Viests Leibwächtern bis hin zu ihrem Harem, ihre Kleidung und ihr Verhalten ließen jedenfalls keine genaueren Schlüsse zu. Die wiederaufbereitete Luft roch nach Ryll und anderen Arten von Spice, außerdem war da ein säuerlicher, beinahe ätzender Geruch, der vermutlich von dem Getränk stammte. Trotz der gelassenen Atmosphäre war jeder der Anwesenden bis an die Zähne bewaffnet. *Halluzinogene, Rauschmittel und Energiewaffen,* dachte Leia verbittert. *Gibt es eine schönere Kombination?* Vermutlich sprach es für die Selbstbeherrschung der Piraten, dass der Raum noch nicht mit Leichen übersät war.

Als Viest ihnen die Gläser reichte, fragte sie: »Und was für ein Schiff haben Sie, Captain Leia Durane?«

Leia nahm das Getränk entgegen und antwortete: »Einen umgebauten Frachter mit zwanzig Mann Besatzung. Aber ich arbeite mit einer großen Gruppe von Schiffen. Wir finden, so ist es sicherer und profitabler.« Es war keine Lüge, nur eine sehr vage Beschreibung der Allianzflotte. Sie verbarg ihr Gesicht, indem sie das Glas hob und das angebotene Getränk hinunterkippte. Der Geruch hatte ihr bereits verraten, dass es sich um einen starken Spicedrink handelte, und sie hoffte, dass er ihre unbeabsichtigten Gesichtsregungen und die Körpersprache verlangsamen würde, also genau die Dinge, die Viest nutzte, um in ihr zu lesen. »Wir haben immer wieder Gerüchte über diesen Ort gehört, und so kam ich her, um nachzusehen, ob etwas Wahres dran ist. So was wie das hier findet man im Tingelarm nicht.« Der Drink verlieh ihrer Stimme einen leicht rauen Klang.

Die Lorrdianerin beobachtete sie nachdenklich. »Sie haben dort keinen Umschlagplatz? Das klingt schrecklich ineffizient.«

Sie hatten den Tingelarm gewählt, weil Han verdächtig gut über die Piraten in dieser Gegend Bescheid wusste, und er hatte Leia so viel wie möglich darüber erzählt, während die *Aegis* im Hyperraum gewesen war. Darum konnte sie nun selbstsicher antworten: »Jedenfalls nicht in dieser Größenordnung. Es gibt dort keine stationären Umschlagplätze – sie werden ständig von einem Fleck zum nächsten verlagert. Es gab mal eine Raumplattform, die längere Zeit genutzt wurde, aber dann haben die Truppen des Korporationssektors sie gestürmt. Äußerst unpraktisch für uns.« Anschließend fügte sie noch hinzu: »Haben Sie hier viel Ärger mit dem Imperium?«

Viests Augen verdunkelten sich, nur ein wenig, und hätte sie nicht nach solchen Signalen Ausschau gehalten, wäre es Leia vermutlich überhaupt nicht aufgefallen. Die Lorrdianerin erklärte: »Nicht hier draußen, darum haben wir diesen Ort ja gewählt. Aber die Schiffe, die ihre Fracht hierherbringen, nehmen oft den Weg über die Corellianische Schnellstraße und die

Hydianische Handelsstraße, und einige von ihnen hätte es beinahe schon erwischt. Wir sind vorsichtig, falls es das ist, was Sie wissen wollen.«

Leia war sicher, dass viele der Schiffe hier beim ersten Anzeichen einer imperialen Präsenz fliehen würden, trotzdem konnte sie nicht umhin, sich zu fragen, wie wohl Viests persönliche Beziehung zum Imperium aussah. Die Frau war zu undurchschaubar, um sagen zu können, ob diese unmerkliche Reaktion auf ihre Frage eben Furcht, Hass oder etwas völlig anderes gewesen war.

Viest wechselte elegant das Thema. »Wie haben Sie Captain Metara denn kennengelernt?« Sie richtete ihre Fragen konsequent an Leia und ignorierte Metara völlig, was ganz sicher kein gutes Zeichen war. Eigentlich sollte Metara ihre neue Geschäftspartnerin sein, aber die Lorrdianerin behandelte sie beinahe wie eine Handlangerin.

»Unsere Familien kannten sich früher auf Alderaan«, erzählte Leia. »Wir begegneten uns zufällig wieder, als ich in diesen Sektor kam.«

Viests Blick wanderte von Leia zu Metara und wieder zurück, und ihre glatte Stirn furchte sich kaum sichtbar. Dann fragte sie Metara: »Sie möchten also mit ihren Leuten zusammenarbeiten anstatt mit meinen?«

Wie Leia erwartet hatte, erkundigte die Piratin sich nicht weiter nach der Verbindung zwischen ihnen. Sie hatte an den unbewussten Bewegungen ihrer Augen und dem Gesichtsausdruck der beiden abgelesen, dass sie die Wahrheit sagten, und sie wusste nicht genug über Alderaan, um sie durch Fangfragen auf die Probe zu stellen. Es war ein Moment der Erleichterung, auch wenn die Prinzessin versuchte, sich nichts anmerken zu lassen.

Diese Erleichterung hielt jedoch nicht lange an. Metara zögerte einen kurzen Moment, bevor sie »Ja« sagte, und blickte dabei auch noch zu Leia hinüber. Man musste kein Lorrdianer sein, um dieses Verhalten zu interpretieren. Doch alles, was Viest daraus ableiten konnte, war, dass Metara noch Zweifel an ihrer Zusammenarbeit mit Leia hatte, und das konnte ihrer Geschichte zum Glück nicht schaden.

»Und wie haben Sie vor, aus unserer Abmachung auszusteigen?«, erkundigte sich Viest.

Es war eine gefährlich beiläufige Frage, und Leia versteifte sich, während Metara antwortete. »Indem wir die Schulden für mein Schiff begleichen. Sagen Sie uns, welchen Betrag oder welche Regelung Sie akzeptieren würden.«

Viest nippte an ihrem Getränk, anschließend widmete sie sich wieder Leia. »Haben Sie vor, Ihre Fracht hierherzubringen?«

»Darüber habe ich noch nicht nachgedacht«, entgegnete Leia, und auch das entsprach der Wahrheit. »Wollen Sie mir ein Geschäft vorschlagen?«

Die Lorrdianerin lächelte sie scharfsinnig an. »Nun, wir sind hier äußerst wählerisch.«

Leia erwiderte ihr Lächeln. »Das bin ich ebenfalls.« Sie beschloss, die Gelegenheit zu nutzen und die Unterhaltung wieder auf Viest zu lenken. »An Bord des Handelsschiffes, das Metara überfallen hat, waren noch die Mannschaft und die Passagiere. Ist das hier also auch ein Umschlagplatz für Lebendware?« Falls sie die Situation nicht richtig eingeschätzt hatte, könnte dies ein äußerst heikler Moment werden. In der Kultur der Lorrdianer gab es eine grundlegende Abneigung gegen Sklaverei, aber das musste nicht bedeuten, dass die Flugmeisterin diese Aversion teilte.

Viest runzelte die Stirn, aber es wirkte eher nachdenklich als angewidert. »Wann immer es sich ergibt. Es gibt hier keinen großen Markt, wir sind also auf die Sklavengilden als Vermittler angewiesen. Wie sieht es mit Ihnen aus?«

»Nein, aber wir überlegen, ob wir in das Geschäft einsteigen. Darum wollte ich mir mal ansehen, wie so eine Operation aussieht, um zu entscheiden, ob sich so etwas bei uns durchführen ließe.« Das Verhältnis von Wahrheit und Lüge fiel diesmal noch ungleichmäßiger aus, und sie hoffte, dass Viest die subtilen Anzeichen von Nervosität als normale Vorsicht einer Kriminellen abtun würde.

Anstatt zu antworten, schenkte die Piratin sich noch einen Drink ein, dann hob sie fragend die Karaffe. Leia behielt eine neutrale Miene bei und streckte ihr Glas vor, damit Viest es wieder füllen konnte, aber innerlich verfluchte sie sich für ihre Ungeduld. *Ich glaube, ich habe gerade einen bösen Fehler gemacht.*

Nach einer kurzen Weile bogen Han, Sian und Terae um eine Kurve im Korridor des Andockrings, sodass sie nun außer Sicht- und Hörweite der Wachen am Eingang der Landebucht waren. Da es keinen Sinn mehr hatte, noch länger hier oben zu bleiben, hakte Solo den Greifhaken am Rand des Droidensimses ein, und sie kletterten die drei Meter zum Boden hinab.

Als alle unten waren und Han gerade den Haken samt Seil in der Werkzeugtasche verstaute, fragte Terae: »Was sollen wir tun, falls uns jemand sieht?«

»So tun, als hätten wir jedes Recht, hier zu sein«, erklärte Han, dem die Sache ziemlich offensichtlich erschien. Bei all den Schiffen, die hier festgemacht hatten oder im Orbit schwebten, war es völlig ausgeschlossen, dass jemand über sämtliche Gäste Bescheid wusste, die hier herumspazierten, und es war auch nicht so, als würden Piraten Uniform tragen. »Das sollte für Sie doch kein Problem sein.«

Terae spannte verärgert den Körper an, aber bevor ihr eine Entgegnung einfiel, hatten Han und Sian sich bereits wieder in Bewegung gesetzt und gingen den Korridor entlang.

Es war leise hier, schattig, fast ein wenig unheimlich, und hinzu kam der Geruch von Moder und schlecht aufbereiteter Luft – was nicht heißen sollte, dass Han nicht schon Schlimmeres erlebt hatte. Die geschlossenen Hangartore, an denen sie vorbeikamen, wirkten ebenfalls auf merkwürdige Weise bedrohlich, als würde sich dahinter mehr verbergen als nur leere Landebuchten. Er fühlte sich an alte Geschichten über verwaiste Häfen und Raumstationen erinnert, die wegen Seuchen oder bizarrer Katastrophen aufgegeben worden waren, und wo jede Crew, die in ihrem Leichtsinn trotzdem dort landete, ein schreckliches Schicksal ereilte. Ihm fiel auf, dass Terae auch ein wenig nervös war und erfolglos versuchte, es zu verbergen, während Sian, vernünftig, wie sie war, eine Hand am Blaster behielt und einen undurchschaubaren Ausdruck im Gesicht hatte.

Von irgendwo erklang das Echo von Stimmen und dissonanter Musik, und dann teilte sich der Andockring. Eine Sektion endete an einer Felswand, die andere verwandelte sich in eine Rampe und wand sich zu einer Kreuzung von drei Korridoren hinab. Luma-Strahler, die in der Luft schwebten, erhellten den Bereich – und die Party, die gerade dort unten stattfand.

In der Mitte der Kreuzung lag eine große Maschine, auf die Seite gekippt und so gründlich ausgeschlachtet, dass Han aus diesem Winkel kaum sagen konnte, worum es sich dabei handelte. Erst, als er die Arme mit den Werkzeugaufsätzen entdeckte, erkannte er, dass es ein altmodischer Minendroide sein musste. Im Inneren der ausgehöhlten Maschine war eine Bar eingerichtet worden, und zwei blassgelbe Bith, die wegen ihrer Größe und der aufgeblasenen Schädel aus der Menge herausragten, schenkten dort Hochprozentiges aus Druckbehältern aus. Ihre Gäste saßen auf improvisierten Stühlen, an Tischen, die ganz offensichtlich aus den Schrottteilen der ausgemusterten Maschine zusammengeschraubt waren. Daneben spielte eine Gruppe von Musikern unter einem Vordach, bestehend aus den Kuppeln, die einst die Repulsoren des Droiden abgeschirmt hatten.

Han fluchte leise. Sofern sie nicht umkehren und sich an den Wachen bei der *Aegis* vorbeischleichen wollten, führte kein Weg an dieser Bar vorbei.

Sian fragte mit gedämpfter Stimme: »Müssen wir wirklich da durch?«

»Ja.« Han war auch nicht gerade begeistert von dem Gedanken. Er konnte nur hoffen, dass er recht hatte und auf der Station wirklich zu viele Leute kamen und gingen, um sagen zu können, wer hierhergehörte, und wer nicht – und dass es sich bei dieser Party dort unten nicht um eine private Veranstaltung handelte, für die man eine Einladung brauchte.

Terae trat nach vorn und blickte auf die Bar hinab. »Wenn wir schon dort runter müssen, könnten wir doch jemanden fragen, wo die Gefangenen untergebracht sind.«

Sian meinte: »*Sie* können ja fragen.« Terae funkelte die Rebellin an und setzte zu einer wütenden Entgegnung an, aber da fügte Sian hinzu: »Nein, das war mein Ernst. Soweit es diese Leute betrifft, arbeiten Sie mit ihnen zusammen. Also fragen Sie, wie hier mit gefangenen Frachtermannschaften verfahren wird.«

Terae zögerte, dann setzte sie einen entschlossenen Gesichtsausdruck auf. »Also gut, das werde ich.«

»Passen Sie nur auf, was Sie sagen«, ermahnte Han sie.

Teraes Gebaren zeigte deutlich, dass sie seinen Ratschlag weder wollte noch brauchte, und als sie sich auf den Weg die Rampe hinab machte, wechselte Han einen verzweifelten Blick mit Sian. *Diese Alderaaner haben wirklich keine Ahnung, in was für ein Spiel sie sich hier eingekauft haben.* Er fragte sich, ob Metara es überhaupt wusste.

Als sie Terae nach unten folgten, hielten einige der Trinkenden inne, um sie zu beäugen, aber niemand schien Anstoß an ihrer Gegenwart zu nehmen. Eine Vielzahl von Spezies war über die Tische verteilt. Ein paar stammten aus dem Mittleren Rand, wie Han erkannte, zum Beispiel ein reptilischer Trandoshaner, aber die meisten entsprangen weiter entfernten Welten. In der Nähe der Musiker entdeckte er zudem mehrere Wesen, die Sklavenhalsbänder trugen. Sie saßen herum oder tanzten gelangweilt zur Musik, und ihre Kleidung war deutlich spärlicher als die der anderen Gäste an den Tischen. Es war also nicht weiter schwer zu erraten, welche Art von Zerstreuung sie hier anbieten mussten.

Han ging voraus zum behelfsmäßigen Schankbereich, wenn auch eigentlich nur, damit er etwas zu tun hatte, während er sich unter den Anwesenden umsah. Das Gemisch penetranter, beißender Gerüche von den Druckbehältern ließ seinen Gaumen jucken, aber nach dem Moder und der Fäulnis in der Luft war das fast eine Erleichterung. Der Bith hinter der Theke reichte ihnen Metalltassen, ohne zu fragen, was sie trinken wollten, und als Han daran roch, stellte er fest, dass es sich um irgendeine Art von Alkohol mit einem Schuss Ryll handelte, stark genug, dass die Dämpfe einem die Augäpfel schmelzen konnten. Der Bith verlangte kein Geld, und auch sonst schien niemand entlang der Bar für seine Getränke zu zahlen. Han folgerte, dass dies ein kostenloser Service für die Mannschaften war, die an dem Asteroiden andockten.

Terae kippte den halben Drink mit einem Schluck hinunter, dann ging sie davon, zu einer Gruppe von Fremdweltlern hinüber, die Solo als Letaki identifizierte. Sie hatten wulstige Schädel, vier Augen und ein Schnabelmaul, das aussah, als wäre es schwer, damit zu trinken – schwer, aber nicht unmöglich, wie das volltrunkene Herumgewedel mit ihren Tentakeln belegte. Gute Wahl, dachte er. Sie hatten vermutlich zu wenig Erfahrung mit menschlichen Ausdrucksformen, um Teraes Verhalten verdächtig zu finden. Han machte sich eine geistige Notiz, die Alderaanerin trotz ihrer Naivität, was die jüngsten Aktivitäten der *Aegis* betraf, nicht als ignorant abzustempeln.

Han verließ die Bar, um sich einen Platz abseits der Band zu suchen, wo er und Sian sich unter die Menge mischen konnten, ohne dass die anderen jedes ihrer Worte hören konnten. Am Rand des Getümmels erblickte er schließlich eine Bank, die aus einer der Armaturen des ausgemusterten Droiden bestand, und dort nahm er gemeinsam mit der jungen Rebellin Platz.

Sian versuchte ihr Getränk und verzog das Gesicht. Han kannte sie nicht sonderlich gut – er hatte sie nur ein paarmal auf der *Independence* gesehen, als er mit Luke und den anderen Piloten die Zeit totgeschlagen hatte. Während sie Terae im Auge behielt, fragte sie mit leiser Stimme: »Solo, glauben Sie, die Prinzessin kann es wirklich schaffen?«

»Die Flugmeisterin zu überreden, dass sie uns gehen lässt? Vielleicht.« Weit wahrscheinlicher erschien ihm aber, dass sie sich ihren Weg von dieser Station letzten Endes freischießen mussten, und er hoffte inständig, dass es ihnen gelingen würde, ohne von all den schwer bewaffneten und vermutlich ziemlich schießfreudigen Schiffen im Orbit in die Luft gejagt zu werden.

»Nein, ich meine, kann sie es schaffen, diese Alderaaner für die Allianz zu rekrutieren?«

Auch das hielt Han eher für unwahrscheinlich. Wie er die Dinge sah, konnte es Leia durchaus gelingen, ein paar individuelle Mitglieder der Mannschaft von der Piraterie abzubringen, aber als Gruppe waren sie einfach zu stur und zu sehr auf Metara fixiert. Doch hätte er das gesagt, hätte er Leias Fähigkeiten untergraben, und das wollte er nicht tun, wenn sie nicht dabei war, um sich zu verteidigen, also beschränkte er sich auf: »Keine Ahnung. Aber solange wir hier wieder rauskommen, ist es mir ehrlich gesagt egal.«

»Ich denke nicht, dass Metara ihre Meinung ändern wird. Außerdem habe ich mit ein paar Leuten von der Crew gesprochen.« Sian schüttelte den Kopf. »Es ist ... Vielleicht verstehe ich einfach ihre Beweggründe nicht. Meine Familie wollte nicht, dass ich mich der Allianz anschließe. Sie sind keine Imperiumstreuen, aber sie haben ein gutes Leben auf Commenor, und sie halten nichts davon, an den Gegebenheiten zu rütteln. Aber ich habe genug vom Imperium gesehen und gehört, um zu wissen, dass ich etwas tun muss. Ich weiß nicht, wie ich fühlen würde, falls ... Nun, falls meine Heimat zerstört worden wäre, geschweige denn der gesamte Planet. Ich weiß nur, ich hätte mich durch nichts und niemanden davon abbringen lassen, der Allianz beizutreten und so viele Imperiale wie nur möglich zu töten. Wie man in so einer Situation entscheiden kann, sich einfach herauszuhalten, will mir nicht in den Kopf.«

Han schätzte, dass es kein besseres Argument dafür gab,

alles aufs Spiel zu setzen und zur Allianz zu gehen, als seine Heimatwelt vom Imperium in die Luft gesprengt zu wissen. Doch nur, weil Sian sich etwas nicht vorstellen konnte, hieß das nicht, dass jemand anders es nicht tun würde. Er hatte gesehen, wie unterschiedlich die Alderaaner auf Yavin und in der Flotte reagiert hatten. Sie hatten sich mit dem Schock und den Schuldgefühlen des Überlebenden auseinandergesetzt, einen Zusammenbruch erlitten, sich in ihre Arbeit geflüchtet oder sich ganz der Rache verschrieben.

Leia war in dieser Hinsicht ein Sonderfall. Sie war die Einzige, die das Unglück auf dem Todesstern, also praktisch in der ersten Reihe, mit angesehen hatte, und sie war die Einzige, die sich persönlich dafür verantwortlich fühlte. Das war zu viel für eine Person allein, selbst für Leia, und immer wieder hatte er gesehen, wie der Schmerz sie innerlich zerriss. Dass sie sich aus irgendeinem Grund die Schuld gab, frustrierte ihn, aber er wusste, alles, was er sagen konnte, würde die Sache nur noch schlimmer machen oder zu einem weiteren lautstarken Wortgefecht führen.

Leia war auch die einzige Person, die vielleicht eine Chance hatte, Metaras harte Schale zu knacken, aber Han wurde das Gefühl nicht los, dass diese Geschichte so oder so kein gutes Ende nehmen würde. Als er merkte, dass Sian noch immer auf eine Antwort wartete, meinte er: »Vielleicht schafft Leia es, Metara zu überzeugen – im Moment lässt sich da noch nichts sagen.«

Die Pilotin seufzte. »Ich weiß, die Prinzessin hat mehr Kampfgeist, als die meisten Leute ihr zutrauen. Aber dass sie Metara zur Vernunft bringen will – das ist entweder irrational oder brillant.«

»Ich frage mich auch oft, ob sie genial oder verrückt ist«, gestand Han ein. An manchen Tagen fiel ihr Handeln mehr in den verrückten Teil des Spektrums, aber er war sicher, dass sie auf genau dieselbe Weise über ihn dachte, und dass sie dabei vermutlich die besseren Argumente auf ihrer Seite hatte.

Sie sahen zu, wie Terae die Letaki bearbeitete. Han kippte seinen Drink hinunter, nur, um ihn loszuwerden, und Sian schaffte es, den Rest ihrer Tasse unauffällig ins Innere der Armaturen zu schütten.

Schließlich kehrte Terae zu ihnen zurück, ihr Gesicht gerötet vom Drink, und erklärte: »Sie haben mir erzählt, wie es abläuft. Wir müssen dort entlang und dann wieder zurück in Richtung Andockring.«

Sie ließen die Kreuzung und die Party hinter sich und stapften eine weitere Rampe hinab. Es war dunkler in diesem Bereich, denn es gab weniger schwebende Lumas, und auf dem Boden lag noch mehr Müll verstreut. Kleinere Durchgänge führten in Korridore, die von tiefer Finsternis erfüllt oder von Geröll und Metalltrümmern blockiert wurden. Dieser Ort war wie ein großer ungemütlicher Schattenhafen, nur *wusste* man hier, dass jeder ein Pirat war, und vermutete es nicht bloß.

Hans Nerven prickelten noch stärker als zuvor, und er wünschte sich, er hätte Chewie mit auf diese Mission genommen. Doch es war ihm wichtiger erschienen, so schnell wie möglich den Sensorstörer einzubauen, weil er befürchtete, jemand könnte ihnen die Einheit wieder wegnehmen, um sie auf einem wichtigeren Schiff zu installieren. Es gab viele Leute in der Allianz, die sich daran störten, Prinzessin Leia in Gesellschaft eines corellianischen Schmugglers zu sehen, und denen würde es gar nicht gefallen, dass der *Falke* einen der heißbegehrten Störsender bekommen sollte, auch wenn es sich dabei um die Bezahlung für geleistete Dienste handelte. Vielleicht war das ja auch der Grund, warum ihm dieser Ort so unheimlich erschien: Er verbrachte zu viel Zeit bei der Allianzflotte, hatte sich zu sehr daran gewöhnt umherzuspazieren, ohne sich Sorgen darüber machen zu müssen, ob ihm jemand in den Rücken schießen wollte oder noch Schlimmeres. *Du verweichlichst, Solo,* sagte er sich. *Dagegen musst du etwas tun.*

Sobald sie außer Hörweite der Bargäste waren, erklärte Terae: »Wir waren auf der richtigen Spur – der Zellentrakt ist nicht weit von der Landebucht der *Wastrel* entfernt. Dorthin bringen sie die Leute, die sie gefangen nehmen, meistens Besatzungsmitglieder und Schiffspassagiere, aber einige der größeren Piratenbanden überfallen auch kleine abgelegene Siedlungen. Sie halten die Leute hier fest, bis wieder ein Schiff der Sklavengilden vorbeikommt. Die Sklavenhändler suchen sich aus, wen sie haben möchten, und verhandeln dann mit der Flugmeisterin über den Preis. Die Flugmeisterin ist es auch, die dann den Verkaufserlös unter den einzelnen Mannschaften verteilt. Soweit ich das beurteilen konnte, ist aber niemand wirklich zufrieden mit diesem System. Alle glauben, dass die Flugmeisterin sie über den Tisch zieht.«

»Natürlich zieht die Flugmeisterin sie über den Tisch«, brummte Han. »Welchen anderen Grund gäbe es wohl für so ein System – es dient allein dazu, jeden auszunehmen, der dumm genug ist, darauf einzugehen.«

Sian meinte: »Was geschieht mit den Leuten, die nicht an die Sklavenhändler verkauft werden?«

Terae schüttelte den Kopf. »Danach habe ich nicht gefragt.«

Han hatte nicht vor, sie damit durchkommen zu lassen. »Sie werden ins All geblasen. Falls sie Glück haben, erschießt man sie vielleicht, bevor man sie aus der Luftschleuse wirft«, sagte er. »Was dachten Sie denn?«

Terae presste die Lippen zusammen, dann holte sie Luft für eine Entgegnung.

Genau in diesem Moment ließ sich die erste Gestalt von der Decke herabfallen. Han duckte sich seitlich weg und zog seinen Blaster. Er feuerte auf die beiden Angreifer, die ihm am nächsten waren, und traf einen von ihnen. Die Gestalten waren in schmutzige, dunkle Kleidung gehüllt, vermummt und so zerlumpt, dass Solo nicht mit Sicherheit sagen konnte, ob es sich um Menschen handelte oder nicht. Bewaffnet waren sie lediglich mit alten Werkzeugen, was an sich fast lachhaft gewesen wäre, wäre eines dieser Werkzeuge nicht ein tragbarer Felsbohrer. Eines der Wesen landete auf Sian, aber sie hatte die Hand am Blaster und feuerte durch das Halfter, als sie zu Boden ging. Ihr Angreifer sprang, am Bein getroffen, zurück, und sie stemmte sich wieder auf die Füße.

Terae rang mit einer der Gestalten, und eine zweite tänzelte um sie herum und versuchte, mit einem Bogenschlüssel nach ihr zu schlagen. Han erschoss den Tänzer, aber im nächsten Moment traf ihn etwas mit solcher Wucht von hinten, dass er der Länge nach auf den Boden stürzte, und er verdankte es allein seinem Überlebensinstinkt, dass er den Blaster in der Hand behielt. Er drehte sich gekrümmt herum und schaffte es gerade noch, mit der freien Hand das Brecheisen zu packen, bevor es ihm den Schädel zertrümmerte. Er spürte den Atem seines Angreifers im Gesicht, und der Kerl knurrte, aber Han war ebenfalls wütend. Er riss den Blaster nach unten und feuerte ihn aus nächster Nähe ab. Begleitet von einem Schrei erschlaffte die Gestalt, sodass Han ihr das Brecheisen entreißen und den Körper von sich herunterrollen konnte. Bevor er Gelegenheit hatte aufzustehen, warf sich schon das nächste Wesen auf ihn, aber Sian verpasste ihm einen Tritt gegen den Kopf, und nachdem Han auch diesen Angreifer beiseitegeschoben hatte, rollte er sich ab und stand wieder auf.

Vier der Attentäter lagen bewegungslos auf dem Boden, zwei humpelten so schnell sie konnten in die Schatten davon, und einer hatte eine Blasterverbrennung am Bein und konnte kaum stehen. Jemand brüllte einen unverständlichen Befehl, woraufhin auch die anderen Angreifer von ihnen abließen und auf die nächstgelegenen Durchgänge zurannten. Zwei von ihnen hielten noch kurz inne, um den Verwundeten zu packen und ihn mit sich zu zerren, und Han sah ihnen kurz nach, während sie in den schattenverhüllten Tunneln verschwanden, dann wirbelte er herum, um sicherzugehen, dass sonst niemand in der Nähe war. Diesmal vergaß er auch nicht, nach oben zu blicken.

Terae erhob sich aus ihrer gebückten Haltung und fragte: »Was sollte das denn?«

Sian, die noch immer schwer keuchte, sah Han an. »Dockdiebe?«

»Ja.« Er nickte und bückte sich nach der Werkzeugtasche. »So was passiert, wenn Piraten ein paar Crewmitglieder hier zurücklassen und sie kein anderes Schiff finden, das sie aufnimmt.« Er versuchte, nicht weiter darüber nachzusinnen, wie sie ihren verletzten Freund fortgeschleift hatten. Gewiss war ihre Lage nicht so verzweifelt, dass sie den Kerl essen würden, insofern musste ihre Motivation wohl ein Gefühl der Gruppenloyalität sein, was bedeutete, dass sie schon lange zusammenarbeiteten. Han verscheuchte den unangenehmen Gedanken. Er erinnerte ihn auf schmerzhafte Weise an all die Male, als er und Chewie kurz davorgestanden hatten, den *Falken* in einem Raumhafen zu verlieren. Ihre Optionen wären ebenso begrenzt gewesen wie die dieser Gestalten.

Sian nickte und behielt argwöhnisch die Gitter an der Decke im Auge. Terae öffnete den Mund, um etwas zu sagen, ihr Gesicht verhärtet, als wollte sie ihnen widersprechen, aber dann schüttelte sie den Kopf.

Han hoffte, dass sie diese kleine Führung durch die weniger verlockenden Aspekte des Piratendaseins genoss, aber laut meinte er nur: »Wir müssen weiter.«

Viest trank genussvoll von ihrem Drink, und Leia versuchte, ihre Gedanken zu beruhigen, damit ihr Mimik und Gestik nicht entgleisten. Die Lorrdianerin zeigte keine Reaktion, was hoffentlich bedeutete, dass Leia sich nicht allzu viel hatte anmerken lassen, aber irgendetwas in ihrem Gesicht oder ihrer Stimme musste dennoch ein übermäßiges Interesse an dem Agrarschiff verraten haben.

Nach einer Weile fragte Viest: »Also, sind Sie hier, um Waren zu erwerben? Oder wollen Sie sich in unser Geschäft einkaufen?«

Sie nennt diese Leute »Waren«, als wären es Pflanzenfaserballen. Ihre Oberlippe zuckte unwillkürlich, aber sie hoffte, es würde wie ein überlegenes Lächeln erscheinen. »Ich will nur das Terrain sondieren.«

»Aber das bezieht sich sicher nicht auf den Vorschlag, der bereits im Raum steht, oder?«, fragte Viest, während sie sich wieder Metara zuwandte. »Also, warum möchten Sie mit ihr arbeiten und nicht mit mir?«

Metara zuckte mit den Schultern und nippte an ihrem Glas. Leia erkannte darin einen Versuch, Zeit zu schinden, und sie war sicher, dass Viest es ebenfalls so interpretierte. Schließlich erklärte die Alderaanerin: »Leia und ich haben eine gemeinsame Vergangenheit, das ist alles.« Soweit Leia das beurteilen konnte, war Metara nicht über ihren Vornamen gestolpert. Das war gut, denn die Lorrdianerin hätte jedes Zögern gespürt. Metara fuhr fort: »Ich bezahle meine Schulden, und ich bin sicher, dass wir eine Übereinkunft treffen können. Dank der von Ihnen finanzierten Modifikationen für mein Schiff kann ich die Summe problemlos zurückzahlen, einschließlich des Zinses, den Sie für angebracht halten.«

Leia beobachtete Viests Gesicht. Sie glaubte nicht, dass es so funktionieren würde – das war auch der Grund, warum sie Metara gebeten hatte, ihr das Verhandeln zu überlassen. Ihr einziger Trost war, dass es keine negativen Konsequenzen haben würde, falls Viest ihre Verärgerung richtig deutete.

»So ist das also, ja?«, begann die Piratin. »Ich lade Sie ein, Teil meiner Organisation zu werden, komme mit meinen privaten Mitteln für die Reparatur und die Verbesserungen an Ihrem Schiff auf, und sobald eine alte Bekannte Ihren Weg kreuzt, wenden Sie sich von mir ab, ohne auch nur mit der Wimper zu zucken?«

Metara zuckte zusammen. »Es tut mir leid, aber unsere Abmachung ist rein geschäftlich. Es geht dabei nicht um persönliche Loyalität.«

Viest zog eine Braue nach oben. »Für mich schon.«

Mit diesen Worten starb Leias letzte Hoffnung, ihren ursprünglichen Plan zu einem guten Ende zu bringen. Die Lorrdianerin gab sich augenscheinlich empörter, als sie eigentlich war, aber ebenso offensichtlich war, dass sie nicht vorhatte, Metara aus ihrer Vereinbarung zu entlassen, zumindest nicht während dieser Unterhaltung.

»Sie sind also dagegen, dass Metara sich aus der Abmachung freikauft«, meinte Leia. »Schön. Aber wir drei können doch sicher trotzdem Geschäfte miteinander machen. Ich bin offen für Vorschläge.« Sie war tatsächlich offen für Vorschläge, denn falls sie nicht bald einen Geistesblitz hatte, würde sie die Crew des Agrarschiffes an Sklavenhändler verlieren und selbst lange, lange Zeit auf diesem Felsen festsitzen.

Viest musterte ihre beiden Gäste einen Moment lang, dann stellte sie ihr Glas ab. »Bevor wir Geschäfte miteinander machen, müssen wir uns erst ein wenig besser kennenlernen.«

Das gefiel Leia nicht. Da war ein wenig zu viel freudige Erwartung in der Stimme der Flugmeisterin. »Ich dachte, wir wären gerade dabei, uns besser kennenzulernen?«

»Das sind wir«, antwortete Viest, und sie versuchte nicht einmal, dabei ein raubtierhaftes Lächeln zu verbergen. »Aber ich ziehe es vor, wenn meine neuen Partner ihre Motivation demonstrieren.«

Motivation? Ja, das würde nicht gut enden. Leia versuchte, nur leicht interessiert zu wirken. »Und wie darf ich mir das vorstellen?«

»Wir spielen ein Spiel«, erwiderte die Lorrdianerin. »Das heißt, *sie* – also Sie – spielen ein Spiel.«

Im ersten Moment klang das nicht halb so schlimm wie die schrecklichen Dinge, die Leia sich während der letzten Sekunde ausgemalt hatte, aber da war etwas in Viests Gesicht, und dieses Etwas sagte ihr, dass das Spiel vielleicht noch viel schlimmer als all diese Gräuel war. »Was für ein Spiel?«

»Ein Test Ihrer Fähigkeiten und Reflexe.« Die Piratin deutete zu dem Fenster hinüber, das den Blick auf den dunklen Bereich jenseits der Kontrollzentrale freigab. »In der Mitte der Mine befindet sich die Arena. Die Gravgeneratoren dort sind abgeschaltet, es ist also ein schwereloses Spielfeld.« Ihre Augen wurden schmal. »So kann man die Spieler, die es ernst meinen, besser von den Großmäulern unterscheiden.«

Leia entschied, dass es für die Person, die sie vorgab zu sein, keinen Grund gab, bei diesem Spiel mitzuspielen, vor allem, da es so offensichtlich nach einer Falle aussah. Viest wusste, dass sie logen, aber sie schien noch nicht sicher zu sein, worüber. Falls sie Glück hatten, war dies nur ein Versuch, sie von ihrer Investition in die *Aegis* abzuschrecken. In dem Fall wären die Konsequenzen natürlich ebenso gefährlich, aber zumindest würde die Lorrdianerin dann nicht vermuten, die Allianz könnte mit dieser Geschichte zu tun haben. Leia erklärte: »Da, wo ich herkomme, haben wir nicht viel für Spiele übrig.« Auch das entsprach zu hundert Prozent der Wahrheit.

»Dann lassen Sie mich Ihnen einen zusätzlichen Anreiz geben«, entgegnete Viest. Sie sah nicht aus, als würde sie sich ihre Idee wieder ausreden lassen, aber es schien sie zu amüsieren, dass Leia es versuchte. »Falls Sie beide mitspielen und gewinnen, vergesse ich meine Investition in Metara und ihr Schiff, und Sie können schuldenfrei davonziehen.«

Dieses Angebot war ein wenig zu verlockend, dachte Leia. Sie beschloss, abzulehnen und noch einmal Geld anzubieten, aber bevor sie etwas sagen konnte, erklärte Metara: »Wenn Sie jetzt noch das Handelsschiff drauflegen, das wir für Sie überfallen haben, kommen wir ins Geschäft – die Mannschaft eingeschlossen, versteht sich.« Sie sah kurz zu Leia hinüber. »Aber ich werde allein spielen – oder mit jemandem aus meiner Crew.«

Leia spürte Viests selbstgefälligen Blick auf sich, und sie zwang sich zu einem müden Lächeln, obwohl sie gerade dachte: *Oh, wie ich es hasse, mit Amateuren zu arbeiten.* Die Piratin wusste jetzt, was Metara wirklich wollte, und die Alderaanerin würde teuer dafür bezahlen müssen. Darüber hinaus hatte Metara ihrer Gastgeberin verraten, dass sie Leia schützen wollte und es sich bei der Prinzessin nicht nur um irgendeine potenzielle Geschäftspartnerin oder eine alte Bekanntschaft handelte, die bereit war, Metaras Piratenleben zu finanzieren. Nein, Metara machte sich Sorgen um ihre Sicherheit.

Viests Lächeln wirkte jetzt noch zufriedener. »Abgemacht – aber unsere Freundin Leia hier wird mitspielen.«

Sie hatten keine Wahl. Leia hob zum Einverständnis ihr Glas und schüttete den Inhalt hinunter. Der Drink brannte im Hals und lag ihr schwer im Magen, als sie mit rauer Stimme sagte: »Es wird mir ein Vergnügen sein.«

Viest prostete ihr zu. »Fein.«

Han hatte schon seit einer Weile Stimmen und Geräusche aus dem Tunnel vor ihnen gehört, und nun mündete der Gang in einen gewaltigen Lande- und Frachtbereich. »Na wunderbar«, murmelte er gedämpft.

Die Rampe, auf der sie standen, teilte sich zu einer Galerie, die an mehreren Hangartoren vorbeiführte, während der Weg geradeaus weiter nach unten zu einer Verladezone mit zahlreichen großen Tunnelöffnungen führte. Mehrere der verwaisten Repulsorführungsschienen erstreckten sich durch diesen Verladebereich, und auf dem Boden türmten sich Druckcontainer und Fässer verschiedenster Größen. Veraltete Droiden wanderten mit langsamen Bewegungen zwischen den Stapeln dahin, um sie neu zu ordnen oder umzuräumen, und in der Mitte all dieser Aktivität standen einige Piraten, die heftig und lautstark diskutierten, wobei sie immer wieder auf einige Stapel deuteten, um ihren Standpunkt zu unterstreichen. Gut möglich, dass ein Teil der Fracht von dem Agrarschiff stammte, das die *Wastrel* abgeschleppt hatte, aber die Zahl der Kisten und Fässer war offensichtlich zu groß, um nur einem Frachter dieser Größe zu entstammen. Es sah vielmehr aus, als wäre dies die Ladung eines großen Transporters, oder die kombinierte Beute von mehreren kleineren Schiffen.

Terae betrachtete die Szene voller Unbehagen, dann meinte sie: »Die Letaki haben nichts von irgendwelchen Tunneln erwähnt. Sie sagten nur, es wäre hier unten.«

Jede der Personen in der Verladezone wirkte wütend und misstrauisch, und soweit Han sehen konnte, waren sie außerdem alle bewaffnet. »Wir können nicht einfach wie Touristen dort runterschlendern«, brummte er. »Wir brauchen eine Karte.«

Sian fragte: »Kann es sein, dass sie den Zellentrakt der alten Mine benutzen? Der wäre auf jeder Karte eingezeichnet.«

»Vielleicht.« In einer Mine dieser Größenordnung musste es eine Einrichtung für Bergarbeiter geben, die man beim Stehlen, Trinken oder Spicekonsum erwischte – oder bei einer Schlägerei wegen Diebstahls, Hochprozentigem oder Spice. »Groß genug wäre die Anlage für so etwas wohl.«

»Ein Stück weiter hinten habe ich einen kleinen Tunnel gesehen, der mit ›Ingenieursverwaltung‹ gekennzeichnet war«, berichtete Terae. »Einige der Lumas waren noch an, ein Versuch könnte sich also lohnen. Aber um dorthin zu gelangen, müssen wir wieder durch den dunklen Bereich, wo die Ausgestoßenen uns überfallen haben.«

»Dass es dort dunkel war, hat nichts zu bedeuten«, meinte Han. »Diese Typen treiben sich hier überall herum. Also los, kommt schon.«

7. Kapitel

Nachdem sie zwei der Seitengänge überprüft hatten, stießen Han, Sian und Terae schließlich auf einen in den Fels gehauenen Raum, der als TECHNISCHER DIENST 112 markiert war. Wie es aussah, war er während eines Saufgelages demoliert worden, weshalb sie hier vermutlich nichts Nützliches mehr finden würden. Sie teilten sich auf, um den Raum dennoch zu durchsuchen, und nach wenigen Sekunden entdeckte Sian unter einem kleinen Felsvorsprung an der hinteren Wand ein paar Terminals für den öffentlichen Gebrauch.

Bei einem von ihnen funktionierten die Energiezellen noch, und Han schaffte es, das Gerät anzuschalten, aber das Holobild war so sehr durch statisches Rauschen verzerrt, dass man überhaupt nichts erkennen konnte. Er musste also die Konsole aufbrechen und ein paar Kontakte säubern, bevor schließlich das alte Logo eines Bergbauunternehmens Konturen annahm. Solo vermutete, dass alle wichtigen Daten, die über das System aufgerufen werden konnten – Codes für die Minengeräte, die Andockringe oder die Lagerräume –, passwortgesichert waren, doch eine Karte der Anlage sollte eigentlich frei verfügbar sein. Nachdem er sich einen Überblick verschafft und mit Terae darüber gestritten hatte, in welchem Bereich sie wohl am ehesten fündig würden, stießen sie schließlich auf eine Karte. Ein rotierendes Bild entfaltete sich über der Vidplatte, auf dem das Innere des Asteroiden grün und rot leuchtete. Han betrachtete es mit zusammengekniffenen Augen und versuchte, die winzige Schrift zu entziffern, denn leider ließ die Darstellung sich nicht vergrößern.

Die Mine war ein Labyrinth aus eigentümlich dimensionierten Hohlräumen und Schächten, von denen einige gerade nach unten führten, während andere Spiralen glichen. Die Korridore waren als Verbindungs- und Transporttunnel beschriftet, die meisten der Räume mit Namen anstelle von Nummern betitelt, und die verschiedenen Ebenen, die hier Sohlen genannt wurden, waren in obere, untere und mittlere Bereiche unterteilt, aber nach einem System, das sich Han nicht sofort erschloss. Laut der Anzeigen schwankte die Gravitation von Bereich zu Bereich, wobei die Schwerkraft in den größeren Schächten und Spiralen niedriger war, ebenso wie in einigen der Transporttunnel. Im Herzen der Anlage befand sich eine riesige Höhle, die sich hunderte Meter durch das Zentrum des Asteroiden nach oben wölbte.

Terae hielt ihr Komlink hoch, um alles aufzuzeichnen, gleichzeitig neigte sie den Kopf, um die Beschriftungen zu erkennen. »Das da ist, glaube ich, ein Verwahrungsbereich, aber er ist ganz da drüben auf der anderen Seite.«

»Ja, aber sehen Sie, hier.« Sian deutete auf einen Fleck, nicht weit von ihrer gegenwärtigen Position entfernt. »Diese Sektion ist als ›Arbeiterunterkünfte‹ gekennzeichnet, und sie liegt in dem Bereich, den die Letaki Ihnen genannt haben.«

»Ich möchte wetten, sie haben die Quartiere in einen Sklavenpferch umgewandelt«, brummte Han.

Terae zuckte ob seiner unverblümten Wortwahl zurück, aber er achtete nicht darauf, stattdessen ließ er den Blick über das Korridorgeflecht schweifen. Er kam zu dem Schluss, dass es nur einen Weg in diesen Bereich gab: ein zentraler Tunnel, der in der Verladezone begann, wo die Piraten sich über ihre Fracht gestritten hatten. Es würde also nicht leicht werden, dorthin zu gelangen. Die Karte zeigte allerdings einen schmalen Gang an, der direkt unterhalb der Arbeiterquartiere verlief und sich bis zum Zentrum des Asteroiden erstreckte. Zahlreiche andere Tunnel kreuzten diesen Gang, darunter auch einer, der von ihrer Position aus erreichbar sein sollte. Räume zweigten jedoch keine von dem Gang ab, und im Gegensatz zu den anderen Tunneln, die alle gekrümmt oder in Spiralen durch den Fels führten, war dieser Korridor seltsamerweise vollkommen gerade.

»Glauben Sie, das ist ein Wartungstunnel?«, fragte Han.

»Sieht wie einer aus.« Sian versuchte noch einmal, die Größe zu verändern, und als das Tastfeld nicht reagierte, beugte sie sich noch ein Stück weiter vor und kniff die Augen zusammen. »Da steht ABFALLENTSORGUNG.«

Han nickte. »Falls wir dort hineingelangen und uns dann zu der Stelle vorarbeiten können, wo sich vermutlich der Sklavenpferch befindet …« Er unterbrach sich, als außerhalb des Verwaltungszimmers ein klirrendes Geräusch ertönte.

»Runter«, flüsterte er, dann drückte er den Hauptschalter an der Konsole. Während die Karte sich auflöste, kauerten die drei sich zusammen, um hinter der zertrümmerten Einrichtung in Deckung zu gehen. Han hob vorsichtig den Kopf, gerade hoch genug, um zu sehen, wie ein alter Wartungsdroide in gemächlichem Tempo an der offenen Tür vorbeiratterte. Er hatte mehrere Arme und versuchte erfolglos, den Boden des

Korridors zu säubern. Solo wartete, aber niemand folgte der Maschine. »Also gut, die Luft ist rein.«

»Glauben Sie wirklich, diese halbtoten Droiden machen Meldung bei den Piraten?«, fragte Terae, nachdem sie aufgestanden war und sich demonstrativ den Staub von der Hose geklopft hatte. Vermutlich, überlegte Han, war sie nur wütend, weil sie einen Befehl von ihm befolgt hatte, ohne ihn erst infrage zu stellen.

»Es ist möglich«, erklärte er. »Ich möchte jedenfalls nicht mein Leben darauf verwetten. Sie können ja rausgehen und den Blecheimer erschießen, wenn Sie wollen. Geben Sie uns vorher bitte nur ein wenig Zeit, um von hier zu verschwinden.«

Die Alderaanerin starrte ihn finster an, und Sian fügte hinzu: »Die Droiden im Verladebereich erstatten den Piraten bestimmt Bericht.« Sie streckte den Arm nach der Konsole aus und versuchte, sie wieder anzuschalten, aber das Gerät piepste sie nur kraftlos an. »Das Ding ist hinüber. Sollen wir es bei einer anderen versuchen?«

Doch Han wollte nicht noch mehr Zeit hier vergeuden. An Terae gewandt, fragte er: »Haben Sie eine Aufnahme von der Karte gemacht?«, und als diese nickte, meinte er nur: »Worauf warten wir dann noch?«

Nachdem Viest ausgetrunken hatte, rief sie den Aqualishaner und ein paar weitere Wachen herbei, um Leia und Metara hinunter auf das Spielfeld zu bringen. »Ich werde mich Ihnen dort in Kürze anschließen«, sagte sie, dann fügte sie noch hinzu: »Ach, und lassen Sie bitte Ihre Waffen hier. Spieler dürfen die Arena nicht bewaffnet betreten. Es soll doch schließlich keine Unfälle geben.«

Metara und Leia gaben ihre Blaster ab, und nachdem der

überraschend moderne Waffenscanner der Piraten den Miniblaster in dem versteckten Halfter über ihrem rechten Stiefel entdeckte, legte die Prinzessin mit einem Zähneknirschen auch den ab. Die anderen Piraten im Raum blickten ihnen mit einer beunruhigenden Mischung aus Vorfreude und Unbehagen nach, als der Aqualishaner und die anderen Wachen sie zu einer Liftröhre auf der anderen Seite der Kommandozentrale führten, und Leia überlegte, warum diese Wesen sich wohl Viest angeschlossen hatten. War ihre Loyalität mit Drohungen oder Geschenken erkauft worden, oder mit beidem? Im Inneren der Liftkapsel angekommen, fragte sie: »Was genau ist das für ein Spiel?«

»Das wird die Flugmeisterin dir schon noch erzählen«, entgegnete der Aqualishaner, aber dann fügte er hinzu: »Jeder, der sonst darüber spricht, endet ganz schnell selbst auf dem Spielfeld.«

Seine Worte waren nicht gerade ermutigend, und der Nervosität nach zu urteilen, mit der die anderen Wachen darauf reagierten, mussten sie der Wahrheit entsprechen. Leia bemühte sich um einen kühlen Tonfall. »Ist es überhaupt ein Spiel oder nur eine unterhaltsame Methode für Viest, unliebsame Gäste hinzurichten?«

Der Aqualishaner gab ein hustendes Geräusch von sich, bei dem es sich aber tatsächlich um ein verbittertes Lachen handelte, wie Leia erkannte. »Beides. Wenn sie jemanden in ihre persönliche Mannschaft aufnehmen will oder jemand Geschäfte mit ihr machen möchte, aber sie sich bei dieser Person nicht sicher ist, dann lässt sie ihn spielen. Der Teil ist wahr.«

Er schien nicht sonderlich viel von dieser Vorgehensweise zu halten. »Du klingst, als würdest du aus Erfahrung sprechen«, meinte Leia. »Aus schlechter Erfahrung.«

Eine der anderen Wachen verlagerte unruhig das Gewicht, als wäre es schon gefährlich, dabei zu sein, wenn jemand anders über das Spiel sprach. Der Aqualishaner blickte auf sie hinab, seine Lider halb zugeklappt, um jegliche Emotion zu verbergen. »Mein Captain hat gespielt. Jetzt sitze ich hier fest.«

Mit einer solchen Geschichte hatte Leia bereits gerechnet. Metara warf ihr mit sorgenvoll gerunzelter Stirn einen kurzen Blick zu.

Die Kabine hielt auf einer Ebene irgendwo unter der Kommandozentrale, und der Aqualishaner führte sie nach draußen auf eine langgezogene Galerie, von der man auf den Boden der riesigen Höhle hinabsehen konnte, welche das Zentrum des Asteroiden formte. In diesem gigantischen Hohlraum war es kühler als in den Tunneln, und die Luft war noch feuchter. Rinnsale plätscherten an Säulen aus behauenem Stein hinab und ließen weiße und rote Mineralstreifen auf dem Fels zurück. Über allem hing der Geruch von nasser Erde, verbranntem Metall und Ozon. Leia blinzelte und starrte nach oben. Hoch über ihnen hingen die riesigen Bergbaumaschinen, kaum mehr als schemenhafte Umrisse in der Düsternis. Da waren Raupen mit Bohrern, so groß wie die *Wagnis*, und Bagger mit Schaufeln, in denen die *Aegis* bequem Platz gefunden hätte.

»Wartet hier«, befahl der Aqualishaner und ging zurück zur Liftröhre.

Eine geschwungene Metalltreppe führte von der Galerie zu einem kleineren Balkon hinauf, wo Sofas und Stühle aufgestellt waren. Im Moment war er verlassen, aber Leia vermutete, dass dort die Zuschauer sitzen würden. Ein paar Wachen standen über die Galerie verteilt, manche menschlich, manche Mitglieder anderer Spezies, alle mit Blastern in den Händen. Die einzigen unbewaffneten Personen in der Höhle waren vier Piraten, die in Zweiergruppen auf den sich gegenüberliegenden Seiten der Galerie warteten. Das mussten die anderen Spieler sein.

Zwei von ihnen gehörten zu einer amphibischen Spezies, die Leia als Ishori von einer Welt im Kern identifizierte. Große schlanke Wesen waren sie, mit grüngrauer Haut, langen, schmalen Schädeln ohne Nasen, gezeichnet von Kiemen an Wangen und Hals. Federartige Flossen zogen sich an ihren Armen und Beinen entlang. In den Händen hielten die beiden Metallgegenstände, die die Prinzessin zunächst für Waffen hielt, aber dann erkannte sie, dass die Ishori nur drei Finger an jeder Hand hatten und es sich bei den Metallobjekten tatsächlich um Prothesen handelte. Mit diesen drei zusätzlichen Fingern war es einfach für sie, standardisierte Waffen oder Ausrüstung zu benutzen.

Das andere Paar bestand aus der brutal wirkenden Twi'lek, der Leia bereits am Andockring begegnet war, und einem ziemlich schmuddelig wirkenden jungen Menschen. Die Twi'lek hatte die Arme vor der Brust verschränkt und starrte wütend auf das Spielfeld hinab. Die Amphibienwesen schienen auch nicht gerade glücklich, hier zu sein, denn sie redeten mit leiser, besorgter Stimme aufeinander ein und wirkten auch sonst aufgebracht.

Der Aqualishaner hatte also die Wahrheit gesagt, dachte Leia. Entweder war dies eine Strafe für die anderen Spieler, oder sie waren neu hier auf dem Umschlagplatz und wurden gezwungen, sich dieser Prüfung zu unterziehen, bevor sie Viests Gruppe beitreten oder auf dem Asteroiden Geschäfte machen durften. Sie war sicher, dass es sich bei allen vieren um kleine Fische handelte, mit kleinen Schiffen, ohne Geld oder Status. Die Kommandanten von großen, mächtigen Schiffen wie der *Wastrel* konnte die Flugmeisterin gewiss nicht einfach so herumkommandieren.

Metara berührte sie am Arm, um ihre Aufmerksamkeit zu erregen. »Das muss wohl das Spielfeld sein.«

Leia blickte nach unten und sah, dass es sich bei ein paar der scheinbar wahllos verstreuten Ausrüstungsgegenstände um Eindämmungsfeldgeneratoren handelte, die durch Repulsoranker über dem Abgrund gehalten wurden. Wenn man sie aktivierte, formten sie vermutlich einen Kreis im Herzen der Höhe. Dort befanden sich, ebenfalls mit Repulsoren verankert, mehrere schwere Objekte, die einst wahrscheinlich im Bergbau zum Einsatz gekommen waren und die Form von großen Ringen hatten, jeder mit einem Durchmesser von knapp drei Metern. »Mir gefällt nicht, wie das aussieht«, meinte Leia. Da schwebte noch etwas in der Leere des Spielfelds, etwas Kleines, und als sie die Augen zusammenkniff, stellte sie fest, dass es eine Sensordrohne war. Jede Wette, dass es bei diesem Spiel darum ging, die Drohne in seinen Besitz zu bringen oder zu zerstören, vermutlich während diese auf die Spieler feuerte. Doch das konnte noch nicht alles sein. »Diese Ringe – irgendeine Idee, welchen Zweck sie erfüllen könnten?«

»Vielleicht, um schwere Gewichte zu heben oder Erz zu verarbeiten …« Metara verstummte und sah Leia an.

Die Prinzessin war nicht sicher, was diese Ringe mit Erz anstellten, aber auf den Körper eines atmenden Wesens hatten sie sicher einen höchst unangenehmen Effekt. »Vielleicht wissen es die anderen«, meinte Leia, aber als sie sich zu dem Team der Twi'lek herumdrehen wollte, trat eine menschliche Wache vor und versperrte ihr den Weg.

»Keine Unterhaltungen mit den anderen.«

Es war gar nicht dumm, vor der Partie jegliche Kommunikation zwischen den Spielern zu unterbinden, denn hätte Leia Gelegenheit gehabt, die anderen zu bestechen oder sich mit ihnen abzusprechen, hätte sie sicher davon Gebrauch gemacht. »Sollen sie Viest auch ihre Motivation demonstrieren?«, fragte sie.

Die Wache verzerrte belustigt das Gesicht. »Sie schon.« Den Blaster weiterhin gelassen auf Leia gerichtet, deutete der Mann zu der Twi'lek hinüber, anschließend neigte er den Kopf zur anderen Seite, wo die Ishori standen. »Was die beiden angeht: Ihr Schiff ist mitsamt der Besatzung an einen neuen Captain gefallen, und jetzt wollen sie die Flugmeisterin dazu bewegen, sie aus dem Vertrag freizukaufen.« Er hob das Gewehr. »Geh wieder auf deinen Platz.«

»Wie reizend«, murmelte Leia noch, bevor sie an Metaras Seite zurückkehrte. Sie wartete, bis die Wachen in ihrer Nähe miteinander zu tuscheln begannen, dann senkte sie vorsichtig die Stimme und flüsterte: »Metara, ich weiß die Geste zu schätzen, aber Sie hätten sich nicht freiwillig für dieses Spiel melden sollen.«

Metaras ruhige, ernste Miene zeigte, dass sie keine Ahnung hatte, was für einen schrecklichen taktischen Fehler sie dadurch begangen hatte. »Es tut mir leid, ich wollte nicht, dass Ihr da mit hineingezogen werdet. Ich werde mein Bestes tun, Euch zu beschützen, das schwöre ich.«

Leia beschloss, diese Bemerkung zu ignorieren, andernfalls wäre es wohl schwierig geworden, nicht ihre sorgsam gehegte Fassung zu verlieren. »Ist Ihnen nicht aufgefallen, dass Viest eine Lorrdianerin ist? Haben Sie schon mal von lorrdianischen Gesichtslesern gehört?«

Metara schüttelte unmerklich den Kopf und schien verwirrt. »Ich weiß, dass Lorrdianer gut darin sein sollen, die Körpersprache anderer Wesen zu deuten ...«

»Einige von ihnen sind mehr als gut darin. Es gibt sogar

Lorrdianer, die davon leben, und sie können ganz genau erkennen, ob jemand lügt oder die Wahrheit sagt.« Leia überlegte, wie es Viest wohl hierherverschlagen hatte. Falls sie angeheuert – oder gekauft – worden war, um die Leserin eines Piratenkapitäns zu sein, und dann ihre Fähigkeiten eingesetzt hatte, um in einem günstigen Moment in ihre gegenwärtige Position aufzusteigen, dann war sie vermutlich noch gefährlicher, als sie ohnehin schon zu sein schien.

Metara dachte über Leias Worte nach, wirkte aber nicht gänzlich überzeugt. »Sie soll gewusst haben, dass wir lügen? Warum hat sie uns dann nicht einfach sofort töten lassen?«

»Weil sie nicht wusste, worüber wir lügen, und sie es herausfinden will, bevor sie uns umbringt.« Es sah zumindest so aus, als würde Metara ihre Warnung nun ernst nehmen. »Sie hat erkannt, dass Sie mich beschützen wollten, also – hören Sie auf damit.« Diese Bitte war weder sonderlich spezifisch, noch half sie ihnen im Moment weiter, aber Leia verspürte einfach den Drang, das klarzustellen.

Ein sturer Ausdruck trat in Metaras Gesicht, und sie schüttelte den Kopf. »Ich kann nicht zulassen, dass Euch etwas geschieht. Dass Ihr überhaupt hier seid, ist allein meine Schuld.«

Leia musste ihr zustimmen: Ja, es war ihre Schuld, aber es war auch sinnlos, weiter auf diesem Punkt herumzureiten. »Lassen Sie mich einfach auf mich selbst aufpassen. Nur so können wir unseren Kopf noch aus der Schlinge ziehen.«

Metara holte Luft, gewiss, um ihr zu widersprechen, aber Leia fixierte sie mit einem stählernen Blick, der – mit der Ausnahme von Han Solo – eigentlich bei niemandem seine Wirkung verfehlte, und tatsächlich: Metara ließ den Atem wieder entweichen. »Ich werde es versuchen, Euer Ho…, äh, Leia.«

Die Lifttüren öffneten sich wieder, und heraus trat die Flugmeisterin, gefolgt von ungefähr einem Dutzend ausgewählter Piraten. Die meisten von ihnen stiegen sofort zum Zuschauerbereich hoch, aber Viest selbst kam schlendernd auf Leia und Metara zu. »Das Ziel ist es, die Drohne zu besiegen«, erklärte sie. »Sie wird Trainingsschüsse mit hoher Energie abfeuern – nicht stark genug, um jemanden zu verletzen, aber doch äußerst schmerzhaft.«

Leia verspürte Erleichterung, dass das Spiel nicht vorsah, die anderen Spieler niederzumetzeln. »Und diese Ringe?«, erkundigte sie sich. »Ich nehme an, sie gehören zu einer Art Erzverarbeitungsanlage. Welchen Zweck erfüllen sie?«

Die Piratin lächelte. »Die Ringe werden Brecher genannt. Sie sind nur da, um das Spiel ein wenig spannender zu machen.«

Oh, wir möchten etwas mehr Spannung, *ja*? »Und Sie zwingen neue Geschäftspartner wirklich, dieses Spiel mitzuspielen?«, fragte Leia weiter. »Warum?«

Viests Miene verriet eine komplexe Regung, dann wurde sie ausdruckslos. Ein anderer Lorrdianer hätte die Emotion dahinter vermutlich mühelos erkannt, aber für Leia blieb sie völlig undurchschaubar. Sie vermutete jedoch, dass es schon lange her war, seit jemand die Piratin zum letzten Mal aufgefordert hatte, sich zu erklären. »Wie ich schon sagte, wir testen gerne die Motivation unserer Partner.«

Leia neigte wissend den Kopf. Viest ging es also nur um ihr persönliches Vergnügen. Es gefiel ihr zuzusehen, während verzweifelte Wesen sich vor ihr wanden. Leia hatte sie bereits als skrupellos eingeschätzt, aber nun fragte sie sich, wie sadistisch diese Frau tatsächlich war. »Und wir können auch dann noch eine Vereinbarung treffen, falls wir verlieren?«

Die Lorrdianerin zog die Schultern hoch. »Das kommt darauf an.«

Leia bohrte ein wenig tiefer. »Darauf, ob wir überleben?«

Unvermittelt entschied Metara, dass sie genug mit ihr gespielt hatte. »Genau.«

Leia hielt ihrem Blick stand. »In dem Fall freue ich mich darauf, über ein Geschäft zu diskutieren, sobald wir gewonnen haben.«

Sie fanden den Wartungstunnel, oder, wie Han ihn inzwischen nannte, das dunkle, nasskalte Loch im Boden. Der Korridor, auf dem sie hierhergelangt waren, hatte mehrere Schächte mit niedriger Schwerkraft miteinander verbunden, und beinahe hätte man den Tunneleingang für eine weitere solche Verbindung halten können – nichts weiter als die nächste schartige Öffnung im Fels. Sie hatten herausgefunden, dass die Verbindungstunnel für Personen und Droiden gedacht waren, wogegen die automatisierten Erzloren durch die Transporttunnel von einem Teil der Mine in den nächsten befördert wurden. Der Unterschied zwischen den beiden bestand darin, dass es in den Transporttunneln Netze oder Sensoren gab, um die Loren zu führen, außerdem war der Boden dort rau und uneben, und es gab keine Lumas.

Wer schlau genug wäre, hier einen Stand aufzubauen und Glühstäbe zu verkaufen, würde vermutlich deutlich mehr Credits verdienen als der durchschnittliche Pirat, überlegte Han. Er kniete auf dem unebenen Boden und leuchtete mit seiner Handlampe nach unten in das Loch. Er konnte Stützstreben aus Metall ausmachen, die in den Fels eingelassen waren, und darunter Lüftungsschächte. Der Tunnel war ungefähr drei Meter breit, und es sah aus, als würde er sonst nur von Droiden benutzt, um Bergematerial zu transportieren. »Ich gehe runter«, sagte er. »Sie beide warten hier.«

Terae verzog leicht das Gesicht, widersprach aber nicht, und Sian wölbte die Augenbrauen. »Sind Sie sicher?«

Han brauchte jemanden oben im Gang, der den anderen Bescheid gab, falls er gefangen genommen wurde. »Ich sehe mich nur mal um. Vielleicht finde ich heraus, ob wir auf diesem Weg wirklich in die Nähe des Sklavenpferchs kommen. Dafür brauche ich keine Hilfe.« Mit diesen Worten ließ er sich in den Tunnel fallen.

Han ging in die Richtung des Andockringes los, auf die Stelle zu, wo sie die Unterbringung der Sklaven vermuteten, und nach wenigen Metern wurde das fahle Licht von der Zugangsöffnung hinter ihm zunehmend schwächer. Es war totenstill, und die Haare in seinem Nacken prickelten vor Unbehagen.

Plötzlich entdeckte er am Rand des Lichtstrahls eine Bewegung, dicht über dem Boden des Tunnels. Ein kleines eckiges Etwas huschte an ihm vorbei, und er schnaufte erleichtert, während seine Haut unter der Woge ungenutzten Adrenalins juckte. Es war ein kleiner Reinigungsdroide, der den Schimmel vom Steinboden kratzte, während er dahinhumpelte. Er zeigte keinerlei Interesse an dem Menschen, aber kleine Putzmaschinen wie er besaßen in der Regel auch keine höheren Denkfähigkeiten. Also ging Han weiter.

Er war nur ein kurzes Stück vorangekommen, als er erkannte, dass sich hier unten Dutzende Reinigungsdroiden herumtrieben. Manche von ihnen waren kaum mehr funktionsfähig und konnten nur noch langsam dahinkriechen. Als Solo über die Decke leuchtete, fielen ihm außerdem hier und da weitere Zugangsluken auf, die aber versiegelt waren. Es gab keine Kontrollen und auch sonst keine Möglichkeit, sie zu öffnen. Vermutlich waren sie für Droiden bestimmt, die hier unten Müll sammelten, und reagierten nur auf codierte Signale. Doch ein

Hauch wiederaufbereiteter Luft verriet ihm, dass es irgendwo noch eine weitere Öffnung gab.

Nachdem er die Umgebung einen weiteren Moment ausgeleuchtet hatte, entdeckte er dicht neben der Wand ein knapp einen Meter messendes Loch an der Decke. Es konnte aber nicht zum Sklavenpferch oder einer Wachstation hinaufführen, denn in dem Raum dort oben herrschte Stille und fast völlige Dunkelheit. Doch es gab eine Leiter, die in die Wand darunter eingelassen war – die Öffnung war also für echte, lebende Wesen gedacht und nicht nur für Schleppdroiden.

Han kletterte die Sprossen nach oben und streckte dann vorsichtig den Kopf und seine Lampe aus dem Loch, doch alles, was er sah, war ein weiterer Verbindungstunnel. Zwei halb erloschene Lumas schwebten ziellos umher und verbreiteten matte Helligkeit. Der Gang sah ebenso verlassen aus wie der andere Verbindungstunnel. Nun gereichte es ihnen zum Vorteil, dass viele Bereiche der Mine, die nicht mehr benutzt wurden oder nicht mehr unter Druck standen, so rigoros abgeriegelt waren, denn andernfalls wäre es deutlich schwieriger geworden, sich hier unbemerkt zu bewegen. Vielleicht würde sich dieser Gang noch als nützlich erweisen, also vermerkte Han ihn auf seiner mentalen Karte, dann kletterte er wieder nach unten und setzte seinen Weg fort.

Han dachte langsam schon, der Tunnel könnte sich als Reinfall entpuppen, da bemerkte er vor sich plötzlich ein schwaches Leuchten. Er schob sich näher heran und sah, dass das Licht durch eine Tür an der Seite des Ganges fiel. Der Durchgang war ungefähr einen Kopf zu niedrig für ihn, sodass er geduckt hindurchgehen musste, und der Korridor, der sich jenseits davon erstreckte, schien ein weiterer Wartungstunnel für Droiden zu sein. Kontrollfelder hingen von den Wänden herab, und Einbuchtungen zeigten an, wo elektronische Komponenten entfernt worden waren. Die Luft schließlich war abgestanden und von einem starken Modergeruch erfüllt.

Als Han weiterging, wurde das Licht heller – es musste von einer Lichtquelle irgendwo an der Decke vor ihm stammen. Schließlich entdeckte er sie: ein quadratisches, einen halben Meter messendes Gitter am oberen Ende eines kurzen Schachtes. Spuren an den Seiten des Schachtes zeigten, dass jemand hier etwas entfernt hatte, und zurückgeblieben waren allein Rillen und Kratzer, verbogene Klammern und geborstene Halterungen. Han war nicht sicher, was der ursprüngliche Zweck dieser Kammer war, aber falls er sich nicht irrte und die Räume über ihnen die alten Arbeiterquartiere beherbergten, dann hatte dieser Schacht vermutlich der Abfallentsorgung gedient.

Leise Stimmen drangen an sein Ohr. Er schaltete die Lampe aus und steckte sie in die Tasche, dann sprang er, griff nach einem Metallstück am unteren Rand des Schachts und kletterte an den anderen scharfkantigen Vorsprüngen nach oben bis dicht unter das Gitter. Aus diesem Winkel konnte er sehen, dass sich darüber noch ein zweites Gitter befand, eines aus feinem Maschendraht, und es war nicht gerade professionell, aber doch solide angeschweißt. Die Stimmen waren nun ein wenig lauter, außerdem konnte er hören, wie mehrere Personen sich bewegten.

Einen Moment später war er plötzlich Angesicht zu Angesicht mit einem anderen Menschen. Die Frau keuchte und schreckte zurück, dann beugte sie sich vor und starrte ihn an. Nun konnte er erkennen, dass sie eigentlich gar kein Mensch war, sondern vielmehr eine Arkanianerin: Sie hatte die unverkennbaren weißen Augen und das weiße Haar, dazu Krallen an den Fingern. Ihre Kleidung war zerrissen und schmutzig, aber sie trug keine

Waffe – und sie hatte auch nicht um Hilfe geschrien, als sie ihn entdeckt hatte. Darum vermutete Han, dass sie nicht freiwillig hier war. Mit gedämpfter Stimme sagte er: »He, ich suche nach den Zellen für die Gefangenen. Sind sie da oben?«

Die Arkanianerin wirbelte herum und flüsterte aufgeregt: »Da unten ist jemand!«

Mehrere Leute schnappten nach Luft, außerdem hörte Han leise Ausrufe, und dann spähte plötzlich ein Dutzend Gesichter auf ihn hinab, teils Menschen, teils Vertreter anderer Spezies. Wirklich seltsam war jedoch, dass er eines davon erkannte. »Davit?«, entfuhr es ihm überrascht.

»Solo!« Kearn-sa'Davit kniete sich neben das Gitter. Er war ein Videllaner mit goldbrauner Haut, die eine ledrige Struktur hatte, einer hohen Stirn, die sich bis zu einem Kranz flauschigen goldenen Haars nach hinten wölbte, und großen, ausdrucksstarken Augen unter hohen, buschigen Brauen. »Was treibst du denn hier?«

»Dasselbe wollte ich gerade *dich* fragen«, entgegnete Han. »Warst du etwa auf diesem Handelsschiff?« Davit war der Allianzkontakt, der das Treffen mit dem lokalen Handelskonsortium eingefädelt hatte, um ihnen die Baumaterialien für die Echo-Basis zu beschaffen, auch wenn diese Händler natürlich nicht wussten, welchem Zweck ihre Waren dienen würden. Nach den jüngsten Ereignissen hatte Han schon an dem Videllaner gezweifelt, aber die Tatsache, dass er hier im Sklavenpferch einer Piratenbande eingesperrt war, wog sein instinktives Misstrauen wieder auf. »Warst du gerade zur Basis unterwegs, um dich mit uns zu treffen?«

»Ja. Seid ihr uns hierhergefolgt?«

Han verlagerte seinen Griff um die Metallstangen. »In gewisser Weise. War das gesamte Konsortium an Bord?«

Davit schüttelte den Kopf. »Nein, nein. Nur das Ceelon-Syndikat und ihre Leute. Die anderen wollten ursprünglich auch mitkommen, aber dann haben sie es sich im letzten Moment anders überlegt und ihre eigenen Schiffe genommen. Sie sind dieser Falle also entgangen. Zumindest hoffe ich das.«

Das konnte kein Zufall sein. »Also hat jemand aus dem Konsortium euch an die Piraten verkauft?«

»Natürlich, und ich kann dir auch sagen, wer. Es war Janlan. Der Kerl war an Bord unseres Schiffes, und er geriet ganz außer sich, als wir uns während des Piratenüberfalls nicht gleich ergeben haben.« Davit machte eine abschätzige Handbewegung. »Aber trotz seiner Rumschreierei, dass wir aufhören sollten, uns zu verteidigen, wollten die anderen nicht glauben, dass er ein Verräter ist – bis wir hier ankamen und er zu einer Audienz mit der Anführerin der Piraten fortgeführt wurde. Seitdem ist er nicht zurückgekommen.«

Han war nicht in alle Details dieses Treffens zwischen der Allianz und dem Konsortium eingeweiht worden. Hoffentlich hatte niemand erwähnt, dass Leia persönlich zugegen sein würde. »Davit, das ist jetzt wichtig. Könnte es sein, dass Janlan wusste, wer genau an dem Treffen mit dem Konsortium teilnimmt? Könnte er es irgendwie herausgefunden haben?«

»Du musst dir keine Sorgen machen – sie wissen, dass wir beide nur Vermittler sind, die das Treffen zwar angeleiert haben, aber nur wenig über die Beweggründe ihrer Auftraggeber wissen, ebenso wenig darüber, wen sie hinschicken, um das Abkommen zu unterzeichnen.« Davit sprach mit ruhiger Stimme, aber Han verstand die verborgene Nachricht. Keiner der Händler wusste, dass er mit der Allianz im Bunde war. Sie hielten ihn lediglich für einen bezahlten Mittelsmann, und nun hatte er dafür gesorgt, dass jeder, der ihr Gespräch mithörte,

Han ebenfalls für einen solchen hielt. Zudem wusste niemand, dass Leia und General Willard an Bord des Schiffes gewesen waren, mit dem sie sich an der Station hatten treffen sollen.

Die Imperialen hätten Davit diese Geschichte nicht abgekauft, aber Piraten und Händler sollten sich damit hinhalten lassen, zumindest lange genug, bis sie alle von hier verschwinden konnten. »Gut.« Han erwiderte Davits Blick, um dem Videllaner zu zeigen, dass er die Botschaft verstanden hatte. »Könnte es sein, dass Janlan auch mit den Imperialen gesprochen hat? Wusste er, wo unser Schiff aus dem Hyperraum kommen würde, um deine Übertragung aufzufangen?«

»Nein, Solo, Janlan kannte die Koordinaten nicht. Ich war der Einzige, der sie hatte, und ich habe die Übertragung persönlich gesendet. Es ist Teil meines Jobs als Dienstleister, dafür zu sorgen, dass solche Geheimnisse geheim bleiben. Falls es also irgendwelche Schwierigkeiten gegeben hat, dann hatte das Konsortium ganz sicher nichts damit zu tun.« Er zog die Brauen hoch, aber Han wollte jetzt nicht erklären, warum er die Frage gestellt hatte. »Und was die Möglichkeit betrifft, dass er uns auch an die Imperialen verraten hat …« Der Videllaner strich sich den Bart, während er darüber nachdachte. »Das halte ich für unwahrscheinlich. Ich glaube nicht, dass Janlan wüsste, an wen im Imperium er sich wenden sollte. Es gibt keinen Gouverneur in dieser Gegend, weißt du, und auch sonst nicht viel imperiale Präsenz, wenn man mal von den vereinzelten Patrouillen oder Zollschiffen absieht. Was Janlan *wusste*, war, dass die anderen Händler die Profite aus diesem Geschäft in Waffen für ihre Schiffe investieren wollten, um sich besser gegen die Piraten verteidigen zu können. Ich denke, er hat diese Informationen an die Piraten weitergeleitet, und sie haben ihm im Gegenzug versichert, dass sie seine Handelsschiffe in

Ruhe lassen. Aber falls er glaubt, dass sie sich an diese Abmachung halten, ist er ein Narr. Sie werden ihn vermutlich wieder hier reinwerfen und ihn gemeinsam mit dem Rest von uns verkaufen, sobald sie alles Wissenswerte aus ihm herausgekitzelt haben.«

Also gut, dann gibt es also zwei Verräter, überlegte Han. Der eine saß irgendwo im Kommunikationsnetzwerk der Allianz und hatte den Imperialen mitgeteilt, wo die *Wagnis* aus dem Hyperraum zurückfallen würde, der andere, Janlan, gehörte zum Konsortium und hatte seine Partner ans Messer geliefert, weil er sich Schutz von den Piraten erhoffte. »Das Imperium weiß also nicht, dass wir hier sind. Das ist gut.«

»Ja, vielleicht ist das gut. Relativ betrachtet.« Davit runzelte die Stirn. »Willst du uns befreien, oder versuchst du gerade selbst zu fliehen?«

»Beides.« Han suchte einen neuen Halt und tastete das Gitter nach Schwachstellen ab. Die Stangen waren dick und stark, und wegen des Maschendrahts darüber konnte man den Gefangenen auch keine Waffen oder kleinere Sprengkörper nach oben reichen – zumindest im Moment nicht. Doch mit einem leistungsstarken Fusionsschneider wäre es möglich, die beiden Gitter zu durchtrennen. Sie hatten also eine Möglichkeit, die Gefangenen zu befreien, sollte Leia die Piraten nicht davon überzeugen können, diese Händler an die Mannschaft der *Aegis* zu übergeben, und obwohl Solo großes Vertrauen in die Prinzessin und ihre Entschlossenheit hatte, vermutete er, dass ihnen letzten Endes nur die harte Tour bleiben würde. »Wie viele Leute sind mit dir da oben?«

»Zweiunddreißig, die meisten davon von unserem Schiff. Drei Männer sind auf dem Weg hierher den Verletzungen erlegen, die sie während des Überfalls erlitten hatten, und die

Piraten haben den Captain und den Kopiloten erschossen, als wir ankamen. Außer uns gibt es noch ein paar Leute, die schon länger auf der Station sind. Sie wurden auf dem Flug nach Commenor entführt und hierhergebracht, um als Sklaven verkauft zu werden.« Anschließend schob Davit nach: »Uns haben sie noch keine Halsbänder angelegt.«

Das war eine gute Nachricht. Han vermutete, dass sich die Sklavengilde um diesen Teil kümmerte, nicht die Piraten selbst. Er zögerte, unsicher, wie viel er Davit erzählen durfte, aber letzten Endes behielt er für sich, dass gerade jemand versuchte, der Flugmeisterin das Handelsschiff wieder abzuschwatzen. »Ich weiß noch nicht, was passieren wird. Im Moment sitzen wir selbst auf diesem Felsbrocken fest. Bevor wir es aus dem Dock und in den Hyperraum schaffen, hätten sie uns mit einem Traktorstrahl erfasst oder uns in tausend Fetzen gesprengt.«

»Zumindest haben wir jetzt Hoffnung.« Davit spreizte die Finger. »Das machte es uns allen erträglicher, hier zu sein. Und Solo, ob wir nun gerettet werden können oder nicht, teile unseren Auftraggebern bitte mit, dass ich meine Verpflichtungen ihnen gegenüber nicht vergessen habe.«

Ich werde die Allianz nicht verraten, das war es, was er eigentlich sagen wollte. Hans Hände schmerzten allmählich, und er war nicht sicher, wie lange er sich hier oben noch festhalten konnte. »Muss ich aufpassen, dass ich nicht den falschen Moment erwische, wenn ich zurückkomme? Zum Beispiel, wenn die Wachen gerade ihre Runde drehen?«

»Einen Moment.« Davit zog sich zurück, und Han hörte, wie der Videllaner mit den anderen sprach und die Gefangenen konsultierte, die schon länger hier waren. Als er sich wieder über das Gitter beugte, erklärte er: »Die Wachen kommen nicht immer regelmäßig vorbei, aber meist lassen sie sich so alle sechs bis zehn Standardstunden blicken. Sie kommen allerdings nicht zu uns herunter, sondern werfen die Essenspakete in einen kleinen Schacht. Wir haben also keine Möglichkeit, sie zu überwältigen.«

»Gut. Hör zu, die Lage ist ziemlich kompliziert, und ich kann auch keine Versprechungen machen, aber ich bin mit jemandem hier, der sich die Schuld dafür gibt, dass euer Schiff geentert wurde. Falls wir euch irgendwie helfen können, werden wir es tun.«

»Ah ... Dann wünsche ich euch viel Glück, und ich hoffe, ich habe noch Gelegenheit, diesem Jemand persönlich zu danken.« Eine andere Stimme murmelte etwas, und Davit drehte den Kopf, um ihr zu lauschen. Einen Moment später sagte er: »Das hast du, glaube ich, schon erwähnt«, und richtete sich wieder an Han. »Solo, die Gefangenen, die schon länger hier sind, sagen, dass sie unter diesem Teil des Bodens regelmäßig Geräusche hören, so, als würde etwas Mechanisches vorübergleiten. Pass also auf, wenn – falls – du zurückkommst.«

»Danke. Ich hoffe, wir sehen uns bald wieder.« Han sprang auf den Boden hinab, zog seine Lampe wieder hervor und schob sich durch die Tür nach draußen in den breiteren Tunnel. Seine Gedanken drehten sich nun hauptsächlich um logistische Probleme: So viele Leute durch diesen Tunnel und dann in die Landebucht der *Aegis* zu lotsen, würde nicht leicht sein, aber auch nicht unmöglich.

Nachdem er mit Davit gesprochen hatte, konnte Han sich immer weniger mit dem Gedanken anfreunden, ihn und die anderen hier in diesem Sklavenpferch zurückzulassen. Es erinnerte ihn zu sehr an die Tortur, die Chewie durchgemacht hatte, außerdem hatte es zu viele Augenblicke gegeben, als er und der Wookiee nur knapp einem solchen Schicksal entgangen waren: gefangen, mit einer Manschette um den Hals, die sie töten würde, sollten sie eine Flucht wagen, und dazu verdammt, den Rest ihres Lebens Zwangsarbeit zu verrichten, sofern die Sklavenhändler nicht zu dem Schluss kamen, dass sie zu gefährlich waren, um Käufer zu finden, und sie einfach so töteten. Falls es nicht anders ging, würde er Davit und die Händler zurücklassen, um Leia, Sian – und ja, auch Kifar Itran – zu retten, aber leichtfallen würde ihm diese Entscheidung nicht. Und die Tatsache, dass der Videllaner so viel Verständnis für seine Situation aufzubringen schien, machte sie nur noch schwerer.

Einen Moment später spürte Solo eine schwache Vibration im Boden unter seinen Füßen. Er hielt an und lauschte: Weit vor ihm erklang ein schwaches Klappern aus dem Tunnel. *Nur ein weiterer Wartungsdroide*, sagte er sich, da stoben die kleinen Reinigungsdroiden, die er im Lichtschein seiner Lampe sehen konnte, plötzlich auseinander und verschwanden in den Lüftungsöffnungen am Fuß der Felswände, bis nur noch ein Nachzügler zu sehen war, der verspätet hinter den anderen herhumpelte. *Das ist nicht gut.* Han sah darin ein Zeichen, dass er sich beeilen sollte, und so ging er merklich schneller. Er würde den zweiten Ausgang nehmen, den er entdeckt hatte – den mit der Leiter. Er war viel näher als das Loch, wo Sian und Terae auf ihn warteten.

Das Klappern verwandelte sich in das tiefe Rumpeln eines starken Repulsorantriebs.

Solo rannte noch schneller, aber das Geräusch wurde immer lauter und das Echo hallte von den Wänden wider. Schließlich wagte er einen Blick nach hinten, und seine Lampe zeigte ihm eine große, runde, dunkle Wand aus Metall, die direkt auf ihn zuschoss. Er fluchte und wäre um ein Haar gestolpert. *Ja, das ist ein Problem.* Sein flüchtiger Blick hatte ihm gezeigt, dass dieses Ding den gesamten Korridor ausfüllte, und es bewegte sich schneller, als Han rennen konnte. Während er die Lampe in die Tasche stopfte, um beide Hände frei zu haben, fuhr es ihm durch den Kopf: *Pass bloß auf, dass das hier direkt beim ersten Mal klappt, Solo.*

Er wirbelte herum und hatte gerade noch einen Moment, um Atem zu schöpfen, dann sprang er vor, der Metallwand entgegen. Er griff nach oben und bekam den Rand zu fassen. Mit zusammengebissenen Zähnen klammerte er sich fest, aber es war schwer, auf dem Metall nicht den Halt zu verlieren, denn es war rutschig vor Staub und Feuchtigkeit, und ein Sturz würde das Ende bedeuten. Ein zermalmendes, blutiges, schmerzvolles Ende.

Endlich ertasteten seine Hände eine Stelle, wo er die Finger um das Metall schließen konnte, und seine Füße fanden in einer unebenen Einbuchtung am unteren Teil der Wand Halt. Er atmete schwer, sein Herz pochte so laut, dass es fast sogar das Grollen des Antriebs übertönte, aber inmitten von alledem erkannte er plötzlich, woran er sich da festklammerte. Es war die Vorderseite eines automatisierten Transportschlittens – für Abwasser, falls der Geruch nach neuem und altem Unrat ein Anhaltspunkt war. Zumindest hoffte er, dass das verfluchte Ding automatisiert war.

Han kauerte sich zusammen, streckte den Hals und versuchte, die Vorderseite des Schlittens zu untersuchen. Seine Hoffnung war es, eine Möglichkeit zu finden, um die Kontrolle über die Maschine zu erlangen, und wenn nicht das, dann zumindest eine Zugangsklappe – auch wenn er sie vermutlich mit den Zähnen aufschieben müsste, da es schon schwer genug war, sich mit beiden Händen an dem Schlitten festzuhalten. Doch sosehr er auch suchte, er konnte nichts entdecken. Also drehte er den Kopf, um über die Schulter zu blicken, und er konnte gerade noch sehen, wie der schwach erhellte Eingang zum zweiten Verbindungstunnel über ihm vorbeisauste. Er glaubte, Sian schreien zu hören, aber bei dem Lärm, den der Transportschlitten machte, konnte er sich nicht sicher sein. Falls sie ihn gesehen hatten, wussten sie jetzt zumindest, wo er war – oder wo er vor einer Sekunde gewesen war. Nicht dass sie ihm helfen könnten. Der Tunnel vor ihm war dunkel, und er hatte keine Ahnung, wohin ihn die Maschine brachte.

Plötzlich stürzte die Welt in ein schwarzes Loch, und Hans unsicherer Griff um das Metall des Schlittens wurde zu seinem einzigen Anker in der Realität. Er unterdrückte einen Schrei und klammerte sich mit aller Kraft fest. Verspätet erkannte er, dass sie eine Öffnung zu einem vertikalen Tunnel erreicht haben mussten, wo der Transportschlitten senkrecht in die Tiefe gerast war. Die Maschine wurde noch schneller, als sie bereits im Tunnel oben gewesen war.

Tja, Solo, das war nicht gerade eine deiner besten Ideen, sagte er sich. Seine Muskeln zitterten inzwischen, so anstrengend war es, sich festzuhalten, und er konnte nur hoffen, dass er diese Fahrt überleben würde.

8. Kapitel

Leia beobachtete, wie Viest die Stufen zur Loge im Zuschauerbereich hinaufstieg und sich den anderen Mitgliedern ihrer Entourage anschloss, die bereits dort oben Platz genommen hatten. Als wäre das ein Signal gewesen, trat ein Techniker auf Leia und Metara zu, um ihnen Repulsorpolster für ihre Hände und Füße zu reichen. Er blieb neben ihnen stehen, während sie die Polster vorsichtig überprüften, und stellte sicher, dass jeder der Repulsoren auch funktionierte. Als er damit fertig war, nickte er ernst und ging hinüber zu den nächsten beiden Spielern.

Metara blickte zu Viest hoch, die es sich auf einer Couch oben in der Loge gemütlich gemacht hatte, umgeben von ihren Anhängern. »Hoffentlich hält sie ihr Wort, wenn wir gewinnen.«

Leia wünschte, es wäre so einfach, aber sie glaubte keine Sekunde daran, dass die Lorrdianerin irgendeines ihrer Versprechen halten würde. »Es wird nicht so leicht werden zu gewinnen. Es muss noch ein weiteres Element in diesem Spiel geben.«

»Noch ein Element?« Metara runzelte die Stirn, während

sie den Blick noch einmal über das Spielfeld streifen ließ. »Etwas wie einen Störfaktor, während wir die Drohne jagen? Abgesehen von den anderen Spielern?«

»Vielleicht gibt es noch mehr Drohnen oder etwas in der Art«, meinte Leia. »Aber es ist mehr das *Etwas-in-der-Art*, um das ich mir Sorgen mache.« Doch sie konnten nichts tun, außer sich darauf einzustellen, dass die Regeln sich jederzeit drastisch ändern konnten. »Ich kümmere mich um die Drohne, versuchen Sie, mir die anderen vom Hals zu halten. Und bitte lassen Sie sich dabei nicht pulverisieren.«

Metara musterte sie nur besorgt. »Ich bitte Euch, geht kein Risiko ein.«

Leia antwortete nicht, denn sie hatte keine Lust auf eine weitere, ermüdende Diskussion. Sie wusste, dass Metara nicht die Alderaanerin sein wollte, die Prinzessin Organa auf dem Gewissen hatte, aber Leia hatte schon vor langer, langer Zeit begonnen, auf sich selbst aufzupassen.

Die Geräte unter ihnen begannen zu summen und zu knistern, als die Energie hochgefahren wurde. »Macht euch bereit, Spieler!«, rief der Techniker.

Die beiden Frauen folgten dem Beispiel der anderen, die ihre Stiefel auszogen und die Repulsorpolster überstreiften. Es dauerte ein paar Sekunden, bis sie sich daran gewöhnt hatten, die Polster durch den Druck von Zehen und Fingern zu kontrollieren. Leia sah, dass die Ishori ihre Prothesen abgenommen hatten, damit sie die Polster überhaupt über ihre Hände streifen konnten, und sie fragte sich, ob das ein Nachteil für die Amphibienwesen war. Sie wollte nicht, dass irgendjemand in einen Brecher gesaugt wurde, aber es wäre ganz nett, wenn die Ishori Probleme hätten, ohne ihre künstlichen Finger die Polster zu steuern.

Der Techniker winkte die Teams nach vorn an den Rand des Abgrunds, über dem sie spielen würden. Leia konnte den Rand des Gravitationsfeldes spüren, wo es begann, die Schwerkraft aufzuheben, denn ihr geflochtenes Haar schwebte nach oben und ihre Schritte wurden leichter. Sie wunderte sich, wie gut das Schwerkraftfeld reguliert war. Falls es von einem Bereich des Spielfelds zum anderen variierte, könnte das die Leistung der Repulsorpolster beeinträchtigen.

Der Techniker wiederholte die Regeln, und genau wie Viest gesagt hatte, lauteten sie: Befördert die Drohne – die auf Feuer mit maximalem Schmerzlevel eingestellt war – durch einen der Brecher. Es klang noch immer trügerisch einfach.

Leia wusste zu wenig über die Ishori, um die Mimik oder das Verhalten der beiden interpretieren zu können, aber die Twi'lek machte einen entschieden grimmigen Eindruck, und der Mensch an ihrer Seite wirkte viel besorgter, als die bloße Beschreibung des Spiels eigentlich rechtfertigte. *Sie wissen etwas, oder zumindest vermuten sie etwas.* Leia wünschte, dass man ihr erlaubt hätte, vor dem Spiel mit den anderen zu sprechen.

Viest erhob sich, und der Techniker wies sie an: »Auf das Spielfeld mit euch!«

Als Leia gemeinsam mit Metara und den anderen in das Null-Schwerkraft-Feld hinaustrat, spürte sie, wie ihr Magen ob des abrupten Wechsels von Normalgewicht zu fast völliger Schwerelosigkeit kurz protestierte. Sie krümmte die Zehen, und die Polster an den Füßen reagierten – die Repulsoren ließen sie sanft in die Arena hinabgleiten. Ihre Schubkraft war hier, wo fast Null-Gravitation herrschte, aber stärker und ungleichmäßiger als noch oben auf dem Fels, und das Polster am linken Fuß kam ihren Kommandos nur mit leichter Verzögerung nach. Einer der Ishori und der Mensch taten sich augenscheinlich schwer, beide Fußpolster gleichzeitig zu steuern, aber die anderen schienen sich schnell an den Schwebeantrieb zu gewöhnen.

Sobald sie in der Mitte des Spielfeldes angelangt waren, benutzte Leia wie alle anderen ihre Handpolster, um zu bremsen. Kaum, dass die Spieler angehalten hatten, erwachte das Eindämmungsfeld zum Leben. Es zischte in der feuchten Luft, und ein starker Ozongeruch machte sich breit, während das Feld eine schwach leuchtende Kugel um die gesamte Arena formte.

Leia sah, wie Viest ihren Blaster zog, und die Angst, dieser ganze Wahnsinn könnte lediglich die Vorbereitung für eine Gruppenexekution gewesen sein, ließ das Adrenalin durch ihren Körper strömen. Doch dann feuerte die Flugmeisterin zur Decke hoch und brüllte: »Los!«

Leia fluchte über sich selbst, während die anderen der Drohne entgegenstürzten. Sie benutzte ihre Fußpolster, um in einer Kreisbewegung am Rand des Feldes entlangzuschweben, und Metara folgte ihr.

Einer der Ishori erreichte die Drohne als Erster, und trotz der Kanonade von brennenden Strahlen, die die Kugel abfeuerte, packte er sie und flog direkt auf den nächsten Brecher zu.

Leia schnellte los, um ihm den Weg abzuschneiden, aber sein Teamkamerad sauste ihr entgegen. Da richtete Metara ihre Handpolster auf den zweiten Ishori und blies ihn aus der Bahn, woraufhin sie ihre Repulsoren benutzte, um über das halbe Spielfeld hinwegzurasen. Noch im Flug streckte sie das Bein vor und blockte mit dem Fußpolster einen Angriff des Menschen ab, der zum Team der Twi'lek gehörte. Leia packte unterdessen den anderen Ishori am Bein und wirbelte ihn herum. Als ihm die Drohne, die sich nach Kräften wehrte, aus den Fingern rutschte, ließ sie das Amphibienwesen los und sprang selbst auf die Kugel zu. Sie streckte sich schon, um nach ihr zu greifen, da schoss die Drohne ihr in die Schulter. Leia hatte geglaubt, dass sie in der Lage sein würde, das Brennen zu ignorieren und das verfluchte Ding einfach zu packen, doch es fühlte sich an, als würde man ihr ein sehr dünnes, glühend heißes Messer in den Leib treiben. Jegliches Gefühl wich aus ihrem rechten Arm, als sie zurückzuckte, und die Maschine surrte davon.

»Alles in Ordnung?«, rief Metara.

»Ja!«, blaffte die Prinzessin. Wütend blinzelte sie sich die Tränen aus den Augen und folgte der kreisenden Flugbahn der Drohne. Dabei spannte sie die Schulter, um die Taubheit zu vertreiben – offensichtlich hatte der Techniker nicht gelogen, was den »maximalen Schmerzlevel« anging. Vielleicht war das ja die zusätzliche Schwierigkeit, die Viest ihnen bis zum letzten Moment hatte vorenthalten wollen, aber irgendwie bezweifelte Leia das.

Die anderen hatten Metaras Manöver gesehen, sie wussten nun also, wie man die Polster für Angriff und Verteidigung einsetzen konnte, und so war das Spiel bald schon viel mehr als nur ein Ringkampf um die Drohne: Die Kombattanten sausten umher, beförderten einander wirbelnd durch die Arena und stießen die immer schneller werdende Kugel außer Reichweite ihrer Gegner. Dreimal hätte Leia die Drohne fast in einen Brecher befördert, aber jedes Mal war diese von ihrer Flugbahn abgebracht oder sie selbst zur Seite gedrängt worden. Der Schweiß strömte ihr über den Rücken und klebte ihr das Haar an die Stirn, der ganze Körper schmerzte nach all den Treffern durch dieses verfluchte Gerät. Sie war noch immer auf der Hut, aber bislang hatte niemand versucht, einen anderen Spieler in einen Brecher zu schleudern, und sie schienen alle in der stillen Übereinkunft zu kämpfen, nichts Derartiges zu unternehmen.

Würde nicht die Gefahr durch die Brecher bestehen, und wäre die Drohne nicht gar so aggressiv eingestellt, hätte dieses Spiel das Zeug zu einer aufregenden Freizeitbeschäftigung, überlegte Leia. Für andere Leute, nicht für sie. Sie duckte sich unter einem Angriff der Twi'lek hinweg, sodass ihre Gegnerin davontrudelte, und damit war das letzte Hindernis zwischen ihr und der Drohne aus dem Weg geschafft. Metara flog über ihr dahin, um ihr Deckung zu geben, während Leia auf die Kugel zuraste, bereit, ihre Fußpolster hochzureißen und das Ding in den nächsten Brecher zu befördern. Sie hörte ein dumpfes Geräusch, als das Eindämmungsfeld ringsum sich auflöste und neu formte. *Nur ein Fehler im System*, dachte sie abgelenkt. Da fiel plötzlich ein Schatten über sie, und sie erkannte, dass sich etwas Großes direkt über ihr befand.

Einen Moment später rammte Metara die Prinzessin, und sie wirbelten beide zur Seite. Kurz trudelten sie gemeinsam durch die Luft, dann kamen sie zum Stillstand, Leia über Metara, und von dieser Position aus konnten sie das Ding deutlich sehen, das gerade aus dem Dunkel an der Höhlendecke auf das Spielfeld herabgefallen war: ein riesiger, fassförmiger Droide, mindestens drei Meter groß und knapp vier Meter breit, mit zahlreichen Gliedmaßen, die in Bohr- und Schneidwerkzeuge oder Klauen ausliefen. Die anderen Spieler waren ebenfalls auseinandergestoben. Metara keuchte: »Das ist ein Minendroide!«

Der Kopf der Maschine drehte sich, bis mehrere gläserne Okulare für die Aufnahme visueller Daten und eine große runde Klappe zum Überprüfen von Erzproben sichtbar wurden. Die Klappe öffnete sich, woraufhin eine Reihe von Klingen zum Vorschein kam, mit denen der Droide Gestein mahlen und zerkleinern konnte, dann drang ein Schrei puren Hasses aus der Öffnung.

Die Twi'lek schwebte nicht weit von Leia entfernt, und so konnte die Prinzessin hören, wie die Frau einen verblüfften Fluch ausstieß. »Ein *wahnsinniger* Minendroide«, murmelte Leia. Sie blickte nach oben, und als sie sah, dass Viest inzwischen an den Rand des Spielfeldes getreten war, um das Schauspiel zu beobachten, wusste sie, dass dies kein Zufall war. »Ich lenke ihn ab, Sie versuchen, die Drohne zu zerstören.«

»Aber …«, begann Metara.

Leia ignorierte sie und flog los, auf die andere Seite des Droiden zu.

Der Transportschlitten stürzte eine gefühlte Ewigkeit in die Tiefe, sodass Han genug Zeit hatte, sich alptraumhafte Szenarien auszumalen, von denen die meisten damit endeten, dass er plötzlich ins Vakuum stürzte. Doch dann ging es erneut scharf um die Ecke, wobei Solo beinahe den Halt verloren hätte, und plötzlich bewegten sie sich wieder in der Horizontalen. Han verlagerte seinen Griff um das Metall und atmete tief ein. *Das war übel.* Nun wieder geradeaus zu rasen, war zwar auch kein Zuckerschlecken, aber auf jeden Fall besser, als darauf zu warten, dass der Schlitten das Ende des Schachtes erreichte und er an der Wand zerquetscht wurde. Seine Finger waren schon teilweise taub, die Hände verkrampften sich, nachdem sie sich schon so lange so fest um das Metall geklammert hatten, und der Schweiß ließ seine Haut jucken.

Nach ein paar Sekunden stellte er fest, dass die Dunkelheit

längst nicht mehr so undurchdringlich war wie noch zuvor, und als er den Kopf drehte, um über die Schulter zu blicken, sah er einen kleinen Punkt blaugrauen Lichts am Ende des Tunnels. Er raste mit hoher Geschwindigkeit auf den runden Eingang eines beleuchteten Raumes zu. *Zumindest ist es kein Brennofen*, dachte Han. *Hoffe ich.*

Der Transportschlitten schoss aus dem Tunnel in einen großen schattenerfüllten Bereich hinein, wo er so abrupt zum Stillstand kam, dass Solos Beine den Halt verloren und nach hinten gerissen wurden. Er schaffte es gerade noch, einen Schrei zu unterdrücken, aber dann ließ plötzlich der Druck auf seine erschöpften Arme nach. Die Schwerkraft war hier viel niedriger als im Tunnel. Mit einem Ausruf der Erleichterung zog er sich auf die Oberseite des Schlittens hoch.

Während er die wunden Hände abwechselnd streckte und ballte, blickte er sich in dem Raum um. Er befand sich in einer riesigen Höhle, die größtenteils in Schatten gehüllt war, ausgenommen der Abschnitt, wo aus mehreren hundert Metern Höhe das Licht von Lumas herabschimmerte. Zahlreiche weitere Transportschlitten und ein paar große Repulsorloren trieben ziellos durch das Gewölbe, wobei einige von ihnen aber auch an Vorsprüngen in der Wand festgemacht waren.

Der Schlitten knirschte und ruckelte, dann setzte er sich wieder in Bewegung – nach unten. Han beschloss, dass die Rundfahrt lange genug gedauert hatte, also stemmte er die Beine gegen das Dach des Transportfahrzeugs und stieß sich ab. Der Schwung der Bewegung reichte gerade, um ihn zu einer schwebenden Erzlore zu tragen. Er hielt sich an dem breiten Rand an der Vorderseite fest und sah zu, wie der Schlitten in den Schatten unter ihm verschwand. Nachdem er einen Moment lang einfach nur das Gefühl genossen hatte, nicht in die

Tiefe zu stürzen, blickte er sich von seinem neuen Aussichtspunkt um.

Der Greifhaken in der Werkzeugtasche würde ihn nicht weiterbringen, da er ihn in der niedrigen Schwerkraft nicht werfen konnte. Doch falls er den Haken irgendwo festmachte und sich dann das Fiberseil umband, hätte er zumindest eine Sicherheitsleine. Dennoch brauchte er etwas, wovon er sich abstoßen konnte, um den Rand der Höhle zu erreichen. Wenn er nicht genug Schwung entwickeln konnte, würde er hier unten festsitzen, ohne Möglichkeit, die Wände zu erreichen, bis die Piraten ihn entdeckten oder er verhungerte. In seiner Tasche befand sich noch immer das Komlink, aber es war auf die sichere Frequenz der *Wagnis* programmiert. Natürlich könnte er die Einstellungen ändern und versuchen, die *Aegis* zu erreichen, falls er keinen anderen Ausweg fand, aber von dieser Option wollte er lieber keinen Gebrauch machen müssen.

Da er von der Vorderseite der Lore aus keine geeignete Stelle erkennen konnte, hangelte er sich am Rand des Erztransporters entlang, bis er einen besseren Blick auf die nächstgelegene Wand werfen konnte. *Aha, das ist doch was.* Ein Stück von ihm entfernt ragte ein metallener Verladesteg aus dem Fels, und davor waren sechs Lastenschlepper mit tiefer Ladefläche festgemacht. Han legte sich eine Route zurecht, dann stieß er sich ab und segelte in einem weiten Sprung auf einen dahintreibenden Frachtschlitten zu. Er kletterte auf sein Dach, dann auf der anderen Seite wieder hinab und rammte die Füße gegen das Metall. Dieser zweite Sprung brachte ihn bis in Reichweite des äußersten Schleppers.

Bei diesen Transportern handelte es sich um wenig mehr als flache Metallplatten, ungefähr anderthalb Meter breit und drei Meter lang, umgeben von einem niedrigen Geländer und ausgestattet mit einem kleinen Repulsorantriebssystem inklusive primitiver Kontrolltafel. Vermutlich hatte man sie früher eingesetzt, um Bergarbeiter, Droiden und kleineres Gerät durch diesen gewaltigen Abschnitt der Mine zu transportieren – oder nach oben und unten zu den nächsten größeren Verbindungstunneln. Nach der Schicht nassen Staubes und Schmutzes auf dem Metall zu schließen, waren sie aber vermutlich schon seit Jahren nicht mehr benutzt worden.

Hans erste Aufgabe war es also, einen Schlepper zu finden, der noch ein wenig Energie hatte. Anschließend musste er die Wartungsluke aufbrechen und den Antrieb kurzschließen, um das Ding in Bewegung zu setzen. Er hatte völlig vergessen, wie schwierig es war, in niedriger Schwerkraft zu arbeiten, vor allem, wenn man seine Handlampe zwischen die Zähne nehmen musste, um zu verhindern, dass sie davontrieb.

Zu guter Letzt leuchtete die Konsole des Schleppers aber auf, und die Repulsoren summten los. Erfüllt von einem Gefühl der Befriedigung, zog Han sich wieder zur Kontrolltafel hoch und schob seine Stiefel unter die Sicherheitsbügel, die verhindern sollten, dass der Pilot einfach davonschwebte. *Also schön, Solo, wohin soll's gehen*? Er drehte den Kopf und versuchte, sich zu orientieren. Was er jetzt brauchte, war ein anderer Ausgang. Natürlich hätte er in den Tunnel zurückfliegen können, aus dem er gekommen war, aber er verspürte keine große Lust, noch einmal einem automatisierten Transportschlitten zu begegnen und dieses kleine Abenteuer zu wiederholen. Stattdessen entschied er sich, nach oben zu schweben, zurück zu der Ebene, wo seine kleine Exkursion ihren Anfang genommen hatte. Dort wollte er nach einem Weg zurück in das Korridornetzwerk des Asteroiden suchen. Eine Hand um das Sicherheitsgeländer geschlossen, steuerte er den Schlepper langsam in die Höhe, dem hellen Licht im oberen Teil der Höhle entgegen.

Die Twi'lek schien denselben Einfall gehabt zu haben wie Leia, denn auch sie sauste zur anderen Seite der Arena hinüber, um die Aufmerksamkeit des Droiden zu erregen, und kurz darauf wichen sie beide in wildem Zickzack den Hieben der Maschine aus. Eigentlich hätte einer der anderen Spieler diese Gelegenheit nutzen können, um die Drohne durch einen Brecher zu befördern und die Partie zu beenden. Doch der Droide war augenscheinlich darauf programmiert, es ihnen so schwer wie nur möglich zu machen. Er surrte dicht um den fassförmigen Körper des Droiden herum, vorbei an den wild schlagenden, bohrerbewehrten Armen, und lockte die Spieler dadurch gezielt in die Gefahrenzone.

Kurz spürte Leia Hoffnung, als die Kugel vor Metara zurückzuckte und somit fast in Reichweite eines Ishori geriet, der von oben herabschnellte. Im Moment war ihr völlig egal, wer das gewann, solange es nur endlich vorbei war. Doch dann rief sie sich mit wilder Entschlossenheit ins Gedächtnis, dass sie keinerlei Garantie hatten. Wer konnte schon sagen, ob Viest die Partie wirklich wie versprochen beenden würde? Was, wenn sie einfach die Regeln änderte, sobald die Drohne zerstört war?

Im selben Moment riss der Droide seinen Bohrarm hoch und traf den Ishori am Rücken. Das Amphibienwesen wurde quer über das Spielfeld geschleudert und prallte gegen das Eindämmungsfeld. Energie knisterte, und die Kreatur trieb leblos durch die Luft. Der andere Ishori schrie auf und raste zu seinem Partner hinüber.

Leia spannte den Kiefer an. Das Spiel musste enden, oder ihnen allen drohte dasselbe Schicksal. Als der Droide sich wieder umdrehte, sauste sie nahe heran und umkreiste ihn, dem Leuchten der Drohne folgend. Die große Maschine brüllte und wollte zu ihr herumwirbeln, aber dann wurde sie durch etwas auf der anderen Seite abgelenkt. Leia duckte sich, und plötzlich war die kleine Drohne nur noch einen Meter entfernt. Sie stürzte sich auf sie, biss die Zähne zusammen, als ein versengender Schuss ihren rechten Arm streifte, dann, im letzten Augenblick, drehte sie sich herum und benutzte die Repulsorpolster an den Füßen, um die Kugel auf den nächsten Brecherring zuzustoßen.

Die Twi'lek schrie und schnellte herab, um die Drohne abzufangen, doch sie flog direkt in den umherwirbelnden Bohrarm des Droiden. Eines der Polster wurde ihr vom Fuß gerissen, und sie begann, wild zu trudeln, direkt auf den Schlund des Brechers zu.

Leia reagierte rein instinktiv: Sie stieß sich mit den Fußpolstern nach vorn und packte das Bein der Twi'lek, dann drehte sie sich, sodass die Repulsoren sie beide abbremsten. Keinen Meter vom Ring entfernt kamen sie schließlich zum Stillstand. Daran, dass das tödliche Feld des Brechers aktiviert war, gab es keinen Zweifel, denn das Ozon, das er produzierte, füllte Leias Lunge. Über ihnen ragte der Minendroide auf, vier Armpaare erhoben, alle von Schneideklingen oder rotierenden Bohrern gekrönt. *Ich muss näher ran,* dachte Leia, kurz bevor sie sich und die Twi'lek auf die Maschine zusteuerte. Sie rasten an seinen ausgestreckten Armen vorbei und rammten seinen metallenen Leib. Leia hatte gerade genug Zeit, um ihre Vermutung bestätigt zu sehen: So, wie der Droide gebaut war, konnte er seine Gliedmaßen nicht weit genug zurückbiegen, um sie zu erwischen. Solange sie dicht bei ihm blieben, waren sie außer Reichweite seiner Klingen und Bohrer.

Der Droide brüllte verwirrt und schlug nach ihnen, während sie an der Wölbung seines Torsos entlang um ihn herumflogen. Kurz spürte Leia einen Ruck, und eine Linie des Schmerzes zog sich über ihren Rücken – eine der Klauen hatte sie gestreift. Sie stöhnte, flog aber unbeirrt weiter. Da drehte sich der Kopf des Droiden nach unten, um auf sie hinabzustarren, und zwei seiner Gliedmaßen ruckten vor. Wie ein Käfig schlossen sie sich um die beiden Frauen.

Die Twi'lek packte einen der Arme, konnte sich aber nicht darunter hindurchzwängen. Leia streckte indes die Hände nach dem verbeulten Metalltorso aus und zog die Beine an, um die Metallglieder mithilfe ihrer Repulsoren aufzuzwingen.

Plötzlich zuckte der Droide zusammen und stieß einen weiteren hohen metallischen Schrei aus. Selbst über diesen ohrenbetäubenden Lärm hinweg konnte die Prinzessin ein *Klonk* hören, gefolgt von einem eher knirschenden Geräusch. Leia wechselte einen erschrockenen Blick mit der Twi'lek und sah sich hektisch um. Die Wölbung des Eindämmungsfeldes befand sich nur ein Stück über dem Schädel des Droiden, was bedeutete, dass sie nicht weit vom Rand des Spielfeldes entfernt sein konnten ... »Er ist in den Brecher hineingeraten!«, rief sie.

Ein zweites *Klonk* vibrierte durch den Körper der Maschine, und das Knirschen nahm noch an Lautstärke zu. Der Droide war nicht nur in den Brecher hineingeschwebt, er wurde tiefer und tiefer hineingezogen.

Oh nein, dachte Leia.

Die Twi'lek musste sich der Situation ebenfalls bewusst geworden sein, denn sie begann im selben Moment wie Leia, sich gegen den Arm des Droiden zu stemmen, obwohl sie inzwischen beide Fußpolster verloren hatte und daher nicht so viel Kraft aufbringen konnte. Nach Leibeskräften versuchten die beiden Frauen, sich an den mechanischen Gliedmaßen vorbeizuzwängen.

Leia bezweifelte allerdings, dass sie es schaffen würden. Da sah sie, wie Metara, der Partner der Twi'lek und selbst der verbliebene Ishori zu ihnen herüberschwebten und die Arme des Droiden packten. Doch nur einen Moment später hatte sich die Maschine wieder aus dem Brecher befreit, und die anderen Spieler wurden zurückgetrieben. Der Titan taumelte, erst zur Seite, anschließend nach hinten, wobei er Leia und die Twi'lek mit sich riss. Seine Drehbewegung trug ihn geradewegs in das Eindämmungsfeld hinein. Energie zischte, und als der Droide zum Stillstand kam, presste Leia die Hände gegen das Metall, bereit, sich aus seiner Umarmung zu befreien. Da gab es einen blendend grellen Lichtblitz, der die Prinzessin zusammenzucken ließ, und plötzlich bewegte sich die Maschine wieder – sie stürzten nach hinten, aus dem Spielfeld heraus. Der Droide hatte das Eindämmungsfeld überladen, erkannte Leia, und nun kippte er der Schwärze der Höhle entgegen. *Was liegt wohl dort unten?* Die Lichter fielen aus, als sie weiter von der Arena forttrudelten. Mit aller Kraft und unterstützt von der Twi'lek, zerrte Leia an den Armen, die sie festhielten, aber der Griff des Droiden wurde nur noch fester.

Irgendwo in ihrer Nähe erklang unvermittelt Blasterfeuer. Leia hoffte, dass es dem Metallriesen galt, nicht ihr und der Twi'lek oder den anderen Spielern, aber die Schüsse waren zu nah, als dass sie vom Spielfeld hätten stammen können. Ein lauter, metallischer Knall füllte ihre Ohren, und der Droide drehte sich um die eigene Achse, während er in die Tiefe sank. *Was zum ...* Weiter kam Leia in ihren Gedanken nicht, denn da stieß schon wieder etwas gegen den Metallriesen – und dann noch einmal.

Das mahlende Geräusch aus dem Inneren der Maschine wurde tiefer, bis es in Leias Knochen vibrierte, dann klapperte kurz etwas, und als schließlich ein Zischen hörbar wurde, lockerte sich der Griff um die beiden Frauen. Eine Sekunde später hatten sich die Arme ganz von ihnen gelöst. Noch immer auf das Schlimmste gefasst, stieß die Prinzessin sich mit ihren Polstern ab und zog die Twi'lek hinter sich her.

Der Droide überschlug sich, als der letzte Rest seines Schwungs ihn weiter in die Höhle hinaustrug, und kurz glitt sein Kopf dabei an Leia vorbei. So konnte sie sehen, dass der Schädel von mehreren Blastertreffern durchlöchert war, aber erst der letzte Schuss hatte ihm endgültig den Rest gegeben. Funken sprühten aus den Augen der Maschine, während sie langsam davontrudelte – und dadurch den Blick auf das Objekt freigab, das sie gerammt hatte.

Es war ein Repulsorlastenschlepper. Halt, nein, korrigierte Leia sich, während sie ungläubig nach unten starrte. *Han Solo* hatte den Droiden gerammt, *mit* einem Repulsorlastenschlepper. Er schwebte direkt unter ihnen, seine Vorderseite zerbeult von der Wucht der Zusammenstöße mit dem Metallpanzer des Droiden. Han hielt sich mit einer Hand am Geländer fest, um nicht davonzutreiben, die andere bediente die kleine Kontrolleinheit des Schleppers. Er blickte zu ihr hoch und sagte: »Nächstes Mal würde ich gerne woanders Urlaub machen.«

»Ich auch«, stimmte Leia zu. Sie war hin und her gerissen zwischen völliger Überraschung, tiefer Erleichterung darüber, dass sie nicht von einem riesigen Droiden in Fetzen gerissen worden war, und Zorn, weil Han sich ihrem Befehl widersetzt und nicht beim Schiff auf ihre Rückkehr gewartet hatte. Diesen Sturm widerstreitender Emotionen erlebte sie nicht zum ersten Mal, und stets war es Hans unerwartetes Auftauchen, das ihn entfachte. Vielleicht sollte sie also zumindest aufhören, überrascht zu sein. »Was tun Sie hier überhaupt?«

»Ich erkunde«, antwortete Han, während er den reglosen Droiden misstrauisch beäugte. »Und was ist *Ihre* Ausrede?«

»Die Piraten ...« Sie erkannte, dass im Moment selbst für eine kurze Zusammenfassung die Zeit fehlte. »Das ist eine lange Geschichte.«

Die Twi'lek hatte das Spielfeld über ihnen beobachtet, und nun zischte sie: »Sie kommen! Schick deinen Mann fort, bevor sie ihn entdecken!«

»Wir sind nur Freunde«, blaffte Leia rein aus Gewohnheit. Kurz zögerte sie, aber Metara war noch immer dort oben, und die *Aegis* saß in der Landebucht fest. Falls sie jetzt mit Han die Flucht ergriff, würde Viest sie durch die gesamte Mine jagen, außerdem gäbe es dann keinen Zweifel mehr daran, dass sie etwas zu verbergen hatte. Nein, die Twi'lek hatte recht, es war besser, hierzubleiben und so zu tun, als wäre außer dem zufälligen Ableben des Droiden nichts weiter geschehen. Sie zog eines der Repulsorpolster vom Fuß und reichte es Han. »Da, und jetzt machen Sie, dass Sie zurück zum Schiff kommen! Oder wohin immer Sie sonst gerade unterwegs waren.«

Zumindest vertraute Solo ihr genug, um nicht zu protestieren. Stattdessen nahm er das Polster und schob es sich über den Arm. »Dann bis später.« Mit einer Rückwärtsrolle ließ er sich über die Seite des Lastenschleppers fallen, dann verschlang ihn die Düsternis im unteren Teil der Höhle.

Als Leia wieder nach oben blickte, sah sie mehrere Gestalten am Rand der Plattform auftauchen. An die Twi'lek gerichtet, sagte sie: »Erzählen Sie ihnen einfach, der Droide wäre gegen den Schlepper geprallt.«

Die Angesprochene nickte. »Ich stehe tief in deiner Schuld.

Mein Name ist Anakaret, und ich schwöre, ich werde mich revanchieren.«

»Ich weiß dein Versprechen zu schätzen. Mein Name ist Leia. Ich bin von der *Aegis*.«

Anakaret blickte sie an. »Falls sie uns am Leben lassen, treffen wir uns später. Dann reden wir.«

Der Techniker, der Aqualishaner und mehrere Wachen kamen mit Repulsorpolstern herbeigeschwebt, um sich ein Bild von dem Schaden zu machen. Während der Techniker den dahintreibenden Droidenleichnam umkreiste und wütend die Schäden begutachtete, reichte der Aqualishaner Anakaret zwei neue Polster, damit sie aus eigener Kraft wieder hoch zum Rand der Galerie fliegen konnte. Zu Leia sagte er: »Das wird Viest nicht gefallen. Es hat sie viel Zeit gekostet, diesem Droiden Wahnsinn einzuprogrammieren.«

Leia versuchte nicht einmal, den beißenden Unterton in ihrer Stimme zu unterdrücken. »Wir haben versucht, behutsam mit ihm umzugehen, aber ich fürchte, er war einfach zu alt für diese Art Spiel.«

Der Techniker funkelte sie über den verbeulten Panzer des Droiden hinweg an, aber der Aqualishaner schien nicht sonderlich wütend.

Als sie wieder nach oben zum Spielfeld schwebten, sah Leia Metara und Anakarets Teamgefährten mit deaktivierten Repulsorpolstern auf der Galerie stehen. Der Ishori, den der Droide getroffen hatte, lag leblos auf dem Boden – eine Seite seines Körpers war von dunkelgrünen Hämatomen bedeckt, und sein Artgenosse kauerte traurig neben ihm. Der Mensch rannte Anakaret entgegen, kaum, dass sie gelandet war, und schloss sie in seine Arme. Daraufhin tätschelte sie beruhigend seinen Kopf.

»Leia!« Metara eilte ebenfalls vor. »Leia, ist alles in Ordnung?«

Die Prinzessin war nicht in der Stimmung für Metaras übertriebene Sorge. Sie deutete zu dem Ishori hinüber. »Wird er sich wieder erholen?«

Metara wandte den Blick ab, das Gesicht verzerrt. »Er ist tot.«

Also hatte dieses idiotische Spiel zur Belustigung der Flugmeisterin tatsächlich ein Leben gefordert. »Wenigstens ist der Droide außer Gefecht. Ich hoffe, sie wird die Überlebenden nicht zu einer Neuauflage zwingen.«

»Aber Ihr … *wir* haben gewonnen«, entgegnete Metara, was Anakaret mit einem Nicken bestätigte. Die Twi'lek deutete nachdrücklich auf einen der Brecher und sagte etwas in einer Sprache, die Leia nicht verstand.

»Haben wir?« Verwirrt runzelte Leia die Stirn. »Wann?«

»Unmittelbar, bevor der Droide dich gepackt hat«, erklärte Metara. »Als du die Drohne mit den Fußpolstern auf den Brecher zugestoßen hast, ist er in das Kraftfeld geraten und hineingezogen worden.«

»Oh.« Leia erinnerte sich daran, die Drohne auf den Ring zugeworfen zu haben, aber sie hatte nicht gedacht, dass dieser Versuch von Erfolg gekrönt war. »Dann haben wir also gewonnen.« Und der Preis für den Sieg war ein Leben gewesen, ganz zu schweigen davon, dass sie und Anakaret beinahe in Fetzen gerissen worden wären.

Doch sie hatte keine Zeit, über diesen *Triumph* nachzudenken, denn von oben rief Viest: »Oh, das war kein Sieg. Ihr habt gegen die Regeln verstoßen.« Die Flugmeisterin stand auf den Stufen zur Loge und blickte mit einem angespannten Lächeln auf die Spieler hinab. »Ihr habt das Spielfeld demoliert. Diese

Eindämmungsfelder sind nicht billig, und dank euch sind die Generatoren durchgebrannt.«

»Das ist doch wohl nicht Ihr Ernst!«, entfuhr es Metara.

Viests Augen wurden schmal, als sie erwiderte: »Und ob das mein Ernst ist.«

Anakaret fluchte, und ihr Partner warf sein letztes Repulsorpolster auf den Boden.

Leia biss die Zähne zusammen. Sie wusste, dass es keinen Sinn hatte zu protestieren. Zum Glück würde die Frau, die sie spielte – skrupellose Halsabschneiderin, die mit Piraten Geschäfte machte –, sich so etwas nicht gefallen lassen. Sie musste sich also gar nicht erst die Mühe machen, ihren Zorn zu verbergen, als sie erklärte: »Ihr Droide hat das Eindämmungsfeld demoliert, und das erst, nachdem ich die Drohne zerstört hatte.«

Viest kam mit bedächtigen Schritten die Treppe hinab, wobei sie Leia eingehend musterte. Sie las in ihrem Gesicht, das wusste die Prinzessin, aber alles, was die Lorrdianerin dort im Moment sehen würde, war der Wunsch, ihr den Schädel wegzublasen. Schließlich meinte die Flugmeisterin: »Wie? Niemand beschwert sich, dass es unfair von mir war, den Droiden auf das Spielfeld zu schicken? Ich bin überrascht.«

»Ich nicht«, entgegnete Leia. »Ich wusste, dass so etwas passieren würde. Aber ich dachte nicht, dass Sie den Gewinner um seinen Preis bringen würden wie ein kleines Kind, das das Spielbrett vom Tisch fegt, weil es nicht verlieren will.«

Einen Moment lang verstummte Viest, dann entblößte sie die Zähne, aber nicht in einem Lächeln. »Sie brauchen offenbar noch Zeit, sich zu beruhigen.«

Ich brauche vieles, dachte Leia, *aber Zeit, um mich zu beruhigen, gehört ganz sicher nicht dazu.* »Wie wäre es mit einer Revanche. Sie haben doch noch einen Droiden, oder?«

Unter den Piraten, die das Spiel beobachtet hatten, brach verwirrtes, beunruhigtes Gemurmel aus, aber Viest lachte nur. »Das würde Ihnen wohl gefallen, hm? Nein, Sie und Metara werden auf Ihr Schiff zurückkehren und dort warten. Vielleicht unterhalten wir uns noch einmal über Ihr Angebot. Wenn mir danach ist. Oh, und versuchen Sie nicht, uns zu verlassen. Ich müsste nur eine Belohnung auf die *Aegis* aussetzen, und Sie wären Weltraumschrott, bevor sie es aus dem Dock schaffen.« Ihr Lächeln war messerscharf. »Vielleicht erwartet Sie dieses Schicksal sogar, wenn Sie nicht versuchen zu fliehen.«

Der verbliebene Ishori murmelte etwas in seiner Muttersprache, und Anakarets Miene zeugte von mehr Zynismus, als vermutlich selbst Han zum Ausdruck hätte bringen können. Auch Leia war nicht überrascht. Zumindest stand die Drohung nun offen im Raum.

Metara hingegen versteifte sich vor Zorn. »Viest, das war nicht Teil unseres Geschäfts. Wir hatten eine Abmachung. Sie haben uns versprochen ...«

Die Lorrdianerin drehte sich um und schlenderte zur Liftröhre hinüber, gefolgt von ihrer Entourage. Schäumend wollte Metara ihr nachsetzen, aber Leia packte sie am Arm und hielt sie zurück. »Das hat doch keinen Sinn«, sagte sie. »Sie hat recht, wir müssen uns beruhigen.« Auf gewisse Weise war sie sogar froh, dass Viest ihr Schiff bedroht und versucht hatte, sie zu töten, denn nun gab es zumindest keine Zweifel mehr an ihrer Situation, und sie wusste, dass es keinen Grund gab, noch weiter Hoffnung in Verhandlungen zu setzen. Es bedeutete, dass Leia aufhören konnte, sich mit Piraten und Sklavenhändlern lieb zu stellen. Zeit, die Samthandschuhe auszuziehen.

Nachdem die Flugmeisterin samt Anhang die Höhle verlassen hatte, trat der Aqualishaner vor, eingefasst von weiteren

Wachen, um die Prinzessin und Metara zur Aegis zurückzugeleiten. »Habe ich es nicht gesagt?«, brummte er.

»Ja, das hast du«, erwiderte Leia. »Ich hätte auf dich hören sollen.«

Metara warf ihr einen merkwürdigen Blick zu, aber der Aqualishaner grunzte nur und führte sie davon.

Han versteckte sich, während er darauf wartete, dass Leia, die Twi'lek und die Piraten wieder in den oberen Teil der Höhle zurückkehrten, dann folgte er ihnen, wobei er die Strahlenmeißel, Tunnelbohrer und anderen Bergbaugeräte, die an der Wand befestigt waren, als Deckung benutzte. Schließlich erreichte er eine Stelle, von wo aus er die versammelte Gruppe auf dem Felsvorsprung sehen konnte, und verfolgte die Konfrontation, wenngleich er natürlich zu weit entfernt war, um zu hören, was gesagt wurde.

Insofern konnte er nicht sicher sein, was dort drüben geschehen war, aber die kreisförmige Anordnung der Brecher und die Loge, bei der es sich nur um einen Zuschauerbereich handeln konnte, erweckten einen ganz bestimmten Eindruck. Der Angriff des Droiden war kein Unfall gewesen, und was immer dahintersteckte, jemand hatte die Attacke nicht überlebt. Eine amphibische Kreatur lag schlaff am Rand des Vorsprungs, und eine zweite beugte sich über den Toten.

Vielleicht hatte es eine exzentrische Hinrichtung werden sollen, aber in dem Fall wären Leia und die Twi'lek wohl kaum zurückgeblieben, anstatt mit ihm zu fliehen. Zudem standen die meisten Leute nach einer fehlgeschlagenen Exekution nicht einfach nur herum und diskutierten über das Geschehene – denn genau das schien dort drüben der Fall zu sein.

Er beobachtete die Unterhaltung, bis der Raum sich zu leeren begann. Mehrere Wesen traten an den Rand und halfen dem Amphibienwesen, seinen toten Freund fortzutragen, dann gingen auch Leia, Metara und die anderen zu zwei Liftkapseln hinüber und verschwanden. Doch eine Handvoll Piraten blieb zurück, und ein paar weitere flitzten auf Repulsorpolstern zwischen den Brecherringen dahin, um die Trümmer des zerstörten Droiden zusammenzuklauben. Den Großteil davon transportierten sie zu den Höhlenwänden hinüber, gemeinsam mit dem Rest der deaktivierten Geräte aus der Arena. Nachdem er ihnen eine Weile zugesehen hatte, musste Han sich widerstrebend eingestehen, dass er keine Chance bekommen würde, Leia zu folgen. Alles, was ihm blieb, war, zur *Aegis* zurückzukehren und zu hoffen, dass man sie ebenfalls dorthin brachte. Und falls nicht ... Nun, dann würde er sich etwas einfallen lassen müssen.

Die *Darsumae* wartete bereits am Treffpunkt, als Degoren seine leichte Korvette bei den vereinbarten Koordinaten aus dem Hyperraum zurückbefahl. Den bewaffneten Transporter hatte er bislang als Köder für Piraten und Schmuggler benutzt, aber nun beabsichtigte er, auf das Schiff überzuwechseln. Der Rebellentransporter *Wagnis* war beschädigt und hatte gewiss in einem der Handelshäfen oder einer Station in diesem Teil des Sektors Zuflucht gesucht. Die Korvette war bereits auf den ersten Blick als Zollschiff zu erkennen, Degoren konnte damit also keinen Hafen anfliegen, ohne dass sämtliche Händler, die dort festgemacht hatten, nervös wurden und alle Schmuggler in Panik gerieten. Das würde auch die Rebellen warnen, und sie hätten Gelegenheit zur Flucht. Die *Darsumae* hingegen sah aus wie ein x-beliebiger Frachter. Mit ihr konnte er unbemerkt bleiben, bis es Zeit war, die Falle zuschnappen zu lassen.

Degoren erhob sich vom Kommandosessel und machte sich auf den Weg zum Shuttlehangar im Heck des Schiffes, gefolgt von Sorvir, seinem Ersten Offizier. Er wartete, bis sie allein in dem Korridor waren, dann sagte er: »Es ist beunruhigend, dass unser verdeckter Agent sich nicht wieder gemeldet hat.«

»Ja, Sir.« Sorvir klang missmutig. »Vielleicht haben die Rebellen erkannt, dass es ein Leck in ihrem Kommunikationsnetz gibt.«

»Sie müssten schon Narren sein, um nicht darauf zu kommen.« Degoren wünschte sich, dass er es mit Narren zu tun hätte, aber nach dem, was er so hörte – obwohl er auf seinem Posten im Mittleren Rand zugegebenermaßen nur wenig über die Gesamtsituation erfuhr –, organisierten sich die Rebellen immer besser, und das, obwohl das Imperium immer mehr Ressourcen für die Verfolgung dieser Aufwiegler aufwandte. »Wir können nicht einfach nur herumsitzen und darauf warten, dass dieser Agent sich zu einer weiteren Nachricht herablässt. Gibt es Neuigkeiten von unseren Informanten in der Region?« Degoren hatte in einigen der lokalen Raumhäfen unabhängige Agenten postiert, auch wenn deren eigentliche Aufgabe war, Schmuggler aufzuspüren.

»Noch nicht, Sir.«

Degoren blickte finster drein. »Falls sie ihren Posten und ihr Leben behalten wollen, sollen sie gefälligst Resultate erbringen.« Doch selbst er wusste, dass Drohungen kein echter Anreiz waren. »Kontaktieren Sie sie noch einmal, und sagen Sie ihnen, wer immer mir den Aufenthaltsort der Rebellen nennt, bekommt eine Belohnung. Genug Credits, um all ihre Schulden zu tilgen und sich einen Weg aus diesem jämmerlichen Sektor zu erkaufen.«

»Jawohl, Sir.« Zögerlich fügte Sorvir noch hinzu: »Aber vergessen Sie nicht die Möglichkeit, dass die Piraten die Rebellen aufgebracht haben.«

Degoren entfloh eine halblaute Verwünschung. Über diese Möglichkeit hatte er auch schon nachgedacht, und sie machte ihm durchaus Angst. »Sollte das der Fall sein, können wir von Glück reden, wenn noch genug von ihnen übrig ist, um sie zu verhören.« Schlimmer als das wäre nur noch, wenn sie dieser intriganten Schlange Viest in die Hände gefallen waren.

9. Kapitel

Der *Millennium Falke* erreichte die Arnot-Station in Rekordzeit. Die Vorschriften der Station wurden automatisch über das Kom-System heruntergeladen, als sie andockten, aber von Waffen war dabei keine Rede, also behielt Luke Blasterhalfter und Lichtschwert am Gürtel, und Chewbacca nahm seinen Bogenspanner mit. Die Rampe des *Falken* fuhr aus, und das Erste, was Luke registrierte, war der Geruch: fremdartige Gewürze, abgestandene Luft, Ozon, und ein Dutzend weiterer Aromen, die er nicht identifizieren konnte.

»Ich bleibe besser hier und helfe Erzwo, das Schiff zu bewachen, Master Luke«, sagte C-3PO. Der Tonfall des Protokolldroiden machte deutlich, dass er nicht vorhatte, auch nur einen Fuß auf eine heruntergekommene Handelsstation tief im Territorium der Piraten zu setzen.

»Nein, Dreipeo, ich brauche dich als Übersetzer«, erklärte Luke geduldig. Beinahe überall, wo sie hinflogen, musste er diese Unterhaltung mit C-3PO führen – der Droide war einfach nur nervös. »Erzwo kann schon allein auf das Schiff aufpassen.«

R2-D2 im Korridor hinter ihnen piepste zuversichtlich, bevor er sich umdrehte und zum Cockpit zurückrollte.

Chewbacca knurrte leise und tippte den Code ein, um die Luke des *Falken* wieder zu schließen. Er hielt Dreipeos Shyriiwook-Kenntnisse für unzureichend, obwohl Luke sicher war, dass er kein Problem hatte, sich verständlich zu machen. Während sie die Rampe hinabgingen, sahen sie eine zweibeinige Gestalt auf sich zukommen, gekleidet in eine zerknitterte braune Strickjacke und mit einem Datapad in der Hand.

Die Landebuchten wurden durch einen breiten Korridor von einer Galerie getrennt, wo Frachthändler, Mechaniker und andere Unternehmer den Schiffen ihre Dienste anboten. Menschen und Wesen diverser anderer Spezies schlenderten gemeinsam mit zahlreichen Droiden über die Laufgänge und Brücken der Station, und Luke hörte neben ihrem Stimmengewirr auch widerstreitende Musik aus mehreren Richtungen. Die Arnot-Station machte einen schäbigen, abgenutzten Eindruck, war aber von emsigem Treiben und Leben erfüllt, und er konnte weit und breit keine imperiale Uniform erblicken.

Chewbacca, der neben ihm herging, brummte, und C-3PO übersetzte: »Er sagt, das hier sieht vielversprechend aus. Ich weiß nicht, wie er zu dieser Einschätzung gelangt ist. Auf mich macht dieser Ort lediglich einen verschmutzten Eindruck.« Ein Grollen drang tief aus der Brust des Wookiees, und in seinem Blick vermengten sich Vorwurf und Verärgerung.

Luke seufzte. »Dreipeo, wir haben doch über deine persönlichen Kommentare gesprochen.«

Die Gestalt mit dem Datapad hatte sie inzwischen erreicht. Sie war groß und dürr, mit hellblauer Haut, ausgemergelten Zügen und einem Kranz grauen Haars um das Haupt. Sein zerklüftetes Gesicht mit den eingefallenen Wangen verlieh ihm etwas Furchterregendes, aber er lächelte, als er vor die Neuankömmlinge trat.

Sie hatte sich eine Geschichte zurechtgelegt, und Luke war bereit, sie zu erzählen. »Hallo«, begann er. »Wir sind zum ersten Mal auf Ihrer Station …«

»Ich bin der Hafenmeister. Seid ihr hier, um zu handeln? Denn falls ihr handelt, werden euch die Dockgebühren erlassen. Was habt ihr anzubieten?«

Luke beschloss, seine erfundene Geschichte für sich zu behalten. Der Hafenmeister war offensichtlich zu beschäftigt, um sich dafür zu interessieren. »Wir haben im Moment nichts zu verkaufen. Wir haben keine Fracht. Wir sind hier, um uns mit Freunden zu treffen. Sie sind auf einem Frachter namens *Wagnis* hier angekommen. Er war angeblich beschädigt …«

»Ja! Ja, ich kenne das Schiff, von dem ihr redet.« Der Hafenmeister tippte sein Datapad an und begann, mit fliegenden Fingern das Dockformular auszufüllen. »Sie wurden von Piraten angegriffen.«

Luke nickte. »Das sind sie.« Vermutlich hatten sie den Piratenangriff angeführt, um die Schäden an dem Frachter zu erklären. »Sie sagten etwas davon, dass sie unter Beschuss gerieten, bevor sie hier ankamen«, improvisierte er.

»Ja, ja. Wir haben es gesehen.«

»Gesehen?« Luke starrte den Mann an, und Chewbacca stieß ein überraschtes Bellen aus. »Es ist *hier* passiert?«

»Es muss wohl noch einen zweiten Zwischenfall gegeben haben. Die *Wagnis* war jedenfalls schon beschädigt, als sie das System erreichte. Die Piraten haben nicht auf sie geschossen, sondern auf einen Agrartransporter. Der wurde dann von einem zweiten Piratenschiff fortgeschleppt. Diese Piraten! Es wird immer schlimmer mit ihnen. Bald werden überhaupt keine Schiffe mehr hier vorbeikommen, sofern diese Mistkerle nicht vorher einfach unsere Station übernehmen.« Als er von seinem Datapad aufblickte, fielen ihm ihre fassungslosen Gesichter auf. »Lasst euch die Geschichte am besten von euren Freunden erzählen. Es war ein schrecklicher Zwischenfall.« Mit diesen Worten hielt er ihnen das Datapad hin. »Vergesst bitte nicht euer Zeichen auf dem Feld für die Dockgebühr.«

»Äh, natürlich.« Luke überließ es Chewie, das Andockformular zu bestätigen, und fragte stattdessen: »Wo sind sie?«

»Oh, eure Freunde? In Landebucht V334. Das liegt in dieser Richtung.«

Als der Hafenmeister davonstakste, blickte Luke betroffen zu Chewbacca hoch. »Kann es sein, dass er nur etwas durcheinandergebracht hat?«

Der Wookiee schüttelte pessimistisch den Kopf und bedeutete Luke, dass sie sich besser beeilten.

Sie marschierten den Andockring hinab, und C-3PO musste sich beeilen, mit ihnen mitzuhalten. Dennoch fand er die Zeit, sich laut darüber zu beklagen, dass sie hier jederzeit von Piraten überfallen werden könnten. Auf der Station schien die »Nacht«-Schicht anzubrechen, denn die meisten der Läden und Geschäfte schlossen gerade, und die Musik und der Lärm aus den Cantinas nahmen an Lautstärke zu. Eine kurze Strecke und eine Anfrage an einem ramponierten alten Holoverzeichnis später erreichten sie schließlich die Landebucht der *Wagnis*.

Kaum, dass sie den Frachter sehen konnten, entfuhr es Luke: »Oje! Es war definitiv keine Untertreibung, dass sie Schaden genommen haben.« Blastertreffer hatten die Schiffshülle geschwärzt und verbeult, und das Triebwerksgehäuse auf der Steuerbordseite war zu Schlacke verglüht.

Chewie knurrte zustimmend, was C-3PO folgendermaßen übersetzte: »Er meint, dass der Hafenmeister vermutlich doch nichts durcheinandergebracht hat.«

Als sie näher kamen, entdeckte Luke in der Nähe der Rampe Ingenieur Sorel und zwei Techniker, die er ebenfalls kannte. Sie waren gerade dabei, Kisten mit neu gelieferten Vorräten zu überprüfen. Sorel blickte kurz auf, dann sah er sie, und endlose Erleichterung breitete sich auf seinem Gesicht aus. »Bin ich froh, Sie zu sehen!«, rief er, während er ihnen entgegentrat.

Luke war nicht überrascht. Selbst von hier konnte er sehen, dass der Antrieb in furchtbarem Zustand war. »Wir sind mit dem *Falken* hier, falls das Schiff nicht mehr zu reparieren ist, können wir Sie also von hier fortbringen. Ich schätze, die Prinzessin und General Willard haben es nicht mehr pünktlich zu ihrem Treffen geschafft?«

»Nein, also …« Sorel zögerte, als hätte er schlechte Neuigkeiten, die er nur ungern mit ihnen teilen wollte. »Die Prinzessin ist noch nicht zurück.«

»Zurück von wo?«, wollte Luke wissen. »Trifft sie sich mit jemandem auf der Station?«

»Nein, sie ist nicht auf der Station.«

»Wie bitte?« Seine Augen wurden groß. »Wo ist sie? Wo ist Han? Ist er bei ihr?« Chewbacca verlieh den Fragen mit einem lauten Brüllen Nachdruck, und diesmal brauchte Luke C-3PO nicht, um zu wissen, was den Wookiee umtrieb.

»Sie sind mit einem alderaanischen Schiff fortgeflogen.« Als er ihre Mienen sah, fügte Sorel hinzu: »Sie kommen besser an Bord und reden mit General Willard.«

Die *Wagnis* war noch immer von den Spuren des Kampfes gezeichnet, wenngleich bereits überall Reparaturen an auseinandergeschraubten Kontrolltafeln und versengten Konsolen vorgenommen wurden. Die Mannschaft wirkte erschöpft, aber alle schienen erleichtert, Luke und Chewbacca zu sehen, obwohl sie vermutlich eher eine Kontaktperson aus der Flotte erwartet hatten.

Willard, der in einem kleinen Bereitschaftsraum auf sie wartete, sah nicht gut aus: Ein übler Bluterguss zog sich über seine Schläfe, und seine Augen waren eingesunken. »Sie haben keine Ahnung, wie gut es ist, Sie zu sehen«, begrüßte er sie.

Luke schaffte es, halbwegs ruhig zu bleiben, als er sagte: »General, Sorel meinte, Han und Leia wären mit Piraten fortgeflogen.« Er konnte es noch immer nicht glauben, aber welchen Grund sollte der Ingenieur haben, sie zu belügen?

Der General nickte. »Und ich möchte, dass Sie ihnen folgen. Setzen Sie sich, dann erkläre ich alles.«

Nachdem sie Platz genommen hatten, fasste Willard die Geschehnisse für sie zusammen. Der junge Skywalker versuchte, nicht dazwischenzurufen, und Chewbacca schüttelte immer wieder den Kopf und brummte. Als der General fertig war, platzte es schließlich aus Luke heraus: »Aber wissen wir denn überhaupt, wohin sie geflogen sind?«

»Ich habe die Leitung der Station danach gefragt.« Willard zog eine Datenkarte aus der Tasche. »Man gab mir diese Koordinaten. Sie glauben, dass die Piraten eine Art Basis in diesem System haben. Seit Jahren kursieren Gerüchte darüber, aber niemand hat sie je gesehen, zumindest niemand, der hier bekannt wäre.« Seine Miene verfinsterte sich. »Leider ist es der einzige Anhaltspunkt, den wir haben.«

Luke nahm die Karte. »Werden Sie hier zurechtkommen, während wir dieser Spur nachgehen? Unser Befehl lautet, Sie alle zur Flotte zurückzubringen.« Er wollte nichts lieber, als sofort mit der Suche nach Leia und Han zu beginnen, aber es behagte ihm nicht, die Mannschaft der *Wagnis* hier zurückzulassen. Schließlich hatten er und Chewie keine Ahnung, wie lange es dauern würde, die Fährte der Piraten aufzuspüren, oder wohin diese Fährte sie führen würde.

Der General erklärte: »Diese Sache ist wichtiger. Und jetzt, wo das medizinische Personal der Station sich um unsere Verwundeten kümmert und wir die nötigen Ersatzteile haben, um den Hyperantrieb zu reparieren, sollten wir die Station innerhalb von ein paar Tagen aus eigener Kraft verlassen können.«

Luke erhob sich von seinem Platz. »Wir melden uns, sobald wir sie gefunden haben.«

»Aber nur bei mir, nicht beim Flottenkommando«, ermahnte der General sie. »Ich will nicht, dass irgendetwas durchsickert, solange wir nicht wissen, wer die Informationen über diese Mission weitergeleitet hat.«

Chewbacca war inzwischen ebenfalls aufgestanden. Er warf sich den Bogenspanner über die Schulter, musterte noch einmal Willard und brummte Luke dann etwas zu. C-3PO übersetzte: »Chewbacca möchte wissen, ob General Madine ebenfalls von der Kommunikation ausgeschlossen ist.«

Als der Wookiee daraufhin wütend knurrte, verzog Luke das Gesicht. Er war sicher, was Chewbacca eigentlich gesagt hatte, war deutlich direkter und vermutlich auch ein wenig unhöflich gewesen.

»Falls jemand in unserem Kommunikationsnetzwerk der Maulwurf ist, hat er sich vielleicht schon in Madines sichere Frequenz gehackt«, gab Willard zu bedenken. »Ich bin nicht gewillt, dieses Risiko einzugehen, bevor wir herausfinden, wo Leia ist.«

»Gut«, sagte Luke. »Wir finden sie.« Er hoffte, dass er dabei zuversichtlich klang und nicht verzweifelt. Denn was seine Gefühle anging, überwog ganz klar die Verzweiflung.

Luke und Chewbacca eilten durch den Andockring zurück zum *Falken.* Die meisten der Handels- und Reparaturbuchten waren nun dunkel, dafür herrschte in den Bars umso lärmendere Betriebsamkeit. Nur eine Handvoll anderer Wesen war noch auf den Fußwegen unterwegs, und bei den Droiden, die sie sahen, handelte es sich größtenteils um Wartungsmaschinen. Luke blickte sich immer wieder nach Dockdieben um, aber die meiste Zeit über drehten sich seine Gedanken um die Frage, wie es wohl wäre, Leia und Han zu verlieren.

Während der ersten Monate bei der Allianz hatten ihn die meisten Personen, denen er begegnet war, entweder als unerfahrenen Farmerjungen abgetan oder sich enttäuscht gezeigt, weil er kein ausgewachsener Jedi war – so, als müsste man einer sein, wenn man ein Lichtschwert hatte. Es hatte nur wenige gegeben, die ihn so akzeptierten, wie er war, und die auch nicht von ihm erwarteten, dass er sich verstellte. Han war einer von ihnen gewesen.

Es war aber nicht so, als hätten sie schnell Freundschaft geschlossen, und das trotz ihres Abenteuers auf dem Todesstern. Doch jemand, der einen Großteil seines Lebens an Orten wie Mos Eisley verbrachte, konnte es sich nicht leisten, schnell Vertrauen in andere zu setzen, und Luke verstand das. Hans Verhalten erinnerte ihn an ein Haustier, das sein Freund Biggs Darklighter als Kind gehabt hatte: ein Anooba, halb verwildert und von seinem früheren Besitzer misshandelt. Es hatte Monate liebevoller Fürsorge bedurft, bevor das Tier schließlich entschied, dass es im Hause Darklighter sicher war. Luke konnte sich aber nicht vorstellen, dass Han dieser Vergleich gefallen würde, darum hatte er ihn vorsichtshalber für sich behalten.

Mit Leia hatte er hingegen sofort eine Verbundenheit gespürt. Es gab nichts, worüber er mit ihr nicht reden konnte.

Über die Schuldgefühle, weil er die Farm auf Tatooine verlassen hatte, nach all den Jahren harter Arbeit, die seine Tante und sein Onkel hineingesteckt hatten. Arbeit, die nun umsonst gewesen war – ihr Lebenswerk, ruiniert. Über seine Hoffnungen und seine Ängste bezüglich der Macht und über seine Zweifel daran, dass er je die Ausbildung erhalten und das Wissen erlangen würde, die nötig waren, um sie richtig einzusetzen. Leia hatte Luke ebenfalls vieles anvertraut, wenngleich er spürte, dass es Dinge gab, die sie einfach nicht mit ihm teilen konnte. Es war beispielsweise noch immer zu schwierig für sie, über Alderaan zu sprechen, so als könnte sie die Schleusen nicht mehr schließen, wenn sie sie erst öffnete und ihren Schmerz hinausließ. Der Gedanke, dass diese alderaanischen Piraten vielleicht einen Weg gefunden hatten, diese alten Wunden auszunutzen, machte ihm Angst.

Als sie den *Falken* beinahe erreicht hatten und eine leere Andockstelle passierten, brachte er seine Sorge zum Ausdruck. Chewbacca schnaubte und knurrte eine Entgegnung. »Er meint, die Piraten wissen nicht, mit wem sie es zu tun haben«, übersetzte C-3PO. »Er würde lieber gegen eine Horde Nachtwandler kämpfen als gegen eine schlecht gelaunte Leia, die von Han unterstützt wird. Und ich muss ihm zustimmen, Master Luke«, schloss der Droide. Ausnahmsweise protestierte der Wookiee nicht gegen den persönlichen Nachtrag.

Luke setzte zu einer Entgegnung an, als plötzlich ein grünhäutiger Duros hinter der halb geschlossenen Schutztür einer leeren Ladenfassade hervortrat. Skywalker hatte schon immer Probleme gehabt, die Emotionen dieser Spezies zu deuten – sie hatten keine Nase, einen lippenlosen Mund und ovale rote Augen –, und er hatte noch keinen Duros gut genug kennengelernt, um die Feinheiten ihrer Mimik zu interpretieren. Doch an den Absichten dieses Zeitgenossen gab es keinen Zweifel: Er zielte mit einem Blaster auf sie. »Behaltet die Hände schön da, wo ich sie sehen kann, und kommt mit«, befahl er.

Luke hob beide Arme. Auf der Geschäftsgalerie gegenüber dem *Falken* war niemand, aber wie das gedämpfte Plärren von Musik und Stimmen verriet, musste es irgendwo in der Nähe eine gut besuchte Cantina geben. »Du kommst allein hierher und bedrohst uns?«, fragte er so beifällig, wie es im Moment ging.

Chewbacca knurrte, und C-3PO leitete die Bemerkung weiter. »Er sagt, da ist noch einer in dem leeren Laden, und ein dritter hinter der Säule dort drüben, auf der anderen Seite des Dockkorridors.«

»Ich bin beeindruckt«, meinte der Duros gelassen. »Jetzt kommt!«

Luke bezweifelte, dass es eine gute Idee wäre, dieser Aufforderung nachzukommen. »Wohl kaum.«

»Bewegt euch, oder ich töte den Wookiee«, drohte der Duros. »Ich brauche nur einen von euch.«

»Du hättest dein Glück ein Stück weiter unten am Dock versuchen sollen«, meinte Luke. Er hatte die unauffällige, mechanische Bewegung unter dem *Falken* gesehen: Die Ax-108, die kleine Blasterkanone zur Personenabwehr, hatte sich aus dem Geheimfach in der Außenhülle des Frachters herabgesenkt und richtete sich nun auf den Duros. R2-D2 musste gesehen haben, dass sie in Schwierigkeiten waren. »Denn jetzt bist du genau im Schussfeld unseres Schiffes.«

Chewie lachte bellend, und nachdem der Duros Lukes Gesicht gemustert hatte, machte er einen Schritt nach hinten und blickte zum *Falken* hinüber. Die Kanone gab einen Schuss ab, der sich einen Meter von den Füßen des Kerls entfernt in die

Bodenplatten brannte. Chewbacca zuckte mit der Schulter, sodass der Bogenspanner an seinem Arm hinabrutschte, und feuerte auf die Kontrolltafel neben der Schutztür des Ladens, sodass sie nach unten sauste und jeden einsperrte, der sich noch im Inneren verbergen mochte.

Auch Luke zog den Blaster, aber da eröffnete der Spähposten auf der anderen Seite des Korridors das Feuer, und er musste sich zur Seite werfen. Er landete auf dem Deck, rollte sich ab, zielte – aber der Duros war schon wieder in Deckung gegangen, und sein Blaster deutete direkt auf den jungen Skywalker.

Chewie hatte den Kerl zwar im Visier seines Bogenspanners, aber Luke war ziemlich sicher, dass der Wookiee genau im Schussfeld des Spähpostens stand. Zudem klang es, als würde die Verstärkung, die sich im Laden versteckt hatte, gerade ein Loch in die Schutztür brennen. Doch dann heulte der Stationsalarm los, von der Galerie ertönten Rufe und pochende Schritte, und als wäre das noch nicht genug, rannte C-3PO plötzlich den Korridor hinab, den Stimmen entgegen. »Hilfe!«, schrie er. »Wir werden überfallen! Hilfe!«

Lukes Herz hämmerte in der Brust, aber sein Tonfall war ebenmäßig, als er sagte: »Du wolltest diese Sache unauffällig durchziehen, und du wolltest dich dabei nicht erschießen lassen. Ersteres kannst du jetzt vergessen. Wie sieht es mit Letzterem aus?«

Der Blick des Duros huschte kurz zu Chewbacca hinüber. »Wir sehen uns wieder.« Er machte einen Schritt nach hinten, dann eilte er davon in die Schatten unter der Galerie.

Im selben Moment kam auch schon eine wild durcheinanderrufende Gruppe aus Stationsarbeitern und Sicherheitspersonal die Galerie herabgestürmt, allesamt schwer bewaffnet. Jeder, der öfter auf der Arnot-Station war, musste wegen der

Piraten in ständiger Alarmbereitschaft sein, und Luke war sicher, dass die Einheimischen für Dockdiebe und Schiffsentführer fast ebenso wenig übrig hatten wie für Piraten. Als die Meute sie erreichte, stand er wieder auf und deutete in die Richtung, in die ihre Angreifer verschwunden waren. »Sie sind dort lang! Und ein paar von ihnen sind auch in das Schiff da eingebrochen! Seht nur, was sie mit dem Deck gemacht haben!« Die Ax-108 war wieder im Rumpf des *Falken* eingefahren.

Der Großteil der Menge setzte den fliehenden Duros nach, während die anderen sich verteilten, um die Läden entlang der Galerie auf Schäden zu untersuchen. Eine Frau vom Sicherheitsdienst verharrte neben dem Brandfleck auf dem Boden und sprach hastig in ihr Komlink.

Luke wartete, bis Chewbacca zu ihm trat, dann fragte er: »Waren das Schiffsdiebe? Könnten sie mit den Piraten zusammenarbeiten? Oder sind es vielleicht Kopfgeldjäger?«

Der Wookiee zog die Schultern hoch, aber sein Knurren klang skeptisch.

Luke hatte ebenfalls seine Bedenken. Es könnte natürlich nur ein dummer Zufall gewesen sein, aber so recht wollte er nicht daran glauben. Falls diese Kerle die *Wagnis* im Auge behalten hatten und Skywalker und Chewbacca von dort hierher gefolgt waren – dann konnten es tatsächlich Piraten sein, geschickt von der Person, die Leia und Han gefangen genommen hatte. »Gehen wir zurück an Bord. Ich muss mich bei General Willard melden und ihn warnen, dass die *Wagnis* vielleicht von Piraten beobachtet wird.«

Auf dem Rückweg zum Korridor am Andockring musste Han einer weiteren Gruppe umherstreunender Ausgestoßener ausweichen, und als er sein Ziel fast schon erreicht hatte, wäre er um ein Haar in das Lager von Wesen hineingestolpert, die offenbar von den Abfällen lebten und offensichtlich schon viel zu lange hier waren. Als all das endlich hinter ihm lag, fühlte er sich müde und schmutzig, als wäre er mit zahllosen Substanzen in Berührung gekommen, die entweder giftig oder doch zumindest widerlich waren – oder beides zugleich. Er wusste nicht, was er dringender brauchte, eine Dusche oder neue Impfungen.

Wieder am Andockring angelangt, zog er sich mit dem Greifhaken zum Droidensims unter der Decke hoch. Der Lärm hatte inzwischen nachgelassen – vermutlich war die Party an der Droidenbar vorbei –, dennoch blieb er auf der Hut, schließlich konnte es sein, dass Diebe hier waren, um Betrunkenen oder Nachzüglern aufzulauern.

Er erreichte das Hangartor für die Erzloren, und als er sah, dass die kleine Droidenluke daneben offen stand, wusste er, dass Sian und Terae bereits zurückgekehrt sein mussten. Während er die Luke hinter sich schloss, fiel sein Blick auf zwei Crewmitglieder der *Aegis*, die noch immer am Fuß der Schiffsrampe Wache standen. Sie entdeckten ihn ebenfalls, und einer von ihnen machte einen Schritt nach vorn, um die Position der Piraten draußen auf dem Gang zu überprüfen. Anschließend winkte er Han zu, und nachdem Solo an der Laufschiene entlanggeklettert war, seilte er sich mithilfe von Seil und Haken nach unten auf die Schiffshülle ab. Als er sein Ziel erreichte, war die Einstiegsluke bereits für ihn geöffnet. Er kletterte in die zylindrische Luftschleuse hinab und wurde dort von Kelvan und Kifar Itran in Empfang genommen.

Der Erste Offizier meinte: »Terae und Sian sind schon vor einer Weile zurückgekehrt. Die Prinzessin möchte Sie sehen.« Anschließend wandte er sich um und ging voran, nach draußen in den Korridor.

Itran starrte Han noch einen Moment an, sein Blick voller Aggression, für die es keinen offensichtlichen Grund gab, und Han beschloss, sich seine Erleichterung nicht anmerken zu lassen. Wäre Leia noch immer bei den Piraten ... *Aber das ist sie nicht, also hör auf, darüber nachzudenken.*

»Sie haben sich ja ganz schön Zeit gelassen.« Itrans Worte waren praktisch ein Keifen. »Sie hat sich Sorgen um Sie gemacht.«

Genau das fehlte Han jetzt noch. »Oh, ich habe noch kurz einen Plausch mit ein paar Glitzerstim kauenden Freunden von mir gehalten, die in der Kläranlage den Korridor runter leben.« Er folgte Kelvan zum Bereitschaftsraum des Schiffes, wo Leia auf und ab stapfte, augenscheinlich mehr besorgt als wütend. Metara war ebenfalls dort, eingerahmt von Sian und Terae, und sie strahlten genug Bekümmerung für eine gesamte Crew aus.

»Es tut mir leid«, ergriff Sian sofort das Wort. »Wir haben versucht, Ihnen zu folgen, und wir sind bis zum Abschnitt des Tunnels gegangen, wo er plötzlich senkrecht in die Tiefe abknickte. Aber dann hörten wir einen weiteren dieser Transportschlitten und mussten uns durch die nächste Öffnung in der Decke zurückziehen. Es hat ewig gedauert, bis wir den Weg zurück gefunden haben.«

Terae schien nicht halb so betroffen. »Wir wären beinahe mit einer weiteren Gruppe von Ausgestoßenen zusammengestoßen.«

Han ignorierte sie. »Oh, mir geht es gut, vielen Dank der Nachfrage.«

Leia wirbelte herum und funkelte ihn an. »Hatten Sie einen angenehmen Spaziergang durch die Piratenhöhle?«

»Ich habe mich schon besser amüsiert«, entgegnete Han,

wobei er sie unauffällig musterte. Der Ärmel ihrer Jacke war zerrissen, und auf ihrer Wange prangte ein runder Bluterguss, davon abgesehen schien sie aber unversehrt, und obwohl ihre Stimme fast überkippte, wusste er, dass nur ein kleiner Teil dieses Zorns tatsächlich ihm galt. Sie war schon so oft wütend auf ihn gewesen, dass er inzwischen mühelos erkennen konnte, wann er der Grund für ihre Verärgerung war und wann es sich einfach nur um eine allgemeine Wut handelte. »Was haben Sie mit diesem Minendroiden getrieben?«

Leias Kiefer versteifte sich. »Wir wollten diplomatische Beziehungen mit den Piraten aufbauen. Es hat nicht funktioniert. Diese sogenannte Flugmeisterin heißt Viest, und sie ist eine lorrdianische Gesichtsleserin. Sie hat sofort erkannt, dass wir etwas vor ihr verbergen.«

»Na wunderbar.« Han hatte bereits mit Lorrdianern zu tun gehabt. »Was hat sie herausbekommen?«

»Sie konnte mich nicht als Mitglied der Allianz identifizieren, aber sie weiß, dass etwas mit uns nicht stimmt.« Leia warf Metara einen kurzen Blick zu. »Ich bin nicht sicher, warum sie uns nicht einfach getötet hat, aber ich vermute, sie will noch immer die Kontrolle über dieses Schiff, und sie weiß, dass die Mannschaft sich gegen eine Übernahme wehren könnte. Vielleicht habe ich sie aber auch so sehr verärgert, dass sie nun unbedingt herausfinden möchte, warum ich hier bin und welches Interesse ich an Metara habe.«

Metara klang verbittert. »Sie hat versprochen, die *Aegis* ziehen zu lassen und uns die Mannschaft des Handelsschiffes zu überlassen, falls wir dieses dumme Spiel gewinnen. Sie hat nur mit uns gespielt.«

Han wechselte einen ironischen Blick mit Leia, und sie teilten einen Moment ungewohnter Einmütigkeit. *Ja, Metara will*

Pirat spielen und auch ihr Stück vom Kuchen. Hoffentlich lernte sie daraus, dass man Piraten nicht trauen konnte – sie erfüllen ihre Versprechen nur, wenn sie keinen Weg finden, einen zu töten oder zu verraten, um sich sein Eigentum unter den Nagel zu reißen. Was immer sie taten, sie mussten sich beeilen. Han wandte sich an Sian. »Wissen Sie noch, wie lange es gedauert hat, bevor der zweite Schlitten im Tunnel vorbeikam?«

Sie nickte, schien aber nicht zu verstehen, worauf er hinauswollte. »So ungefähr, sicher.« Einen Moment später klärte sich ihr Blick. »Sie haben den Sklavenpferch gefunden.«

»Ja. Wir müssen erst mit einem Fusionsschneider ein Loch durch zwei Gitter brennen, bevor wir ihnen Waffen nach oben geben oder sie dort rausholen können, aber es ist machbar.« Dass Davit an Bord des Handelsschiffes gewesen war, wollte er Leia unter vier Augen mitteilen, ebenso wie die Informationen, die er von ihm erhalten hatte – Informationen, die praktisch bewiesen, dass es irgendwo im Kommunikationsnetzwerk der Allianz einen imperialen Informanten gab. Für den Augenblick beschränkte er sich darauf zu sagen: »Ich habe mit einem der Händler gesprochen.«

Leia hatte noch immer die Brauen zusammengezogen. »Sie glauben wirklich, wir können sie durch diesen Tunnel da rausholen, ohne dass die Wachen vor dem Sklavenpferch etwas davon mitbekommen?«

»Wir können sie befreien«, meinte Itran zuversichtlich. »Ich melde mich freiwillig, noch mal in den Tunnel zu gehen.«

»Ja, wir haben's alle kapiert, Sie sind ein großer Held«, brummte Han, bevor er sich wieder der Prinzessin zuwandte. »Falls wir den richtigen Zeitpunkt abpassen, könnte es funktionieren. Aber es sind zu viele, um sie unbemerkt durch die Droidenluke neben den Lorenschienen hierherzubringen. Wir müssen die Wachen am Eingang der Landebucht ausschalten.«

Kelvan blickte Metara an. »Aber wir werden trotzdem in Fetzen geschossen, wenn wir versuchen zu starten. Wir haben die Sensoren im Auge behalten, und dort draußen wimmelt es nur so von Schiffen.« Er schien hin- und hergerissen zwischen Hoffnung und Verzweiflung. Han wusste nicht, ob er je mit dem Plan einverstanden gewesen war, für die Flugmeisterin zu arbeiten, aber so oder so, spätestens Teraes Bericht schien ihn überzeugt zu haben, dass es eine fürchterliche Idee gewesen war.

Solo blickte zu Metara hinüber, aber was sie dachte, war leider nicht so einfach zu erkennen. Die Alderaanerin stieß den Atem aus und erklärte: »Wir müssen etwas unternehmen. Viest wird uns nicht gehen lassen, ob nun mit oder ohne die Händler.« Sie drehte sich zu Han herum. »Dann waren die Gefangenen also unversehrt?«

»Drei sind auf dem Weg hierher gestorben«, antwortete er, »und als man sie von Bord brachte, haben die Piraten noch den Captain und den Kopiloten erschossen.«

Metara starrte ihn betroffen an, Kelvan wirkte schockiert, und Terae biss sich auf die Lippe und schlug die Augen nieder. Hans Blick kreuzte sich einmal mehr mit dem von Leia – ihr Mund war ein schmaler Strich, ihr Gesicht blass vor Zorn. Nur war sie vermutlich wütender auf sich selbst als auf Metara und die anderen. Als hätte sie dieses Blutvergießen verhindern können.

Es war Sian, die diesen angespannten Moment schließlich beendete. Sie hatte die Offiziere der *Aegis* mit wachsender Frustration beobachtet, und nun sagte sie: »Was hatten Sie denn erwartet? Das sind *Piraten.*«

Terae warf ihr einen wütenden Blick zu, entgegnete aber nichts.

Leia atmete tief ein und setzte wieder diese Maske eisiger Ruhe auf, hinter der sie so viel verbergen konnte. »Wir brauchen eine Ablenkung.«

»Explosionen machen sich immer gut«, meinte Han.

Sian fügte hinzu: »Wir haben nur einen kleinen Teil dieser Anlage gesehen, aber bereits in diesem winzigen Abschnitt gibt es etliche Systeme und Energiezellen, die jeden Moment den Geist aufgeben können. Falls wir auf der anderen Seite des Asteroiden eine Explosion verursachen, sollte es eine Weile dauern, bevor sie herausfinden, dass es Sabotage war.«

Kelvan war sofort Feuer und Flamme für diesen Vorschlag. »Das könnte funktionieren. Aber wenn sie herausfinden, was wir getan haben, müssen wir schon im Hyperraum sein.«

Han ging im Geiste mehrere Ideen durch. Anstatt auf der anderen Seite des Asteroiden etwas in die Luft zu jagen, könnten sie auch einfach diese Landebucht sprengen und hoffen, dass sie sich zwischen den Trümmern unbemerkt von der Station entfernen konnten. Wenn er dann noch den Transpondercode des Kanonenboots änderte, damit die Piraten es zunächst für ein anderes Schiff hielten, sollte das noch mehr Verwirrung stiften und ihnen die nötige Zeit für den Sprung in den Hyperraum geben. Doch natürlich würde das nur funktionieren, wenn er einen Weg fand, alles in die Luft zu jagen, ohne die *Aegis* ebenfalls zu zerstören. Das Ganze zeitlich abzustimmen, würde alles andere als leicht werden, denn die Ladungen mussten genau im selben Moment detonieren, in dem das Schiff die Landebucht verließ.

Terae schien deutlich skeptischer als Kelvan. »Falls eines ihrer Schiffe im Orbit meldet, dass wir starten, hätte Viest trotzdem genug Zeit, um den Feuerbefehl zu geben. Außerdem hat sie dem Captain ja bereits angedroht, dass sie ein Kopfgeld auf uns aussetzen würde.«

»Wenn sie tot ist, kann sie auch kein Kopfgeld aussetzen«, meinte Leia.

Sämtliche Anwesenden starrten sie an. Es waren Momente wie diese, in denen Han wieder einfiel, warum er Leia Organa so attraktiv fand, und er versuchte, sich nichts anmerken zu lassen, als er ihr zustimmte. »Ein Plan ganz nach meinem Geschmack.«

Terae verzog die Lippen. »Ich wusste gar nicht, dass die Rebellen so kaltblütig sind.«

Leia musterte sie mit kühler Verachtung. »Ich habe keinen Beruf gewählt, bei dem ich zivile Schiffe zerstöre und ihre Besatzungen in die Sklaverei verkaufe, also nennen Sie *mich* nicht kaltblütig, Lieutenant.«

Teraes bleiche Wangen röteten sich langsam, aber bevor sie etwas erwidern konnte, fuhr Metara dazwischen. »Das reicht, Terae.« Anschließend wandte sie sich an die Prinzessin. »Wir sollen also Sprengstoff in der Kommandozentrale anbringen?«

Leia nickte. »Das halte ich für die beste Möglichkeit, ja. Ich hätte nichts dagegen, wenn Viest dabei stirbt, aber dafür gibt es natürlich keine Garantie. Doch selbst wenn sie überlebt, wird sie zu beschäftigt mit diesem vermeintlichen Attentatsversuch sein, um auf irgendwelche Schiffe zu achten, die unerlaubt das Dock verlassen. Ich habe das bestimmte Gefühl, dass wir nicht die einzigen Feinde sind, die sie hier hat, vermutlich stünden wir auf der Liste der möglichen Verdächtigen also ziemlich weit unten.«

Sian verschränkte die Arme, während sie über den Plan nachdachte. »Diese Landebuchten sind nicht gerade sicher.

Falls es im Inneren der Mine zu einer Explosion kommt, werden viele Schiffe starten und das Weite suchen, um auf Nummer sicher zu gehen. Ich jedenfalls würde es tun.«

Kelvan sah aus, als würde er gerade komplizierte Berechnungen anstellen. »Wir haben seismische Bomben an Bord. Falls wir eine davon mit einem Zeitzünder versehen und dann vielleicht noch eine Splittergranate dazwischenklemmen, um die Ladung zur Explosion zu bringen …«

Es überraschte Han nicht, dass Kelvan einen derartigen Vorschlag machte. Man konnte seismische Bomben aus einer Luftschleuse werfen, sodass sie umhertrieben, bis ein Verfolger mit ihnen zusammenstieß und sie detonierten. Frachttransporter setzten sie gegen Piraten ein und Piraten wiederum gegen imperiale Wachschiffe. »Wo ist die Kommandozentrale?«, fragte er. »In der Nähe dieser Arena?«

Leia zog die Brauen hoch. »Ein Stück darüber, im Niedrig-Schwerkraft-Bereich. Ich glaube, wir könnten einen Weg finden, der in die dunklen Sektionen der Höhle führt, und die Ladung dann außen an der Konstruktion der Kommandozentrale anbringen.«

Han nickte. »Gar nicht mal so übel, Euer Hochwohlgeboren.«

»Danke«, erwiderte sie knapp, aber Han hatte den Verdacht, dass sie sein Kompliment wirklich zu schätzen wusste.

Eines der Mannschaftsmitglieder tauchte an der Tür auf. »Captain? Da tut sich was am Eingang der Landebucht. Sieht aus, als würde jemand herkommen.«

Metara runzelte die Stirn, und ihr Blick huschte zu Leia hinüber. »Hoffentlich will Viest uns keinen Besuch abstatten.« Sie folgte dem Mann aus dem Raum, und Kelvan und Terae schlossen sich ihr an.

»Ich bezweifle, dass Viest jetzt schon hierherkommt«, meinte Leia, bevor sie sich ebenfalls in Bewegung setzte.

Han hielt sie vor der Tür zurück. »Ich muss mit Ihnen sprechen – allein.«

Leia schaute ihm prüfend ins Gesicht. »Jetzt gleich?«

»Ja.«

»Ich werde den Eingang im Auge behalten«, meldete sich Itran freiwillig. »Dafür sorgen, dass Sie niemand stört.«

Leia blickte sich im Bereitschaftsraum um, und offensichtlich gefiel ihr nicht, was sie sah. Han hätte sich auch einen besseren Ort für ein Vieraugengespräch vorstellen können – am anderen Ende des Raumes gab es einen Durchgang, der in einen weiteren Korridor führte, und da der Großteil der Mannschaft nichts anderes zu tun hatte, als zu warten, konnte jederzeit jemand hereinspazieren. Dass Itran vor dem Eingang auf und ab ging, würde ihre Konversation nur noch verdächtiger erscheinen lassen.

»Auf der anderen Seite des Ganges gibt es eine Sanizelle«, erklärte Sian. »Ich denke, die sollte groß genug für zwei Personen sein.«

»Perfekt«, meinte Leia. »Danke.«

Han folgte ihr in die Kabine. »Groß genug für zwei Personen« war ein wenig übertrieben. So, wie die Armaturen in die Wände eingelassen waren, blieb zwar genug Raum für sie beide, aber sie standen sich so dicht gegenüber, dass sie den Atem des anderen deutlich im Gesicht spüren konnten. »Falls jemand gesehen hat, dass wir uns hier reingeschlichen haben, können wir immer noch sagen, wir wollten ungestört sein«, sagte Han mit hochgezogenen Brauen, aber kaum, dass er die Worte ausgesprochen hatte, spürte er, wie ihm Schweiß den Nacken hinabrann, und er wünschte sich, er hätte diesen Gedanken für sich behalten. Zu sagen, dass dies weder der Ort noch die Zeit für dumme Sprüche war, wäre eine Untertreibung. Er wollte nicht der Trottel sein, der Leia Organa das Leben kostete, weil er provozierende Anspielungen machte, anstatt nach einem Ausweg aus dieser Klemme zu suchen.

»Ja.« Leia war nicht amüsiert. Sie lehnte sich gegen die Tür und versuchte, so viel Abstand zu ihm zu halten wie möglich. »Also, was gibt es?«

»Kearn-sa'Davit war im Sklavenpferch«, berichtete Han. »Dieses Agrarschiff gehörte den Mitgliedern des Konsortiums, das sich hier mit uns treffen sollte, um über die Mittel für die Echo-Basis zu verhandeln.«

Leia knirschte mit den Zähnen und fluchte leise. Han hatte beides zwar schon oft erlebt, aber diesmal kam es ihm besonders anziehend vor. Die Zöpfe an den Seiten ihres Kopfes hatten sich gelockert, und der linke schmiegte sich auf eine Weise an ihren Hals, die immer wieder Solos Aufmerksamkeit auf sich zog. Er zwängte sich zwischen den winzigen Handreiniger und die Kabinenecke, damit noch etwas mehr Freiraum zwischen ihnen entstand, und Leia tat so, als würde ihr seine Verkrümmung nicht weiter auffallen.

»Dann hat jemand Viest von unserem Treffen erzählt.« Sie griff nach den Luftkontrollen und drehte die Temperatur herunter.

Kaum, dass Leia ihre Hand fortgezogen hatte, drückte Han auf den Knopf, und es wurde noch ein paar weitere Grad kälter. »Ja, im Konsortium gab es auch einen Verräter.« Er fasste zusammen, was Davit ihm über Janlan berichtet hatte, und über das, was er wusste und vermutlich nicht wusste. Der Strom kalter Luft und die Konzentration, die es kostete, alle wichtigen Fakten kurz und bündig wiederzugeben, machten die Situation ein wenig erträglicher. »Aber es klingt nicht, als würde dieser Janlan mit den Informationen zu den Imperialen gehen. Das bedeutet, Sie hatten recht mit Ihrer Vermutung. Es gibt jemanden in der Allianz, der ihnen verraten hat, wo die *Wagnis* wegen der Übertragung aus dem Hyperraum kommen würde.«

Leia dachte kurz darüber nach, dann schüttelte sie den Kopf. »Ja, aber wir haben trotzdem ein Problem. Falls Viest den Verdacht hegt, dass Davits Schiff dort war, um sich mit der Allianz zu treffen …«

Han bezweifelte, dass die Flugmeisterin diesen Zusammenhang herstellen konnte. »Niemand im Konsortium wusste, mit wem sie sich treffen wollten. Aber Viest weiß, dass die Händler das Geld, das wir ihnen gezahlt hätten, in Waffen investieren wollten. Falls sie Informanten auf der Arnot-Station hat – und davon ist auszugehen –, beobachten sie die *Wagnis* vielleicht und warten auf eine Chance, sie zu stehlen. Auch wenn sie vermutlich etwas Imposanteres erwartet haben als unseren zerschossenen Frachter.«

»Das ist genau der Grund, warum General Willard und ich uns für einen Frachter entschieden haben. Nur, dass er in so erbärmlichem Zustand sein würde, ist eher ein Zufall.« Leia tippte nachdenklich mit dem Finger gegen die Lippen. Das lenkte Hans Aufmerksamkeit auf ihren Mund, und sein Nacken begann wieder zu glühen. »Sie glauben also, Viest ahnt nicht, dass ich zur Allianz gehöre, und selbst wenn ihre Informanten entdecken, worum es sich tatsächlich bei der *Wagnis* handelt, werden sie annehmen, alle Allianzvertreter wären noch an Bord, richtig?«

»Im Grunde genommen, ja.« Er musste sein Gewicht verlagern, da der Handreiniger im Begriff war, seine rechte Hüfte dauerhaft zu verformen.

»Hören Sie damit auf!«, blaffte Leia.

Er starrte sie an. »Womit?«

Der Blick der Prinzessin sagte mehr als tausend Worte, und sie rieb sich die Augen. Ihre Wangen waren gerötet, was den Bluterguss noch schlimmer wirken ließ. Ein Schweißtropfen lief ihr über die Stirn. »Nichts. Vergessen Sie's. Ich hoffe nur, dass Viest diese hypothetischen Informanten nicht auf die *Wagnis* ansetzen wird.«

»Keine Sorge, sie müsste mehr als nur ein paar Leute schicken, um das Schiff zu stehlen. Die Station sah ziemlich gut geschützt aus. Man würde sie sofort aufhalten.« Das war noch ein Problem, und Han hoffte inständig, dass der *Falke* bereits auf der Station eingetroffen war. So könnten General Willard und der Rest der Mannschaft zumindest schnell in Sicherheit gebracht werden, falls sie die beschädigte *Wagnis* aufgeben mussten.

»Ja. Ich frage mich nur, wie viele Schiffe Viest selbst kontrolliert. Es ist offensichtlich, dass sie völlige Kontrolle über diesen Asteroiden hat, aber ich vermute, sie müsste die anderen Piratenkapitäne erst bezahlen oder überreden, bevor sie ihr bei einer Mission helfen. Sie ist keine militärische Anführerin, und das hier ist keine Flotte. Sie kann nicht einfach Befehle geben. So, wie ich die Sache sehe, ist ihre Macht auf die Schiffe beschränkt, die in ihrer persönlichen Schuld stehen, so wie die *Aegis*.« Einen Moment später schob sie nach: »Hat Davit auf Sie den Eindruck gemacht, als könnte er versuchen, Informationen über uns gegen seine Freiheit einzutauschen?«

Han schüttelte den Kopf. »Er hat gesagt, er würde nichts Derartiges tun, und ich glaube ihm.«

Sie verzog das Gesicht und rieb sich erneut die Stirn, als wollte sie Kopfschmerzen fortmassieren.

Hans Hand zuckte. Wie gerne würde er ihre Stirn für sie reiben ... oder ihren Nacken ... oder ... Mit großer Mühe richtete er seine Gedanken wieder auf ihre gegenwärtige Lage. Es gab noch ein Thema, das er ansprechen musste, und er wusste, Leia würde ihm dafür vermutlich den Kopf von den Schultern reißen. Doch das hatte ihn noch nie abgehalten. »Übrigens«, begann er also, »hat Viest Metara auf Davits Schiff angesetzt. Ich nehme an, Ihre kleine Alderaanerin hat vergessen, das zu erwähnen.«

Leia musterte ihn mit undeutbarer Miene.

Han fuhr indes fort: »Metara wollte uns glauben machen, dass sie einfach irgendeinen Transporter überfallen und die Fracht dann hierher zurückbringen sollte, um ihre Abmachung mit Viest zu besiegeln und den ersten Teil ihrer Schulden zu tilgen. Aber Viest war die Fracht egal – sie wollte Davit und diese anderen Händler, entweder tot oder in ihrem Sklavenpferch. Nur darum ging es ihr.« Metaras Beteuerungen, sie hätte vorgehabt, die Mannschaft gehen zu lassen, waren so viel wert wie Mynockdung. Vielleicht hatte die Alderaanerin Leia – und womöglich sogar ihre eigene Crew – belogen, damit niemand erfuhr, wie tief zu sinken sie bereit war, aber Han gefiel die Sache trotzdem nicht. Falls Metara in diesem Punkt die Unwahrheit gesagt hatte, konnte sie auch mit allem anderen gelogen haben, und sie waren auf die Besatzung der Aegis angewiesen, wenn sie diese verdammte Mine je wieder verlassen wollten.

Leia kniff die Augen zusammen, aber alles, was sie sagte, war: »Hm, wir werden sehen. Ich hatte mir schon gedacht, dass Metara irgendetwas im Schilde führt. Sie war bislang viel zu kooperativ. Ich weiß, sie will nicht, dass ich verletzt oder getötet werde, und sie möchte sich so schnell wie möglich von

Viests Knute befreien, aber ich habe keine Ahnung, was sie sonst noch vorhat.« Sie musste seinen Gesichtsausdruck richtig gedeutet haben, denn nun zog sie die Augenbrauen hoch. »Sie haben doch wohl nicht geglaubt, ich vertraue ihr? Eine Alderaanerin, die sich der Piraterie zugewandt hat – natürlich bin ich da misstrauisch! Aber ich habe schon viele Individuen für die Allianz rekrutiert, deren Moralvorstellungen zu wünschen übrig ließen. Alles, was zählt, ist ihr Wille, gegen das Imperium zu kämpfen.«

Plötzlich hatte Han das Gefühl, man hätte ihn gegen die Wand genagelt, und bevor er sich zurückhalten konnte, platzte eine Frage aus ihm heraus. »Und ich bin eines dieser Individuen?«

Sie verdrehte frustriert die Augen. »Es dreht sich nicht immer alles um Sie, Han.«

Er suchte gerade nach einer gesalzenen Entgegnung, als jemand an die Tür klopfte, und dann flüsterte Sians Stimme: »Prinzessin? Da ist jemand, der mit Ihnen sprechen möchte.«

10. Kapitel

Als sie sich aus der Sanizelle zwängten, ermahnte Leia sich eisern, dass sie sich derartige Aussetzer nicht leisten konnte. Es war in Ordnung, Han attraktiv zu finden, aber sie durfte sich nicht in Versuchung führen lassen – und schon gar nicht, wenn sie mitten in einer Mission steckten. Auf so engem Raum mit ihm zusammengepfercht zu sein und zu sehen, wie er sein Gewicht verlagerte, das hatte Gedanken an warme Haut und harte Muskeln in ihr wachgerufen ... Aber sie *durfte* sich nicht in Versuchung führen lassen, *schon gar nicht* mitten in einer Mission.

Manchmal hatte sie das Gefühl, das Imperium hätte mit der Vernichtung Alderaans einen Teil von ihr zerstört, aber in Momenten wie diesen merkte sie, dass sie noch immer lebendig, noch immer ein Ganzes war, und dann wollte sie alles in sich aufsaugen, alles in vollen Zügen genießen, bevor das Imperium diesen Teil wieder zerstörte. Doch dafür schien nie die richtige Zeit. Stets gab es andere, wichtigere Dinge zu tun.

Vielleicht war das der Grund, warum sie sich so leicht in Metaras Situation hineinversetzen konnte, ganz gleich, wie verwerflich sie die Entscheidung der Alderaanerin auch fand. Sie waren beide in der Zeit gefangen, in jenem Moment, als ihre Heimat auseinandergebrochen und zu Staub verbrannt war. Allein die Art, wie sie mit diesem Verlust umgingen, hätte unterschiedlicher nicht sein können.

Leia war erleichtert, als sie erfuhr, dass es sich bei dem Besucher um Anakaret handelte. Die Wachen am Eingang hatten sie durchgelassen, nachdem die Twi'lek an ihre Logik appelliert hatte: Viests Befehl lautete, dass die Mannschaft der *Aegis* die Landebucht nicht verlassen durfte, aber sie hatte nie gesagt, dass Metara und ihre Leute keine Besucher empfangen durften.

»Sie werden Viest nichts erzählen«, meinte Anakaret, nachdem Kelvan sie in den Bereitschaftsraum geführt hatte. »So dumm sind sie nicht. Sie wissen, was sie mit ihnen anstellen würde. Außerdem gefällt es ihnen nicht, ihre Befehle zu befolgen wie liebe kleine Klone, aber solange sie nicht auf anderen Schiffen anheuern können, haben sie keine große Wahl, und ohne Viests Einverständnis wird niemand sie bei sich an Bord aufnehmen.« Die Twi'lek setzte sich auf das Sofa an der Wand und blickte sich erwartungsvoll um.

Leia hatte eine ziemlich genaue Vorstellung von der Etikette bei solchen Piratentreffen, und so wandte sie sich zu Metara um. »Können wir unserer Freundin hier einen Drink anbieten?«

Metara nickte Terae zu, die zunächst verdutzt dreinblickte, dann aber den Raum verließ und kurz darauf mit einer Flasche corellianischen Weins und mehreren Gläsern zurückkehrte. Leia hoffte, dass sie den Wein in irgendeinem Raumhafen gekauft und ihn nicht von Bord eines unglückseligen Schiffes geraubt hatten. Auf ein Nicken ihres Captains hin öffnete Terae die Flasche und füllte Gläser für Anakaret, Leia und Metara.

Die Twi'lek nahm ihr Getränk und nickte den anderen zu. »Sind das deine Leute?«, fragte sie Leia.

Die Prinzessin wusste, was sie meinte. Sie deutete in Richtung von Han, Sian und Kifar. »Ja. Die anderen sind unsere Verbündeten und unter Umständen auch unsere zukünftigen Geschäftspartner.« Sie nahm einen kleinen Schluck von ihrem Wein, denn sie wusste, dass nichts ihre Geistesgegenwart trüben durfte. Selbst, um ihre Schrammen und Kratzer zu behandeln, hatte sie sich nur die leichtesten Schmerzmittel geben lassen, die an Bord zur Verfügung standen. Die Treffer, die die Drohne ihr beigebracht hatte, waren nur halb so schlimm, aber die Stelle am Rücken, wo der Minendroide sie mit seiner Klaue erwischt hatte, tat höllisch weh.

Anakaret neigte den Kopf, dann kam sie direkt zum Thema. »Ihr wisst, warum Viest euch tot sehen will. Vielleicht war das noch gar nicht ihre Absicht, als ihr hier angekommen seid, aber jetzt glaubt sie, dass ihr ihre Autorität infrage stellt.«

Leia war sich dieses Umstands nur allzu bewusst. »Ich hätte sie nach dem Spiel nicht provozieren dürfen.«

Die Twi'lek machte eine abtuende Handbewegung. »Nachdem sie euch auf das Spielfeld geschickt hatte, war es ohnehin zu spät, noch vernünftig mit ihr zu reden. Wenn sie es auf einen abgesehen hat, dann kann nichts und niemand mehr etwas daran ändern. Ich wurde selbst davor gewarnt, aber ich wollte es nicht glauben. Ich dachte, wir würden spielen, um sie zu beschwichtigen, und dann könnten wir Geschäfte mit ihr machen. Doch wenn sie ihre Abmachung mit euch bricht, wie kann ich ihr dann vertrauen? Darum werde ich auch von hier verschwinden, sobald meine Crew das Schiff startbereit gemacht hat.«

»Also was wird Viest tun?«, fragte Metara. »Uns wieder in

ihre Kommandozentrale bestellen und uns töten? Das Schiff angreifen, während wir noch in der Landebucht sind?«

Anakaret zuckte mit den Schultern. »Sie wird keinen direkten Befehl geben, weil sie damit zu viele der anderen Kapitäne hier gegen sich aufbringen würde. Die meisten von ihnen können sie ohnehin schon nicht leiden, und sollten sie sehen, dass sie gegen ein Schiff vorgeht, das keinerlei Ärger gemacht hat, werden sie einen Grund haben, sie abzusägen.« Nach einer kurzen Pause schob sie nach: »Aber ihr müsst trotzdem vorsichtig sein. Sie kennt andere Mittel und Wege, um ihren Willen durchzusetzen. Die anderen haben mir Gerüchte über Schiffe erzählt, die hier andockten und dann einfach verschwunden sind, ohne die Mine verlassen zu haben. Niemand hat sie je wieder gesehen oder von ihnen gehört.«

Leia war nicht sicher, was sie von solchen Gerüchten halten sollte, aber der Rest deckte sich mit ihrer eigenen Einschätzung der Situation. Viest würde sie hier in der Landebucht festhalten und darauf hoffen, dass sie zu entkommen versuchten, damit sie die Schiffe, die ihr etwas schuldig waren, auf die *Aegis* hetzen konnte. Und sollten sie keinen Fluchtversuch wagen, würde sie eben einen Gefallen einfordern und sie von jemandem angreifen lassen. Doch fürs Erste wollte Leia wissen, warum Anakaret sie warnte. »Ich weiß, dass Viest mich hasst. Sie glaubt, ich hätte gelogen, als ich sagte, ich könnte dieses Schiff von ihr freikaufen, und sie ist wütend, weil ich dieses Angebot überhaupt gemacht habe. Aber warum hat sie etwas gegen dich?«

Mit einem Seufzen hob die Twi'lek ihr Glas, um sich nachschenken zu lassen. »Meine Einstellung gefällt ihr nicht. So etwas passiert mir öfter.«

Han prustete los. »Das Problem kenne ich.« Leia zog die

Brauen hoch. *Wehe, das bezieht sich auf mich*, dachte sie, doch er sagte nur: »Leute, die sich ihr eigenes kleines Reich erschaffen, so wie dieses hier, haben wenig für Leute übrig, die aussehen, als könnten sie Ärger machen.«

Anakaret bedachte ihn mit einem verständnisvollen Nicken. »Ich dachte, diese Station wäre eine gute Idee für mein Schiff, bis ich herkam und herausfand, wie die Dinge hier wirklich laufen. Außerdem mag ich es nicht, wenn man mir Vorschriften macht.«

Das war offensichtlich. Egal, welchen Maßstab man anlegte, Anakaret sah in jedem Licht aus, als könnte sie Ärger machen – genau wie Han. »Ich habe auch ein Problem mit Vorschriften«, meinte Leia.

»Dann ist das hier der falsche Ort für Leute wie uns.« Die Twi'lek stellte ihr Glas ab. »Ich habe ein kleines Schiff mit nur sechs Mann Besatzung. Ich dachte, wir könnten bessere Geschäfte machen und reich werden, indem wir an diesem Umschlagplatz arbeiten, aber ich hatte weder mit tödlichen Spielen noch mit Viests Launenhaftigkeit gerechnet. Wir sind Schmuggler, keine Piraten, und im Gegensatz zu so vielen anderen hier bin ich der Flugmeisterin keine Credits schuldig. Da ich ihr verdammtes Spiel nicht gewonnen habe, dürfte es ihr also egal sein, dass ich verschwinde. Was habt ihr vor?«

»Wir wollen dieses Schiff so weit von Viest fortbringen, wie es nur geht.« Leia zögerte, aber Anakaret schien großen Wert auf Ehre und die Begleichung von Schulden zu legen. »Sie hat uns unsere Beute abgenommen: einen Handelsfrachter. Wir wollen das Schiff nicht zurück, aber wir wollen die Mannschaft. Viest wird sie als Sklaven verkaufen, aber wir haben ihnen versprochen, dass wir sie freilassen würden, falls sie sich ergeben. Dieses Versprechen würden wir gerne einhalten.«

Angesichts Hans jüngster Entdeckung blickte Leia bei diesen Worten zu Metara hinüber, um ihre Reaktion zu sehen, aber die Alderaanerin ließ sich keine Regung anmerken. Zu schade, dass sie ihre Miene vorhin bei Viest nicht so gut unter Kontrolle gehabt hatte.

Anakaret blickte wenig verheißungsvoll. »Wenn Viest sich etwas unter den Nagel gerissen hat, gibt sie es nicht wieder her. Die Versprechen und die Ehre anderer sind ihr vollkommen egal.« Sie musterte die Prinzessin. »Wie gesagt, ich stehe in deiner Schuld. Ich werde dir helfen, falls es mir möglich ist. Aber falls du mich bittest, diese Mannschaft zu befreien, dann muss ich ablehnen. Ich werde nichts tun, was meine eigene Crew in Gefahr bringt. Mein Ehrenwort ihnen gegenüber kommt für mich zuerst.«

»Ich verstehe.« Leia hatte gar nicht erwartet, dass die Twi'lek ihnen bei ihrem Fluchtversuch behilflich sein würde. Sie hatte darüber nachgedacht, wie die Schmugglerin sie unterstützen konnte, ohne dabei ihr eigenes Leben aufs Spiel zu setzen. Ihr Plan, die Piraten durch eine Explosion abzulenken, würde sicher besser funktionieren, wenn es für die Schiffe hier – und zwar nicht nur die in den Hangars um die Explosionsstelle, sondern alle Schiffe, auch die im Orbit – aussah, als würde der Asteroid angegriffen, von einem Aggressor außerhalb der Station, irgendwo draußen im System. Nun glaubte Leia, eine Möglichkeit gefunden zu haben. »Als wir hier ankamen, hat man uns eine lokale Kom-Frequenz für Nachrichten und Alarme übermittelt. Überwachen sämtliche Schiffe im Orbit diese Frequenz?«

Anakaret blickte sie neugierig an. »Falls sie ein Quäntchen Verstand haben, ja. Sollte der Umschlagplatz von einer anderen Organisation, den Imperialen oder Wachschiffen angegriffen werden, oder falls sonst eine Gefahr besteht, wird über diese Frequenz eine Warnung herausgegeben.« Ihre Augen noch immer auf Leias Gesicht gerichtet, fragte sie: »Was hast du vor?«

Leia neigte den Kopf. »Könntet ihr eine Nachricht auf dieser Frequenz senden, wenn ihr das System verlasst? Ein Notruf an alle Piraten, dass ihr imperiale Schiffe entdeckt habt, die gerade aus dem Hyperraum kommen?« Nun starrten alle Anwesenden sie an, die einen verwirrt, die anderen fasziniert.

Anakarets Mundwinkel zuckten – der Plan gefiel ihr offensichtlich. »Aber warum sollten sie auf mich hören? Vielleicht bin ich nur ein verärgerter Unruhestifter.«

Leia wandte sich zu Metara um. »Gibt es hier noch immer die Aufzeichnungen – davon, wie imperiale Schiffe in ein System eintreten?«

Es dauerte einen Moment, ehe Metara begriff, was sie meinte, dann blickte sie erschrocken drein. »Ja, aber …« Ihre Augen wurden schmal, als sich ihr endlich die Möglichkeiten von Leias Plan erschlossen. »Die Codes, die sie benutzt haben, wurden seitdem sicher mehrfach geändert …«

»Das wissen die Piraten aber nicht«, entgegnete Leia. »Wenn wir das Ganze richtig zusammenschneiden, sollte es äußerst überzeugend klingen.« Natürlich könnten sie an der Kom-Station der *Aegis* auch eine gefälschte Nachricht zusammenbasteln, aber wenn sie eine authentische Aufzeichnung als Grundlage benutzten, würde es viel glaubhafter klingen. Sie blickte wieder zu Anakaret hinüber. »Wir geben euch eine kurze Audionachricht, die spielt ihr dann auf der Notfallfrequenz ab, um zu belegen, was ihr gesehen habt.«

Anakarets Mund verzog sich langsam zu einem Lächeln. »Dein Plan gefällt mir.«

Leia und die Kom-Technikerin der *Aegis* brauchten weniger Zeit, um ihre falsche Übertragung vorzubereiten, als es Terae und ihr Waffenteam kostete, die seismischen Bomben anzupassen. Als sie sich schließlich die fertige Aufzeichnung anhörten, meinte die Kom-Technikerin: »Bei allem Respekt, Euer Hoheit, aber das ... Es fühlt sich einfach falsch an, die Übertragung des Todessterns zu benutzen, als er in Reichweite von Alderaan kam.«

Sie wollten Viest und die anderen Piraten nicht glauben machen, dass ein neuer Todesstern in ihr System eindrang, darum hatte die Technikerin jegliche ID-Nennungen herausgeschnitten und die Stimmen verfremdet. Jetzt klang es einfach so, als würde etwas großes, schwer Bewaffnetes und vor imperialer Macht nur so Strotzendes auf den Asteroiden zufliegen, mit der Absicht, ein bereits ausgewähltes Ziel zu vernichten. Viest würde vielleicht ahnen, dass es sich um eine List handelte, zumal Anakarets Schiff die Aufzeichnung übermittelte. Selbst wenn die Wachen für sich behielten, dass die Twi'lek an Bord der *Aegis* gewesen war, musste sie Verdacht schöpfen. Doch die Piraten im Orbit würden nicht warten, um herauszufinden, was es mit dem imperialen Funkspruch auf sich hatte, da war Leia sicher, und sie hoffte, dass die Flugmeisterin zu dem Zeitpunkt ganz mit den Explosionen auf ihrer Station beschäftigt sein würde, um sie zurückzuhalten – sofern sie da nicht schon selbst tot oder verletzt wäre. Leia hatte solche und ähnliche Aufzeichnungen bereits von anderen alderaanischen Überlebenden gehört, ebenso wie von den Informationsquellen der Allianz, und sie redete sich ein, dass die Worte ihr nicht mehr wehtun konnten. Vielleicht stimmte das sogar. Jedenfalls meinte sie: »Ich finde, nichts kann völlig falsch sein, wenn man dadurch Leben rettet.« Anschließend fügte sie noch hinzu:

»Hoffen wir nur, dass es seinen Zweck erfüllt.« Anschließend nahm sie die schmale Datenkarte mit der überarbeiteten Aufzeichnung und brachte sie in den Bereitschaftsraum, wo Anakaret noch immer mit Metara wartete. »Hier ist es.«

Die Twi'lek nahm die Karte und stand auf, ein raubtierhaftes Lächeln auf den Lippen. »Schade nur, dass ich nicht mehr hier sein werde, um den Anblick zu genießen, wenn die Piraten wie verschreckte Rycrits auseinanderstieben.«

Leia erwiderte ihr Lächeln. »Ich wünschte, wir könnten eine Videoaufzeichnung machen, aber ich fürchte, dafür wird keine Zeit bleiben.« Sie begleitete die Schmugglerin zur Tür, gefolgt von Metara, und dann versicherten sie sich noch kurz, dass ihre Chronos alle mehr oder weniger dieselbe Zeit anzeigten. Leia hoffte, dass sie genug Spielraum eingeplant hatten, damit jeder Position beziehen konnte, bevor es losging. Grundsätzlich hatte sie zwar ein gutes Gefühl, aber sie wusste, wie selten ein Plan, und sei er auch noch so sorgfältig ausgearbeitet, den Kontakt mit der Realität überstand. »Danke, dass du uns hilfst, Anakaret.«

»Vielleicht hätte ich es sogar getan, wenn ich dir keinen Gefallen schuldig wäre«, meinte die Twi'lek, wobei sie Leias Wange tätschelte. »Pass auf dich auf.«

»Du auch«, erwiderte die Prinzessin, dann blickte sie Anakaret nach, während sie die Rampe hinabschritt und die Landebucht durchquerte. Sie wollte sicher sein, dass die Wachen sie durchließen, ohne Probleme zu machen. Doch die Twi'lek marschierte einfach zwischen ihnen hindurch, ohne dass sie auch nur ein Wort sagten, und Leia atmete erleichtert auf. Als sie sich umdrehte, starrte Metara sie fassungslos an. »Was ist?«

Metara schüttelte leicht den Kopf, als würde sie lieber nicht aussprechen, was sie gerade dachte, aber dann sagte sie doch: »Es überrascht mich, dass Ihr Euch so gut mit ihr versteht.«

Einen Moment lang war Leia sprachlos. »Warum? Weil sie mit Piraten zusammenarbeitet?« Gewiss, sie hatte wenig Verständnis für den beruflichen Weg, den die Twi'lek eingeschlagen hatte, aber sie wusste nicht genug über ihre Vergangenheit, um sie deswegen zu verurteilen. Im Gegensatz zu Metara hatte Anakaret nämlich vielleicht keine andere Wahl gehabt.

Metara wandte den Blick ab, offensichtlich unangenehm berührt. »Teilweise, ja. Aber sie ist nicht gerade die Art Person, mit der eine alderaanische Adelige normalerweise ... verkehrt.«

»Sie wären überrascht, mit wem ich alles verkehre«, kommentierte Leia trocken. Sie wartete noch einen Moment und beobachtete die junge Frau, dann erklärte sie schließlich: »Ich weiß, dass Viest Sie ausgesandt hat, die Passagiere des Handelsschiffes gefangen zu nehmen. Ich frage mich: Als Sie bei der Arnot-Station anboten, diese Leute gehen zu lassen, wenn ich an Bord der *Aegis* komme, hatten Sie da überhaupt vor, Ihr Wort zu halten?«

»Ja, ich ...« Metara zögerte, und all die Steifheit und die Entschlossenheit schienen schlagartig aus ihrem Körper zu weichen. Mit müden Bewegungen rieb sie sich die Schläfen. »Ich weiß nicht, was ich vorhatte. Die ganze Zeit über – seit Alderaan – habe ich nie daran gezweifelt, dass ich das Richtige tue. Das Richtige für mich und meine Mannschaft, das Richtige, um das Andenken an die Toten zu ehren. Aber als ich dann mit Euch sprach, da war es, als ... als würde ich aus einem Traum aufwachen. Seitdem zweifle ich an allem.« Sie lachte verbittert. »Vermutlich sollte ich Euch jetzt noch einmal versichern, dass ich nie etwas tun würde, um Euch oder Euren Leuten zu schaden oder Euch zu verraten, aber warum solltet Ihr meinen Worten nach dieser kleinen Ansprache noch Glauben schenken?«

»Weil Sie diesmal die Wahrheit sagen.« Leia wusste, dass

dies nicht der richtige Zeitpunkt war, um die Alderaanerin zu bedrängen. Indem sie ihre Zweifel eingestand, hatte Metara gerade ein gewaltiges Zugeständnis gemacht. Jetzt mussten sie ihr Zeit geben, um nachzudenken. »Wir können uns weiter darüber unterhalten, wenn wir in Sicherheit und weit, weit von diesem Asteroiden entfernt sind.«

Metara holte tief Luft und nickte. Als sie wieder in den Bereitschaftsraum hinaustrat, wirkte sie wieder völlig gefasst, so, als wäre überhaupt nichts geschehen.

Die Befreiung der Händler war der schwierigste Teil ihres Vorhabens, und als Leia und Metara in den Bereitschaftsraum zurückkehrten, waren Han, Sian, Kelvan, Terae und Kifar gerade damit beschäftigt, diesen Schritt zu planen. Sie hatten ein Bild der Mine auf dem Holotisch aufgerufen, aber es musste eine Kopie von einem defekten Original sein, denn die Darstellung war verschwommen, und der Bildausschnitt ließ sich nicht verändern. Trotzdem: Es war besser als nichts.

»Ein Loch in die Gitter zu sprengen, wäre schneller«, meinte Kifar gerade.

»Aber auch dümmer«, erwiderte Han. »Diese Sache kann nur funktionieren, wenn wir leise vorgehen. Zumindest bis wir die Hangartore erreichen, müssen wir unbemerkt bleiben, oder hat jemand vergessen, Ihnen das Memo zu schicken?«

Kifar blies die Backen auf, aber bevor die Anspannung weiter steigen konnte, fuhr Leia dazwischen. »Ja, wir müssen leise und vorsichtig sein. Wie sieht der Plan aus?« Sie war nicht sicher, warum Kifar so aggressiv auf Han reagierte, aber es war schrecklich ermüdend, und falls diese persönliche Animosität ihre Mission zu gefährden drohte, würde sie ihn ohne Zögern auf der *Aegis* zurücklassen und jemand anders mitnehmen.

Kelvan antwortete auf ihre Frage. »Wir müssen unser Vorgehen mit den Bewegungen der Transportschlitten abgleichen, auf die Solo gestoßen ist, aber im Grunde sieht der Plan so aus: Wir werden zuerst eine Person vorschicken, um ein Loch in die Gitter zu schneiden, die den Zugang zum Inhaftierungsbereich versperren. Die Gefangenen anschließend durch die Tunnel zum nächsten Ausgang zu bringen, das wird der schwierige Teil.«

»Perfekt wäre es natürlich, wenn wir eine Möglichkeit fänden, die Schlitten zu verlangsamen oder ihre Energieversorgung zu unterbrechen«, fügte Terae hinzu. »Aber wir haben keine Ahnung, über welche Frequenz sie gesteuert werden. Außerdem fürchte ich, dass irgendwo in der Mine ein Wartungssystem aktiviert wird, falls wir einen Fehler machen, und dann wird ein Alarm ausgelöst oder ein etwas intelligenterer Droide losgeschickt, um die Quelle des Problems zu ermitteln.«

Leia nickte. »In jedem anderen Teil der Anlage wäre das vermutlich kein Problem, aber ein Alarm direkt unter dem Sklavenpferch dürfte ihre Aufmerksamkeit erregen.« Sie blickte Han an. »Sind Sie sicher, dass Sie all diese Leute durch die Korridore lotsen können, ohne dass jemand sie sieht?«

Solo zog die Schultern hoch. »Es wird nicht leicht, aber diese Station ist keine imperiale Basis. Selbst auf Handelshäfen gibt es strengere Sicherheitsvorkehrungen. Die einzigen Wachen, die wir gesehen haben, waren am Sklavenpferch und im Frachtbereich aufgestellt. Sie schützen, was für sie von Wert ist, und den Rest lassen sie verrotten.«

Sian merkte an: »Wir spielen mit dem Gedanken, die Gefangenen in zwei kleinere Gruppen aufzuteilen und sie dann auf unterschiedlichen Routen herzubringen. Sollte uns jemand sehen, würde man uns nur für eine Mannschaft halten, die nach

Ersatzteilen sucht, oder für eine neue Bande von Ausgestoßenen.«

Obwohl sie gerade eben erst, nach dem Abschied von Anakaret, einen Blick auf ihr Chrono geworfen hatte, huschten ihre Augen erneut zum Handgelenk hinab. *Du hast keine Zeit, um nervös zu sein, Organa*, ermahnte sie sich. Ihnen blieben noch zwei Stunden, bis das Schiff der Twi'lek zum Start bereit wäre – das sollte reichen, um die seismischen Bomben für den sicheren Transport vorzubereiten, einen Happen zu essen und vielleicht noch ein wenig Schlaf nachzuholen. Sie wandte sich an Metara, um ihre Stellung als Captain der *Aegis* zu würdigen. »Sind Sie damit einverstanden?«

Metara studierte die Karte, zögerte aber nicht mit ihrer Antwort. »Ja, das wird wohl unsere beste Chance sein.« Sie bedachte Leia mit einem nachdenklichen Blick. »Es ist jedenfalls die einzige Option, die tatsächlich funktionieren könnte.«

»Gut«, sagte Leia. *Hoffentlich hast du das auch ernst gemeint.*

Han war zu aufgekratzt, um zu schlafen, aber er nutzte die Zeit, um sich zu waschen und etwas zu essen. Nachdem er überprüft hatte, dass Terae und Sian die Handlampen, Greifhaken und Waffen für alle Besatzungsmitglieder vorbereitet hatten, die sie auf ihrem Ausflug begleiten würden, machte er sich daran, die restliche Ausrüstung zusammenzustellen, die sie brauchen würden.

Sian würde sich Leias Gruppe anschließen, und Solo war froh darum, denn so konnte zumindest eine Person der Prinzessin den Rücken decken, die nicht unter Metaras Kommando stand. Leider hatte die Sache einen Haken, denn zusätzlich zu zwei Leuten von der *Aegis* würde nun auch Terae Han begleiten, und dann musste er sich noch mit Itran herumschlagen. Es ergab natürlich Sinn, Terae mitzunehmen, da sie den Weg bereits kannte und sich ein wenig in dem Wartungstunnel umgesehen hatte, insofern konnte er sich damit abfinden, aber zumindest auf Itran hätte er lieber verzichtet. Er vertraute dem Mann nicht, und es war offensichtlich, dass dieser ihm ebenso skeptisch gegenüberstand. Am liebsten wäre es Han ohnehin gewesen, allein zu gehen, doch sie waren zu dem Schluss gekommen, dass es ihr Unterfangen unnötig gefährden würde.

Han war gerade dabei, im Werkzeugbereich des Maschinenraums die Fusionsschneider und anderen Instrumente zusammenzuklauben, die sie benötigen würden, als plötzlich Itran auftauchte und ihn in die Ecke drängte. »Sind Sie sicher, dass wir Terae und die anderen mitnehmen sollten? Falls sie vorhaben, uns an die Piraten auszuliefern, wäre das die perfekte Gelegenheit.«

Allein aus Frustration hätte Solo ihm am liebsten ins Gesicht geschlagen. *Natürlich* wäre es die perfekte Gelegenheit, falls Metara beschlossen hatte, dass sie doch lieber eine Piratin sein wollte. Sie hatten keine Garantie, dass sie ihr vertrauen konnten, und selbst wenn ihr Plan von Erfolg gekrönt war, konnte niemand sagen, ob Metara sich an ihr Versprechen halten und sie und die Händler auch tatsächlich gehen lassen würde. Doch wenn sie diesen Felsbrocken je wieder verlassen wollten, hatten sie gar keine andere Wahl, als zusammenzuarbeiten, und so sagte Han nur: »Warum, wollen Sie lieber allein mit mir sein? Tut mir leid, aber so sehr mag ich Sie dann doch nicht.« Itrans Gesichtsausdruck wechselte von verständnislos zu verdutzt. Diese Verwirrung zeigte, dass er vermutlich doch nicht ganz so schlagfertig war, wie Han geglaubt hatte, also fügte er etwas versöhnlicher hinzu: »Es kann sein, dass sie uns ins offene Messer laufen lassen, aber falls wir uns aufteilen, brauchen wir die anderen, um die Gefangenen aus den Tunneln zu führen.«

Itran entspannte sich und brummte düster: »Hoffentlich bereuen wir das nicht.«

Solo schüttelte ungläubig den Kopf, als der Mann davonging. *Was du nicht sagst.* Zum wiederholten Mal wünschte er sich, dass Chewie hier wäre. Einen Partner an seiner Seite zu haben, dem er blind vertrauen konnte, wäre eine große Erleichterung – oder zumindest jemanden, der einen Sinn für Humor hatte.

Sie schlichen vorsichtig durch die Luke für die Erzloren aus dem Hangar, einer nach dem anderen, und kletterten dann vorsichtig auf den Droidensims hinab, der vom Eingangstor und den gelangweilten Wachen fortführte. Es lief so glatt, wie es unter den gegebenen Umständen nur laufen konnte, aber Hans Nerven lagen dennoch blank. Die seismischen Bomben waren klobig und mussten mit Vorsicht transportiert werden, aber einer der Techniker von der *Aegis* hatte mehrere kleine Repulsoren an den Sprengsätzen angebracht, sodass zumindest ihr Gewicht kein Problem mehr darstellte.

Leia würde die Bomben gemeinsam mit Sian, Metara und zwei ihrer Leute anbringen. Metara stellte die ganze Zeit schon eine unschlüssige Miene zur Schau, als hätte sie Bedenken, aber die richtige Gelegenheit versäumt, sie zu äußern. Vermutlich hatte sie bis zur letzten Minute geglaubt, die Prinzessin würde an Bord bleiben – bis sie direkt hinter ihr die Rampe hinabgestiegen war. Doch Leia hatte inzwischen viel Erfahrung darin gesammelt, diese Argumente von wegen »Eine Prinzessin sollte nicht ihr Leben aufs Spiel setzen« zu umgehen, und Han wusste, dass es sinnlos war, wenn er oder sonst jemand versuchte, sie von ihrem Entschluss abzubringen. Außerdem gab es keine emotionale Verbindung zwischen der Alderaanerin und Sian. Metara hätte also keinen Grund gehabt, auf die Rebellin zu hören. Sollte sie im letzten Moment entscheiden, ihre Meinung doch noch zu ändern, konnte Leia sie vielleicht zurückhalten, Sian allein hingegen ganz sicher nicht.

Sobald sie außer Sicht- und Hörweite von den Hangartoren entfernt waren, trennten sich ihre Wege auf dem Droidensims: Han und seine Begleiter würden dem Andockring weiter folgen und ins Innere der Station vorstoßen, um den Wartungstunnel zu erreichen, wohingegen Leias Gruppe auf die andere Seite des Ringes wechseln und dann durch den ersten Transporttunnel in den unteren Teil der zentralen Höhle eindringen würde.

Während die anderen am Fiberseil auf den Boden hinabkletterten, drehte Han sich noch einmal zu Leia um, woraufhin sie mit forschem Ton erklärte: »Wir gehen in Position und warten dann auf Ihr Signal.«

»Ja.« In Momenten wie diesen wusste er nie, was er sagen sollte. Sie waren Freunde, nichts weiter – manchmal eher noch weniger –, und stets standen irgendwelche Leute um sie herum, die jedes Wort hören konnten. Dieses Mal schien ihre Zuhörerschaft sogar ganz besonders aufmerksam zu lauschen, zumindest im Falle von Itran und Terae. Aus diesem Grund beließ er es bei: »Viel Glück, Prinzessin! Seien Sie vorsichtig.«

Leia wirkte leicht belustigt. »Danke, Han. Ich werde es mir merken.«

Wie immer hatte er das Gefühl, als würde sie noch etwas von ihm erwarten, aber er hatte keine Ahnung, was er tun sollte. Das Einzige, was diese Momente ein wenig erträglicher machte, war der Umstand, dass er oft genug selbst etwas von ihr erwartete, das sie ihm stets schuldig blieb – auch wenn er ebenfalls nicht wusste, was dieses Etwas eigentlich war. Also ging er einfach mit seiner Gruppe davon, in dem Wissen, dass sie hinter seinem Rücken gerade die Augen verdrehte.

Sie hatten beschlossen, es mit dem Eingang zu versuchen, der dem Sklavenpferch etwas näher lag – die Öffnung, durch die Han den Kopf gestreckt hatte, während er den Wartungstunnel entlanggewandert war. Er führte seine Begleiter auf demselben Weg, den er zuvor mit Sian und Terae genommen hatte, und je tiefer sie in den Korridor vordrangen, desto dunkler wurde es. Das Licht ihrer Handlampen förderte hin und wieder das Gerippe eines alten Droiden zutage, und vereinzelt sahen sie das Glühen sterbender Energiezellen in den ausgeschlachteten Wandkonsolen.

»Sind Sie sicher, dass es da vorn eine Kreuzung gibt, Solo?«, fragte Itran.

Es war Terae, die die Frage voller Ungeduld beantwortete. »Laut Karte sind beide Verbindungsgänge mit demselben Transporttunnel verbunden. Wir sind keine Idioten – wir haben diese Route nicht einfach aufs Geratewohl gewählt.«

Itran entgegnete nichts, und Han überlegte, dass er die Piratin vermutlich noch ins Herz schließen würde, wenn es ihr ein paar weitere Male gelang, Itran zum Schweigen zu bringen.

Der Gang mündete in eine offene Brücke über dem Transporttunnel, nach dem sie gesucht hatten. Trotz der halb erloschenen Lumas, die dort unten noch herumschwebten, war der Tunnel dunkler als ein Schwarzes Loch, aber die Schwerkraft war hier niedriger, sodass sie einfach auf den unebenen Boden hinabspringen konnten, ohne gebrochene Beine oder Knöchel befürchten zu müssen.

Hans Handlampe zeigte ihm, dass dieser Gang in noch

schlechterem Zustand war als die anderen. Sie würden über Berge aus zerbröckelnden Felstrümmern und mehrere zerstörte Erzloren hinwegklettern müssen. Obwohl er sich aufmerksam umsah, konnte er aber zumindest keine Anzeichen dafür erkennen, dass sich Ausgestoßene hier unten eingenistet hatten. Alles war von einer dicken Schmutzschicht bedeckt, derselben öligen Mischung aus Felsstaub und wiederaufbereiteter feuchter Luft, mit der er schon Bekanntschaft gemacht hatte, und nirgends waren Fußabdrücke oder andere Spuren sichtbar, die darauf hingedeutet hätten, dass in letzter Zeit jemand hier gewesen wäre.

Sie gingen an einem Schachtzugang vorbei, einem großen runden Loch im Boden, finster und feucht, aus dem ein fauliger Gestank heraufwehte, und kurz darauf erreichten sie eine weitere Verbindungsbrücke, die über ihren Köpfen hinwegführte und vollständig durch eine Erzlore blockiert war. Sie musste außer Kontrolle geraten sein und sich in der Tunnelöffnung verkeilt haben. In den Trümmern unterhalb der Brücke lagen mehrere verwaiste Lastenschlepper, und dahinter, wo der Transporttunnel eine Biegung machte, konnte Han einen schwachen Lichtschimmer ausmachen.

»Ist es das?«, wisperte Terae.

»Denke ich zumindest«, antwortete Han. Bislang hatte die Karte sich als zutreffend erwiesen.

Als sie näher kamen, enthüllte das trübe Licht die Stelle, wo sich die Tunneldecke öffnete, und darüber führte der Verbindungsgang entlang, nach dem sie gesucht hatten. Hans Handlampe enthüllte mehrere grob in den Stein gehauene Stufen, die hier an der Wand entlang nach oben führten. Der Aufstieg war nicht weiter schwer, auch wenn Fera, das kleinere der beiden Crewmitglieder von der *Aegis*, einmal abrutschte. Dank der niedrigen Schwerkraft hatte Itran aber glücklicherweise mehr als genug Zeit, um nach unten zu greifen, die Hand der Frau zu packen und sie wieder nach oben zu ziehen.

Der Verbindungstunnel war nur unwesentlich besser beleuchtet als der Transporttunnel, denn die Lumas waren in großen Abständen platziert und standen kurz vor dem Erlöschen. Die Stille zerrte allmählich an Hans Nerven. Es war seltsam, dass sie noch immer keine Anzeichen von Ausgestoßenen entdeckt hatten, aber vielleicht hüteten sich diese zerlumpten Gestalten auch nur, den Sklavenpferchen zu nahe zu kommen, weil sie fürchteten, selbst dort enden zu können. Vor sich entdeckte er zwei Lumas, die über einer Kreuzung schwebten, und irgendwie kam ihm diese Stelle bekannt vor. Es sah ganz so aus, als näherten sie sich ihrem Ziel. Han ließ den Strahl seiner Lampe über den Boden gleiten, bis er den quadratischen Zugang zum Wartungstunnel entdeckte. »Hier ist es«, sagte er. »Terae, Sie ...«

Ungefähr zwei Meter rechts von Han ertönte ein Klicken. Er machte einen Schritt zur Seite, wirbelte herum und zog im selben Moment den Blaster, als sich unvermittelt ein rundliches Etwas aus einem Trümmerhaufen an der hinteren Wand erhob. Han erkannte, dass es sich nur um einen Droiden handelte, und eine Woge der Erleichterung erfüllte ihn. Doch nur einen Augenblick später fiel ihm auf, dass der schwarze Metallkörper zwar genauso schmutzig wirkte wie alles andere hier unten, seine Bewegungen hingegen geschmeidig und fast lautlos waren. Dieser Droide war neu, kein Relikt aus der alten Mine. *Das könnte Ärger bedeuten ...*

Der obere Teil des Metallkörpers drehte sich zu Han herum, und eine Mündung schnappte daraus hervor.

Solo rief den anderen zu: »Runter!«, dann hechtete er seitlich aus der Schussbahn. Noch ehe er auf dem Boden landete, eröffnete der Droide das Feuer, und Han spürte die Hitze eines Beinahetreffers. Er erwiderte den Beschuss mit mehreren Blastersalven, wobei es ihm darum ging, die Aufmerksamkeit der Maschine auf sich zu halten, damit die anderen sie mit besser gezielten Schüssen zerstören konnten.

Mehrere Strahlen zuckten von hinten über Han hinweg und trafen den Droiden, anschließend hörte man Terae rufen: »Ein Sicherheitsdroide! Rückzug, Rückzug!«

Die Schilde der Maschine glühten auf, als die Geschosse daran abprallten, dann rückte sie unaufhaltsam vor. Han kroch hinter einen viel zu kleinen Haufen Metallschrott, als der Droide erneut feuerte, aber nun zielte er an ihm vorbei auf die anderen. Augenscheinlich hatten die Piraten bei seinen Sicherheitsprotokollen die Optionen *Warnen* und *Festnehmen* übersprungen und ihn direkt auf *Eindringlinge ausschalten* programmiert.

Han warf einen Blick nach hinten, um zu sehen, ob die anderen in besserer Position waren. Itran hatte sich flach gegen die Wand gepresst, und als er Hans Blick auffing, formte Solo mit den Lippen die Worte: *Sie unten, ich oben.* Der Rebell nickte, woraufhin Han aufsprang und die rotierende Kontrolleinheit des Droiden unter Beschuss nahm, während Itrans Blasterstrahlen das weiter unten gelegene Energiemodul trafen. Die Deflektorschilde flackerten, und in Solo keimte die Hoffnung auf, dass die Piraten vielleicht zu geizig gewesen waren, um die Maschine mit einem stärkeren Modell zu schützen. Einen Moment später überlud sich der Schild mit einem blendend grellen Lichtblitz, und Hans nächster Schuss bohrte sich in das Kontrollmodul. Der Droide erbebte, anschließend sackte er auf seinen Repulsoren zur Seite und donnerte mit einem metallischen Kreischen gegen die Wand, wo er zu einem qualmenden Haufen zusammensank.

Hinter Han flüsterte Terae: »Sollen wir trotzdem weitergehen? Glauben Sie ...?«

»Wir müssen verschwinden«, erklärte er. »Es gibt bestimmt mehr als nur den einen Droiden, und vermutlich hat dieser hier bereits ein Signal an denjenigen geschickt, der ihn in den Tunneln aufgestellt hat.«

Als wäre das das Stichwort gewesen, leuchtete ein Stück den Korridor hinab ein Suchscheinwerfer auf, und ein weiterer dunkler Schatten bewegte sich in ihr Blickfeld. Irgendwo in einiger Entfernung heulte eine Alarmsirene los.

Jede weitere Diskussion war überflüssig. Sie rannten zurück in die Richtung, aus der sie gekommen waren, wobei sie den Trümmerhaufen auswichen, so gut es ging. Dieser Tunnel musste zu einem Lagerraum führen, der im Nachhinein von den Piraten eingerichtet worden und darum nicht auf ihrer alten Karte verzeichnet gewesen war. Vermutlich gab es an allen Eingängen solche Wachdroiden, um die Fracht zu beschützen, die dort untergebracht war. Als Han beim letzten Mal nur den Kopf durch die Bodenöffnung gestreckt hatte, war das noch nicht genug gewesen, um die Maschinen zu aktivieren. Zum Glück war er nicht ganz nach oben geklettert, um sich ein wenig umzusehen. Doch das mit dem Glück war natürlich relativ ...

Han gab den anderen Deckung, während sie halb springend, halb kletternd in den Transporttunnel flüchteten. Am Ende des schwach erhellten Ganges wurden immer mehr Lichter und Silhouetten sichtbar, und nach der Art zu schließen, wie die Strahlen der Scheinwerfer hin und her zuckten, wurden sie von Lebewesen getragen, nicht von Maschinen. Das musste die Wachmannschaft des Lagerraums sein, dem sie zu nahe gekommen waren, alarmiert durch das Signal der Droiden.

Von unten rief Itran: »Solo, kommen Sie endlich!«, und Han hastete die grob gehauenen Stufen hinab.

Terae hatte ihre Handlampe bereits auf die niedrigste Helligkeitsstufe heruntergeschaltet, und die anderen hatten ihre ganz ausgeknipst. Han tat es ihnen nach, dann eilten sie so schnell sie es sich erlauben konnten durch den Transporttunnel, wobei Teraes Lichtstrahl den Boden vor ihren hastenden Füßen erhellte. Es wäre natürlich besser gewesen, alle Lampen auszuschalten, aber es waren zu viele Schrottteile in dem Gang. Außerdem befand sich irgendwo vor ihnen der offene Schacht. Die Schwerkraft in den Schächten und Gängen mochte niedriger sein, aber selbst wenn jemand den Sturz überlebte, hatten sie keine Zeit, stehen zu bleiben und ihn wieder nach oben zu ziehen.

Terae war die Erste, die den Korridor erreichte, aus dem sie herabgesprungen waren. Sie kletterte an der rauen Wand hinauf und streckte den Kopf über den Rand nach oben. Als sie sich mit einem Fluch wieder nach unten fallen ließ, ahnte Han bereits, dass sie keine guten Nachrichten hatte. »Aus der Richtung kommt auch jemand!«, flüsterte sie.

Solo musste nicht selbst nachsehen, um sich zu überzeugen, denn er konnte die Rufe und klackenden Stiefel bereits hören, die irgendwo über ihm von den Felsen widerhallten. Sie konnten weiter im Dunkeln dem Transporttunnel folgen, aber schon hinter der nächsten Biegung konnte er blockiert sein, und Han durfte nicht zulassen, dass die Piraten Terae, Fera oder Allian erwischten. Sollten sie als Crewmitglieder von der *Aegis* identifiziert werden, würde jemand kommen, um mit Leia und Metara zu sprechen, und sobald dieser Jemand entdeckte, dass die beiden Frauen verschwunden waren, würde man mit einer Suche nach ihnen beginnen. »Gehen Sie mit den anderen weiter. Verschwinden Sie von hier«, wandte er sich an Terae. »Ich gebe Ihnen Deckung.«

Sie starrte ihn an. »Aber …«

»Das ist ein Befehl«, blaffte Han, und das hätte fast schon gereicht – Metara musste ihre Leute wirklich gut ausgebildet haben.

Terae wirbelte herum, aber dann fiel ihr ein, wer er war, und sie bedachte ihn mit einem bitterbösen Blick. »*Sie* haben mir überhaupt nichts zu sagen!«

Han hob den Kopf zum Tunnel über ihnen. »Falls Sie eine bessere Idee haben, nur heraus damit.«

Terae zögerte, aber es war offensichtlich, dass ihnen die Zeit davonlief. Also wandte sie sich wieder um, machte eine herrische Geste in Richtung Fera und Allian, und dann rannten sie den Tunnel hinab in die Finsternis.

Han schaltete seine Handlampe wieder ein und ging den Weg zurück, den sie gerade entlanggehetzt waren. Nur allzu sehr war er sich dabei der Piraten und Sicherheitsdroiden bewusst, die von beiden Enden des Tunnels auf ihn zukamen.

Itran folgte ihm und fragte: »Haben Sie vor, sich gefangen nehmen zu lassen?«

»Ich will ihre Aufmerksamkeit erregen und sie zu dem Schacht locken, an dem wir vorbeigekommen sind.« Der einzige Droide, der ihnen nahe genug gekommen war, um die Eindringlinge zu zählen, war ein geschmolzener Schrotthaufen, und Han bezweifelte, dass sich jemand die Mühe oder die Zeit nehmen würde, seinen Speicherchip zu überprüfen, sofern er überhaupt noch intakt war. Wenn sie sahen, wie er in die eine Richtung davonrannte, würden sie nicht stehen bleiben, um nach anderen Flüchtenden Ausschau zu halten. »Jetzt machen Sie, dass Sie von hier verschwinden!«

Im Schein seiner Handlampe sah er, dass Itran den Kopf schüttelte. Der Kerl war so stur wie ein Felsbrocken. »Ich komme mit. Zwei Eindringlinge sind überzeugender als einer.«

Han biss die Zähne zusammen, erhob aber keinen Einspruch. Falls der Trottel den Helden spielen wollte, nur zu. Hinter ihnen erreichten die Piraten mit umherhuschenden Handscheinwerfern und Rufen die Brücke, und als sie an den Rand traten, klapperten kleine Steine nach unten in den Tunnel. Han schaltete die Handlampe aus, wirbelte herum und gab eine kurze Salve auf sie ab, um sicherzustellen, dass sie sich auf diesen Teil des Ganges konzentrierten. Sie erwiderten das Feuer, und als ein Strahl die Wand einen halben Meter über Hans Kopf zu Schlacke verbrannte, duckte er sich und rannte weiter.

Das Leuchten der Scheinwerfer hatte Hans Nachtsicht kurzzeitig ruiniert, und nun konnte er nicht einmal mehr Itran ausmachen, nur noch seine schweren Schritte hören, die über den zerbröselten Fels auf dem Tunnelboden knirschten. Falls er in den Schacht stürzte, würde das selbst in der geringen Schwerkraft ein schmerzhafter Sturz werden. Kurz glaubte er, irgendwo vor sich das Heulen eines Motors zu vernehmen, aber bei all den Echos in dem Tunnel konnte er nicht sicher sein. Vielleicht war es auch ein weiterer Wachdroide – das hätte ihnen gerade noch gefehlt. Han warf einen Blick über die Schulter und sah die tanzenden Lichtstrahlen der Piraten, als sie durch den Gang stürmten. Er konnte nur fünf zählen, was eine große Erleichterung war. Für eine so kleine Gruppe würde es schwer sein, sich aufzuteilen, um mehrere Fluchtwege zu überprüfen. *Jetzt müssen wir nur noch auf mehrere Fluchtwege stoßen*, dachte er.

»Da ist es!«, keuchte Itran.

Um ein Haar wäre Han kopfüber ins Leere gestürzt, doch zum Glück war die Schwerkraft in dem Schacht noch niedriger als im Transporttunnel. Han rutschte an der fast senkrechten Wand entlang nach unten, bis er einen Felsvorsprung erreichte, an dem er sich festhalten konnte.

Itran schlitterte hinter ihm her, wobei er mehr Lärm machte als ein brunftiger Reek. So schnell sie konnten, kletterten sie weiter in die Tiefe, aber obwohl sie versuchten, möglichst leise zu sein, wusste Han: Sobald die beiden Gruppen in dem Transporttunnel aufeinanderstießen, würden sie erkennen, dass dieser Schacht der einzige Fluchtweg war.

Einen Moment später hörte Han das Klappern von Kieselsteinen hoch über ihm und dann das Echo von Stimmen – wütenden Stimmen. »Beeilung«, flüsterte er Itran zu. Als er in die Tiefe blickte, stellte er fest, dass die Dunkelheit am Fuße des Schachts mehr grau als schwarz war. Der nächste waagerechte Gang konnte nicht mehr als fünfzig Meter unter ihnen sein, und die Versuchung war groß, einfach loszulassen und auf die niedrige Schwerkraft zu vertrauen, aber noch konnte er nicht sehen, was dort unten war, und ein gebrochener Knöchel war im Augenblick gleichbedeutend mit einem unschönen Tod durch die Hand der Piraten.

»Ich mach schon so schnell es geht«, murmelte Itran.

Während Han weiterkletterte, den Blick noch immer nach unten gerichtet, entdeckte er plötzlich etwas in der Finsternis, das das Ende des Schachtes teilweise blockierte. Vielleicht noch eine außer Kontrolle geratene Erzlore. Da knirschte und ächzte etwas über ihnen, und Han sah rasch wieder nach oben – direkt in das blendende Licht des Scheinwerfers, den jemand von oben in den Schacht hinabrichtete. »Loslassen!«, befahl er Itran.

Itran schnitt eine Grimasse, als er in die Tiefe blickte, aber dann stieß er sich von der Wand ab. Im selben Moment, als Han es ihm gleichtat, zuckte Blasterfeuer durch den Schacht und zerfetzte den Felsvorsprung über ihnen, sodass glühend heiße Steinsplitter auf sie herabregneten. Nun erwies sich die niedrige Gravitation als Problem, denn sie fielen viel zu langsam. Der Scheinwerferstrahl huschte umher, suchte nach ihnen, während sie allmählich aus dem Lichtkegel trieben.

Han hörte einen metallischen Knall und ein Knirschen, als Itran auf der Erzlore aufkam, die sich quergelegt und im Schacht verkeilt hatte. Solo widerstand dem Drang, sich gegen den Aufprall zu wappnen, und entspannte stattdessen alle Muskeln, sodass sein Körper einknickte, als er mit den Füßen voran landete. Die Wucht ging ihm auch so durch Mark und Bein, aber zumindest brach er sich dabei nichts. Die Metalloberfläche unter ihm war geneigt, und er rutschte darüber hinweg auf die Stelle zu, wo er Itran hören konnte. Im nächsten Augenblick erfasste ihn erneut der Scheinwerfer, und sein Licht brannte sich in Hans Augen und raubte ihm die Orientierung. Doch plötzlich blockierte irgendetwas den hellen Strahl, und als Solo den Kopf hob, sah er einen großen, flachen Gegenstand auf sich herabstürzen. *Was bei den ...*, konnte er gerade noch denken, dann warf er sich instinktiv nach hinten.

Was immer es war, es prallte gegen die Erzlore und schleuderte Han in die Luft hoch. Er spürte noch, wie seine Schulter gegen harten Fels stieß, und danach wurde alles schwarz.

Vorsichtig folgte Leia Metara durch die fast völlige Dunkelheit. Ein ferner Schrei, der nach einem exotischen Tier klang, hallte aus einem der Verbindungstunnel, und der Mann, der hinter ihr ging, trat ihr auf die Ferse, wofür er sich hastig mit einem peinlich berührten Flüstern entschuldigte. »Schon in Ordnung«, wisperte sie zurück.

Der Weg vom Andockring zum Zentrum der Mine führte durch ein Labyrinth unbenutzter Transporttunnel – ein äußerst hässliches Terrain. Den Abfällen und dem Gestank nach zu urteilen, die Leia wahrgenommen hatte, schienen viele der Ausgestoßenen hier unten spiceabhängig zu sein. Woher sie das Zeug bekamen, war eine andere Frage. Sie überlegte, ob vielleicht Viest oder andere Piraten sie damit versorgten, um sie zu kontrollieren, oder ob sie im Tausch für das Spice Gefallen und Dienste von den Tunnelbewohnern einforderten. Dienste, über die Leia lieber nicht zu genau nachdachte.

Leia wollte nicht, dass jemand die seismischen Bomben sah und auf die Idee kam, sie an Viest zu verraten, um eine Belohnung einzustreichen. Doch eine Gruppe von fünf schwer bewaffneten Menschen, ob sie nun Sprengstoff mit sich herumtrugen oder nicht, schien groß genug zu sein, dass die kleineren Banden, die sie hörten und hin und wieder auch in den Schatten sahen, ganz bewusst einen großen Bogen um sie machten. Was ihnen ebenfalls zugutekam, war der Umstand, dass es hier unten nur wenige Lumas gab, und die meisten von ihnen schwebten in kleinen Gruppen um die Lager der Ausgestoßenen.

Als sie sich dem Eingang zu einem der größeren Spiralschächte näherten, bedeutete Metara den anderen, ihre Komlinks zu deaktivieren und ihre Lampen auszuschalten. Leia steckte ihre Handlampe ein und drückte den Knopf auf ihrem Komlink, dann zog sie den Blaster und schlich sich leise auf den Durchgang zu. Ein schwacher Schimmer fiel aus dem Raum, und sie konnte das Echo ferner Geräusche hören, die aus der Tiefe heraufhallten – das Scharren von Bewegungen, Stimmen, ein Klicken, das von einem Droiden oder alten Bergbaumaschinen stammen mochte. Der Wind, der aus dem Tunnel wehte, stank nach ungewaschenen Körpern und Spice.

Alle blieben angespannt, bis der Eingang hinter ihnen zurückblieb und sie sich dem schwachen Licht am Ende des Ganges näherten, das den Eingang zur großen Höhle markierte. Als Metara ihre Handlampe wieder anknipste, deaktivierte die Prinzessin die Stummschaltung ihres Komlinks, und sofort erklang daraus Teraes flüsternde Stimme. »Captain, Captain Metara, bitte melden Sie sich.« Die Waffenoffizierin atmete schwer, und sie klang aufgeregt. *Oh nein*, dachte Leia.

Mit einem Stirnrunzeln hob Metara ihr eigenes Komlink. »Metara hier. Was ist los, Terae?«

»Wir sind auf einen Sicherheitsdroiden gestoßen«, kam die Meldung via Kom. »Wir müssen uns einem gesicherten Lagerraum genähert haben, der nicht auf der Karte war, und beinahe wären wir erwischt worden. Solo hat die Piraten abgelenkt, damit wir fliehen konnten ...«

Leia fiel ihr ins Wort. »Wo ist er?«

»Sie haben ihn und Itran erwischt. Ich glaube, sie bringen ihn in den Kommandobereich der Mine. Fera folgt ihnen und erstattet mir auf einer anderen Frequenz Bericht.«

Die übrigen Mitglieder ihrer kleinen Gruppe scharrten unruhig mit den Füßen, und Metara stellte eine frustrierte Miene zur Schau. Ihr Blick kreuzte sich mit dem von Leia.

»Sollen wir unsere Mission fortsetzen?«, wollte Terae wissen.

Das wäre eine denkbar schlechte Idee, überlegte Leia. »Falls die Piraten glauben, die beiden wollten ihre Fracht stehlen, werden sie bestimmt die Sicherheitsmaßnahmen rund um den Sklavenpferch verstärken.«

»Das denke ich auch«, sagte Metara an Terae gerichtet. »Bleibt in sicherer Entfernung, aber kehrt noch nicht zum Schiff zurück. Vielleicht brauchen wir eure Hilfe noch. Meldet euch wieder, sobald ihr etwas Neues von Fera hört.«

Leia wartete, bis Metara die Verbindung unterbrochen hatte, dann erklärte sie: »Wir sollten weitergehen. Falls man sie zu Viest in die Kommandozentrale bringt, können wir sie vielleicht befreien.«

Die Alderaanerin musterte sie. »Eine Frage: Würdet Ihr das auch sagen, wenn es hier um zwei meiner Leute ginge?«

Die Prinzessin wusste, worauf Metara hinauswollte, dennoch konnte sie nicht anders, als sich angegriffen zu fühlen. »Natürlich.«

Metara schien ihr zu glauben. »Gut, dann gehen wir weiter. Auch wenn das den Rest unseres Plans ziemlich durcheinanderbringen dürfte …«

Es gab nur einen Teil dieses Plans, der sich nicht verändert hatte, und das war Anakarets Übertragung. Leider hatte ihre Zeitplanung sich gerade in Wohlgefallen aufgelöst. Dennoch klang Leias Stimme fest, als sie sagte: »Dann improvisieren wir eben.«

11. Kapitel

Als Han erwachte, war das eine Erfahrung, auf die er lieber verzichtet hätte. Das Erste, was er bewusst wahrnahm, war der brennende Schmerz in Armen und Schultern – sie taten ihm sogar noch mehr weh als sein pochender Schädel. Nach einer Weile gelang es ihm, die Augen zu öffnen, und obwohl seine Sicht zu verschwommen war, um allzu viele Details auszumachen, erkannte er zumindest, dass sein Kopf nach hinten geneigt war und man seine Handgelenke mit Fesseln zusammengebunden hatte, die an einer Energiekupplung von einem Repulsor hingen. Der Repulsor schwebte so hoch, dass Hans Stiefel gerade so den Boden berührten. *Tja, das sieht nicht gut aus.* Er fühlte sich, als wäre er von einer großen Bergbaumaschine überrollt worden. *Ach, stimmt, genau das ist ja passiert.* Zumindest vermutete er, dass die Piraten einen verwaisten Transportschlitten, dessen Energiezelle noch nicht ganz erschöpft war, gestartet und ihn dann direkt in den Schacht hinabgelenkt hatten.

Han leckte sich die Lippen und schmeckte Blut. Er glaubte, den Kopf nach vorn kippen zu können, wenn er sich nur ausreichend anstrengte, aber er war nicht sicher, ob es die Mühe überhaupt wert war. Doch dann erkannte er, dass das Rauschen, das er bislang für einen Nebeneffekt des Klingelns in seinen Ohren gehalten hatte, tatsächlich das schwere Atmen einer Person ganz in seiner Nähe war, und so hob er letztlich doch langsam den Kopf, um sich umzusehen.

Er befand sich in einem kuppelförmigen Raum mit einem Zugang auf der gegenüberliegenden Seite, erhellt von mehreren in der Luft hängenden Lumas. Die Überreste alter Kontrollpulte waren in die Wände eingelassen, und ein paar von ihnen hatte man schon vor Jahren aufgebrochen, um die Elektronikteile in ihrem Inneren zu plündern. Daneben stand eine neue Sensorkonsole mit einer großen Hologrammfläche, umgeben von bloßliegenden Kabeln, wo man die Konsole in das bestehende System integriert hatte. Ein großes rundes Fenster an der Wand vor ihm gab den Blick auf einen weiten, dunklen Raum frei, und als er mit zusammengekniffenen Augen hinüberblickte, kam er zu dem Schluss, dass es vermutlich die Höhle im Herzen des Asteroiden sein musste. Leias Beschreibung und der Karte nach zu schließen musste dies ein Teil der Kommandozentrale sein. Die Möbel, die ringsum verstreut standen – ein gewaltiges, großzügig gepolstertes Sofa und eine Handvoll Schwebekissen, von denen aber keines zum anderen passte –, wirkten fast schon luxuriös und stellten einen seltsamen Kontrast zu der nackten, rein funktionalen Sensorkonsole dar.

Das raue Atmen stammte von dem einzigen anderen Lebewesen, das Han im Raum ausmachen konnte: Kifar Itran, der ein paar Schritte entfernt saß, seine Handgelenke an die Armlehnen eines Stuhls gefesselt. Rasch dunkler werdende Blutergüsse zierten seine Wangen, und ein Auge war von einer verfärbten Schwellung umgeben. Vielleicht hatten die Piraten ihn zusammengeschlagen, vielleicht waren es aber auch nur die Nachwirkungen des Zusammenpralls mit der Erzlore – Han wusste es nicht. Er wusste nur, dass es nichts Schlimmeres gab, als gemeinsam mit jemandem gefangen zu sein, den man auf den Tod nicht ausstehen konnte.

Itrans zusammengekniffene besorgte Augen waren auf die Tür gerichtet, bis Han mit schwacher, krächzender Stimme hervorbrachte: »Warum leben wir noch?«

Das ließ Itran erschrocken zusammenzucken, und er starrte zu Solo hinauf. »Keine Ahnung«, sagte er.

Keine sehr befriedigende Antwort. Han fiel auf, dass Itrans Kleidung derangiert war, als hätte man ihn gründlich durchsucht, ohne viel Federlesens wegen seiner Privatsphäre zu machen. Als er an sich hinabblickte, stellte er fest, dass er genauso aussah. Zum Glück hatte er Leia das verschlüsselte Komlink von der *Wagnis* zurückgegeben, und die Geräte von der *Aegis* waren alte Modelle, wie sie einst die planetaren Sicherheitskräfte von Alderaan benutzt hatten, so entworfen, dass nichts auf ihren Ursprung hinwies. Sie boten keinerlei Anhaltspunkte über das Schiff, auf dem sie eingesetzt wurden, das Unternehmen, das sie hergestellt hatte, oder den Planeten, von dem sie stammten. Er hoffte, dass Terae mit ihrer möglichen Gefangennahme gerechnet und sie vom Kom-Netzwerk abgeschnitten hatte, bevor ein Pirat, der schlau genug war, die Frequenzen abzuhören, sie in die Hände bekommen hatte. Ihre Werkzeuge würden eher den Eindruck erwecken, sie hätten vorgehabt, ein Loch in eine Panzertür zu brennen, als die Gefangenen im Sklavenpferch zu befreien. *Also, warum haben sie uns nicht schon längst erschossen?* Weil er die Möglichkeit nicht ausschließen konnte, dass sie selbst in diesem Moment belauscht wurden, wählte Han seine Worte mit großem Bedacht, bevor er sich an Itran wandte. »Haben sie Ihnen irgendwelche Fragen gestellt?« Doch was er eigentlich wissen wollte, war: *Haben Sie denen etwas verraten?*

Itran schüttelte den Kopf. »Sie glauben, wir wollten Fracht aus einem Lagerraum in der Nähe des Tunnels stehlen, wo der Droide aufgestellt war.«

»Hm«, machte Han. Falls Itran die Wahrheit sagte, ließ man sie wohl am Leben, um später ein Exempel an ihnen zu statuieren – um zu demonstrieren, was mit Piraten geschah, die dumm genug waren, die Beute anderer Piraten stehlen zu wollen. *Aber erst werden sie uns fragen, von welchem Schiff wir kommen. Das könnte brenzlig werden.* Der einzige andere Schiffskapitän außer Metara, den er beim Namen kannte, war Anakaret. Sie konnten natürlich erzählen, die Twi'lek hätte sie aus ihrer Crew geworfen, bevor sie abgeflogen war, aber das würde nur funktionieren, falls Viest den Rest von Anakarets kleiner Mannschaft nicht zu Gesicht bekommen hatte. Und falls die Schmugglerin tatsächlich schon von der Station aufgebrochen war. »Itran«, krächzte Han, »wissen Sie, wie lange wir …«

Die Tür öffnete sich. Die ersten Piraten, die eintraten, waren augenscheinlich Leibwächter: ein Gamorreaner, mehrere hünenhafte Menschen und zwei grünhäutige Mirialaner. Doch das Sagen hatte die Frau, die hinter ihnen hereinstolzierte. Das musste Viest sein, die lorrdianische Flugmeisterin. Sie lächelte Han zu. »Gut, er ist wach.« Anschließend hob sie die Hand, um noch jemanden hereinzuwinken.

Zwei weitere Piraten zerrten einen Menschen, oder zumindest ein menschenähnliches Wesen, in den Raum. Er war hochgewachsen und schlank, mit glattem, dunklem Haar und blasser, leicht grünlich verfärbter Haut. Dabei mochte es sich um seine wirkliche Hautfarbe handeln, vielleicht aber auch nur um ein Resultat der groben Behandlung durch Viests Leute. Er trug einen Mantel über Jacke und Hose, und früher war seine Kleidung vermutlich von erlesener Qualität gewesen, aber jetzt war sie zerknittert und von Flecken übersät. Der Mann taumelte und blickte sich nervös um, dann sah er Han, und sein Gesicht wurde vor Schrecken noch bleicher.

So schlimm sehe ich doch gar nicht aus, dachte Solo.

»Ist das einer von ihnen, Janlan?«, fragte Viest.

Janlan vom Handelskonsortium – der Verräter, der den Piraten über das Treffen auf der Arnot-Station erzählt hatte.

Der Mann schüttelte den Kopf. »Ich weiß es nicht. Ich bin ihnen doch nie persönlich begegnet. Davit hat alle Vorbereitungen getroffen, das sagte ich doch schon. Und nicht einmal er kennt die Namen der Leute, die wir treffen sollten.«

Na großartig, dachte Han. Er verzog das Gesicht, woraufhin seine Kopfschmerzen noch schlimmer wurden. Janlan hatte Viest also offensichtlich von dem Treffen erzählt, aber warum sollte sie vermuten, dass Han und Itran irgendetwas damit zu tun hatten? *Nun, darauf gibt es eine ganz einfache Antwort.* Er blickte zu Itran hinüber, doch dessen Miene spiegelte Schock, Wut und Sorge wider. Falls er geplaudert hatte, dann spielte er die Rolle des Überraschten wirklich überzeugend. Also gut, vielleicht hatte er nichts verraten. Vielleicht hatte Viest ihn nur verhört und die Antworten an seiner Miene und seiner Körpersprache abgelesen.

Die Lorrdianerin schüttelte den Kopf, wobei ihr Gesicht aber mehr Bedauern als Verärgerung zum Ausdruck brachte, so als wäre Janlan ein guter Freund, der sie schrecklich enttäuscht hatte. Han hielt ohnehin schon nicht viel von der Flugmeisterin, und diese kleine Vorstellung half nicht dabei, seine Meinung von ihr zu verbessern. »Beim letzten Mal klang das aber noch ganz anders, Janlan. Du sagtest, du hättest alle wichtigen Informationen darüber, wie deine Freunde aus dem Konsortium ihre Waren verschleudern, um Schiffe zu kaufen und diese Station ins Jenseits zu schießen. Du hast mit keinem Wort erwähnt, dass sie diese Waren an die Rebellenallianz verkaufen.«

Han spürte, wie er innerlich zu Eis erstarrte. Die Situation hatte gerade eine Wendung zum Katastrophalen genommen. Er blickte zu Itran hinüber, der noch immer wie ein verwundeter Held auf seinem Stuhl saß, so, als hätte er nie seine große Klappe aufgerissen und den Piraten verraten, was sie wissen wollten. *Du mieser kleiner …*

»Ich wusste es nicht!« Janlans Stimme klang matt, als wüsste er bereits, dass jeder Protest zwecklos war, dennoch fuhr er fort: »Ich habe Ihnen alles gesagt, was ich weiß. Außerdem haben Sie das Schiff des Konsortiums. Sie können für jeden, der an Bord war, ein saftiges Lösegeld verlangen. Ihre Familien und Handelspartner werden jeden Preis für ihre Freilassung zahlen …«

Beinahe wollte Han Mitleid mit Janlan empfinden. Beinahe. Hatte er wirklich geglaubt, die Piraten würden seine Freunde einfach nur für eine Erpressung benutzen? Das war bestenfalls naiv. Leute wie Metara und Janlan hatten aus dieser Mission ein riesiges Debakel gemacht, weil sie glaubten, dass sie von einem Punkt des moralischen Kompasses zum nächsten springen konnten. Sie raubten, betrogen, ließen andere sterben und wollten gleichzeitig alles richtig machen. Doch wer mit einem Laser spielte, der verbrannte sich nun einmal. *Und die Moral von der Geschichte*, dachte Han, *lautet: »Naive Leute bringen dich ins Grab.« Sofern ihnen großmäulige Narren wie Itran nicht zuvorkommen.*

»Lösegeld. Das klingt nach viel Aufwand ohne großen Profit«, erklärte Viest Janlan, dann deutete sie auf Han. »Sag mir, ob er einer der Rebellen ist, und falls ja, was will er dann hier?«

»Ich weiß es nicht!«, schrie der Händler. »Wenn er sagt, er sei ein Rebell, wird er wohl ein Rebell sein!«

Han verdrehte die Augen. »Sie wissen, dass er die Wahrheit sagt, also hören Sie auf, mit ihm zu spielen.« Es waren die Kopfschmerzen, die ihn seine Vorsicht vergessen ließen, und nur einen Moment später wurde ihm klar, dass er besser den Mund gehalten hätte.

Viest starrte ihn an, so verdutzt, als hätte gerade einer der Stühle mit ihr geredet. Schließlich zog sie die Brauen hoch. »Also gut, dann verrate mir, wer du bist und was du hier willst.«

»Sagen Sie's mir. Sie sind doch diejenige, die uns hierhergeschleift hat.« Er fragte sich, ob sie in seinem Gesicht lesen konnte, ob seine Miene mehr verriet als »Autsch, alles tut weh« und »Vermutlich werde ich diesen Raum nicht lebend verlassen«. Dass ihn in dieser Haltung seine Körpersprache enttarnen konnte, hielt er jedenfalls für ausgeschlossen.

Viest verzerrte ungehalten das Gesicht. »Oh, ich bitte dich. Willst du dieses Verhör wirklich in die Länge ziehen? Sag einfach, warum du auf diesen Asteroiden gekommen bist.«

Han fiel auf, dass sie nicht daran interessiert zu sein schien, *wie* er hierhergekommen war. Itran musste alles ausgeplaudert haben. Womöglich hatte er ihr sogar von der *Aegis* und Leia erzählt – und dabei sah es aus, als hätten die Piraten ihm lediglich ein paar Schläge verpasst. Der Gedanke weckte den Wunsch in Solo, dort weiterzumachen, wo Viests Schläger aufgehört hatten. Er versuchte, das erdrückende Gefühl der Verzweiflung zu ignorieren und konzentrierte sich stattdessen auf die Frage, ob Terae Leia wohl noch hatte warnen können, sofern die Flugmeisterin bereits den Angriff auf die *Aegis* befohlen hatte. Ohne ein Ablenkungsmanöver bestand keine Hoffnung, dass sie mit dem Kanonenboot fliehen konnten. Han beschloss, das Spiel weiterzuspielen, auch wenn es inzwischen vermutlich sinnlos war. Er sagte: »Ich bin aus demselben Grund hergekommen wie jeder andere auch: um Geld zu verdienen.«

»Das ist auf jeden Fall der Grund, warum Janlan zu uns kam«, meinte Viest, wobei sie den Händler mit einem beinahe zärtlichen Blick bedachte. Der Verräter wandte zitternd den Kopf ab. »Er wollte seine Freunde gegen seine eigene Sicherheit eintauschen, aber ich mache keine Geschäfte mit Verrätern. Ich lasse sie nur in dem Glauben, ich würde es tun.« Ihre Augen richteten sich wieder auf Solo. »Aber was *dich* betrifft – ich glaube, du bist hier, um zu sehen, wie viele Schiffe wir haben und wie schwer es wäre, unsere kleine Basis zu plündern.«

Es war sinnlos, ihre Anschuldigungen abzustreiten, aber er wollte herausfinden, wie viel sie wirklich wusste. »Ich arbeite für niemanden außer für mich selbst.«

Die Lorrdianerin nickte in Itrans Richtung. »Und was ist mit deinem Freund hier?«

Das gab ihm einen Vorwand, Itran direkt anzusehen, aber der Rebell stierte weiter trotzig zu ihm hoch. Glaubte er allen Ernstes, Han würde nicht darauf kommen, woher Viest ihre Informationen hatte? *Narr!* Er legte einen Hauch gelangweilter Verachtung in seine Stimme. »Er ist nur ein bezahlter Handlanger.«

Die Flugmeisterin musterte ihn nachdenklich. »Hm ... Dann kann Janlan mir wohl wirklich nichts mehr sagen.«

Sie hob die Hand, und einer der Piraten packte den Händler an der Schulter und drückte ihn auf die Knie hinab. Er wehrte sich und schrie: »Nein! Wir hatten eine Abmachung. Sie haben geschworen, Sie würden …«

Han zuckte zusammen. Er wusste, was nun geschehen würde. Viest griff nach ihrem Halfter, und er glaubte schon, sie würde ihren Blaster ziehen und Janlan den Kopf von den Schultern schießen. Doch stattdessen zückte sie einen schmalen Dolch aus der Scheide neben dem Halfter. Die Waffe war zu dünn für eine Vibroklinge, aber als die Lorrdianerin einen Knopf am Griff drückte, spürte er eine schwache Schallvibration, die ihm die Knochen in den Ohren erbeben und seine Backenzähne schmerzhaft ruckeln ließ. Das war überhaupt kein Dolch, sondern eine Art Schallsonde, ursprünglich vielleicht für den Bergbau entworfen, etwa, um Mineralspuren zu überprüfen – was bedeutete, dass diese Klinge soliden Fels durchdringen konnte …

Viest trat vor, während Janlan panisch versuchte, sich von ihr wegzudrehen. Ihre Miene war völlig undurchsichtig, als sie ihn am Haar packte und ihm die Sonde in die Schulter bohrte. Sie drang durch seine Kleidung, als wäre sie nur Luft.

Der Händler zuckte einmal, einen verwirrten Ausdruck auf dem Gesicht, die Augen geweitet, als würde gerade etwas mit seinem Körper geschehen, das er nicht verarbeiten konnte. Einen Moment später stieß er ein nass klingendes, würgendes Geräusch hervor. Blut rann ihm aus dem Mund, und dann – fiel sein Schädel einfach in sich zusammen.

Han wandte sich ab, während die Leiche zu einem schlaffen Haufen zusammensank. Von Janlans Kopf war nur noch eine dampfende Masse übrig. Er fragte sich, ob Viest Itran wohl mit einer solchen Behandlung gedroht hatte. War das der Grund, warum er so leicht eingeknickt war? Doch der Rebell starrte den Toten mit aufgerissenen Augen an, als wäre sein Ende ein ebenso großer Schock für ihn wie für Han. *Das ging fast schon zu schnell*, dachte Solo. Er hatte damit gerechnet, dass die Flugmeisterin die Hinrichtung viel weiter in die Länge ziehen würde. Andererseits hatte sie ja bereits mehr als genug Zeit gehabt, um Janlan zu foltern. All die Stunden, die sie ihn in dem Glauben gelassen hatte, dass sie ihr Versprechen halten und ihn gehen lassen würde, wenn er nur tat, was sie verlangte. Nun hatte sie nur noch Han und Itran zum Spielen.

Nachdem sie beobachtet hatte, wie die Piraten den Leichnam nach draußen zogen, blickte sie zu Han hinauf. »Ein Frachter hat vor Kurzem dieses System erreicht. Laut Transpondersignal handelt es sich dabei um den *Millennium Falken.*«

Oh nein, nicht jetzt. Han versuchte, sich seine Reaktion nicht am Gesicht ablesen zu lassen, aber er war nicht sicher, ob es ihm auch gelang. Wenn sie genug wusste, um ihn mit dieser Aussage zu konfrontieren, dann musste ihr bekannt sein, dass er Han Solo war und es sich beim *Falken* um sein Schiff handelte. Da ihm im Augenblick nichts anderes blieb, als auf Zeit zu spielen, fragte er: »Und was geht mich das an?«

»Nun, wenn dem so ist, dann hast du sicher nichts dagegen, wenn ich Befehl gebe, den Frachter zu zerstören.«

Am Ende des Tunnels entdeckte Leia einen hellen Lichtschein. *Sind wir am falschen Ort gelandet?*, überlegte sie frustriert. Falls die Karte stimmte, sollte der Gang eigentlich in die zentrale Höhle führen, und dort gab es nirgends helle Lichtquellen. Sie bedeutete Metara und den anderen zurückzubleiben, dann trat sie an die Mündung des Tunnels heran und blickte vorsichtig nach draußen.

Unter ihr erstreckte sich ein Arbeitsbereich auf einem gewaltigen Balkon, der von der Wand in den Hohlraum hinausragte. Erhellt wurde er von Bogenlumas auf kleinen Plattformen, und zwischen ihnen lagen Werkzeuge, große Energiezellenladegeräte und halb auseinandermontierte Droiden verstreut. Augenscheinlich war dieser Balkon erst vor Kurzem angebaut worden, und Leia knirschte frustriert mit den Zähnen, als sie sah, dass er nicht verlassen war. Sie hätten einen Tunnel weiter unten nehmen sollen.

Der Techniker, dem sie am Spielfeld begegnet war, stand dort unten und blickte nachdenklich auf das Arbeitsprojekt, das den Großteil des Raumes auf der Plattform beanspruchte. Der Mann hob den Kopf, entdeckte die Prinzessin, und sein Gesicht hellte sich auf, als er sie ebenfalls wiedererkannte. Er griff nach dem Blaster in seinem Halfter, aber da traf ihn bereits ihr Betäubungsschuss.

Als er über der Werkzeugbank zusammenbrach, sprang eine zweite Gestalt, ein Gamorreaner, hinter einer der Produktionskonsolen hoch, wo er geschlafen hatte. Leia gab einen zweiten Schuss ab, und das Wesen konnte gerade noch ein wütendes Schnauben ausstoßen, bevor es nach hinten kippte.

Vorsichtig suchte die Prinzessin die Schatten der Höhle nach Bewegung ab, aber soweit sie das sagen konnte, war der Balkon ansonsten verlassen. Das Spielfeld befand sich ein Stück unter ihnen, noch immer in den Schein der schwebenden Lumas getaucht, aber der Zuschauerbereich war verlassen und die Liftröhren lagen still und reglos, und über Leia ragten die klobigen Silhouetten der alten Bohr- und Grabmaschinen auf. Überall in der Höhle mochten sich weitere Personen verbergen, aber zumindest dieser Teil schien leer zu sein. Mit gedämpfter Stimme flüsterte sie: »Die Luft ist rein, soweit ich das sagen kann.«

Metara bedeutete zwei ihrer Crewmitglieder, sie sollten sich auf dem Balkon umsehen, anschließend trat sie selbst an die Mündung des Tunnels, um ihnen Deckung zu geben. Leia fiel auf, dass die Arbeitsplattform einen eigenen Gravitationsgenerator haben musste – vermutlich um den Technikern die Arbeit zu erleichtern –, denn nachdem die zwei Alderaaner sich zunächst noch abstoßen mussten, um nach unten zu schweben, sanken sie bald schon ohne eigenes Zutun auf den Balkon hinab.

Während sie den Bereich durchsuchten, nahm Leia sich einen Moment, um sich zu orientieren. Nachdem Terae, Fera und Allian zu ihnen gestoßen waren, hatten sie ihre Route geändert, um die Höhle näher bei der Kommandozentrale zu betreten, aber nun waren sie ein Stück weiter oben herausgekommen, als sie es eigentlich geplant hatten. Sie kniff die Augen zusammen, um das Dunkel zu durchdringen, und versuchte, an den riesigen Schemen der ausgemusterten Bergbaumaschinen vorbeizusehen, und es gelang ihr, die geschwungene Form des Kontrollraums auszumachen, gerade mal zweihundert Meter über ihnen. Die transparente Wand, die den Blick auf die Höhle freigab, war nur eine graue Fläche in der Düsternis, so, als wären die Lichter dahinter gedämpft. Sie wünschte sich, Viest hätte ihnen mehr von ihrem Reich gezeigt. Sie hatten keine Ahnung von der Raumeinteilung innerhalb des Kommandokomplexes, konnten keine Vermutungen anstellen, wohin die Flugmeisterin Han und Kifar bringen würde. Fera hatte ihnen nur bis zu der Brücke zum Hauptkontrollbereich folgen können, nicht weiter.

Die beiden Crewmitglieder auf dem Balkon gaben das Zeichen, dass alles sicher war, und Metara fragte: »Was jetzt?«

Diese Frage hatte Leia sich auch schon gestellt. »Sie nehmen die seismischen Bomben und bringen sie an der Außenwand der Kommandozentrale an, genau wie geplant. Ich gehe auf die andere Seite und versuche, einen Weg ins Innere zu finden.«

Metara schüttelte den Kopf. »Ich komme mit Euch. Terae und die anderen können die Sprengladungen platzieren.«

Sian zog die Augenbrauen hoch und deutete auf die seismische Bombe, die geduldig auf ihren Repulsoren dahinschwebte. »Sie wollen, dass wir die Ladungen anbringen, während Sie da reingehen – in den Komplex, den wir in die Luft jagen wollen?«

»Ja.« Leia benetzte die Lippen. »So betrachtet klingt es nicht sehr vernünftig«, räumte sie ein. »Aber ich werde schon längst mit Han und Kifar verschwunden sein, wenn hier alles hochgeht.« Zumindest hoffte sie das.

»Ich sollte mitkommen. Eine Person mehr oder weniger wird bei der Platzierung der Sprengsätze keinen Unterschied machen«, schlug Sian vor. Dabei behielt sie Metara aufmerksam im Auge, als würde sie einen Protest erwarten. Leia hatte das bestimmte Gefühl, dass die Rebellin ihre alderaanischen Verbündeten nicht für sonderlich vertrauenswürdig hielt, und dass Kifar praktisch unter Teraes Nase verschleppt worden war, machte die Sache nicht besser. Vermutlich befürchtete Sian, Leia könnte das nächste Opfer werden, falls sie die Prinzessin nicht begleitete. »Und sollten Solo oder Kifar verletzt sein, werden Sie Hilfe brauchen, sie dort herauszuschaffen.«

»Dann komme ich auch mit«, erklärte Terae. Sian starrte sie mit stechenden Augen an, und die Waffenoffizierin errötete schuldbewusst. »Ich war bei ihnen. Ich trage die Verantwortung dafür, dass sie gefangen genommen wurden.«

Zumindest gab sie es zu. Leia war nicht sicher, wie weit ihr eigenes Vertrauen zu Terae reichte, aber sie schien ein starkes

Verantwortungsbewusstsein zu haben, wenn es auch hinter ihrer Loyalität Metara gegenüber zurückstand. Sian hatte recht: Vielleicht mussten sie Han und Kifar aus der Kommandozentrale tragen. *Sofern sie überhaupt noch am Leben sind*, fuhr es Leia durch den Kopf, aber sie ignorierte das ungute Gefühl in der Magengegend. Viest hatte sie aus einem ganz bestimmten Grund hierhergebracht, und hätte sie vorgehabt, die beiden zu töten, würde sie ihren Tod gebührend zelebrieren. Leia hatte fast schon erwartet, ein großes Spektakel auf dem Spielfeld zu sehen. Sie warf einen Blick auf die Zeitanzeige ihres Komlinks und unterdrückte einen Fluch. Sie hinkten bereits hinter dem Plan her, und der Moment, an dem Anakaret die Nachricht absetzen würde, rückte unaufhaltsam näher. »Also gut, vier Leute bringen die Ladungen an, der Rest kommt mit mir in die Kommandozentrale.«

Metara bestätigte den Befehl mit einem Nicken, anschließend blickte sie hoch zu der Wölbung des Komplexes. »Wir brauchen eine Ablenkung«, meinte sie. »Etwas, das ihre Aufmerksamkeit erregt und uns die nötige Zeit verschafft, um nach den Gefangenen zu suchen. Ich möchte nämlich möglichst weit entfernt sein, wenn hier alles hochgeht. Die Sprengkraft ist nicht stark genug, um die Höhle zu destabilisieren, aber wir wissen nicht, was mit den Gängen im Inneren der Zentrale passieren wird.«

Sian schien nicht sonderlich glücklich, dass Terae sich ihrem Befreiungskommando anschließen würde, aber sie erhob keinen Einspruch, sondern drehte sich auf dem Absatz herum und musterte den oberen Teil des Hohlraums. »Glauben Sie, diese Bergbaumaschinen haben noch Saft? Falls es uns gelänge, eine zu aktivieren und sie auf den Bereich unter der Zentrale auszurichten ... Aber das würde nur funktionieren, wenn die seismischen Bomben erschütterungsfest sind. Könnte der Aufprall sie auslösen?«

»Ich habe die Stoßsensoren neu eingestellt, als ich unseren Zeitzünder anbrachte«, erklärte Terae. »Ein Poltern oder eine einfache Vibration werden nichts bewirken – da müssten sie schon einen direkten Treffer abbekommen.« Stirnrunzelnd sah sie zu den Bohrern hoch. »Andererseits ... diese Maschinen verursachen bestimmt ein ordentliches Poltern.«

Leia hielt den Plan ohnehin nicht für praktikabel. Sie wussten nicht einmal, ob diese Bohrer und Ausgrabungsgeräte überhaupt noch aktive Energiezellen besaßen, oder ob diese Teile schon längst von den Piraten geplündert worden waren. Doch als sie ihren Blick auf der Suche nach Denkanstößen über den Balkon schweifen ließ, erkannte sie, woran der Techniker gearbeitet hatte. »Terae, wie gut sind Ihre Programmierfähigkeiten?«

Der große Minendroide, den Viest in ihrem Spiel eingesetzt hatte, lag im Reparaturbereich der Plattform auf der Seite. Sein Kontrollmodulsegment war nach oben geklappt, seine visuellen Rezeptoren starrten ins Leere, und obwohl sie wusste, dass dieser Gedanke völlig irrational war, hatte Leia das Gefühl, dass seine deaktivierten »Augen« puren Hass ausstrahlten. Die Panzerplatten, die durch den Brecher zerfetzt oder durch Hans Transportschlitten verbeult worden waren, hatte der Techniker bereits entfernt, und auch einer der Bohrarme war abmontiert worden. Die Komponenten, die darunter zum Vorschein kamen, machten den Eindruck, als wären sie frisch eingesetzt, und lose Kabel hingen zwischen ihnen herab.

Terae folgte Leias Blick mit gefurchter Stirn. »Ich bin nicht schlecht, aber Allian ist besser.«

Metara schien ebenso wenig erfreut wie Leia, den Droiden

wiederzusehen. »Dieses Ding war ... Man könnte fast sagen, es war wahnsinnig ...«

»Nein, man kann definitiv sagen, es war wahnsinnig«, korrigierte Leia.

»Selbst wenn man mit seiner Programmierung herumgepfuscht hat, kann ich ihn tun lassen, was immer Sie möchten«, warf Allian ein. Seine Stimme hätte nicht selbstbewusster klingen können.

Metara bedachte ihn mit einem Blick. »Wehe, du irrst dich.«

Die Worte schienen den Alderaaner nicht einzuschüchtern, vielmehr wirkte er noch motivierter. »Ich irre mich nicht, Captain. Fera, komm her und hilf mir.«

Leia, Metara, Sian und Terae benutzten die Liftschächte, um nach oben in die Kommandozentrale zu gelangen. Auf der Arbeitsplattform des Technikers hatten sie ein paar Repulsorpolster gefunden, und mit ihnen schwebten sie nun den dunklen, senkrechten Wartungsschacht hinauf, der parallel zu den Hauptliftröhren verlief. Leias Handlampe ließ das Wasser schillern, das an den fleckigen Steinwänden hinabrann, und die Luft, die von einem starken Fäulnisgeruch erfüllt war, strömte feucht und kalt um sie nach oben – der Großteil des Ventilationssystems musste sich über ihnen befinden. Sie hörte zudem das Grummeln von Maschinen tief im Fels, begleitet vom Plätschern der Tropfen, die auf ihrem Kopf landeten und unter ihre Jacke rannen.

Metara über ihr wurde langsamer, und als Leia neben ihr verharrte, entdeckte sie eine Zugangsklappe, die in den Fels eingelassen war. Metara tastete den Rand der Klappe ab, bis sie den Öffnungsmechanismus entdeckt hatte, dann flüsterte sie: »Der Position der Liftröhre nach zu schließen sollten wir mitten im Kontrollbereich herauskommen. Wir könnten geradewegs in Viests Privatquartier stolpern – oder in eine Gruppe ihrer Wachen.«

Leia verzog frustriert das Gesicht und leuchtete mit der Handlampe nach oben. Die Schwerkraft war hier oben viel größer, beinahe normal, und ihre Repulsoren stöhnten unter der Anstrengung. Ein Stück über ihnen wurde der senkrechte Tunnel schmaler, bevor er sich in mehrere Luftschächte und kleinere Gänge für Wartungsdroiden teilte. Aus dem Augenwinkel nahm sie dort oben eine Bewegung wahr und riss ihren Blaster hoch, aber es war nur ein winziger Reinigungsdroide, der von einem Schacht zum nächsten stakste und vergeblich versuchte, das Tropfwasser aufzusaugen. Keine Gefahr also, aber auch keine Hilfe. »Wir müssen es riskieren.«

Terae und Sian bezogen auf einer Seite der Klappe Aufstellung, Leia und Metara gingen auf der anderen in Position, dann wisperte Letztere: »Los!«

Terae betätigte den Öffnungsmechanismus, und Sian benutzte ihre Repulsoren, um die Klappe aufzustoßen. Metara schnellte als Erste hindurch, und Leia folgte ihr dichtauf.

Sie fanden sich in einem fast völlig leeren Raum wieder, wo lediglich ein paar Stapel gehorteter Elektronikteile und eine Handvoll Stühle herumstanden, die so alt und abgenutzt waren, dass sie noch aus der ursprünglichen Mine stammen mussten. Auf einem von ihnen hatte jemand geschlafen, und als diese Gestalt nun herumwirbelte, landete sie mit einem überraschten Laut auf dem Boden.

Es war der Aqualishaner. Er richtete sich auf und hob die Hände, um sich zu ergeben. »Nicht schießen!«

Es gab zwei Türen an den gegenüberliegenden Wänden des Raumes – eine war geschlossen, die andere stand offen und führte auf eine Galerie hinaus, hoch über dem großen Schacht und der Brücke, die von der Kommandozentrale zurück zum Andockring des Asteroiden führte. Leia schaltete ihre Repulsorpolster ab, wobei sie den Aqualishaner aber keinen Moment aus den Augen ließ, und Metara bedeutete Terae mit einer zackigen Geste, die offene Tür zu sichern. Nachdem Sian ebenfalls ihre Repulsoren deaktiviert hatte, machte sie einen vorsichtigen Schritt auf den Aqualishaner zu, um den Blaster aus seinem Halfter zu ziehen.

Der Pirat starrte die Eindringlinge an, aber anstatt sie zu fragen, was sie wollten, wie Leia erwartet hatte, sagte er nur: »Ich habe euch nichts getan. Betäubt mich einfach und tut, weswegen ihr hergekommen seid.«

Metara hob ihren Blaster.

»Warten Sie!«, rief Leia.

Metara zog die Brauen zusammen. »Was ist?«

Die Prinzessin trat vor den Piraten. »Wie heißt du?«

Die Wangen des Aqualishaners wurden faltig, vermutlich ein Zeichen von Verwirrung. »Ihr könnt mich Andevid nennen.«

»Andevid, ich bin Leia, das sind Captain Metara, Terae und Sian.«

Der Pirat nickte den Frauen zu. »Stellt ihr euch immer erst vor, bevor ihr jemanden betäubt? Seltsame Angewohnheit.«

»Normalerweise schon«, stimmte Leia zu. Der Schwachpunkt ihres Plans war, dass sie keine Ahnung hatten, wo Han und Kifar gefangen gehalten wurden oder wie viele Wachen Viest bei sich hatte. Sie konnten es sich nicht leisten, in ein langwieriges Feuergefecht verwickelt zu werden, und falls Andevid sich kooperativ zeigte, könnten sie vielleicht unbemerkt zu den Geiseln vordringen, bevor Viest erkannte, was vor sich ging. »Wie wäre es, wenn wir dich nicht betäuben und du uns stattdessen ein wenig behilflich bist?«

Der Aqualishaner neigte den Kopf und musterte sie eingehend. Er wirkte neugierig. »Warum sollte ich so etwas tun?«

»Weil Viest zwei unserer Leute hat und wir sie zurückholen möchten«, erklärte Leia. »Anschließend werden wir aus dieser Mine verschwinden, aber das geht nur, wenn Viest uns nicht daran hindern kann.« Anschließend fügte sie noch hinzu: »Und du klingst nicht, als hättest du viel zu verlieren.«

»Hm.« Andevid dachte über ihre Worte nach. »Was wollt ihr? Ich werde mich nicht für euch in eine Schießerei stürzen. Da bleibe ich lieber hier und lasse mich betäuben.«

Leias und Metaras Komlinks waren auf dieselbe Frequenz eingestellt, und nun spürte Leia drei schwache, aber doch deutlich wahrnehmbare Vibrationsstöße in der Jackentasche. Das war Feras Signal: Die Ladungen waren angebracht, der Zeitzünder aktiviert. Metara blickte zu ihr hinüber, um sicherzugehen, dass sie das Signal ebenfalls empfangen hatte, und die Prinzessin nickte. »Bring uns zu Viest. Sag ihr einfach, wir hätten versucht, die Landebucht zu verlassen, und verlangt, mit ihr zu sprechen, darum hast du uns hergebracht.«

Andevid legte die Stirn in Falten. »Aber was habe ich davon – außer einem langsamen, schmerzhaften Tod durch Viests Hand, falls die Sache schiefgeht.«

»Du kannst auch von hier verschwinden«, sagte Metara. »Wir bringen dich zu einem Planeten mit einem großen Raumhafen, und von dort kannst du gehen, wohin immer du möchtest.«

Der Aqualishaner ließ sich keine Regung anmerken, und Leia vermutete, dass er große Erfahrung darin hatte, seine Emotionen zu verbergen, schließlich arbeitete er ja für Viest.

Nachdem er sie einen Moment gemustert hatte, schnaubte er schließlich. »Falls Viest überlebt, dann erschießt mich als Ersten.«

Hans Gedanken rasten, und die Tatsache, dass Viest abwesend mit der Minensonde gegen ihren Schenkel klopfte, ließ sie noch schneller durch seinen Kopf zucken. Zeit zu schinden war gerade das Gebot der Stunde geworden. »Also gut, der *Falke* ist mein Schiff«, gestand er. »Aber warum sollten Sie ein funktionstüchtiges Schiff zerstören, wenn wir doch ebenso gut ins Geschäft kommen könnten?«

Die Lorrdianerin schien amüsiert. »Ich weiß, dass du zur Rebellenallianz gehörst. Ihr seid nicht hergekommen, um Geschäfte zu machen.«

»Ja, aber jetzt bin ich daran interessiert.« Seine rechte Schulter verkrampfte sich, und er versuchte gar nicht erst, seine Schmerzensgrimasse zu verbergen. »Ich arbeite für die Rebellen, aber ich gehöre nicht zu ihnen.«

Sie blickte Itran an. »Stimmt das?«

Itran starrte Han aus schmalen Augen an. »Habe ich es mir doch gedacht. Er ist nur ein Schmarotzer, der sich alles unter den Nagel reißt, was er in die Finger bekommt.«

Han war ziemlich sicher, dass Itran wirklich so dachte und dies nicht nur ein Versuch war, seine Geschichte glaubwürdiger zu machen. Es wäre leichter, die Situation einzuschätzen, wenn er auch nur den blassesten Schimmer hätte, was der Kerl Viest bereits verraten hatte. Der Rebell blies die Backen auf und schaute so grimmig drein, als hätte er kein Wort gesagt und als wäre Han derjenige, der ein doppeltes Spiel spielte. Das machte es fast unmöglich, auch nur ein *einfaches* Spiel zu spielen.

Die Flugmeisterin wirkte neugierig. »Also, über was für eine Art Geschäft reden wir hier?«

Jetzt war Hans Kreativität gefragt. »Ich kann Ihnen Informationen über den neuen Stützpunkt der Allianz geben. Er soll in diesem Sektor entstehen, nicht weit von der Arnot-Station entfernt.«

Itran runzelte verwirrt die Stirn, während Viest sich vor Han stellte und ihn durchdringend musterte. Dabei tippte sie mit der Sonde gegen seine Brust, und jeder Muskel in seinem Körper verspannte sich. »Und das ist auch der Grund, warum die Rebellen nicht lange gezögert haben, diesen intrigierenden Händlern zu helfen?«

»Natürlich. Welchen anderen Grund sollten sie wohl haben, dieses Hinterwäldlersystem zu besuchen.«

Viest zog die Brauen zusammen. »Du lügst.«

Oh, oh, dachte Han. Im selben Moment glitt die Tür an der anderen Wand auf. Der große Aqualishaner trat hindurch – und ihm folgten Leia und Metara. Han musste einen Fluch unterdrücken. Die beiden Frauen waren nicht bewaffnet, aber Viest war offensichtlich überrascht, sie hier zu sehen. Die Lorrdianerin machte einen Schritt auf sie zu, ihre Augen verengt, dann steckte sie die Minensonde zurück in ihre Hülle und legte die Hand auf den Blaster. Solo sah, dass Leias Blick kurz zu ihm und Itran hinüberhuschte, aber ihr Gesicht blieb ungerührt.

»Warum hast du sie hergebracht?«, fuhr Viest den Aqualishaner an.

Der Pirat zuckte mit den Schultern. »Sie sind aus der Landebucht marschiert und haben verlangt, mit Ihnen zu reden. Ich habe ihnen gesagt, dass sie selbst die Konsequenzen tragen müssen.«

Viest schien diese Antwort nicht zu gefallen. Mit offenem

Misstrauen fragte sie: »Warum hast du dich nicht über Kom bei mir gemeldet?«

Eine gute Frage. Han linste wieder zu Leia hinüber, aber sie war völlig undurchschaubar – nicht einmal das geringste Flackern von Unbehagen ließ sie sich anmerken. Metara neben ihr wirkte ein wenig steif, aber diesen Eindruck machte sie eigentlich immer.

Trotzig und gelangweilt erklärte der Aqualishaner: »Ich wusste nicht, dass ich erst einen Termin vereinbaren muss.«

Viest ignorierte ihn, stattdessen wanderte ihr Blick von Leia zu Metara und wieder zurück. »Nun, es ist nicht weiter schlimm«, meinte sie dann mit einem Lächeln. »Ich wollte euch beide ohnehin sehen. Ich habe mit einem eurer Leute gesprochen.« Sie sah über die Schulter zu Han. »Es hat also keinen Zweck, so zu tun, als würdet ihr ihn nicht kennen. Ich weiß, dass er Han Solo heißt und an Bord eures Schiffes hierhergekommen ist.«

Metara presste die Kiefer zusammen, und da selbst Han es sehen konnte, war es wohl vollkommen ausgeschlossen, dass Viest diese Regung entgangen war. Leia hingegen verzog keine Miene. Entweder war sie zu zäh, um sich etwas anmerken zu lassen, oder sie war nicht überrascht. Han vertraute auf Ersteres.

Noch immer mit demselben kühlen Gesichtsausdruck meinte die Prinzessin: »Dann wissen Sie auch, dass wir ihn gerne wiederhätten. Es ist noch nicht zu spät, eine vernünftige Lösung zu finden.«

Doch, ist es, dachte Han, und er versuchte, Leias Blick auf sich zu ziehen. Kurz erwog er, einfach herauszuschreien, dass der *Falke* im System war, aber er hatte keine Ahnung, welches Spiel Leia spielte. Itran hielt ebenfalls den Mund geschlossen und beobachtete die Konfrontation wortlos. Zu schade, dass er vorhin nicht auch schon so schweigsam gewesen war.

Viest trat vor, bis sie nur noch einen Schritt von Leia entfernt war. »So, wie du mit mir redest, könnte man meinen, du hättest eine unsichtbare Waffe auf meinen Kopf gerichtet.«

»Sie sind sehr scharfsichtig.« Leia musterte ihr Gegenüber eingehend, und Han hoffte, dass sie nicht nur bluffte. Ihre Miene verhärtete sich minimal. »Also lassen Sie ihn runter.«

»Oh, noch sind wir hier nicht fertig.« Die Lorrdianerin studierte Leias Gesicht, als würde sie nach etwas suchen. »Ich wollte mich schon immer mit einer alderaanischen Prinzessin unterhalten.«

Han verdrehte die Augen und schüttelte den Kopf. Er wollte lange genug leben, um Itran den Hals umzudrehen – mehr verlangte er gar nicht. Und sollte er in der nächsten Sekunde sterben, hoffte er, Leia wusste, dass er sie nicht verraten hatte.

Es war deutlich zu hören, wie Metara den Atem einsog. Die Frau würde eine erbärmliche Sabacc-Spielerin abgeben. Leia zog indes nur die Braue hoch und nickte unmerklich, wie um Viest Respekt zu zollen. Als wäre das hier alles nur ein Spiel. »Wann haben Sie es herausgefunden?«

Die Flugmeisterin lächelte schurkisch und sardonisch. Sie ließ keinen Zweifel daran, dass sie die Situation genoss. Vermutlich wollte sie Leia dazu bringen, ihre Furcht zu zeigen, aber die Prinzessin hatte selbst Darth Vader unbeeindruckt ins Gesicht geblickt, und darum war Han sicher, dass Viest ihr Ziel nicht erreichen würde. »Dass ich so einen berühmten Gast habe? Ich habe es dir einfach angesehen.«

Leia ließ einen Hauch von Belustigung über ihre Züge huschen. »Das bezweifle ich. Sie sind gut, aber so gut nun auch wieder nicht.«

Metara trat vor, als wollte sie sich schützend zwischen Leia und Viest stellen. »Was kümmert es Sie, wer sie ist? Jeder hat eine Vergangenheit. Das hat nichts zu bedeuten.«

Die Lorrdianerin warf ihr einen ungehaltenen Blick zu. »Es kümmert mich, weil ihr mich belogen habt. Und weil die Rebellen angeheuert wurden, meinen kleinen Umschlagplatz zu sabotieren.«

Metaras Stirn furchte sich. »Was?«

»Dann hat sie dich auch belogen?« Viest lachte. »Als ich hörte, dass ein alderaanisches Kanonenboot in einem Reparaturdock festsaß, da dachte ich, du könntest ein gutes Werkzeug abgeben. Aber offensichtlich bin ich nicht die Einzige, die dich benutzt hat.«

Leia fuhr ihr ins Wort, indem sie sich an Metara wandte. »Ich bin hergekommen, um einem Handelskonsortium Vorräte abzukaufen. Sie wollten Geld sammeln, um ihre Schiffe zu verteidigen, aber das weiß Viest natürlich.« Sie beäugte die Flugmeisterin. »Wir wussten, dass es Verräter unter den Händlern gibt, aber Sie verfügen über Informationen, die nur von einer imperialen Quelle stammen können.« Bei diesen Worten verschränkte sie die Arme vor der Brust. Han war ziemlich sicher, dass sie einen Blaster unter der Jacke hatte, das Problem war nur, dass Viest das vermutlich ebenfalls wusste. »Wie viele der Schiffe, die hier andocken, wissen wohl, dass Sie Informationen mit dem Imperium austauschen? Wie viele ihrer Piratenfreunde haben Sie schon an imperiale Patrouillen und Zollschiffe ausgeliefert?« Leia hielt einen Moment inne, zweifelsohne, damit die angespannt lauschenden Piraten Gelegenheit hatten, diese Neuigkeit zu verdauen. Als sie anschließend fortfuhr, klang sie, als wäre sie fast ein wenig enttäuscht von der Lorrdianerin. »Ich hätte Sie nie für einen Lakaien des Imperiums gehalten, aber vielleicht kann ich Leute auch nicht so gut einschätzen wie Sie.«

Viest gefiel nicht, in welche Richtung sich das Gespräch entwickelte, und inzwischen war es ihr auch deutlich anzusehen. »Die Imperialen sind mir egal, ich nehme keine Befehle von ihnen entgegen.« Sie bemühte sich zwar, ihre Miene zu kontrollieren, aber ihr Blick war stählern und ihr Zorn so maßlos, dass nicht einmal ihr lorrdianisches Training ihn verbergen konnte. »Du gibst also zu, dass du diesem Haufen ignoranter Händler helfen wolltest zu zerstören, was ich in jahrelanger Arbeit aufgebaut habe?«

»Sie hat es ebenfalls Jahre gekostet, ihr Konsortium aufzubauen«, konterte Leia. »Sie wissen, wie es ist, ums Überleben kämpfen zu müssen. Sie sollten verstehen, warum diese Leute sich gegen Sie wehren.«

»Diese verweichlichten Geizhälse haben keine Ahnung vom Überleben.« Viest machte einen Schritt auf die Prinzessin zu. »Ich habe diese Mine von Ingan dire Stane übernommen, einem zygerrianischen Sklavenhändler, und ich musste ihn erst Jahre beknien und mich lieb Kind bei ihm machen, bevor er mir genug Zeit und Freiheiten schenkte, um meine Pläne zu erfüllen. Er hatte natürlich keine Ahnung, was ich wirklich mit dem Asteroiden vorhatte, bis zu dem Moment, als ich ihm die Kehle durchschnitt. Niemand wird mir diese Station wegnehmen, und schon gar nicht eine kleine Prinzessin von einem toten Planeten.«

Wütend schubste Metara die Lorrdianerin nach hinten. Jeder Pirat im Raum spannte die Muskeln, und Hans Blick huschte über all die Blaster, die sich nun auf die beiden Frauen richteten. *Ich hoffe, das war noch nicht der ganze Plan, Euer Durchlaucht.*

Leia hob die Hände. »Bleiben wir doch bitte alle ruhig. Wir sind hier, um mit Ihnen zu reden …«

»Nein, seid ihr nicht.« Viest schien etwas in ihrem Gesicht zu lesen, das Han nicht erkennen konnte. »Ihr wartet auf etwas.« Sie trat nach hinten und befahl ihren Männern: »Tötet sie …«

Im selben Augenblick donnerte etwas Großes, Metallenes und sehr Wütendes gegen das Sichtfenster, mit einem Knall, der selbst den Boden vibrieren ließ.

12. Kapitel

Endlich, dachte Leia. *Hat das verdammte Ding erst einen Abstecher nach Coruscant gemacht, bevor es hier raufgeklettert ist?* Die runden Rezeptoren des Droiden leuchteten, und obwohl sie nur aus Metall und Linsen bestanden, schienen sie wilden Zorn auszudrücken. Haarfeine Risse überzogen das durchsichtige Material, und dann bohrte sich der Arm der Maschine mit einem ohrenbetäubenden Surren durch das Fenster. Die erschrockenen Piraten reagierten auf die denkbar schlechteste Weise – sie feuerten ihre Blaster auf den Stahlgiganten ab.

Als Viest reflexartig nach ihrer Waffe griff, sprang Leia auf sie zu, riss der Lorrdianerin den Blaster aus der Hand und verpasste ihr mit der anderen Hand einen Hieb ins Gesicht. Viest taumelte und kippte nach hinten. Leia hielt einen Moment inne, aber die Flugmeisterin blieb liegen. *Schade. Das war nicht sonderlich befriedigend.*

Metara zog den eigenen Blaster unter der Jacke hervor und eröffnete das Feuer auf die verwirrten Piraten, während Andevid hastig hinter der Holovid-Konsole in Deckung ging. Nicht dass er etwas hätte ausrichten können – Leia hatte die Energiezelle aus seiner Waffe entfernt.

Der Droide pflügte durch den Raum, trampelte über den Gamorreaner hinweg und schleuderte zwei weitere Männer zur Seite. Viest versuchte aufzustehen, musste sich aber sogleich wieder flach auf den Bauch werfen, als die Maschine einen Schwebesessel packte und ihn durch die Luft wirbelte.

Leia benutzte derweil den Blaster der Lorrdianerin, um an dem Droiden vorbei auf die Piraten zu feuern, die sich hinter den alten Konsolen am anderen Ende der Kommandozentrale verschanzt hatten. Doch als sie sah, dass Viests Leute auch so schon vollauf beschäftigt waren, rannte sie zu Han hinüber. Sie musste ihn und Kifar befreien, denn im Augenblick waren die beiden die leichtesten Ziele im ganzen Raum, für die Piraten ebenso wie für den Droiden.

Hinter Leia wütete die Maschine weiter umher, warf Möbel, Konsolen und alles, was ihr sonst noch im Weg stand, durch die Luft. Eigentlich hatte Allian den Metallriesen darauf programmiert, direkt zum Ausgang zu stürmen, aber als Viests Männer auf ihn geschossen hatten, mussten alle anderen Befehle seinen Verteidigungsroutinen untergeordnet worden sein. Allian hatte diese Defensivdirektiven eigentlich deaktivieren sollen, doch augenscheinlich war ihm das nicht vollends gelungen, und so blieb Leia nur die Hoffnung, dass sie keinen fatalen Fehler begangen hatten, während sie sich unter einem weiteren Stuhl hinwegduckte.

Die Tür öffnete sich, und kaum, dass Sian und Terae hereingesprungen waren, eröffneten sie auch schon das Feuer auf einen Mirialaner und zwei Menschen, die letzten Piraten, die noch auf den Beinen waren. Doch dann brüllte der Droide, und die beiden Frauen warfen sich hastig in Deckung.

Leia hatte Han nun endlich erreicht, aber sie konnte nirgends die Kontrollen für die Energiekupplung sehen, die seine

Fesseln an dem Repulsor hielt. »Wo ist der Schalter?«, fragte sie.

»Keine Ahnung«, antwortete er. »Schießen Sie einfach drauf!«

Leia hatte Angst, sie könnte entweder das Repulsorfeld zerstören oder Solo töten. »Sind Sie sicher?«

»Ja ...«, begann er, dann rief er nur noch: *»Runter!«*

Sie hechtete auf den Boden, und etwas Großes sauste über sie hinweg. Sie hob gerade noch rechtzeitig den Kopf, um zu sehen, wie der mirialanische Pirat gegen die Wand prallte – der Droide hatte ihn durch den gesamten Raum geschleudert. Leia stemmte sich auf die Füße, zielte vorsichtig auf die kleine Energiekupplung, einen halben Meter über Hans gefesselten Händen, und drückte ab.

Der Energiering flackerte und verschwand, dann sackte Han nach unten und brach auf dem Boden zusammen.

Leia musste gegen den Drang ankämpfen, nach ihm zu sehen, und wandte sich stattdessen Kifar Itran zu. Er war nur ein paar Meter entfernt, und irgendwie hatte er es geschafft, seinen Stuhl umzukippen und sich aus der Schusslinie zu bringen. Seine Fesseln waren an den metallenen Armlehnen verankert, und sosehr er sich auch dagegen stemmte, er konnte sich nicht befreien. Leia warf sich wieder der Länge nach hin, als der Droide die nächste Konsole in ein Wurfgeschoss verwandelte. Offenbar zufrieden mit der Verwüstung, die er angerichtet hatte, brüllte er dann und sprang durch das Sichtfenster nach draußen. Die Prinzessin sprang auf. Sie sah Viest und drei weitere Piraten auf dem Boden liegen – die anderen waren entweder geflohen oder von dem Metalltitanen außer Sicht gewirbelt worden.

Sian, Terae und Andevid schoben sich vorsichtig hinter den

Überresten zerschmetterter Möbel hervor, die ihnen als Deckung gedient hatten, und hinter den Überresten der teuren Holokonsole tauchte Metara auf. Sie hatte ihr Komlink gezückt und sagte gerade: »Fera, Fera, kommen. Der Droide ist gerade zurück in die Höhle gestürmt. Seid ihr in Ordnung?«

Leia erreichte Kifar und ging neben seinem Stuhl in die Hocke. »Sind Sie verletzt?«

»Nein. Nein, Euer Hoheit. Es tut mir leid ...«, begann er.

»Keine Sorge«, erwiderte sie, mehr damit beschäftigt, ihn zu befreien, damit sie von hier verschwinden konnten. Wofür er sich auch immer entschuldigen wollte, es konnte warten. Angesichts der Tatsache, wie viel Viest über sie wusste, hatte sie ohnehin schon eine ziemlich genaue Vorstellung davon, worum es ging. Sie erkannte, dass sie die Fesseln nicht öffnen konnte, und Kifars Körper war so verdreht, dass sie es nicht riskieren konnte, den Blaster zu benutzen. »Metara, haben Sie ein ...«

Kifars Augen weiteten sich, als er über ihre Schulter hinwegblickte. »Prinzessin!«, keuchte er.

Leia wirbelte herum und sah, wie Viest sich auf die Beine rollte und etwas auf sie richtete, aber es sah nicht aus wie ein Blaster. Han rief eine unverständliche Warnung, dann erwischte Leia etwas so fest an der Schulter, dass sie zur Seite geschleudert wurde. Im selben Moment, als sie auf dem Boden landete, zuckte eine Art Schallimpuls durch ihren Körper. Leia konnte kein Geräusch hören, aber ihre Knochen vibrierten unter dem tiefen Bass. Als sie den Kopf wieder hob, wurde Viest aus zwei verschiedenen Richtungen von Blasterstrahlen getroffen. Die Lorrdianerin brach zusammen. Einer der Energieblitze hatte ihre Brust getroffen, der andere den Magen, und die tiefen Brandwunden mussten sie auf der Stelle getötet haben.

Verwirrt blickte Leia zu Metara hoch, die noch immer über ihr stand. »Was war das für ein Ding, mit dem …« *Sie auf uns geschossen hat,* wollte sie sagen, aber Metara schwankte, und einen Moment später gaben ihre Knie nach. Alarmiert setzte Leia sich auf und fing die Alderaanerin ab, als sie zusammenbrach, dann bettete sie ihren erschlafften Körper auf den Boden. Die Prinzessin konnte keine Wunde entdecken, kein Blut an Metaras grauem Hemd oder ihrer Jacke, kein Einschussloch von einem Projektil. Sie atmete noch, und ihre Augen schienen aufnahmefähig, wenn sie auch vor Schock geweitet waren. »Metara, können Sie mich hören?«, fragte Leia. »Wo sind Sie verletzt?«

Han kniete sich neben Metara, seine Hände noch immer gefesselt, und blickte auf sie hinab. »Es war eine Art Schallsonde für den Bergbau. Ich wusste nicht, dass man sie auch auf Distanz einsetzen kann.« Seine Augen begegneten denen Leias. »Das wird hässlich.«

Terae schlitterte neben ihnen auf die Knie und rief: »Captain!«

Solo machte ihr wortlos Platz. Jegliche Farbe war aus Metaras Gesicht gewichen, aber sie wirkte noch immer mehr überrascht als schmerzgeplagt.

»Das wird schon wieder«, sagte Leia automatisch. Vielleicht war sie nur betäubt, und falls sie sie aufs Schiff bringen konnten …

Metara atmete ein, und blutiger Schaum trat auf ihre Lippen, als sie Leias Hand packte. Mit einer Stimme, die belegt und angestrengt klang, hauchte sie: »Kümmert Euch um meine Leute.«

»Natürlich«, flüsterte Leia.

Plötzlich begann Metaras Körper zu beben, und dann sank

er in sich zusammen, als würde sie von einer unsichtbaren Kraft zerquetscht. Ihr Blick wurde leer, Blut rann ihr aus Mund und Nase. Terae stieß einen abgewürgten, schockierten Laut aus.

Leias Magen drohte, sich umzudrehen, und sie schluckte, bevor sie sich aufrichtete, Metaras Hände losließ und die schlaffen Arme der Alderaanerin behutsam über der Ruine ihres Körpers verschränkte. *Was für eine Verschwendung.* Metara, Viest, die Piraten, dieser ganze Ort. Sie schüttelte den Kopf und blickte auf. Jetzt war keine Zeit, um emotional zu werden. »Könnte jemand bitte Kifar von seinen Fesseln befreien? Wir müssen von hier verschwinden.«

Sian reagierte als Erste. Sie zog einen kleinen Schneidbrenner aus der Tasche und ging zu Kifar hinüber. Terae blieb, wo sie war, einen gequälten Ausdruck im Gesicht, während sie auf ihren toten Captain hinabstarrte.

Leia erhob sich. »Terae, wir müssen los. Die seismischen Bomben.«

Das Gesicht der Waffenoffizierin bot einen schrecklichen Anblick, so blass und ausgezehrt, als wäre sie ebenfalls getroffen worden, aber sie nickte, und nachdem sie Metaras Komlink und ihren Blaster genommen hatte, stand sie auf.

»Was?«, entfuhr es Han, der die Arme gehoben hatte, damit Sian auch seine Handschellen durchtrennen konnte. Kifar hatte sich inzwischen aufgekämpft und streckte seinen Nacken. »Sie haben die Ladungen trotz allem platziert?«

»Sie wollen die Station in die Luft sprengen?«, fragte Andevid verwirrt.

Leia wandte sich an Han. »Ja, aber wir sollten noch mehr als genug Zeit haben, bevor ...« Da hörte sie Fera etwas über das Komlink rufen.

»Captain! Die Ladungen ...«

... und im nächsten Moment sprang Leia der Boden entgegen und traf sie am Hinterkopf. Sie fand sich auf dem Rücken liegend wieder, mit klingelnden Ohren und dem Geschmack von Blut auf der aufgebissenen Lippe. Ihr wurde klar, dass die metallenen Bodenplatten ihr eigentlich gar nicht entgegengesprungen waren, vielmehr hatte die Druckwelle einer Explosion sie flach auf den Boden gedrückt. Sie setzte sich auf und konnte gerade noch sehen, wie die letzten Scherben des transparenten Fensters aus dem Rahmen brachen und in die Höhle davontrieben. Die anderen stöhnten und versuchten, wieder auf die Beine zu kommen.

Han, der nicht weit von ihr entfernt lag, fragte mit ätzendem Tonfall: »Wie war das, Euer Hochwohlgeboren?«

Leia stemmte sich auf die Füße und stieß zwischen zusammengebissenen Zähnen hervor: »Wissen Sie, im Augenblick hätte ich nichts dagegen, wenn Sie ein wenig konstruktiver wären.«

Terae richtete sich mühsam auf, dann zog sie ihr Komlink hervor und schrillte: »Fera, was ist passiert?«

Es dauerte einen Moment, bevor Feras zittrige Stimme über Kom erklang. »Sie sind zu früh losgegangen, Lieutenant. Der Droide hat sie aktiviert. Wir waren fast schon wieder im Tunnel, als wir gesehen haben, wie er an der Wand der Kommandozentrale nach unten geklettert ist. Er ist hin und her gestürmt und hat wild um sich geschlagen. Dabei muss er wohl den Ladungen zu nahe gekommen sein ... Ist bei euch alles in Ordnung?«

Die Piratin schüttelte in stummer Verneinung den Kopf. *Nein, nichts ist in Ordnung*, dachte auch Leia bitter, aber noch mussten die anderen nicht von Metaras Schicksal erfahren.«

Geht zurück zum Schiff, so schnell ihr könnt«, befahl Terae. »Wir kommen gleich nach.«

Leia nickte. »Ja, gehen wir.« Ihre Zeit war gerade abgelaufen. Anakaret hatte ihre Nachricht bestimmt noch nicht gesendet, es würde also keine Verwirrung unter den Schiffen im Orbit oder in den anderen Landebuchten geben. Jemand würde kommen, um herauszufinden, was gerade explodiert war, und falls Leias Eindruck von diesem Piratennest sie nicht täuschte, würde bald auch jeder Kriminelle, der je den Wunsch gehegt hatte, Viest zu töten und sich einen Teil ihres Geschäfts unter den Nagel zu reißen, hier auftauchen, um nachzusehen, ob die Lorrdianerin tot oder verletzt war. Nachdem Han aufgestanden war, gab sie ihm Viests Blaster und zog ihre eigene Waffe unter der Jacke hervor. »Terae, Sie ...« Ein lautes Krachen unterbrach sie. Es vibrierte durch den Metallboden, und dann erbebte die gesamte Kommandozentrale. Leia griff nach der Kante des Holotisches, um sich abzustützen. »Das klang wie ... Ich hoffe, die Brücke ist nicht durchgebrochen ...«

Irgendwo tief unter ihnen kreischte und ächzte Metall. »Ich glaube, genau das ist passiert.« Han ging zur Tür hinüber.

Mit vorsichtigen Schritten führte Leia die anderen aus Viests einstigem Privatquartier hinaus in den Hauptraum der Kommandozentrale, aber als sie dort angelangten, hallte erneut das Quietschen überbelasteten Metalls durch die Luft, und der gesamte Raum kippte zur Seite.

Leia stolperte in Han hinein, und er packte sie am Arm, während er vor und zurück wankte, um sein Gleichgewicht zu halten. Mit gesenkter Stimme erklärte er: »Ich war übrigens nicht derjenige, der geplaudert hat.«

»Ich weiß«, erwiderte die Prinzessin. Sie hatte nie ernsthaft geglaubt, dass er sie verraten hätte.

Han musterte sie skeptisch, als würde er an ihren Worten zweifeln, aber dann meinte er: »Geben Sie mir Ihr Komlink – der *Falke* ist hier.«

Verblüfft reichte sie ihm den Kommunikator. »Wie bitte?«

»Ja. Viest hat es mir erzählt. Sie wusste, dass es mein Schiff ist.« Sein Blick wanderte zu Kifar, der einem der toten Piraten einen Blaster abgenommen hatte und nun hinter Sian auf den Ausgang zustolperte. Es war ziemlich offensichtlich, wen er für den Schuldigen hielt.

Nachdem er die Frequenz des Komlinks geändert hatte, rief er: »Chewie? Chewie, kommen.«

Es folgte ein langer Moment statischen Knisterns, und kurz kamen Leia Zweifel. Vielleicht hatte Viest nur gelogen und einem ihrer Piratenkapitäne schon befohlen, den *Falken* zu zerstören. Hans Miene verriet, dass ihn ähnliche Gedanken umtrieben, aber dann hörten sie das vertraute, willkommene Grollen eines Wookiees. Sie atmete erleichtert auf, während Chewbacca weiter aus dem Empfänger bellte. Vermutlich hatte er einige Fragen auf der Seele – und einige Bemerkungen darüber, was für ein dummer Corellianer man sein musste, wenn sie es für eine gute Idee hielten, Piratenhäfen anzufliegen.

Nach mehreren Anläufen gelang es Han schließlich, ihn zu unterbrechen. »He, he, hör mir zu! Ja, es geht mir gut, aber wir sind ziemlich beschäftigt. Bleib einfach, wo du bist, und unternimm nichts, bevor ich es nicht sage, in Ordnung?« Er schaltete das Komlink ab, bevor Chewbacca protestieren konnte, und drückte Leia das Gerät wieder in die Hand.

Sian hatte die Stufen erklommen, die inzwischen ebenso wie der Boden deutlich nach rechts geneigt waren, und nachdem sie kurz durch die Tür geblickt hatte, meldete sie: »Prinzessin, die Brücke hat sich von der Wand losgerissen.«

Leia richtete ihre Aufmerksamkeit wieder auf die unmittelbaren Probleme und folgte der Rebellin die Treppe hinauf. Kühle, feuchte Luft strömte aus dem Schacht herab, aber jetzt war sie geschwängert vom Geruch von Ozon und überhitztem Metall. Die gesamte Kommandozentrale war nach hinten gerutscht, in die Höhle hinaus, und die Brücke, die sie mit dem Hauptteil der Mine verband, war aus ihrer Verankerung gerissen. Ein großes Segment ragte noch aus der Galerie hervor, und die Haltekabel, die sich ebenfalls gelöst hatten, hingen wie Girlanden davon herab.

»Wir können noch immer hinüber«, meinte Terae. »Sehen Sie, diese Schwebepaletten ...« Sie trat vor und wollte nach der Kette greifen, mit der die nächstgelegene am Rand des Abgrunds festgemacht war.

Plötzlich stach Leia eine Bewegung ins Auge, drüben im Wartebereich auf der anderen Seite des Schachts, und dann brüllte Han: »Zurück!«

Sian sprang hastig nach hinten, und sie wichen geduckt von der Tür fort, während ein Dutzend oder mehr Piraten in den Wartebereich stürmten und alarmiert durcheinanderriefen, als sie die zerstörte Brücke sahen.

Leia nahm an, dass es sich hierbei um Viests Rivalen handelte. Genau, wie sie vermutet hatte, waren sie gekommen, um nachzusehen, ob die Flugmeisterin tot war, und einige von ihnen waren vermutlich sogar bereit, ein wenig nachzuhelfen, sollten sie die Lorrdianerin nur verletzt vorfinden. Sobald die Nachricht von der Explosion die Runde machte, würden zweifelsohne noch mehr Kapitäne von den Schiffen im Orbit herkommen. »Wir können durch die Höhle und einen der Transporttunnel nehmen«, schlug sie vor. Die Liftröhren waren vermutlich geborsten, aber es gab ausreichend alte Repulsorschlitten und Schwebeplattformen rings um den Schacht, sodass die Piraten kein Problem haben sollten, die Kluft zu überqueren. Sie könnten den Abgrund auch umgehen, indem sie den Weg durch die Tunnel nahmen und dann durch die Niedrig-Schwerkraft-Bereiche der Höhle wieder nach oben kletterten. »Wenn wir uns nicht beeilen, sitzen wir hier in der Falle.«

»Sie werden uns direkt auf den Fersen sein«, brummte Han.

Leia durchquerte den Raum und blickte durch das Sichtfenster in den gewaltigen Hohlraum hinaus. Staub trieb durch die Luft, in der niedrigen Schwerkraft zu seltsamen Mustern verwirbelt, und das Licht aus der Kommandozentrale erhellte zudem Gesteinstrümmer und Metallsplitter, vermutlich die Überreste des zerstörten Droiden. Unter sich konnte sie das Spielfeld und die Arbeitsplattform des Technikers ausmachen. »Wir könnten durch den Liftschacht ... Verdammt!« Plötzlich tauchten in der Tiefe winzige Lichter auf, lange, glühende Finger, die hektisch hin und her zuckten und schnell näher kamen. Es waren Handscheinwerfer, vermutlich auf Schwebeschlitten oder kleinen Repulsoren. »Da kommen sie auch schon.«

»Wir könnten direkt zum Andockring durchbrechen, wenn wir den Tunnelbohrer nehmen«, warf Andevid ein.

Leia drehte sich zu ihm herum. »Den was?«

»Eine der Maschinen aus der alten Mine«, erklärte er. »Viest hat ihn benutzt, um unliebsame Schiffe in den Landebuchten zu zerstören. Sie rechneten mit einem Angriff aus dem Andockring oder aus dem Orbit, aber Viest und ihre Leute sind mit dem Bohrer durch die unteren Tunnel gefahren und dann direkt unter dem Schiff nach oben in die Landebucht vorgestoßen. Anschließend mussten sie es nur noch mit den Ausgrabungslasern vernichten.« Er zog die Schultern hoch. »Diese Landebuchten konnten wir natürlich nicht mehr benutzen.

Nicht einmal diese Piraten sind dumm genug, ihre Schiffe in einem Hangar abzustellen, wenn ein großes Loch im Boden klafft.«

Leia dachte an all die verschlossenen Türen, die sie auf dem Weg durch den Andockring passiert hatten. Die Trümmer und Skelette in diesen Landebuchten machten sie vermutlich noch weniger einladend als die Löcher im Boden. »Wo ist dieser Bohrer?«, fragte sie.

Andevid wandte sich um. »Da draußen. Sofern er nicht durch die Explosion zerstört wurde.«

Sie folgten dem Aqualishaner durch den Raum, zurück in Richtung des Turbolifts. »Viest war ja ganz schön kreativ«, meinte Han.

»Du hast ja gar keine Ahnung«, brummte Andevid, dann fügte er an Leia gewandt hinzu: »So wollte sie übrigens auch euer Schiff zerstören. Sie hatte den Bohrer schon vorbereitet und hochgefahren.«

Das überraschte sie nicht, aber Terae stieß einen unterdrückten Fluch aus und blickte zurück in Richtung des Raumes, wo Viest und Metara lagen.

Andevid fuhr derweil fort: »Sie wollte in zwei Stunden zuschlagen, sobald die Handelsdocks geschlossen und die Schiffe dort wieder abgeflogen sind. Diese Piraten sind unabhängig, nichts bindet sie an Viest, darum wollte sie nicht, dass sie zu viel über ihre Machenschaften hier erfahren. Außerdem hatte sie vielleicht vor, sie eines Tages ebenfalls auszuschalten.«

Fehlermeldungen blinkten auf den Kontrolltafeln neben sämtlichen Lifttüren. Die Röhren waren also wirklich beschädigt worden, als die Kommandozentrale sich geneigt hatte. Der Aqualishaner führte sie an den Türen vorbei und dann über eine Wendeltreppe in einen kleineren Kontrollraum, wo sich alte, deaktivierte Konsolen an den Wänden reihten. Eine große Tür führte zu den Tunneln, und links und rechts davon zeigten zwei Sichtfenster, dass sich auf der anderen Seite etwas Großes, Massiges befand. Andevid betätigte die Kontrollen, die Tür glitt auf, und Han und Leia traten hindurch, um sich die Bergbaumaschine anzusehen.

Der Tunnelbohrer war wie eine lange Röhre geformt und ungefähr doppelt so groß wie eine Mehrpersonen-Rettungskapsel, mit einem kegelförmigen Aufsatz für die Laser an der Vorderseite. Dieser Teil der Höhle war in tiefe Schatten gehüllt, und sollte irgendjemand vom Spielfeld auf sie hinabblicken, musste er den Bohrer für ein weiteres Relikt aus den Tagen der alten Mine halten. Die metallenen Seitenwände des Fahrzeugs waren von Mineralrückständen befleckt, aber im Licht, das durch die Fenster fiel, konnte Leia sehen, dass das Tastenfeld neben der Einstiegsluke makellos rein war. Bereitschaftslämpchen leuchteten matt darauf, ebenso wie vorn am Laseraufsatz.

Han beugte sich vor und stützte sich mit einer Hand an der Seite des Bohrers ab, dann betätigte er das Tastenfeld. Die Luke öffnete sich, und als dahinter automatische Lichter aufblinkten, wurden ein schmales Cockpit und lange Sitzbänke entlang der Wände dahinter sichtbar.

»Kannst du dieses Ding steuern?«, fragte Solo Andevid.

»Ich habe noch nie da drin gesessen«, erwiderte der Aqualishaner. »Ich weiß aber, welchen Tunnel sie benutzt haben, um zum Andockring zu gelangen.«

Sian war an der Tür zurückgeblieben, um nach Verfolgern zu lauschen. »Ich kann sie über uns hören«, meldete sie nun im Flüsterton. »Klingt, als würden sie die Zentrale durchsuchen.«

»Diese schweren Maschinen sind doch alle gleich aufgebaut«, meinte Kifar. »So schwer wird es schon nicht sein, die Steuerung zu enträtseln.«

Han stieg durch die Luke und zwängte sich in das winzige Cockpit. »Kommt ganz darauf an, wer sie gebaut hat.«

Leia bedeutete den anderen, ihm zu folgen. Andevid und Terae kletterten leichtfüßig ins Innere des Bohrers, aber Kifar musste sich ducken und zur Seite drehen, um nicht in der schmalen Öffnung steckenzubleiben. Sian und Leia waren die Letzten, die an Bord gingen, und da Han bereits die Lebenserhaltungssysteme hochgefahren hatte, konnte Leia die Luke hinter sich schließen.

Sian aktivierte eine kleine Konsole an der Wand, und Kifar und Andevid traten hinter sie, während sie versuchte, das Display aufzurufen. »Ich glaube, das ist ein Kartengerät«, murmelte die Rebellin. »Ja, ich hab's.«

Ein kleines Holobild der Mine erschien ein paar Zentimeter von Leias Nase entfernt in der Luft. Sie machte einen Schritt nach hinten, um es besser sehen zu können, aber selbst dieser erste Blick hatte gereicht, um ihr zu zeigen, dass die Karte vollständig war, im Gegensatz zu dem Diagramm, das Han und Sian zuvor kopiert hatten. Die Darstellung des Asteroiden war von Tunneln durchzogen, und bei den Linien, denen sie folgten, musste es sich um diverse Erzadern handeln. Ein paar Bereiche schienen unangetastet geblieben zu sein, aber sie waren nicht sehr zahlreich.

»Auf der anderen Karte waren nur die Tunnel und Gänge für kleine Transporter und Droiden verzeichnet«, erklärte Sian. »Hier haben wir auch die Tunnel für die Bergbaumaschinen. Solo, können sie das auch im Cockpit aufrufen?«

»Einen Moment ... Ja, ich hab's.«

Leia ging nach vorn und blickte über Hans Schulter. Die

Kontrollen wirkten kompliziert und waren mit Symbolen beschriftet, die sie nicht kannte. »Können Sie dieses Ding fahren?«, fragte sie mit gedämpfter Stimme. Aus diesem Winkel konnte sie das Blut sehen, das die Haare an Hans Schläfe verklebt hatte, und viel zu spät erkannte sie, dass er eine Kopfverletzung haben musste. Sie hoffte nur, dass er sich keine Gehirnerschütterung zugezogen hatte.

»Sicher. Irgendwie. Vielleicht«, brummte Solo, ganz darauf konzentriert, die Funktionsweise der Kontrollen zu entschlüsseln. Eine kleinere Version der Karte war über den Armaturen erschienen, dort, wo sich normalerweise die Sichtfenster befunden hätten. Doch dieses Fahrzeug war dafür entwickelt, sich durch soliden Fels zu bohren oder durch die Dunkelheit neu entstandener Tunnel zu walzen.

Leia spürte, wie der Boden vibrierte, als der leistungsstarke Antrieb grummelnd zum Leben erwachte, und einen Moment später musste sie sich an einem der Handgriffe festhalten, denn die Maschine schwebte sogleich auf ihren Repulsoren von der Kommandozentrale fort. Ein Sensorschirm unter der Karte zeigte die Umgebung an, wobei die Wände und die anderen Bergbaugeräte ringsum als helle Umrisse dargestellt wurden.

»Gut, scheint alles zu funktionieren, wie es funktionieren sollte«, kommentierte Han in wenig zuversichtlichem Ton. »Andevid, komm nach vorn und zeig mir diesen Tunnel.«

Leia zog sich zurück, um dem Aqualishaner Platz zu machen, und nachdem er sich an ihr vorbeigezwängt hatte, deutete er mit einem Finger auf das Holobild der Höhle. »Da, unter der Kommandozentrale«, sagte er.

»In Ordnung.«

Solo klang noch skeptischer, und Leia konnte auch sehen, warum. *Ja, der Tunnel liegt direkt unter der Kommandozentra-*

le – die sich gerade aus dem Fels löst und jeden Moment in die Höhle hinabrutschen kann. Aufgrund der niedrigen Schwerkraft würde sie nur langsam herabstürzen, aber das änderte nichts an der Tatsache.

Han wendete das Fahrzeug und neigte es, bis seine Nase direkt auf die Felswand unterhalb des Kontrollkomplexes gerichtet war. »Das wird es wohl sein«, meinte er, als zwischen den roten Linien, die die Klüfte im Stein darstellten, eine blau umrandete Öffnung auf dem Holo erschien.

Lautes Knirschen hallte durch die Innenkabine, wenngleich die Wände nicht vibrierten. Leia glaubte zuerst, dass es sich um Trümmer handelte, die auf den Bohrer hinabfielen, aber dann fiel ihr wieder ein, wie gering die Schwerkraft in der Höhle war. »Die Piraten schießen auf uns.« Sofern sie nichts Durchschlagskräftigeres als Handblaster mitgebracht hatten, stand wohl zu bezweifeln, dass sie der Außenhülle etwas anhaben konnten, aber falls es ihnen gelang, den Antrieb zu beschädigen ...

»Können wir zurückschießen?«, fragte Kifar.

Han antwortete: »Ja, warum öffnen Sie nicht die Luke und strecken Ihren Kopf nach draußen ...«

Andevid verkniff sich ein Lachen.

Leia schob das Kinn vor. »Han, konzentrieren Sie sich einfach aufs Fahren.«

»Ja, Euer Hochwohlgeboren.« Er steuerte den Bohrer in den Tunnel, und als die Hülle mit einem kratzenden Geräusch zu vibrieren begann, zuckte die Prinzessin unweigerlich zusammen. Mit einem leisen Fluch korrigierte Han den Kurs um eine Winzigkeit, dann gab er mehr Energie auf die Repulsoren. »Die Schwerkraft wird hier wieder stärker – das hat uns ein wenig abdriften lassen.«

Langsam bewegten sie sich vorwärts, und als die Höhle hinter ihnen zurückblieb, konnte Leia allmählich wieder leichter atmen. Kein Pirat, der noch ganz bei Sinnen war, würde ihnen hierher folgen – nicht, wenn er stattdessen die Kommandozentrale plündern und die Kontrolle über Viests Reich beanspruchen konnte. Der Tunnelbohrer ruckelte um eine Biegung, und plötzlich zeigte das Display eine solide, rot leuchtende Wand vor ihnen.

»Was hat das zu bedeuten?«, fragte Han.

»Oh.« Andevid blickte auf die Holokarte. »Vielleicht war es doch nicht dieser Tunnel.«

»Vielleicht?« Leia starrte ihn an, und die anderen beobachteten die Szene mit einer Mischung aus Ungläubigkeit und Sorge.

»Es ist schließlich nicht so, als ob Viest mich schon mal auf eine kleine Spazierfahrt mitgenommen hätte«, verteidigte sich Andevid, während er weiter das Holo studierte. »Moment mal, da ist es. *Das* ist der Tunnel. Ein Stück weiter unten, auf der rechten Seite.«

Solo drehte sich herum und bedachte den Aqualishaner mit einem finsteren Blick. Leia war ziemlich sicher, dass sie in diesem Moment nicht viel freundlicher dreinschaute.

Andevid erklärte: »Tut mir leid, in Ordnung, aber diesmal bin ich mir ganz sicher.«

»Können wir zurückfahren?«, fragte Leia. Dabei dachte sie: *Die Piraten müssen die Kommandozentrale inzwischen schon beinahe erreicht haben.*

»Nein, das machen wir anders«, brummte Han, dann drückte er einen Knopf auf dem Steuerpult. Das hohe Summen von Energie drang durch den Boden, und ein drittes Holodisplay erschien neben den anderen.

Leia erkannte den Kegelaufsatz. »Die Laserschneider? Haben Sie den …«

… *Verstand verloren*, hätte der Satz eigentlich enden sollen, aber da drückte Solo bereits das Steuer nach vorn, und das Summen verwandelte sich in ein Grollen. Leia packte den Handgriff und sah fasziniert zu, wie sich der Fels auf dem Holodisplay auflöste.

»Das macht ja richtig Spaß«, warf Andevid ein.

»Du musst mehr unter Leute, Kumpel«, meinte Han.

»Ich weiß«, erklärte der Aqualishaner.

Leia sagte sich, dass die Maschine genau für solche Arbeiten entworfen worden war, aber sie konnte nicht vergessen, dass die Maschine leider auch schon wer weiß wie alt und schon lange nicht mehr richtig gewartet worden war. Zudem war sie in jüngster Zeit nur noch als improvisiertes Werkzeug eingesetzt worden, um Raumschiffe zu zerstören. Und das Schlimmste: Han Solo saß am Steuer. Sie verspürte gerade so etwas wie Platzangst, als die letzten Gesteinsreste vor ihnen wegbrachen und sie einen Tunnel erreichten. Dieser Gang war kaum größer als der Bohrer und vermutlich irgendwann von ihm selbst in den Fels gegraben worden. Hinter sich hörte die Prinzessin, wie Sian einen erleichterten Fluch ausstieß. Als sie über die Schulter blickte, sah sie, dass sich Kifars Knöchel dunkelorange verfärbt hatten, so fest hatte der Rebell die Hand um seinen Haltegriff geschlossen, und Terae machte den Eindruck, als wäre ihr übel. Leia holte ihr Komlink hervor, um sich bei der *Aegis* zu melden, aber alles, was aus dem Gerät drang, war Rauschen. Sie wandte sich an Terae und Sian. »Hat irgendjemand Empfang?«

Die beiden Frauen überprüften ihre Komlinks, und beide schüttelten sie den Kopf. »Die Hülle des Bohrers muss gut abgeschirmt sein«, meinte die Waffenoffizierin. »Das Signal kommt nicht durch.«

Leia blickte sich nach etwas um, das auch nur ansatzweise wie ein Kommunikator aussah, aber ihre Suche blieb ergebnislos. »Han, wie dicht können Sie uns an die *Aegis* heranbringen?«

Solo steuerte die Maschine gelassen und leicht gedankenverloren durch den Tunnel, als hätte er das schon tausend Mal gemacht. »Suchen Sie die beste Route auf der Karte.«

Leia überflog das Netz der Tunnel, und sofort entdeckte sie den Andockring. Das Navigationssystem des Bohrers hatte sämtliche alten Minengänge markiert, die einst gegraben worden waren, um die Erzadern im Inneren des Asteroiden zu finden. Die neueren Tunnel in der Nähe des Rings hingegen waren mit Warnsymbolen versehen. Offensichtlich entsprachen sie nicht den Sicherheitsstandards, und Viest musste die Protokolle des Bohrers überschrieben haben, um sie zu erschaffen. Leia sah mehr als hundert Buchten entlang des Andockringes, was der Flugmeisterin gerade recht gekommen sein musste, auch, weil sie im Verlauf der letzten Jahre über zwanzig von ihnen zerstört hatte. Der nächste Zugangspunkt befand sich sechs Landebuchten von der *Aegis* entfernt, am Ende des Ringes, dort, wo er sich aufteilte und zu dem großen Lagerabteil hinabführte, in dem die Piraten Hans Bericht zufolge ihre Fracht unterbrachten. Unvermittelt beugte Leia sich vor. *Und der Sklavenpferch ist auch dort.* Sie zückte ihr Komlink, um nachzusehen, wie viel Zeit ihnen noch blieb, bevor Anakaret ihre Nachricht senden würde, dann lächelte sie. »Ich habe eine Idee.«

Im Cockpit des *Falken*, hoch im Orbit über dem Asteroiden, rief Luke: »Warte, frag ihn …«

Chewbacca warf frustriert die Arme in die Höhe. Han hatte die Verbindung unterbrochen.

»Verdammt! Er hat nicht einmal gesagt, ob Leia bei ihm ist!«, entfuhr es Luke. Er versuchte, Solo noch einmal zu erreichen, erhielt aber keine Antwort. »Nichts«, informierte er Chewie. Entweder hatte Han das Komlink ausgeschaltet, oder das Signal wurde durch eine Interferenz gestört.

Der Wookiee schüttelte den Kopf und grollte eine wenig zufrieden klingende Bemerkung, die C-3PO hinter ihnen übersetzte: »Er sagt, Captain Solo wollte, dass wir warten. Das war sehr unhöflich. Von Captain Solo, meine ich, nicht von Chewbacca. Ausnahmsweise.«

Chewie rieb sich die Stirn und brummte verdrießlich.

»Na schön, also warten wir eben«, murmelte Luke. Zumindest wussten sie, dass Han und Leia hier waren, und dass sie noch lebten – das heißt, sie wussten, dass Han noch lebte. Doch wäre der Prinzessin etwas zugestoßen, hätte er sicher grimmiger geklungen. Der junge Skywalker trommelte mit den Fingern auf der Konsole, hörte aber wieder auf, als Chewie ihm einen irritierten Blick zuwarf. Er war sicher, wenn er noch länger hier herumsitzen musste, würde er den Verstand verlieren.

Auf dem Weg hierher hatten sie versucht, nicht darüber zu sprechen, wie besorgt sie wirklich waren. Chewbacca hatte seinen Bogenspanner im Cockpit mit nervöser Präzision auseinandergebaut, gereinigt und dann wieder zusammengesetzt, und das Ganze immer und immer wieder. Da er nichts anderes zu tun gehabt hatte, als ihm dabei zuzusehen, war Luke inzwischen sicher, dass er selbst einen Bogenspanner zusammenbauen könnte, und zwar mit verbundenen Augen, sollte sein Leben je davon abhängen. Und die ganze Zeit über hingen ihre unausgesprochenen Fragen in der Luft: *Was, wenn sie nicht dort sind? Was, wenn wir sie nicht finden können? Was, wenn wir sie nie wiedersehen?*

Zumindest darum mussten sie sich jetzt keine Sorgen mehr machen. Vor Hans Meldung hatte Chewie die Transpondersignale überprüft, die das Kom-System erfassen konnte, um so die *Aegis* zu finden, während Luke in den Sensordaten nach einem Schiff gesucht hatte, das der Beschreibung des Kanonenbootes entsprach. Wären sie nicht fündig geworden, hätten sie vermutlich die Anflugkontrolle des Asteroiden angefunkt und versucht, sich einen Landeplatz zu erschwindeln.

Bislang hatte der *Falke* noch keine ungewollte Aufmerksamkeit erregt, vor allem wohl deshalb, weil in der Nähe Dutzende kleiner zerschrammter Frachter umherflogen, und Luke glaubte, dass es ihnen einigermaßen gelang, in der Menge unterzutauchen. Sie hatten sich identifizieren müssen, als sie in das System geflogen waren, aber die Flugkontrolle hatte nur wenig Interesse an ihnen gezeigt. Zum Glück hatten Han und Chewie sich in jüngster Zeit nicht in dieser Ecke der Galaxis herumgetrieben, dachte Luke. Schließlich ertrug er es nicht mehr, einfach nur herumzusitzen. »Wir könnten versuchen, die *Aegis* zu finden und sie zu kontaktieren.«

Chewbacca blickte ihn unter zusammengezogenen Brauen an.

Luke wusste inzwischen genug über die Mimik von Wookiees, um zu erkennen, was er damit ausdrücken wollte: *Was stimmt bloß mit dir nicht?* Also brummte er: »Ja, ja, ich weiß. Solange wir nicht wissen, wie die Situation dort unten ist, wäre das vermutlich eine schlechte Idee.« Da meldete das Kom-System eine eingehende Nachricht auf der offenen Frequenz des Asteroiden, die von allen Schiffen empfangen wurde. Luke lauschte mehrere Sekunden angestrengt, dann stieß er scharf den Atem aus. »Chewie, hör dir das an!«

Chewbacca stieß mit einer stumpfen Kralle nach dem Pult und bedeutete Skywalker, die Lautstärke aufzudrehen, und dann konnten sie beide die weibliche Stimme hören, die meldete, dass gerade imperiale Schiffe in das System eindrangen, gefolgt von einem Ausschnitt der Übertragung, die ihr Schiff aufgeschnappt hatte.

Der Wookiee grollte frustriert. Die Sensoren zeigten ihnen, dass die ersten Schiffe bereits aus dem Orbit heraus beschleunigten – wie verschreckte Wompratten stoben sie auseinander.

Luke schüttelte den Kopf und biss sich auf die Lippe, während er angestrengt nachdachte. »Warte, da stimmt doch irgendwas nicht.« Auf Chewies fragendes Knurren hin fügte er hinzu: »Ich weiß nicht genau ... Einen Moment.«

Das System hatte die Nachricht automatisch gespeichert, und er spielte sie noch einmal ab, wobei Chewbacca konzentriert lauschte.

»Das klingt ziemlich abgehackt«, meinte Luke. »Komisch. Als hätte ihr Schiff nicht die gesamte Übertragung empfangen.« Er jagte den Funkspruch durch das Kom-System und versuchte, ihn einem imperialen Schiff zuzuordnen. Die Datenbank des *Falken* war von der Allianz erweitert worden, falls es sich also um eine bekannte Schiffsklasse handelte, müssten sie eigentlich fündig werden. Innerhalb einer Sekunde meldete der Computer eine Übereinstimmung, aber als Luke das Ergebnis überprüfte, dachte er nur: *Wie bitte?* Verwirrt legte er die Daten auf Chewies Schirm. »Das ergibt keinen Sinn.«

Der Wookiee knurrte und wedelte mit den Armen, woraufhin sich C-3PO einschaltete. »Er sagt, dass es nicht der Todesstern sein kann, da Sie sich gewiss noch an den denkwürdigen

Moment seiner Zerstörung erinnern. Ich glaube, er hat recht, Master Luke. Er meint außerdem, dass es sich um einen Fehler in der Übertragung selbst handeln muss.«

Luke hörte sich die Nachricht ein weiteres Mal an, und dabei fiel ihm auf, dass kein einziges Mal das Wort Todesstern fiel. Die Rufsignale waren eindeutig imperialen Ursprungs, aber er war sicher, dass von all den Schiffen hier allein der *Falke* diesen speziellen Funkspruch identifizieren konnte, schließlich waren sie die Einzigen, die tatsächlich Kom-Kontakt mit dem echten Todesstern gehabt hatten. »Schon merkwürdig, dass der Teil, in dem sie sich als Imperiale identifizieren, ganz klar verständlich ist, aber sobald es um Angaben über ihre Position und das System geht, wird das Signal völlig zerhackt. Die Nachricht muss gefälscht sein.« Er drehte sich zu Chewie herum. »Wer würde eine alte Kopie einer Todessternübertragung benutzen, um hier für Panik zu sorgen?«

Chewbacca setzte sich kerzengerade auf, bellte vor Freude und stieß Lukes Kopf an. Zum Glück wusste Skywalker, dass diese Geste das Wookiee-Äquivalent eines Lobs war. Diesen Plan konnten nur Han oder Leia oder beide gemeinsam ausgeheckt haben.

Luke wünschte nur, er wüsste, worum es bei diesem Plan ging, und ob er auch funktionierte.

13. Kapitel

Leia stand an der Luke, den Blaster in der Hand und bereit, den Öffnungsknopf zu drücken. Mit Ausnahme von Han, der noch im Cockpit saß, und Andevid, der am Kartengerät arbeitete, hatten sich die anderen hinter ihr versammelt. Schließlich fragte Solo: »Bereit?«

Der Bohrer hatte sich tief in den Fels gegraben und befand sich nun ungefähr fünfzig Meter unterhalb der Wohnquartiere, die die Piraten in einen Sklavenpferch umgewandelt hatten – nun, zumindest hoffte Leia, dass sie an der richtigen Stelle waren.

»Sofern diese Kiste nicht vorher auseinanderbricht«, meinte Kifar besorgt.

Nach all den Tunneln und Hohlräumen, die auf der Karte gar nicht eingezeichnet waren, hatte Leia im Augenblick eher Angst davor, dass der *Asteroid* auseinanderbrach. Sie wandte sich an Han: »Bereit.«

Solo beugte sich über die Kontrollen, und die Wände erbebten, als der Bohrer nach oben schoss und sein Laseraufsatz sich durch das Gestein brannte. Überall im Cockpit blinkten Warnlichter auf, und Leia wechselte einen ernsten Blick mit

Sian, während sie sich an der Haltestange über ihrem Kopf festklammerte. Sie waren sich einig gewesen, dass die Maschine so schnell wie nur möglich sein musste, um die Wachen oben zu überraschen, aber offenbar hatte Han eine Möglichkeit gefunden, den Antrieb weit über seine ohnehin schon sehr großzügigen Sicherheitsgrenzen hinauszutreiben.

Ihre Komlinks konnten noch immer kein Signal empfangen, aber falls Anakaret Wort gehalten hatte, musste sie ihre Nachricht vor ein paar Sekunden übertragen haben. Die Schiffe im Orbit sollten also gerade die Warnung vor einer imperialen Streitmacht in Reichweite des Asteroiden erhalten haben. Leia konnte nur hoffen, dass die Twi'lek ihr Versprechen wirklich gehalten hatte.

Der Bohrer bebte und polterte, dann kippte der Boden nach unten und sie kamen unvermittelt zum Stehen, nur noch leicht nach oben geneigt. Sämtliche Alarmanzeigen blinkten ein letztes Mal, und der Antrieb gab ein unheilvolles, klapperndes Geräusch von sich. Doch Han meinte nur: »So, da wären wir. Los!«

Leia betätigte die Entriegelung, und Kifar sprang an ihr vorbei nach draußen. *Er hätte sich wenigstens vorher umsehen können*, dachte sie verärgert.

Doch Kifar wollte offensichtlich etwas beweisen. Er gab zwei Schüsse ab, dann rief er: »Alles klar!«

Sian und Terae kletterten durch die Luke, und gerade, als Leia ihnen folgen wollte, zwängte sich Han aus dem Cockpit hinter ihr. »Schätzchen, der Antrieb ist tot«, erklärte er. »Eine der Energiezellen hat den Geist aufgegeben, als wir durch die Schilde auf dieser Ebene gebrochen sind.«

Sie hielt inne. »Aber wir brauchen den Bohrer nicht, um hier herauszukommen.«

Er zuckte mit den Schultern. »Vermutlich nicht.«

Leia stöhnte leise und stieg durch die Luke in einen Raum hinaus, der aussah, als wäre er von einer Ionenkanone getroffen worden. Mehrere Lumas hingen zusammengedrängt unter der Decke – sie waren vor dem Bohrer zurückgewichen – und beleuchteten ein Durcheinander aus Steintrümmern und zerfetzten Bodenplatten aus Metall. Die Tür, die den Durchgang blockiert haben musste, war verbogen und zerschrammt in den angrenzenden Raum gekippt, und neben ihr lagen zwei bewaffnete Piraten, entweder tot oder bewusstlos. Leia hob ihr Komlink, das sie bereits auf die Notfallfrequenz des Asteroiden eingestellt hatte, und ein Schwall von Stimmen, die in Basic und anderen Sprachen durcheinanderriefen, drang an ihr Ohr. Einige von ihnen warnten Kumpane vor einem imperialen Angriff, andere fragten nach dem Anflugvektor der Angreifer, aber alle waren sie in Panik. *Gut*, dachte Leia erleichtert. *Danke, Anakaret.*

An der gegenüberliegenden Wand befand sich eine Sicherheitsluke, die man behelfsmäßig in einen viel zu großen Türbogen eingepasst hatte – das musste der Eingang zum Sklavenpferch sein. Halb kletternd, halb stolpernd bahnte Leia sich einen Weg über den zerstörten Boden, hinüber zu der Eingabetafel mit dem Tastenfeld neben der Tür. Man musste einen Code eingeben, und der manuelle Notfallmechanismus war durch eine aufgeschweißte Platte blockiert. Nachdem Andevid vorsichtig aus dem Bohrer geklettert war, winkte Leia ihn mit dem Blaster zu sich. »Du hast nicht zufällig den Code für dieses Schloss, oder?«

Der Aqualishaner schüttelte den Kopf. »Nur Mekerel hatte ihn. Er hat sich für Viest um die Sklaven gekümmert.« Andevid blickte an der Bergbaumaschine vorbei und blinzelte. Blut klebte an den Felsbrocken unter dem Laseraufsatz, und dazwischen hingen Fetzen, die nach Metall und Leder aussahen. »Vielleicht ist er das.«

Leia scherte sich nicht um Mekerels Schicksal. Als Sklavenhändler hatte er vermutlich ein noch grausigeres Ende verdient. Doch falls er tot war, würden sie den Code nicht bekommen, und das hieß, sie mussten sich auf die harte Tour Zugang zu den Gefangenen verschaffen. »Terae, wenn Sie so freundlich wären.«

Terae trat vor und zog den Fusionsschneider aus ihrer Werkzeugtasche. Sie aktivierte ihn, kniete sich neben die Tür und begann, ein Loch in die Platte über dem Notfallmechanismus zu brennen. »Das sollte nicht allzu lange dauern.«

»Gut, wir haben nämlich nicht viel Zeit.« Leia blickte zu dem anderen Durchgang, wo Han, Kifar und Sian in Verteidigungsposition gegangen waren. Irgendwo dahinter erklangen verwirrte Rufe, außerdem konnte sie das ferne Grummeln von Schiffstriebwerken hören.

Nach einem kurzen Moment schob sich Han durch die zerfetzte Öffnung und verschwand in dem Korridor, dicht gefolgt von Sian. Sie überprüften ihre Fluchtroute und stellten sicher, dass der Weg frei war. Sobald sie weit genug von dem Bohrer entfernt waren, würden sie aussehen wie irgendeine x-beliebige Piratenmannschaft, dann konnten sie seelenruhig zur *Aegis* spazieren. Zumindest theoretisch.

»Fertig«, meldete Terae. Die Metallplatte fiel zu Boden, und nachdem sie den manuellen Notfallmechanismus betätigt hatte, glitt die Tür langsam nach oben.

Leia machte einen Schritt nach hinten, für den Fall, dass sie die Gefangenen erst davon überzeugen musste, dass sie wirklich hier waren, um sie zu retten. Terae trat ebenfalls zur Seite und zog ihren Blaster. Doch hinter der Tür lag nur eine kleine, gesicherte Wachkabine, geschützt durch ein flackerndes Eindämmungsfeld. Jenseits davon konnte Leia einen großen nackten Raum mit Metallwänden sehen, angefüllt mit Dutzenden ramponierter, müder Gestalten, die sie misstrauisch anstarrten. »Hallo«, begann sie, während Terae sich in die Wachkabine zwängte und die Kontrolltafel in Augenschein nahm. »Mein Name ist Leia Durane. Wir sind hier, um Sie zu befreien.« Sie hatte nicht oft Gelegenheit, Leute zu retten, und sie wollte das Gefühl genießen, auch wenn sie wusste, dass womöglich keiner von ihnen diesen Asteroiden lebend verlassen mochte.

Mehrere der Gefangenen holten tief Luft, und ein goldhäutiger Videllaner schob sich nach vorn. »Gehört ihr zu Captain Solo?«, wollte er wissen.

»Ja. Sind Sie Kearn-sa'Davit? Ich glaube, Han Solo hat Ihnen bereits erzählt, dass wir kommen.«

Der Videllaner wandte sich zu den anderen um und rief: »Wir sind gerettet!«

Terae warf der Prinzessin einen Blick zu und nickte, um ihr zu zeigen, dass sie das Eindämmungsfeld deaktivieren konnte. Leia richtete sich erneut an die Gefangenen. »Wir werden Sie jetzt zu einem Schiff bringen und dann zur Arnot-Station fliehen. Sie müssen zusammenbleiben, sich ruhig verhalten und uns folgen, ohne Aufmerksamkeit zu erregen. Haben Sie das verstanden?«

Davit warf einen fragenden Blick in die Runde, bevor er Leia versicherte: »Wir sind bereit, Leia Durane.«

Nun bedeutete Leia Terae, das Feld herunterzufahren. »Also gut, dann kommen Sie.«

Han und Sian gelangten zu einem großen Torbogen, der in das Verladedock führte. Diesen Bereich hatten sie bereits von der anderen Seite gesehen, vom Ende des Korridors am Andockring. Damals war der Raum von streitenden Piraten bevölkert gewesen, und Han hatte gehofft, ihn nun verlassen vorzufinden, schließlich sollte jeder, der bis zwei zählen konnte, gerade versuchen, mit seinem Schiff zu fliehen. Doch diese Hoffnung musste er schnell wieder begraben, als Blasterfeuer durch die Öffnung hallte. Er erreichte den Durchgang als Erster, presste sich daneben an die Wand und spähte vorsichtig um die Ecke. Sian tat es ihm an der anderen Seite gleich.

Leichen, ausgebrannte Droiden und zerbrochene Frachtkisten lagen in der großen Verladebucht verstreut. Ein Stück oberhalb, wo sich eine Rampe zu den Andockbuchten emporschwang, tobte gerade ein Blastergefecht. Eine Gruppe war hinter einer alten Erzlore und einem zerstörten Transportschlitten in Deckung gegangen und feuerte auf eine zweite Gruppe, die den Eingang zum Andockring hielt. Han konnte nicht sagen, wie viele Piraten sich dort oben befanden, denn die meisten von ihnen hatten sich auf beiden Seiten des Ausgangs hinter den Trümmern zerfetzter Droiden und Konsolen verschanzt. Eine dritte Fraktion, die es auf beide der anderen Gruppen abgesehen zu haben schien, war oben entlang der Galerie in Stellung gegangen, knapp unterhalb einer Reihe verschlossener Andockbuchten, die in das Verladedock hinausführten. Sie hatten sich dort oben hinter einer Sicherheitsbarriere sowie mehreren Stapeln von Kisten und Fässern eingenistet. Die Fracht, die augenscheinlich der Auslöser dieses Kampfes war – kleine bunte Metallstücke, die sich aus mehreren zerbrochenen Containern ergossen hatten –, war am anderen Ende des Raumes über den Boden verstreut.

»Das soll wohl ein Witz sein«, stöhnte Sian. »Warum flüchten sie nicht einfach?«

»Nun, wenn sie schlau wären, wären sie wohl keine Piraten geworden«, meinte Han. Er griff nach seinem Komlink, dann fiel ihm wieder ein, dass es in Viests Kommandozentrale lag. »Haben Sie ein Komlink?« Sie warf ihm ihren Kommunikator zu, und er stellte die Frequenz ein. »*Aegis*, bitte kommen, hier spricht Solo.«

»Hier ist die *Aegis*«, meldete sich Kelvans erleichterte Stimme. »Wo sind Sie? Fera, Allian und die anderen sagten, sie hätten den Kontakt mit Captain Metara verloren, und wir konnten niemanden über Kom erreichen.«

»Ja, wir mussten uns einen anderen Ausweg suchen, und das Signal wurde blockiert.« Es war nicht genug Zeit, um Kelvan über alles zu informieren, was geschehen war. Zudem wollte Han nicht derjenige sein, der ihm die Nachricht von Metaras Schicksal beibrachte. »Wir befreien gerade die Gefangenen. Wie ist die Situation am Andockring?«

»Nicht gut. Einige der Schiffe weiter unten sind gestartet, aber draußen auf dem Korridor können wir Kampfgeräusche hören. Mit jeder Minute verlassen mehr Piraten den Orbit. Falls Sie es also rechtzeitig hierherschaffen, können wir in der Menge untertauchen.«

Im Augenblick war das ein großes *Falls.* Die Piraten schnappten sich alles, was nicht festgeschweißt war und schossen auf alles, was sich bewegte. Sollten sie versuchen, das Verladedock zu durchqueren, würden die drei Gruppen dort draußen vermutlich weitere Rivalen im Kampf um die wertvolle Fracht in ihnen sehen und das Feuer auf sie eröffnen. »Wir müssen sie ablenken.«

»Und wie?«, fragte Sian besorgt.

Sie mussten die Piraten daran erinnern, dass sie angeblich vom Imperium angegriffen wurden. »Kelvan«, sagte Han, »ich werde ein Schiff organisieren und auf die Landebuchten zwischen der *Aegis* und dem Frachtbereich schießen. Also geraten Sie nicht in Panik. Halten Sie die Füße still, bis wir uns wieder melden.«

Kelvan konnte gerade noch ein verwirrtes »Was für ein Schiff ...« hervorstoßen, bevor die Verbindung unterbrochen wurde.

Han suchte auf dem Komlink nach der Frequenz des *Falken.* »Chewie, melde dich, ich bin's.« Er war erleichtert, als er fast sofort eine Antwort erhielt, und das Erste, was Chewbacca von ihm wissen wollte, war, ob er und Leia hinter der falschen Übertragung vom Todesstern steckten, gefolgt von der Frage, was zur Hölle dort unten vor sich ging. Schließlich schaffte Solo es, ihn zu unterbrechen. »Hör zu, ich brauche jetzt sofort deine Hilfe. Wir stecken hier fest und brauchen ein Ablenkungsmanöver. Du musst Folgendes tun ...«

Leia führte die anderen durch eine Reihe kleinerer Räume und Gänge, die während der Jahre der Piratenherrschaft völlig ausgeschlachtet worden waren. Kifar und Terae gingen hinter den Gefangenen, um ihren Rückzug zu sichern und dafür zu sorgen, dass niemand hinter der Gruppe zurückfiel. Die Händler und die Besatzung, die gemeinsam mit Davit entführt worden waren, befanden sich noch in vergleichsweise guter Verfassung und konnten den Schwachen und Verwundeten helfen. Die Gefangenen, die schon länger festsaßen, wirkten misstrauisch und verzweifelt. Sie schienen nicht recht glauben zu wollen, dass sie wirklich gerettet wurden, vermuteten wahrscheinlich, dass man sie einfach nur in die Obhut anderer Sklaventreiber überführte. Mit Ausnahme einer kleinen Gruppe von Sullustanern und Duros und einer arkanianischen Frau waren die meisten von ihnen Menschen. Leia konnte sie nicht alle im Auge behalten, ihr blieb also nur zu hoffen, dass keiner von ihnen beschloss, eine Waffe aufzuheben und sie gegen Kifar, Terae oder sie einzusetzen. Andevid ging neben der Prinzessin, was sie ein wenig beruhigte, auch wenn sie bezweifelte, dass er sein Leben für sie oder irgendeinen anderen aus ihrer Gruppe riskieren würde. Doch zumindest sah er hart und brutal aus, und das war einiges wert.

Sie erreichten den letzten Gang, wo ein gewölbter Durchgang in den Verladebereich führte, und hier stießen sie wieder auf Han und Sian. Leia zuckte zusammen, als sie Blasterfeuer und Kampfgeräusche hörte. Offenbar waren nicht alle Piraten in Panik geraten und geflohen, wie sie es gehofft hatte.

»Solo!« Davit grüßte Han mit grenzenloser Erleichterung. »Tut es gut, dich wiederzusehen, und diesmal nicht durch ein Metallgitter.«

»Ja, es ist schön, gesehen zu werden«, murmelte Han, während er weiter um den Rand des Torbogens linste.

»Was haben Sie vor?«, fragte Leia. Sie hatte sein kurzes Kom-Gespräch mit Kelvan auf der *Aegis* gehört, und der Gedanke, durch den Frachtbereich in den Andockring zu gelangen, schien wenig Erfolg versprechend.

»Ich habe den *Falken* gerufen«, erklärte Han. »Chewie wird …«

Eine Explosion ließ die metallenen Bodenplatten unter Leias Füßen klappern, und Staub und Moder rieselten von der Felsdecke herab. Sie beugte sich über Hans Schulter, um in den Verladebereich hinauszublicken. »Was war das?« Die drei Piratenbanden, die sich am Durchgang zwischen Lagerraum und Andockring bekriegten, hatten das Feuer eingestellt und blickten sich erschrocken um. Die befreiten Gefangenen wisperten nervös durcheinander, und Davit blickte besorgt zu ihnen zurück – als hätte er Angst, sie könnten einfach davonrennen.

»Das war Chewie.« Han beobachtete angespannt das Geschehen im Verladedock. »Hoffen wir, diese Kerle haben die Nachricht verstanden.«

Ferne, rumpelnde Geräusche drangen aus dem äußeren Hauptkorridor, gedämpft durch mehrere Schichten Fels. »Chewie nimmt den Asteroiden unter Beschuss«, murmelte Leia. Sie wusste nicht, ob sie entsetzt sein sollte oder ... »Das könnte tatsächlich funktionieren«, schob sie fast widerwillig nach. Nach der Explosion im Herzen des Asteroiden und Anakarets gefälschter Nachricht sollte dieser Angriff selbst die starrköpfigsten Piraten davon überzeugen, dass es höchste Zeit war zu fliehen.

Die Gruppe, die den Landebuchten über dem Verladebereich am nächsten war, gab sich zuerst geschlagen. Jemand musste ihnen einen Befehl gegeben haben, denn sie zogen sich mit beinahe militärischer Präzision zurück, wobei sie einander geschickt Deckung gaben, bis sie alle im Korridor um den Andockring verschwunden waren. Damit war das Patt zwischen den beiden anderen Piratenmannschaften beendet. Die eine stürmte in einem durcheinanderrufenden Pulk durch einen gewundenen Gang, die anderen klaubten so viele von den Metallstücken zusammen, wie sie tragen konnten, und dann, während sich die Tür hinter der anderen Gruppe schloss, hetzte dieser letzte Haufen die Rampe hoch und in eine offen stehende Landebucht am Eingang des Ringkorridors.

»Das war's«, meinte Han, bevor er vorsichtig durch den Torbogen trat. »Gehen wir.«

Leia drückte auf ihr Komlink. »Terae, es geht weiter. Achten Sie darauf, dass niemand zurückbleibt.«

»Ja, Cap…, Euer Ho…, äh, Leia«, antwortete die Alderaanerin.

Leia folgte Han und Sian, die sich bei jedem Schritt argwöhnisch nach zurückgebliebenen Piraten umsahen, und hinter ihr setzten sich auch Andevid, Davit und die Gefangenen wieder in Bewegung. Sie durchquerten den weiten, offenen Bereich des Verladedocks, wobei sie an mehreren blutigen, von Blastereinschüssen übersäten Leichen vorbeikamen, die meisten menschlich, unter ihnen aber auch zwei Bith und ein Rodianer. »Wir werden dem Andockring zu unserem Schiff folgen«, erklärte Leia Davit, hauptsächlich, um die Gefangenen in der Nähe zu beruhigen, die jedem ihrer Worte nervös lauschten. Sie hoffte, dass keiner von ihnen die *Aegis* während des Kampfes deutlich genug gesehen hatte, um sie hier wiederzuerkennen. Erst, nachdem sie alle sicher auf der Arnot-Station von Bord gegangen waren, wollte sie ihnen verraten, dass das Piratenschiff, dem sie ihr Leben verdankten, dasselbe war, das sie überhaupt erst in diese missliche Lage gebracht hatte. »Es ist nicht mehr weit. Nur noch …«

Kifars Ausruf schnitt ihr das Wort ab. »Sicherheitsdroiden!«

Leia wirbelte herum. *Oh nein!* Dunkle zylindrische Objekte schwebten gerade mal zwanzig Meter hinter ihnen aus einer Luke. Ihre zahlreichen Arme endeten in glühenden Blastermündungen. Das mussten die Sicherheitsdroiden sein, die die Fracht bewachten, vermutlich herbeigerufen von einer der drei Piratenmannschaften, um ihre Rivalen auszuschalten. Dass sie erst jetzt hier eintrafen, lag vermutlich daran, dass der Bohrer zahlreiche der Gänge und Tunnel in diesem Bereich zerstört hatte. »Lauft!«, schrie sie den Gefangenen zu. »Bewegt euch! Dort entlang!«

Andevid stürmte sofort die Rampe hinauf und aus dem Verladebereich. So wussten die anderen zumindest, in welche Richtung sie rennen mussten, und während sie ihm in einer halbwegs geordneten Gruppe folgten, drehte Han sich zu Leia um. »Bringen Sie sie zum Andockring. Wir geben Ihnen Deckung.«

Der erste Droide eröffnete das Feuer, und Kifar und Terae schossen zurück. Ihre Blasterstrahlen ließen den Metallpanzer zu Schlacke zerschmelzen, und die Maschine trudelte seitlich weg, aber die anderen Droiden sausten einfach um ihn herum und erfüllten den Frachtbereich mit weiteren Energieblitzen.

Leia rief: »Kifar, Terae, ziehen Sie sich zurück!«

Sian duckte sich hinter einen Stapel von Druckbehältern, und als sie sich wieder aufrichtete, hielt sie das Blastergewehr eines toten Piraten in den Händen. Sie stützte die Arme auf den Kisten ab, und als sie die Droiden unter Beschuss nahm, löste sich die arkanianische Frau unvermittelt aus dem Pulk der Flüchtenden. Sie griff nach einer herumliegenden Pistole, ging neben der Rebellin in Deckung und deckte die Maschinen mit einer Salve von Energiegeschossen ein.

Als Kifar und Terae die anderen erreicht hatten und sich hinter ein paar Kisten warfen, stieß Han Leia an. »Gehen Sie schon! Wir kommen nach!«

Leia hatte nicht übel Lust zu protestieren, aber der nächste Blasterschuss brannte sich nur einen Meter vor ihnen in den Fels. Also rannte sie hinter den Gefangenen her, aber nicht, ohne noch einen besorgten Blick über die Schulter zu werfen, der ihr zeigte, wie Han in Deckung ging und dann wieder aufsprang, um das Feuer zu erwidern. Sie holte die Flüchtenden ein und rannte an ihnen vorbei, um sich wieder an die Spitze zu setzen – sie hatte schließlich keine Ahnung, wohin Andevid sie führen mochte. Es war völlig ausgeschlossen, dass Han und die anderen es durch den Andockring schaffen würden, solange ihnen diese Droiden im Nacken saßen, aber vielleicht konnten sie sich bis zu den Landebuchten über dem Verladedock hochkämpfen. Sie zückte ihr Komlink. »Chewie, Leia hier. Bitte melden.«

»Leia!« Es war Lukes Stimme, und einen Moment verspürte die Prinzessin tiefe Erleichterung. Sie war froh, dass er ebenfalls hier war. »Ist alles in Ordnung? Was ...?«

»Luke, hör zu.« Sie schaute nach hinten. Die Droiden versuchten, zu den Frachtcontainern vorzustoßen, und zumindest im Moment galt ihre Aufmerksamkeit noch ganz den Gestalten, die auf sie feuerten. »Der *Falke* muss Han und ein paar andere an Bord nehmen. Es gibt mehrere leere Landebuchten direkt oberhalb ihrer Position, direkt neben den Hangars, auf die Han euch hat schießen lassen.«

»Wir kümmern uns darum«, antwortete Luke ernst. »Sind gleich da.«

Da schnitt Solos Stimme in die Unterhaltung: »Hören Sie auf, sich Sorgen um mich zu machen – und jetzt weg von hier, Schätzchen!«

Im Hintergrund konnte sie Blasterfeuer und Sians Verwünschungen hören. »Halten Sie den Mund und schießen Sie stattdessen lieber ein paar Droiden ab«, blaffte sie.

Als sie das obere Ende der Rampe erreichte, hatte sie fast zu Davit und Andevid aufgeschlossen. Der Videllaner hatte sich mit einem herumliegenden Blaster bewaffnet. Hinter der Luke erstreckte sich der breite Ringkorridor, dessen Krümmung es unmöglich machte, weiter nach vorn zu sehen – ein perfekter Ort für einen Hinterhalt.

»Halt!«, rief Leia, und Andevid kam schlitternd zum Stehen. Davit breitete die Arme aus, auf dass auch die anderen Gefangenen anhielten, und Leia erklärte: »Vielleicht lauern Piraten links hinter dieser Biegung. Ich gehe zuerst …« Ein Beben erschütterte den Boden, und vielleicht fünfzig Meter vor ihnen begannen Staub und Trümmer von der Decke über dem Droidensims herabzuregnen. »Was …«, konnte Leia noch sagen, dann zogen sich breite Risse durch den Fels, und immer mehr Gesteinsbrocken stürzten auf den Boden. »Zurück!«, schrie sie.

Sie hasteten zurück zu der Sicherheitsbarriere am oberen Rand der Rampe und drückten sich geduckt dagegen. Das Grollen des fallenden und sich verschiebenden Gesteins ließ Leias Zähne klappern und ihre Knochen vibrieren, und als das Geräusch schließlich abebbte, rollte eine Wolke aus Staub und übel riechender Luft über sie hinweg.

Leia hob den Kopf. Der Staub ließ die Gefangenen husten, und einer der Verwundeten schrie vor Schmerzen. Neben ihr setzte sich Davit auf und schüttelte die Felssplitter aus seinem flauschigen Haar.

»Wenigstens atmen wir noch«, keuchte der Videllaner. »Das ist doch schon mal was.«

Ein echter Optimist, dachte Leia. Sie wusste nicht, ob es einen Weg an der eingestürzten Stelle vorbei gab, und mehrere durcheinanderplappernde Stimmen plärrten aus ihrem Komlink. Eine davon gehörte Luke. »Leia«, hörte sie ihn rufen, »wir können das Schutzfeld vor diesen Landebuchten nicht durchdringen.« Im Hintergrund erklang Chewies frustriertes Heulen. »Es ist eine Art Energieschild. Keine Ahnung, vielleicht ist es eine besondere Sicherheitsmaßnahme.«

Oder eine Abwehrmaßnahme. »Das sind keine guten Nachrichten, Luke«, sagte sie, während ihre Gedanken rasten. »Geht mit dem *Falken* auf sichere Distanz. Wir melden uns wieder, sobald …« *Sobald mir etwas einfällt. Was hoffentlich geschehen wird, bevor wir alle sterben.* »Wir melden uns wieder.«

Andevid, der sich dicht genug neben ihr zusammengekauert hatte, um die Unterhaltung mitzuhören, sagte: »Jemand muss das Verteidigungssystem der Mine aktiviert haben. Vermutlich die Bande, die die Kommandozentrale übernommen hat. Man kann den Asteroiden zwar noch verlassen, aber nicht mehr betreten.«

Hans Stimme erklang über Kom: »Seid ihr unverletzt? Was ist passiert?«

»Dieser Teil des Andockrings ist eingestürzt.« Sie musste innehalten, um zu husten, denn eine weitere Staubwolke wallte den Korridor herab. »Das nächste Mal ermahnen Sie Chewie besser, nicht ganz so schießfreudig zu sein!«

»Was jetzt, Leia Durane?«, wollte Davit wissen, sein Gesicht nervös und angespannt. »Gibt es einen anderen Weg zu Ihrem Schiff?«

»Es muss einen geben.« Sie richtete sich auf und blickte auf der Suche nach einer zündenden Idee umher. Direkt unter ihnen zogen sich die Schienen für die automatisierten Erzloren dahin, und sie konnte sehen, dass es über den sechs Landebuchten, die an den Frachtbereich anschlossen, große Öffnungen gab, durch die die Loren seinerzeit in die Hangars geschwebt waren, um beladen zu werden. Fünf dieser Landebuchten waren leer, eine war besetzt, aber aus diesem Winkel ließ sich nicht erkennen, was für ein Schiff sich im Inneren befand. »Andevid, wessen Schiff ist in dieser Bucht?«

»Es gehört Ravin Thiss, einem von Viests Kapitänen. Vermutlich ist er sofort zur Kommandozentrale aufgebrochen, als er hörte, dass sie tot ist.«

»Wie viele seiner Leute werden wohl noch da drinnen sein?«

»Nicht viele, denke ich – zwei, vielleicht drei«, antwortete der Aqualishaner. »Er ist eine kleine Nummer, hat nur zwanzig Mann als Entermannschaft. Sollte er vorhaben, Viests Posten zu übernehmen, wird er also die meisten seiner Leute brauchen.« Fast bewundernd blickte er zu ihr hoch. »Du willst das Schiff übernehmen?«

Zwanzig bewaffnete Piraten klangen im Moment nicht gerade nach einer kleinen Nummer. »Von wollen kann keine Rede sein, aber wir werden es trotzdem tun.« Leia wandte sich wieder zu Davit um. »Jeder, der eine Waffe hat, soll mir folgen. Die anderen warten hier.« Sie deutete auf den Stützpfeiler und die Sicherheitsbarriere, von der die Piraten in den Verladebereich hinabgefeuert hatten. »Geht dort drüben in Deckung, und sobald ihr seht, wie sich die Tore öffnen, rennt hinein, so schnell ihr nur könnt.« Sie wusste, dass die Hangartore verschlossen und gut gesichert waren. Falls sie das Schloss herausbrannte, würde das den Mechanismus zerstören, und dann müssten sie versuchen, das Tor von Hand aufzuschieben. Das würde den Leuten, die am Schiff zurückgeblieben waren, reichlich Gelegenheit geben, sich vorzubereiten. Sie mussten also durch die Lorenöffnungen in die Landebucht. Sie blickte noch einmal den Aqualishaner an. »Andevid, warum bist du noch immer hier? Glaubst du, wir erschießen dich, falls du zu fliehen versuchst?«

»Nicht wirklich. Ich glaube, du vergisst ohnehin ständig, dass ich eigentlich dein Gefangener bin.« Der Aqualishaner kratzte sich unterhalb der Hauer am Kinn. »Ich hatte vor abzuhauen, aber jedes Mal wird mir der Fluchtweg abgeschnitten.«

»Und wohin wolltest du flüchten?«

»Ich hätte versucht, ein Schiff zu stehlen, aber …« Er zog die Schultern hoch. »Da du das nun für mich übernimmst …«

»Also gut. Ich würde dich gerne anheuern. Du wärst Teil

meiner Crew, bis wir die Arnot-Station erreichen, und dafür zahle ich dir fünfhundert Credits.«

»Abgemacht.«

Sie reichte ihm die Energiezelle, die sie aus seinem Blaster genommen hatte. »Fein.« Anschließend steckte sie die eigene Waffe ein, nahm zwei Schritte Anlauf und sprang hinab auf die Lorenschiene. Sie landete zusammengekauert auf dem Metallbalken, und obwohl er unter ihrem Gewicht erbebte, hielt er stand. Während sie in Richtung Landebucht loskroch, ließen sich hinter ihr Andevid, Davit und vier weitere bewaffnete Händler auf die Schiene fallen. Sie wünschte sich, mehr von ihnen hätten auf der Flucht aus dem Sklavenpferch die Blaster toter Piraten an sich genommen. Ihr Komlink piepte, und sie aktivierte es. »Ja?«

Kelvan meldete sich. »Versuchen Sie nicht, zu unserer Landebucht vorzudringen! Da schneidet sich gerade jemand durch die Tore. Wahrscheinlich wollen sie das Schiff ...«

Leia öffnete die Frequenz zum *Falken* und zu Hans Komlink, bevor sie antwortete. »Kelvan, starten Sie die *Aegis* und verlassen Sie den Asteroiden. Da ist noch ein Schiff im Orbit, das zu uns gehört, der *Millennium Falke*. Schließen Sie sich zusammen und treffen Sie alle Vorbereitungen für den Sprung in den Hyperraum. Luke, hast du das auch verstanden?«

Skywalker antwortete: »Ja, aber Leia ...«

Kelvan unterbrach ihn: »Was ist mit ...«

Und dann platzte Han dazwischen: »Leia, was zur Hölle tun Sie da?«

Sie entgegnete gereizt: »Luke, Kelvan, tut, was ich gesagt habe. Wir stoßen so bald es geht zu euch. Und Han, halten Sie mir nur noch eine Minute den Rücken frei.« Sie erreichte die Stelle, wo die Schiene durch die dicke Hangarwand führte und bedeutete Andevid, Davit und den anderen zu warten, während sie sich langsam nach vorn schob und vorsichtig auf die andere Seite spähte. Sie konnte das Schiff nun deutlich sehen, einen Frachter, knapp doppelt so groß wie der *Falke* und zumindest rein äußerlich in deutlich besserem Zustand. Seine Triebwerke dampften in der feuchten Luft, die Maschinen waren also bereits warm und startbereit.

Das bedeutete, dass Thiss womöglich schon auf dem Rückweg war, um die Mine zu verlassen. Ein bewaffneter Rodianer war an der Rampe postiert, und in der Nähe des Tors stand ein Mensch, der sich just in diesem Augenblick herumdrehte, um die Lorenschiene zu betrachten.

Hastig zog Leia sich aus seinem Blickfeld zurück. Aus diesem Winkel konnte sie nur noch den Schädel des Rodianers sehen. Sie senkte ihre Stimme zu einem Flüstern und wisperte in das Komlink: »Han, schicken Sie jemanden her, der gegen das Tor dieser verschlossenen Landebucht hämmern soll. Er muss die Wachen hier drinnen ablenken.«

Solo stieß einen fassungslosen Fluch aus, aber dann hörte sie ihn rufen: »Itran, kümmern Sie sich darum!«

»Er soll sagen, dass er eine Nachricht von Ravin Thiss hat«, fügte Leia hinzu. Anschließend beschrieb sie Andevid und Davit mit ein paar geflüsterten Worten und Handbewegungen die Position der Wachen.

Kurz darauf rannte auch schon Kifar die Rampe herauf. Er winkte ihr von unten zu und blieb vor dem Tor stehen. Auf Leias Nicken hin schlug er mit der freien Hand gegen das Metall und rief: »He, macht auf, ich habe eine Nachricht von Thiss!«

Leia wisperte: »Jetzt!«, und hechtete vor. Sie landete seitlich auf der Schiene und eröffnete das Feuer auf die menschliche Wache am Eingang.

Andevid und Davit schnellten ebenfalls durch die Öffnung und schossen auf den Rodianer neben der Schiffsrampe. Die Prinzessin traf den Piraten in die Schulter und die Brust, woraufhin er zu Boden ging, aber die beiden anderen verfehlten ihr Ziel, und plötzlich mussten sie sich alle flach auf die Schiene pressen, als der Rodianer zurückfeuerte. Sie und Davit hatten ihre Blaster auf Betäuben gestellt, nicht so aber Andevid und der verbliebene Pirat, und so schmolzen sich die Schüsse der Wache schnell durch das Metall der Lorenschiene.

Leia rollte sich herum und kroch nach vorn, um einen besseren Schusswinkel zu finden. Zwei Meter weiter konnte sie schließlich einen Hauch von Grün unter dem Rand der Schiffsrampe ausmachen, dort, wo der Rodianer in Deckung gegangen war. Sie holte tief Luft, stützte sich auf die Ellbogen und drückte ab.

Der Pirat taumelte nach hinten, dann verpasste ihm Davit einen zweiten Treffer, und er kippte zu Boden.

»Los jetzt!« Leia richtete sich auf und rannte weiter, bis sich der Schiffsrumpf direkt unter ihr befand. Die Schiene war hier tiefer angebracht als drüben in der Landebucht der *Aegis*, sodass der Abstand nur drei Meter betrug. Sie steckte also kurzentschlossen den Blaster weg, schwang sich über den Rand der Schiene und ließ los. Einer ihrer Knöchel verdrehte sich, als sie landete, und sie ließ die Beine einknicken, sodass sie mit der Schulter auf dem harten Metall aufkam und sich abrollen konnte. Die Landung war zwar dennoch schmerzhaft, aber zumindest trug sie keine Knochenbrüche davon. Sie fluchte, als sie keine Luke auf der Oberseite des Schiffes erkennen konnte, und humpelte zu der Rampe hinüber, wo sie an den Stützstreben nach unten klettern konnte. Der Rodianer lag bewusstlos neben der geschlossenen inneren Luke, alle viere von sich gestreckt, und nachdem Leia über ihn hinweggestiegen war, betätigte sie die Entriegelung. *Bitte, bitte* … Die Luke öffnete sich, und sie ließ den Atem entweichen, den sie bislang angehalten hatte.

Andevid sprang vor der Rampe auf den Boden, während Davit und die anderen Händler ungeschickt an den Stützstreben hinabrutschten. Leia trat derweil durch die Luke und lehnte sich gegen den Sicherheitssensor, der den Durchgang offenhalten würde, sollte er sich wieder schließen wollen, dann sagte sie: »Andevid, öffne die Hangartore.« Der Aqualishaner mochte zwar halbwegs vertrauenswürdig sein, trotzdem hatte sie nicht vor, ihn allein an Bord dieses Schiffes zu lassen – er war schließlich immer noch ein Pirat.

Andevid rannte los, um ihrem Befehl nachzukommen, und Leia aktivierte erneut ihr Komlink. »Han, wir brechen auf. Schaffen Sie alle Leute hier rauf!«

Solo antwortete nicht, aber sie konnte seine erleichterte Stimme hören, als er ihre Worte an Sian, Terae und die Arkanianerin weiterleitete. »Ladys, wir verabschieden uns von dieser Feier.«

Davit bedeutete den Händlern, an Bord zu gehen, wobei er sie anwies: »Beeilt euch und durchsucht alles. Geht sicher, dass sonst niemand hier ist.« Anschließend ging er neben Leia in Position, und einen Moment lang erfreute diese sich an dem seltenen Gefühl, dass Han hin und wieder auch Geschmack bei seinen Bekanntschaften bewies.

Nun glitten die Hangartore vor Andevid auf, und Kifar kam hereingestürmt. Ein paar angespannte Sekunden später folgten ihm die ersten der befreiten Gefangenen.

»Hier entlang, ins Schiff! Beeilen Sie sich!«, rief Leia.

Die Gruppe eilte durch die Landebucht und dann die Rampe hinauf, wobei einige den humpelnden Verwundeten halfen. Einer hatte das Bewusstsein verloren und wurde von seinen sullustanischen Leidensgenossen getragen.

Über Kom hörte Leia Han »Los, los!« rufen, dann erklang Blasterfeuer. Sie fragte: »Davit, können Sie ein Schiff fliegen?«

»Das kann ich. Möchten Sie, dass ich nach vorn gehe und alles für den Start vorbereite?«

»Ja bitte.« Der Videllaner folgte dem letzten der Gefangenen an Bord, während Leia die Stimme hob. »Andevid, Kifar, kommt jetzt!«

Der Aqualishaner ließ sich nicht zweimal bitten, aber Kifar warf erst noch einen Blick nach draußen, bevor er herumwirbelte und auf das Schiff zurannte. »Sie kommen! Die Droiden sind ihnen dicht auf den Fersen!«

Etwas anderes hatte Leia auch nicht erwartet. Als Kifar die Rampe erreichte, hetzten Sian, Terae und die Arkanianerin durch den Eingang, so schnell ihre Füße sie nur trugen. Leias Herz verwandelte sich einen Moment lang in Eis, aber dann warf Han sich durch das offene Tor, feuerte auf seine Verfolger und drückte die Kontrollen, um die Landebucht wieder zu verschließen. Leia trat vom Sicherheitssensor zurück, als die anderen durch die Luke hasteten. Han stürmte als Letzter die Rampe hinauf, und sie ging gemeinsam mit ihm hinein, wo sie die Luke schloss und die Rampe einzog. »Sie gehen besser ins Cockpit«, wies sie Solo an. »Davit wird sicher Hilfe brauchen.«

Han atmete schwer, und Schweiß klebte ihm das Hemd auf die Brust, als er kurz innehielt, um zu sagen: »Das war Rettung in letzter Sekunde, Euer Höchstwohldurchlauchtigste.«

»Gern geschehen«, brummte sie und steckte ihren Blaster ins Halfter.

Degoren las sich die Kom-Übertragung ihres Agenten ein zweites Mal durch. »Werde Ziel hier festhalten, sofern möglich«, zitierte er dann ungläubig. »Was für ein Trottel. Falls die Piraten sie töten, haben wir nicht einmal einen Beweis für ihren Tod.«

»Zumindest wissen wir, wo Organa ist«, meinte Sorvir, aber er konnte den zweifelnden Unterton nicht ganz aus der Stimme vertreiben. »Das ist doch immerhin etwas.«

»Aber nicht genug.« Degoren tippte auf den Schirm, und die leuchtenden Buchstaben verschwanden. »Sie ist in Viests Umschlagplatz, und wer kann schon sagen, welchen Preis die Piraten für sie verlangen werden?«

Sie standen auf der Brücke der *Darsumae*, noch mit Kurs auf die Arnot-Station. Idlen Trehar, Degorens Spitzel auf der Raumstation, hatte die *Wagnis* identifiziert. Das Schiff war unter einem gefälschten Transpondersignal angedockt, aber die Kampfschäden hatten es dennoch verraten. Leider konnte Trehar nicht mit Gewissheit sagen, ob Organa sich tatsächlich an Bord befand oder nicht. Der Spitzel hatte außerdem gemeldet, dass die Crew eines kleinen Frachters mit der *Wagnis* Kontakt aufgenommen hatte, aber sein Versuch, die beiden Personen gefangen zu nehmen und zu verhören, war durch die hiesigen Sicherheitskräfte vereitelt worden, und dann hatte der Frachter die Station auch schon wieder verlassen. Das war ein Rückschlag, aber zu vernachlässigen, nun da sie die verspätete Nachricht ihres verdeckten Agenten erhalten hatten, denn dieser Meldung zufolge war Organa nicht auf der Raumstation, sondern am Umschlagplatz der Piraten.

Degoren hatte noch nicht mit diesem Agenten zusammengearbeitet, und er hasste es, sich auf Leute verlassen zu müssen, über die er nichts wusste, vor allem in Situationen wie dieser. Der Ausgang dieser Mission war wichtig für das Imperium – und für ihn. Mit Viest hatte er hingegen schon zu tun gehabt, damals, als sie angeboten hatte, ihnen gegen Bezahlung und kleinere Gefallen Informationen über andere Piratenschiffe zu liefern. Bereits da hatte Degoren ihr nicht vertraut, und er sah keinen Grund, es jetzt zu tun, wo sie offenbar Leia Organa in ihren Klauen hatte. Bezahlte Informanten wurden früher oder später immer zu einem Problem, und Viest verfolgte zweifelsohne ihre eigenen Ziele.

»Werden wir versuchen, uns Organa zu holen?«, fragte Sorvir. »Falls wir sie den Piraten mit Gewalt entreißen wollen, brauchen wir mehr Verstärkung als nur eine Korvette.«

Falls sie auf weitere Schiffe warteten, würde das nicht mehr lange Degorens Mission sein. Doch das war nicht der einzige Beweggrund, der ihn umtrieb. »Sie meinen, in ein Piratennest stürmen, nur auf das Wort eines Informanten hin, von dem wir rein gar nichts wissen und dessen Berichte bislang immer viel zu spät eingetroffen sind? Nach allem, was wir wissen, könnte Organa schon längst tot sein.«

Sorvir verzog das Gesicht, während er das Argument überdachte.

Degoren fuhr fort: »Falls der Agent uns Organa nicht bringen kann, benötigen wir etwas anderes als Beweis für unsere Bemühungen. Also, fliegen wir weiter zur Arnot-Station und schnappen uns die *Wagnis*.«

14. Kapitel

Leia war erleichtert, dass zumindest ein Teil ihres Plans perfekt funktionierte: Als das gestohlene Schiff aus der Landebucht startete, zeigten die Sensoren, dass bis auf ein paar wenige Ausnahmen alle Piraten aus dem Orbit verschwunden waren.

Sie flogen in die Randgebiete des Systems, wo sich ihr Rendezvouspunkt mit dem *Millennium Falken* und der *Aegis* befand, weit von der Mine entfernt, und nach einem kurzen Kom-Gespräch brachen alle drei Schiffe mit den Koordinaten der Arnot-Station in den Hyperraum auf. Sobald sie unterwegs waren, benutzte Han das hochmoderne Hyperwellenkom, um sich noch einmal mit dem *Falken* in Verbindung zu setzen und Luke und Chewbacca eine kurze Zusammenfassung der Geschehnisse zu geben. Anschließend begleitete Leia Terae in die kleine Kapitänskabine, wo es zumindest etwas Privatsphäre gab, und sie riefen die *Aegis* über die dortige Kom-Station, um Kelvan und den anderen von Metaras Tod zu berichten. Es war keine sehr angenehme Unterhaltung.

Nachdem auch das erledigt war, rief Leia Han im Cockpit und bat ihn, die sekundäre Kom-Einheit vorsichtshalber von der Hauptstation aus abzuschalten, damit niemand sie ohne ihr Wissen benutzen konnte. Sie hegte dabei keinen konkreten Verdacht, aber nicht einmal Davit kannte all die befreiten Gefangenen, und sie wollte nicht das Risiko eingehen, dass jemand der Versuchung erlag und dem Imperium oder sonst jemandem ihre Position verriet. Sobald ihre Kom-Station vom Energienetz abgeschnitten war, wandte Leia sich an Terae. »Ist alles in Ordnung?«

Die Alderaanerin blinzelte und rieb sich das Gesicht. »Ja, es ist nur ... Ja. Soll ich Davit sagen, dass sie diese Kabine jetzt haben können?«

Das Schiff war kaum groß genug für all seine Passagiere, von denen die meisten inzwischen schliefen, wo immer sie einen Stuhl, eine Bank oder ein ruhiges Stück Deck gefunden hatten. In den Kabinen und Kojen waren aus Prioritätsgründen die Verwundeten untergebracht worden, und die restliche Raumverteilung hatte Leia Davit überlassen. »Ja«, sagte sie, »wenn Sie so nett wären.« Sie war froh, dass Terae hier war. Einerseits würde die *Aegis* nicht versuchen, sich ohne ihre Waffenoffizierin abzusetzen, und zum anderen wollte Leia, dass die Alderaanerin ein wenig Zeit mit den Opfern ihres Piratentreibens verbrachte und aus nächster Nähe sah, welche Konsequenzen das Handeln ihrer Mannschaft hatte.

Sie verließen die Kabine, und während Terae losging, um Davit zu suchen, machte Leia sich auf den Weg ins Cockpit. Es gab noch einen Kom-Spruch, den sie absetzen musste.

Als die Prinzessin an der Bordküche vorbeikam, sah sie Andevid, der gerade mit einem der Sullustaner die Lebensmittelvorräte durchstöberte. Sie war nicht sicher, ob die ehemaligen Gefangenen wussten, dass der Aqualishaner ein übergelaufener Pirat war, aber sie hatte auch nicht vor, es ihnen zu erzählen. Es reichte, wenn sie ihn für ein Mitglied ihrer Gruppe hielten.

Kurz darauf kam ihr Kifar auf dem Korridor entgegen, und er fragte: »Soll ich ein Auge auf diese andere Kom-Station haben, Euer Ho… – Leia?«

»Nein, nicht nötig. Ich habe Han gesagt, er soll sie vom Cockpit aus abschalten.« Es war offensichtlich, dass er versuchte, behilflich zu sein, und Leia konnte ihn verstehen, aber sie würde später trotzdem ein ernstes Gespräch mit ihm führen müssen. »Legen Sie sich ein wenig hin.« Sie schob sich an ihm vorbei und trat in den kurzen Gang, der zum Cockpit führte. Die Kabine erinnerte ein wenig an den *Falken*, war aber doppelt so groß, sodass sie von der Navigationskonsole zur Kom-Einheit gehen konnte, ohne sich den Kopf anzustoßen oder über einen Wookiee hinwegsteigen zu müssen. Han und Sian saßen an der Hauptkonsole, obwohl es nichts zu tun gab, seit die in die Länge gezogenen Sterne beim Hyperraumsprung das Cockpitfenster ausgefüllt hatten. Sian hatte sich im Kopilotensitz zusammengerollt und machte ein Nickerchen, darum hielt Leia ihre Stimme gesenkt, als sie sich an Han wandte. »Ich werde General Willard wissen lassen, dass wir am Leben sind. Falls Sie auch ein wenig schlafen möchten, kann ich hier für Sie übernehmen.«

Solo lehnte sich im breiten Pilotensessel zurück, den Kopf an die Nackenstütze gelehnt, die langen Beine vor sich ausgestreckt. Seine Haltung erweckte den Anschein, als wäre überhaupt nichts geschehen, nur die blauen Flecke und Blutergüsse störten diesen Eindruck. Als Leia ihm das Päckchen mit den Tabletten für Gehirnerschütterungen zuwarf, das sie im Medikit in der Kapitänskabine gefunden hatte, fing er es und blickte stirnrunzelnd zu ihr hoch. »Schlafen Sie denn nie?«

»Natürlich schlafe ich.« Sie nahm auf dem Sessel an der

Kom-Station Platz und machte sich daran, eine Hyperwellennachricht an die *Wagnis* zu schicken, die nach Lukes Angaben vermutlich noch immer in einer der Landebuchten der Arnot-Station lag. »Sie haben mich schon schlafen gesehen.« Verspätet erkannte sie, dass diese Antwort die perfekte Vorlage für eine schnippische Bemerkung war, und sie fühlte sich im Augenblick zu müde, um sich eine angemessen scharfe Entgegnung einfallen zu lassen.

Doch Han schnaubte nur skeptisch und schluckte ein paar der Tabletten hinunter. Vielleicht fühlte er sich doch nicht so gut, wie er aussah. Während Leia an dem unvertrauten Kom-System arbeitete, meinte er schließlich: »Was werden Sie wegen Itran unternehmen?«

Sie seufzte. »Ich werde ihm die Chance geben, sich mir oder seinem Vorgesetzten zu erklären. Falls er alles abstreitet ...« Es war nicht das erste Mal, dass jemand in der Allianz aus Furcht oder unter Folter Informationen preisgegeben hatte. Die Verhörmethoden des Imperiums waren ungemein effektiv, und es war ein Risiko, das man auf jeder Mission in Kauf nehmen musste. Leia war mit diesen Methoden nur allzu genau vertraut. Doch nur, weil sie gefoltert worden war und die Nachwirkungen erlebt hatte, hieß das nicht, dass sie auch wusste, wie andere darauf reagierten. Es war selten, dass jemand lebend zurückkehrte, nachdem er derart gebrochen worden war, und es ließ sich nie sagen, wie es danach mit diesen Leuten weiterging. Manche beschlossen, die Allianz zu verlassen, andere schafften es zurück in den Dienst. Was Kifar anging: Er hatte während ihrer Flucht großen Mut bewiesen, und sie wollte sich noch kein Urteil bilden, bevor sie nicht mit ihm über Viest gesprochen hatte. »Ich weiß es nicht. Darüber kann ich mir noch den Kopf zerbrechen, wenn wir wieder bei der Flotte sind.«

Han protestierte nicht und drang auch nicht weiter in sie, sondern begnügte sich mit einem wenig euphorischen *Hmm.*

Es dauerte ein paar Sekunden, bis Leia das Kom-Relais der Arnot-Station erfasste, und dann noch ein wenig länger, bis sie die *Wagnis* erreichte. Als die Kom-Konsole die Verbindung bestätigte, übermittelte sie ihren Erkennungscode. Die Antwort des Frachters war korrekt, und Leia sagte: »*Wagnis*, hier spricht Leia Organa. Ich muss mit General Willard sprechen.«

Die Stimme, die ihre Bitte bestätigte, klang fremd, aber es war schließlich nicht so, als hätte die Prinzessin Gelegenheit gehabt, sich mit jedem Mitglied der Crew bekannt zu machen. Doch auch die nächste Stimme war ihr nicht vertraut.

»Euer Hoheit, hier ist Commander Degoren. Ich wurde vom Oberkommando der Allianz geschickt, um General Willard, der durch seine Verletzung eingeschränkt ist, zu unterstützen. Er wird gerade medizinisch behandelt und kann nicht ans Kom kommen.«

Degoren?, dachte Leia. Der Name sagte ihr nichts, und sie war sicher, dass er keiner der Offiziere von der *Independence* war. Davon abgesehen war der *Falke* nach Lukes Aussage das einzige Schiff gewesen, das Madine losgeschickt hatte, um der *Wagnis* zu helfen. *Und General Willard ging es gut genug, um den* Falken *hinter uns herzuschicken, gleich nachdem er die Station erreicht hatte.* »Commander, von welchem Schiff kommen Sie?«

»Ich bin an Bord der *Visara* hergekommen, eines Transportgeleitschiffes. Mir wurde gesagt, wir wären die Einzigen in der Nähe, und wir sind alle sehr erleichtert, dass Sie am Leben und wohlauf sind, Euer Hoheit. General Willard hat sich große Sorgen gemacht.«

Die Sache gefiel Leia nicht. Sie erinnerte sich zwar, den Namen *Visara* auf einer Liste von Transportereskorten gesehen zu haben, aber das war auch schon alles, was sie über dieses Schiff wusste. Ihre Gedanken mussten sich auf ihrem Gesicht widergespiegelt haben, denn Han setzte sich gerade auf und musterte sie. Sian, die gerade aufgewacht war, blinzelte nervös, war aber noch immer halb benommen. Leia fragte: »Sind Sie hier, um die *Wagnis* zurück zur Flotte zu bringen?«

»Ich bin hier, um Sie zu Ihrem Treffen mit dem Handelskonsortium zu bringen, Euer Hoheit. Das heißt natürlich, sofern Sie sich dazu in der Lage sehen. Sie haben noch nichts über Ihre Situation gesagt.«

Leia knirschte mit den Zähnen, um nicht laut zu fluchen, und welche Verwünschung Han auch immer ausstieß, sie war so leise, dass man sie nicht verstehen konnte. Sian saß plötzlich kerzengerade auf ihrem Platz und blickte alarmiert von einem zum anderen. Leia zwang sich zu sagen: »Ich bin durchaus in der Verfassung, meine Mission zu beenden, Captain.« Wer immer dieser Degoren war, er war nicht von der Allianz geschickt worden, und er hatte auch nicht mit General Willard gesprochen. Oder … »Hier ist alles in Ordnung. Was hat General Willard Ihnen über die Kontaktaufnahme mit dem Allianzagenten gesagt?«

»Er sagte, Sie müssten uns die dechiffrierte Übertragung mit den Koordinaten geben, Euer Hoheit.«

»Natürlich«, meinte Leia. Sians Stirn war vor Verwirrung gefurcht und Hans Miene die Versinnbildlichung wortloser Ironie. »Ich werde Ihnen die Koordinaten geben, sobald wir die Station erreichen.«

Es gab ein kurzes Zögern, das selbst die Entfernung zwischen dem Schiff und der Arnot-Station nicht überspielen konnte, dann erklärte Degoren aalglatt: »Wie Sie wünschen, Euer Hoheit.«

Leia beendete die Verbindung und trommelte mit den Fingern auf der Armlehne des Kom-Sessels. Ihre Magengrube schien sich ins Bodenlose zu senken. Sie hatten ein Problem. Blieb nur die Frage, wie groß dieses Problem war.

»Glauben Sie, Willard ist noch am Leben?«, fragte Han.

Sie hoffte es. »Keine Ahnung. Ich frage mich, was sie ihm angetan haben, bevor er ihnen diesen kleinen Happen falscher Informationen gegeben hat.« Es war ganz eindeutig eine Botschaft für sie gewesen, eine Warnung.

»Was für eine falsche Information?«, wollte Sian wissen. »Der Ort des Treffens?«

»Ja. Das Treffen sollte auf der Arnot-Station stattfinden«, erklärte Leia verbittert. »General Willard und ich sind die Einzigen, die das wussten.«

Sian schnitt eine Grimasse und lehnte sich zurück. »Sie glauben also, die Imperialen ... Sie müssen die *Wagnis* haben. Aber haben sie vielleicht auch die ganze Station übernommen?«

»Das lässt sich nicht ausschließen.« Leia dachte über diese Möglichkeit nach. Würde Degoren versuchen, sie zur Arnot-Station zu locken, falls etwas so Großes wie ein imperialer Kreuzer im System wäre? Sie schüttelte den Kopf. »Aber ich halte es für unwahrscheinlich. Ich glaube, sie wollen, dass wir an der Station andocken und zur *Wagnis* gehen. Dort wird ihre Falle dann zuschnappen.«

»Dieser Händler Janlan hat Viest verraten, dass Davits Schiff zur Arnot-Station fliegt«, warf Han ein. »So viel wissen wir. Außerdem gibt es ein Leck irgendwo im Kommunikationsnetz der Allianz, ein Maulwurf, der den Imperialen verraten hat, wo die *Wagnis* aus dem Hyperraum zurückfallen würde, um die Übertragung zu empfangen. Aber woher wusste dieser Degoren dann, dass die *Wagnis* bei der Station ist und dass wir –

oder besser, *Sie* – auf dem Weg dorthin sind? Schließlich sind Sie es, auf die sie es abgesehen haben.«

Leia befürchtete, dass seine Andeutung zutreffen könnte. Wer immer Degoren war, er hatte bereits General Willard und die restliche Besatzung der *Wagnis*. Der einzige Grund, noch länger zu warten, war der, ihr eine Falle zu stellen. Sie sprach laut aus, was ihr durch den Kopf ging. »Jemand am Umschlagplatz hat die Imperialen kontaktiert. Es muss Viest gewesen sein. Sie war eine imperiale Informantin, oder zumindest kannte sie einen imperialen Agenten oder Offizier, der ihr Informationen abkaufte. Sie hat ihnen verraten, dass mein Schiff zur Arnot-Station geflogen ist, und jetzt warten die Imperialen darauf, dass ich dorthin zurückkehre.« Frustriert wandte sie sich wieder dem Kom zu. »Wir müssen herausfinden, wie die Lage auf der Station ist. Falls die Imperialen die Kontrolle übernommen haben, werden General Willard und die anderen von der *Wagnis* inzwischen sicher auf ein imperiales Schiff gebracht worden sein ...« Sollte dem so sein, konnten sie alle Hoffnung fahren lassen, ihre Kameraden zu befreien.

»Es dürfte nicht schwer sein, das herauszufinden.« Han stemmte sich von seinem Sitz hoch und ging mit zwei weit ausholenden Schritten durch das Cockpit. An der Tür hielt er kurz inne. »Schließlich haben wir Davit.«

Leia stand neben der Kom-Station und lauschte aufmerksam, während Davit seinen Freund, den Hafenmeister der Arnot-Station, anfunkte. Terae und Kifar standen in der Tür und hörten ebenfalls angespannt zu, und im Zugangskorridor hinter ihnen hatten sich mehrere der Händler versammelt – die leitenden Häupter des Konsortiums. Nur leider verstand keiner von ihnen auch nur ein Wort, denn Davit sprach nicht Basic, sondern bediente sich einer anderen Sprache. Dennoch zwang Leia sich, Geduld zu wahren.

Schließlich schaltete der Videllaner das Kom aus und drehte sich herum, um ihnen Bericht zu erstatten. »Der Hafenmeister hatte keine Ahnung, dass überhaupt Imperiale auf der Station sind. Ihr Schiff hat erst vor ein paar Stunden angedockt: ein bewaffneter Frachter mit einem Transpondersignal, das auf einen sullustanischen Transporter namens *Darsumae* lautet. Er hatte keine Fracht an Bord, was meinem Freund ein wenig seltsam vorkam, aber ansonsten deutete nichts darauf hin, dass es sich um Piraten handeln könnte. Er konnte mir nichts über Kämpfe oder andere Unregelmäßigkeiten bei der *Wagnis* sagen, aber er hat sich das Schiff noch einmal angesehen, und die Luken sind jetzt alle versiegelt, ebenso wie bei der *Darsumae.*«

Jetzt konnte Leia sich schon ein besseres Bild davon machen, was geschehen sein musste. »Degoren ist unter falschem Vorwand an Bord gelangt und hat General Willard als Geisel genommen.« Sie spürte es in ihren Knochen, dass der General keine Chance gehabt hatte, sich zu wehren, denn andernfalls wäre es sicher zu einem Kampf gekommen. Willard wusste nur zu gut, welches Schicksal gefangenen Rebellen drohte, und er hätte alles getan, um nicht als Köder für Leia benutzt zu werden.

Sian stimmte ihr mit einem grimmigen Nicken zu. »Der Captain und der Erste Offizier sind tot. Wenn dann noch der General als Geisel gehalten wird, hat nur noch einer Befehlsgewalt, und das wäre Jerell.«

Han schaffte es, seine sarkastische Bemerkung auf ein »Ja, an dem haben sie sich bestimmt die Zähne ausgebissen« zu beschränken.

Leia war sicher, dass Jerell seine oberste Pflicht darin sehen würde, den General zu beschützen, egal unter welchen Umständen – selbst wenn das bedeutete, das Schiff aufzugeben. Ja, genau so hatte es sich vermutlich zugetragen. »Danke, Davit. Sie waren uns eine große Hilfe.«

»Aber was sollen wir jetzt tun?«, fragte der Videllaner, die hohe Stirn sorgenvoll gerunzelt.

Das Wichtigste für Leia war im Augenblick, all die Zivilisten in Sicherheit zu bringen, die sie gerettet hatten. »Setzen wir uns mit dem *Falken* und der *Aegis* in Verbindung. Wir brauchen einen Plan.« Sie hatte bereits eine grobe Vorstellung, aber alles hing davon ab, wie viel die *Aegis* zu tun bereit war.

Leia gab dem *Millennium Falken* und dem alderaanischen Kanonenboot den Befehl, aus dem Hyperraum auszutreten. Sie mussten sich eine Strategie zurechtlegen, bevor sie die Station erreichten, und so hielten sie in der Dunkelheit zwischen den Sternen eine Kom-Konferenz ab. Eine kurze Nachfrage beim *Falken* bestätigte ihre Befürchtungen – nicht, dass sie noch Zweifel gehabt hätte, aber sie wollte auf Nummer sicher gehen.

Luke erklärte: »Nein, als wir uns mit General Willard getroffen haben, schien alles in Ordnung mit ihm. Er sah nicht sonderlich gut aus – es war offensichtlich, dass er ein paar ordentliche Stöße abbekommen hat –, aber das war auch schon alles. Und als wir von der *Independence* aufgebrochen sind, gab es keinerlei Pläne, ein zweites Schiff zu entsenden. Madine wollte kein Risiko eingehen, nachdem das Imperium die Informationen über die *Wagnis* erlangt hatte.«

Anschließend öffnete Leia den Kanal zur *Aegis* und erzählte Kelvan, was ihren Vermutungen nach auf der Arnot-Station geschehen war. Sie wusste, das denkbar Schlechteste, was sie jetzt tun konnte, war, dem Alderaaner Befehle zu erteilen. Er hatte gerade erst das Kommando über das Kanonenboot geerbt, eine Position, die bislang ganz auf der Loyalität Metara gegenüber beruht hatte, und er und die restliche Mannschaft trauerten ihr noch immer nach. Also wollte sie ihm ein paar Optionen bieten, in der Hoffnung, dass er sich für das Richtige entschied. »Kelvan, ich werde an Bord des *Falken* gehen und die Händler mit diesem Schiff hier zurück zur Arnot-Station schicken. Anschließend will ich versuchen, meine Crew zu befreien. Wie Sie sich vermutlich denken können, würde ich mich über die Unterstützung der *Aegis* freuen, aber ich könnte es natürlich verstehen, wenn Sie Ihre Leute nicht in Gefahr bringen wollen. Ob Sie uns nun helfen oder nicht, Sie sollen wissen, dass Ihr Schiff und alle an Bord jederzeit bei der Allianz willkommen sind, sollten Sie sich je entschließen, uns beizutreten, egal ob als Mannschaft oder einzeln. Ich werde diesbezüglich eine Empfehlungsnachricht aufnehmen und sie Lieutenant Terae mitgeben, einschließlich der Koordinaten mehrerer Orte, wo Sie mit einem Agenten der Allianz in Verbindung treten können. Falls wir uns nicht wiedersehen, sollen Sie wissen, dass es ein Privileg war, Ihre Bekanntschaft zu machen und die von Captain Metara. Ich wünschte nur, ich hätte Sie besser kennenlernen können.« An dieser Stelle unterbrach sie sich. Sie wollte nicht auf persönliche Bitten zurückgreifen. Sollte die *Aegis* nicht aus freiem Willen mit ihnen kommen, dann wollte sie ihre Hilfe auch nicht.

Kelvans Antwort ließ nur einen kurzen Moment auf sich warten, und seine Stimme klang unerwartet entschlossen. »Wir werden Euch helfen, Euer Hoheit. Captain Metara hätte uns nie vergeben, wenn wir eine Chance auslassen würden, dem Imperium eins auszuwischen.«

Leia zog die Brauen hoch und wechselte einen Blick mit

Han. Seine frustrierte Miene machte deutlich, was er von Leuten hielt, die ihr Schiff riskierten, nur, um Rache zu nehmen, und er tippte sich vielsagend mit dem Finger an die Schläfe. Sie verengte mahnend die Augen und nickte mit dem Kopf in Teraes Richtung. Die Alderaanerin hatte den Blick gesenkt und die Geste glücklicherweise nicht bemerkt. Leia konnte Kelvans Entschluss nachvollziehen. Viest und ihre Piraten waren außerhalb seiner Reichweite, aber das Imperium war direkt vor ihnen, und er musste nicht einmal einen Vorwand finden, um sie anzugreifen. Sein Motiv war eindeutig Rachedurst, und beinahe war Leia versucht, ihm die Sache wieder auszureden. »Sind Sie sicher?«

»Das bin ich, Euer Hoheit.«

Terae trat vor, sodass man sie über Kom hören konnte. »Es ist das Einzige, was wir tun können, um das Andenken an Captain Metara zu ehren.«

»Sie könnten ihr Andenken auch ehren, indem Sie nicht unnötig Ihr Leben aufs Spiel setzen«, meinte Leia trocken.

»Aber es ist nötig«, konterte Terae. »Sie brauchen uns. Die Mannschaft Ihres Schiffes braucht uns.«

Tja, was soll ich dazu sagen?, dachte Leia.

Kelvan schob nach: »Captain Metara kann nicht sehen, wie wir sie ehren. Nein, das ist etwas, das wir für uns selbst tun.«

Auch an diesem Argument konnte sie nicht rütteln. Hans schmales Lächeln und hochgezogene Brauen verrieten, wie sehr es ihm gefiel, sie sprachlos zu sehen, auch wenn er dieses Kunststück nicht selbst fertiggebracht hatte.

»Also schön«, erklärte Leia schließlich. »Aber wir können das imperiale Schiff nicht bei der Station angreifen. Sie ist gegen Piraten gerüstet und hat Wachschiffe. Es gibt im Moment außerdem keinen Grund, warum die Stationsbehörden sich auf unsere Seite stellen sollten. Im Gegenteil, Degoren müsste ihnen nur sagen, dass er im Namen des Imperiums hier ist, und sie wären verpflichtet, ihm gegen uns zu helfen, ob sie es nun wollen oder nicht. Wir müssen die *Darsumae* also von der Station weglocken, am besten, indem wir uns von ihnen jagen lassen.« Dieser Plan hatte jedoch einen offensichtlichen Makel: Degoren könnte die Mannschaft der *Wagnis* töten, bevor er die Arnot-Station verließ – sofern er sie überhaupt bis jetzt am Leben gelassen hatte. Leia konnte nur hoffen, dass er Befehl hatte, die gefangenen Rebellen einer höheren Instanz zum Verhör zu übergeben, und dass er sie nicht hinrichten lassen würde, sofern es nicht absolut nötig wurde. »Kelvan, kennen Sie irgendwelche Systeme in der Nähe, wo es Asteroidenfelder oder etwas Ähnliches gibt, irgendetwas, das uns vor ihren Sensoren verbergen könnte?«

Die Stimme des Alderaaners klang nachdenklich. »Nein, aber ich glaube, ich kenne einen noch besseren Ort: den Rethel-Punkt. Terae, würdest du der Prinzessin bitte erklären, was es damit auf sich hat. Ich schicke euch die Koordinaten.«

Der erste Schritt ihres Plans bestand darin, die Händler und befreiten Gefangenen zur Arnot-Station zu schicken. Drei Crewmitglieder des unglückseligen Handelsfrachters hatten überlebt, und Davit war ein ausgezeichneter Pilot, insofern konnte Leia ihm das Schiff ruhigen Gewissens übergeben. Sie, Han, Sian, Kifar und Terae würden auf den *Falken* überwechseln und der *Aegis* zu den Koordinaten folgen, wo sie ihren Hinterhalt legen wollten. Keiner der Gefangenen war in die Einzelheiten ihres Plans eingeweiht worden, es konnte sie also auch niemand verraten, ob nun versehentlich oder vorsätzlich. Stattdessen ließ Leia sie in dem Glauben, der *Falke* und die *Aegis* würden den Sektor so schnell wie möglich verlassen, sobald sie und die anderen von Bord gegangen waren. Sie war zwar sicher, dass Davit diese Lüge durchschaute, aber sie vertraute auf seine Diskretion. Auch Andevid, den sie ganz bewusst vom Cockpit ferngehalten hatten, wusste nichts von ihren Absichten. Die Prinzessin hatte vor, ihr Versprechen zu halten und ihn gemeinsam mit den Händlern zur Arnot-Station zu schicken.

Die Luftschleusen der beiden Frachter waren nicht kompatibel, aber zum Glück hatte der *Falke* einen ausfahrbaren Drucktunnel an Bord. Chewbacca und Han waren gerade dabei, die Schiffe in die richtige Position zu bugsieren, sodass der Schlauch die obere Luke des *Falken* mit der größeren Steuerbordschleuse des Piratenschiffes verbinden würde. Leia blieb lange genug im Cockpit, um Hans Bemerkungen darüber zu hören, dass es leichter wäre, einen Düsenschlitten mit den übergroßen Handschuhen eines Raumanzugs zu steuern, als mit diesem Schiff präzise Manöver durchzuführen, dann ging sie in die kleine Schiffsküche – den einzigen Ort an Bord, wo es nicht von nervösen Händlern wimmelte –, um zu warten.

Nur ein paar Sekunden später tauchte Sian auf, und ihrem Gesichtsausdruck nach zu schließen lag ihr etwas auf der Seele. Leia hatte die Reaktion der Rebellin gesehen, als sie vorhin ihren Plan besprochen hatten, insofern hatte sie bereits eine ziemlich genaue Vorstellung davon, worüber sie mit ihr sprechen wollte. »Euer Hoheit …«

»Nur zu.« Sie lächelte, um zu zeigen, dass sie Sians ehrliche Meinung hören wollte. »Ihnen gefällt unser Plan nicht, oder?«

»Nein, aber wir haben leider keine Wahl. Entweder, wir versuchen es, oder wir überlassen jeden an Bord der *Wagnis* dem Imperium.« Sian zögerte. »Ich möchte Ihre Entscheidung nicht infrage stellen, aber ... Nun, irgendwie will ich es wohl doch. Können wir ... Können *Sie* der Mannschaft der *Aegis* wirklich vertrauen? Als wir alle auf diesem Felsen festsaßen und Viest sich gegen Metara wandte, da hatten wir noch ein gemeinsames Ziel. Aber jetzt ... Jetzt präsentieren wir ihnen ein imperiales Schiff auf dem Silbertablett und die *Wagnis* samt Besatzung gleich mit, sofern das Schiff wieder flugfähig gemacht werden kann. Ganz zu schweigen vom *Millennium Falken*, bekanntermaßen eines der besten Schmugglerschiffe überhaupt. Ich meine nur – sie haben zwei Jahre lang für ihren eigenen Profit Zivilisten ausgeraubt und getötet, auch wenn sie so tun, als könnten sie sich das Blut von den Fingern waschen, weil sie gerechtfertigte Rache für Alderaan wollen.« Die Worte ließen Leia zusammenzucken, aber obwohl Sian es sehen musste, fuhr sie ungerührt fort: »Wie können wir sicher sein, dass sie sich nicht gegen uns wenden?«

Leia ließ den Atem entweichen. »Es gibt keine Sicherheit. Ich weiß nicht, ob ich ihnen trauen kann. Ich kann nur hoffen, dass alles so läuft wie geplant, aber sie haben die Oberhand, und ich habe keine Garantie, dass sie das nicht ausnutzen werden. Wir können vorsichtig sein und die Augen offen halten, aber mehr nicht.« Das war die nackte Wahrheit. Leia mochte Kelvan und inzwischen sogar die ruppige Terae, aber sie hatte keine Ahnung, wie die Alderaaner zu ihr standen, und ebenso wenig wusste sie, was sie von dieser Situation hielten. Es war unwahrscheinlich, dass sie die Rebellen an das Imperium übergeben würden, aber davon abgesehen gab es noch jede Menge weiterer Möglichkeiten für einen Verrat. Zudem überwog ihre Loyalität Metara gegenüber inzwischen jegliche Gefühle, die sie noch für ihre verlorene Heimatwelt hegen mochten.

Metara war eine Fanatikerin gewesen, aber sie hatte sich zu

beherrschen gewusst, und sie hatte das Wohl ihrer Mannschaft über alles andere gestellt. Kelvan, Terae und die anderen hatten zwei Jahre lang unter ihrer gestrengen Führung gelebt, und es war gut möglich, dass sie noch keine Ahnung hatten, wie es nun mit ihnen und ihrem Schiff weitergehen sollte.

Sian starrte sie einen Moment lang an. »Das ist jetzt eigentlich der Part, wo Sie mich anschreien und mir mit brillanter Logik oder geheimen Informationen beweisen, dass wir ihnen selbstverständlich vertrauen können, woraufhin ich dann betreten von dannen ziehe.«

Leia bedachte sie mit einem müden Lächeln. »Bedaure, aber damit kann ich nicht dienen.«

Sobald die beiden Schiffe miteinander verbunden waren, verabschiedete die Prinzessin sich von Davit und den anderen Händlern, und der Videllaner erklärte: »Ich könnte mich dafür bedanken, dass Sie uns gerettet haben, aber kein Dank wäre groß genug, um dieser Tat gerecht zu werden.«

»Ich war nicht ganz unschuldig daran, dass Sie überhaupt in dieser Lage waren, vergessen Sie das nicht«, erwiderte Leia. »Und es war pures Glück, dass wir Ihnen letztendlich helfen konnten.« Sie schwor sich, den ermordeten Captain und Kopiloten des Handelsschiffes nicht zu vergessen, ebenso wenig wie all die anderen, die getötet oder verwundet worden waren.

»Wieso soll es teilweise Ihre Schuld gewesen sein? Weil die Piraten von Alderaan kamen? Ich schätze, wir könnten uns lange über diesen Punkt streiten, aber ich bezweifle, dass ich Sie vom Gegenteil überzeugen könnte.« Er schüttelte den Kopf. »Es ist nur schade, dass unsere Konferenz nun nicht mehr stattfinden wird. Das Konsortium wird zu viel Angst haben. Aber …« Er zog die Schultern ein wenig hoch. »Es gibt einige wohlhabende Wesen, die allein wegen Ihres Eingreifens kein Sklavenhalsband tragen müssen. Vielleicht könnte ich inoffiziell etwas mit ihnen arrangieren. Und der Tod dieser Bestie Viest sollte ihnen sicher ein paar zusätzliche Warenladungen wert sein.«

»Das wäre großartig«, sagte Leia. Vor allem jetzt, wo sie einfach nur noch einen Ausweg aus dieser Situation finden wollte, ohne noch weitere Verbündete zu verlieren. »Sie wissen ja, wie Sie Han erreichen können.«

»Ja«, meinte er. »Viel Glück!«

Der Drucktunnel war inzwischen erfolgreich versiegelt, beide Luken standen offen, und Leia konnte hören, wie Luke sich drüben im *Falken* über Interkom mit Chewbacca unterhielt. »Ja, ich behalte das Siegel im Auge, Chewie. Ich weiß, was ich tue, in Ordnung?«

Es folgte ein beharrliches Wookiee-Brummen und dann C-3POs besorgte Stimme: »Seien Sie vorsichtig, Master Luke!«

Kifar, Sian und Terae hatten den Verbindungsschlauch bereits betreten, aber Han und Leia hielten noch kurz bei Andevid inne, der im Gemeinschaftsbereich auf einem aus der Wand geklappten Notsitz hockte. Die Prinzessin drückte ihm ein kleines, aber schweres Kästchen in die Hand, und der Aqualishaner beäugte es misstrauisch. »Was ist das?«

Leia erklärte: »Ich werde nicht wie geplant zur Station fliegen und kann dich daher nicht von dort aus bezahlen. Aber wir haben das hier in der Kabine des Captains gefunden. Das sollte reichen, um meinen Teil unserer Abmachung zu erfüllen.«

Er öffnete das Kästchen, starrte die Stapel Credmünzen in diversen Planetenwährungen an, die den Behälter bis zum Rand füllten, und klappte ihn dann rasch wieder zu. »Das sollte reichen, ja«, murmelte er, aber dann zögerte er. »Bist du sicher, dass du mich nicht langfristig anheuern möchtest?«

Leia zog die Brauen hoch. »Du möchtest dich der Rebellenallianz anschließen?«

Der Aqualishaner verzog entsetzt das Gesicht. »Nein!«

Han seufzte. »Ja, genau das hab ich auch gesagt. Hat aber nichts gebracht. Du nimmst besser die Beine in die Hand, solange du noch kannst.«

Leia sah Solo einen Moment lang tadelnd an, bevor sie sich wieder an Andevid wandte. »Ich dachte mir schon, dass du so reagieren würdest. Viel Glück, Andevid!«

Er blickte ihnen nach. »Dir auch viel Glück, verrückte Menschenfrau. Es hat Spaß gemacht, mit dir Sachen in die Luft zu jagen.«

Während sie und Han zu der Leiter gingen, die zur Schleuse hochführte, fragte Leia: »Ist das der Grund, warum Sie bei der Allianz geblieben sind? Weil Sie auch gerne Sachen mit mir in die Luft jagen?«

Der Blick, den Han ihr aus dem Augenwinkel zuwarf, war nur schwer zu deuten. »Es ist einer der Gründe.«

Han hatte noch nie vom Rethel-Punkt gehört, aber das überraschte ihn nicht weiter. Schmuggler verstanden sich im Allgemeinen darauf, geheime Schlupflöcher zu finden, und ihre Position war in der Regel nur den lokalen Profis bekannt.

Der Ort war jedenfalls nur einen kurzen Hyperraumsprung von ihrer gegenwärtigen Position entfernt, und von der Arnot-Station aus ließ er sich noch schneller erreichen, was ihn absolut perfekt machte. Auf dem Weg dorthin erklärte Terae ihnen, dass der Rethel-Punkt eigentlich ein Feld war, das von einem Planeten in einem System ausgestrahlt wurde, welches nur eine numerische Bezeichnung hatte, keinen richtigen Namen. Gerüchte besagten, dass die Rethel eine intelligente Spezies gewesen waren, die einst auf dieser Welt gelebt hatten, aber die Ruinen dort waren so alt und die Hinweise auf ihre Erbauer so spärlich, dass es Han unwahrscheinlich vorkam, dass der Name wirklich all die Zeit überdauert hatte und von einer Generation von Piraten und Schmugglern zur nächsten weitergereicht worden war.

Tatsache war hingegen, dass es irgendwann einmal ein Schmugglerschiff auf der Flucht vor den Behörden dorthin verschlagen hatte, und es hatte herausgefunden, dass die Ruinen ein Feld erzeugten, welches Sensorsignale blockierte – egal, welche Art von Sensoren, selbst hochspezialisierte Militärsysteme. Das Feld erstreckte sich über einen Großteil des Planeten, wobei es nur unmerklich schwächer wurde, je weiter man sich von den Ruinen entfernte. Erst knapp unterhalb der Orbitalbahnen der beiden Monde ebbte seine Wirkung gänzlich ab.

»Man kann Kom-Signale hinein- und heraussenden«, berichtete Terae, »aber Sensoren zeigen keinerlei Energiesignaturen an, auch keine Lebenszeichen oder metallische Substanzen. Niemand hat je herausgefunden, warum das so ist, aber ein paar Leute spekulieren, dass es an einem bestimmten Mineral liegen könnte. Wenn man über die Ruinen fliegt, kann man diese alten Ausgrabungsstätten sehen, so, als hätte jemand versucht, unterirdische Störsysteme zu finden. Das Feld ist aber trotzdem noch aktiv, und niemand weiß, warum. Ich glaube nicht, dass man es je herausfinden wird. Wie soll man die Quelle eines Feldes entdecken, wenn es jeden Sensor lahmlegt? Jedenfalls wird der Rethel-Punkt schon seit Jahren von Piraten und Schmugglern als Versteck und Handelsplatz benutzt. Die Atmosphäre ist atembar, was den Ort noch attraktiver macht. Wir haben durch Viests Leute davon erfahren, als wir zum ersten Mal in diesen Sektor kamen.«

»Klingt wie eine Falle«, meinte Han. Das war das Problem

mit Schlupflöchern, die nicht geheim gehalten wurden – und mit Schmugglern, die dort zu viele Treffen abhielten und den Mund nicht halten konnten.

Terae starrte ihn finster an. Diesen Blick war er bereits von ihr gewohnt, aber diesmal lag eine Spur echter Neugier darin. »Was wollen Sie damit sagen?«

Er erkannte, dass sein Problem mit der Alderaanerin teilweise darin bestand, dass er sich in ihrer Gegenwart alt und weltverdrossen fühlte. »Falls Piraten wissen, dass Schmuggler hier ihre Ladung verstecken und verkaufen, dann müssen sie sich nur auf die Lauer legen und darauf warten, dass das nächste Schiff auftaucht.«

Terae wirkte noch immer feindselig, aber nach einem Zögern gestand sie ein: »Ich schätze, mit so etwas müssen wir rechnen.«

Han schnaubte abfällig.

Als sie ihr Ziel erreichten, drang die *Aegis* in das sensorstörende Feld ein, um ihnen den Effekt zu demonstrieren. Han und die anderen auf dem *Falken* beobachteten, wie das Kanonenboot von den Schirmen verschwand wie ein Geist, der ins Jenseits verblasst. Der Planet selbst wurde zwar von den Instrumenten erfasst, aber jeder Versuch, genauere Details des Terrains oder auch Energiesignaturen zu erfassen, endete damit, dass das Bild sich in statischem Rauschen auflöste, als würde der Planet außer Reichweite davongleiten.

»Sehen Sie?«, meinte Terae, während sie erneut auf eine detailliertere Sensordarstellung umschaltete, sodass die Anzeige sich eintrübte. »Und die *Aegis* können wir überhaupt nicht erfassen.«

»Nicht schlecht«, kommentierte Sian leise. »Dieser Ort wird seinem Ruf definitiv gerecht.«

Luke nickte. »Zu dumm nur, dass niemand herausfinden kann, wie das Feld funktioniert, oder wie es sich verschieben lässt. Wir könnten so ein Tarnfeld wirklich brauchen.«

Leias Lippen verzogen sich, als ihr die galaktische Ironie bewusst wurde. »Dieser Planet wäre ideal für eine Basis – wenn nicht jeder Pirat im ganzen Sektor von seiner Existenz wüsste.«

Han war ebenfalls klar, dass der Rethel-Punkt der Allianz von Nutzen sein konnte, aber die scheinbare Leere zwischen der Oberfläche und den beiden sichtbaren Monden war ihm einfach nicht geheuer. Dieses Störfeld mochte alles Mögliche verbergen, von orbitalem Schrott bis hin zu einem imperialen Kreuzer. »Ja, hoffen wir nur, dass wir die Einzigen hier sind.«

Chewbacca knurrte eine Bemerkung darüber, dass Han ein Pessimist war, aber bereits nach der Hälfte hörte dieser nicht mehr hin.

Leia beugte sich über das Kom, um die *Aegis* zu kontaktieren. »Captain Kelvan, Sie haben recht. Ich denke, das sollte funktionieren.«

Der Plan sah vor, Degorens Schiff – oder welches Schiff auch immer auftauchen würde – in das Sensorstörfeld zu locken, wo sich die *Aegis* unbemerkt nähern und es entern konnte. So wollten sie verhindern, dass Degoren General Willard oder ein anderes Besatzungsmitglied der *Wagnis*, das an Bord sein mochte, als Geisel benutzte. Den *Falken* wollten sie einsetzen, um von der Oberfläche aus einen Notruf abzusetzen und die *Darsumae* in die richtige Position zu locken, während das alderaanische Kanonenboot im Schatten des ersten kleinen Mondes wartete. So nahe am Störfeld würden die Sensoren der *Aegis* zwar nicht mehr fehlerfrei funktionieren, aber sie sollten noch immer in der Lage sein, Degorens Schiff zu entdecken, wenn es in das System eindrang. Han hoffte nur, dass Degoren *sie* nicht entdeckte. Sobald die Imperialen dann versuchten, die Quelle des Notrufes anzufunken, sollten die Kom-Systeme des *Falken* es ihnen ermöglichen, die ungefähre Position des Schiffes in dem Störfeld zu berechnen. So würde das Kanonenboot wissen, wo es zuschlagen musste.

Solo hatte vorgehabt, seinen Frachter selbst auf den Planeten hinabzufliegen, bis Leia ins Cockpit kam und ihn bat, wieder den Tunnel zur *Aegis* auszufahren, damit sie, Sian und Terae an Bord gehen konnten. »Warum?«, fragte er, obwohl ihm ein ungutes Gefühl sagte, dass er die Antwort bereits kannte.

»Wir werden das Enterkommando begleiten«, erklärte Leia, als wäre das offensichtlich. »Ich muss mitkommen, um die Gefangenen von der *Wagnis* zu identifizieren. Wir wollen schließlich nicht, dass Degoren noch einmal versucht, sich als Allianzmitglied auszugeben. Und sollte mir etwas zustoßen, kann Sian diese Aufgabe übernehmen.«

»Ihnen sind auf dieser Reise schon genug Blasterstrahlen um die Ohren geflogen. Sie haben sich eine Verschnaufpause verdient.«

Leias Gesichtsausdruck verriet, wie unsinnig sie diesen Kommentar fand und dass sie keine Zeit für solche Diskussionen hatte. Stattdessen setzte sie eine bemüht geduldige Miene auf und sagte: »Die *Aegis* hat nichts mit dieser Sache zu tun. Dass sie uns helfen, ist ein Gefallen mir gegenüber, ein Versuch, Metaras Andenken zu ehren. Ich muss mit ihnen gehen.«

Wut stieg in Han hoch, aber er konnte nicht einmal sagen, warum. Am liebsten hätte er mit Anschuldigungen um sich geworfen – an Leias Adresse, weil sie sich wie eine Märtyrerin gebärdete, und an die Adresse der Alderaaner, weil sie erwarteten, dass die Prinzessin ihre Probleme löste, obwohl sie selbst bis zum Hals in Schwierigkeiten steckte. »Sie glauben, Sie müssen mit ihnen gehen, aber das müssen Sie nicht.«

Er hatte schon überzeugendere Ansprachen gehalten, und Leia ließ sich deutlich anmerken, wie wenig beeindruckt sie war. »Ich glaube, ich muss mit ihnen gehen, weil ich es tun muss.«

»Na schön«, brummte er. »Dann kommen Chewie und ich auch mit. Dann können Sie uns auch in den sicheren Tod schicken. Hoffentlich wird das Oberkommando seine Lektion lernen, wenn wir alle auf einem blutigen Haufen liegen.«

Sie lächelte unbeirrt. »Da bin ich sicher – und Sie hätten dann die Genugtuung, von Anfang an recht gehabt zu haben. Ich weiß, wie wichtig Ihnen das ist.«

Chewbacca, der sich seit Jüngstem offenbar einen Spaß daraus machte, bei jedem ihrer Streitgespräche für Leia Partei zu ergreifen, stieß ein zustimmendes Bellen aus.

Han wollte etwas entgegnen, aber jedes Argument, das ihm in den Sinn kam, klang schwachbrüstig und unpassend. Vermutlich hatte er sich noch nicht ganz von seiner Kopfverletzung erholt. »Solange Sie im Moment Ihres Todes Ihren Fehler eingestehen, soll es mir recht sein.«

Leia stieß einen verächtlichen Laut aus, den man wohl kaum von einer Prinzessin erwartet hätte, und dann verließ Han die Lounge, um Luke in ihren neuen Plan einzuweihen. Irgendjemand musste den *Falken* schließlich auf die Oberfläche hinunterfliegen, und Han hatte entschieden, dass dieser Jemand der junge Skywalker sein würde. Unglücklicherweise war Itran auch noch an Bord.

Kaum, dass Solo Luke instruiert hatte, protestierte Itran: »Ich werde das Schiff landen. Schließlich habe ich schon zahllose kleine Frachter geflogen.«

Han starrte ihn an. Manchmal fragte er sich, ob Itran seine Bemerkungen ernst meinte oder einfach nur einen so trockenen Sinn für Humor hatte, dass ein normaler Mensch den Unterschied einfach nicht mehr wahrnehmen konnte. »Nei-in!« Er wandte sich zu Luke um. »Junge?«

Skywalker wirkte zerknirscht. Offensichtlich hatte er vorgehabt, das Enterkommando ebenfalls zu begleiten, aber er wusste, dass Han niemand anders ans Steuer des *Falken* lassen würde. »Also gut.«

»Dann lassen Sie mich Ihnen wenigstens helfen«, sagte Itran.

Han presste die Kiefer zusammen, erhob aber keinen Einspruch. Zumindest würde der Kerl sich dann nicht dem Enterkommando anschließen, was bedeutete, dass er nicht versehentlich einen seiner eigenen Leute erschießen oder sich dem Feind ergeben würde.

»Ich bin für jede Hilfe dankbar«, erwiderte Luke, und es klang aufrichtig – was vermutlich daran lag, dass er Itran noch nicht lange kannte. Er wartete, bis Itran das Cockpit verlassen hatte, dann klopfte er Han auf die Schulter und meinte: »Es wird schon gut gehen. So kann er immerhin keinen Ärger machen.«

»Hoffen wir's«, brummte Han, sodass es wie eine Drohung wirkte.

Luke grinste nur.

15. Kapitel

Während Luke den *Falken* auf den Planeten hinabsteuerte, beobachtete er, wie die Sensoren immer weiter versagten, bis es schien, als würden sie durchs Nichts fliegen und alles außer dem Planeten unter ihnen langsam verschwinden. Sein Blick wanderte zwischen der grau-braunen Landmasse in der Tiefe und den blanken Schirmen hin und her. Nach der Demonstration vorhin hatte er natürlich damit gerechnet, aber es selbst zu erleben war weit beunruhigender, als er erwartet hatte. »Unheimlich, hm?«, sagte er zu Kifar gewandt.

»Ja«, murmelte der Rebell, der seine Aufmerksamkeit aber größtenteils dem Kom gewidmet hatte. »Die Sensoren für die Terrainerfassung sind auch nutzlos.«

Leia hatte einen abgehackten Notruf zur *Wagnis* auf der Arnot-Station geschickt, anschließend waren sie, Sian, R2-D2 und Terae auf die *Aegis* übergewechselt und hatten hinter dem näheren der Monde Posten bezogen. Luke machte sich Sorgen um sie, und er wäre jetzt lieber bei ihnen, um sich *mit* ihnen Sorgen zu machen, denn er bezweifelte, dass die sporadischen Wortwechsel mit Kifar ihn würden ablenken können, während sie wer weiß wie lange hier im Cockpit des *Falken* warteten.

Als das Schiff durch die Atmosphäre sank, hatten sie durch die Sichtfenster einen guten Blick auf die Ruinen, die sich im Zentrum einer grauen Sandebene erhoben, umgeben von einem Ring merkwürdiger, spiralförmiger Felsformationen. Der Wind, der sie geformt hatte, zerrte und zog am *Falken*, und Luke musste die Lenkdüsen immer wieder behutsam justieren. Schließlich überquerten sie ein Flussbett, das von struppiger roter Vegetation gesäumt wurde, und erreichten die umgestürzten Steinblöcke der Stadt. Die Umrisse einer Handvoll gewundener Straßen zogen sich in Kreisen zwischen den zerbrochenen Türmen und den Plätzen dahin, die von zerbröckelten Felstrümmern und wucherndem Unkraut bedeckt waren. Seit sie in die Atmosphäre eingedrungen waren, funktionierten zumindest die Umgebungssensoren wieder einigermaßen, und sie bestätigten Teraes Behauptung, dass die Luft atembar war.

Luke entdeckte den Ort, den die Alderaanerin beschrieben hatte: ein gewaltiges Amphitheater mit einem geschwungenen, halb geschlossenen Dach, das größtenteils noch intakt war, auch wenn sich zahlreiche Risse über seine Oberfläche zogen. Er steuerte den *Falken* um das Bauwerk herum und ging über dem Platz vor dem säulengestützten Eingang der Arena tiefer. Der Weg nach unten führte zwischen zwei gewaltigen Säulen hindurch.

Kifar fragte: »Sind Sie sicher, dass Sie diese Kiste da durchkriegen?«

Die leichtgängige und unmittelbare Steuerung des *Falken* war nicht mit der eines X-Flüglers zu vergleichen, aber Skywalker war sicher, dass ihm das Manöver gelingen würde. Dennoch war er froh, dass Han und Chewie nicht hier waren und das leise Knirschen hörten. »Kein Problem«, meinte er nur.

In einem wirbelnden Sandsturm landete das Schiff schließlich auf dem Platz. »Ich bereite den Notrufsender vor«, erklärte Kifar noch, bevor er das Cockpit verließ.

Da sie schon bald wieder abheben würden, schaltete Luke die Instrumentenpulte auf Bereitschaft. Der *Falke* konnte auch bei einem Kaltstart innerhalb von drei Minuten in der Luft sein, aber Luke wollte keine drei Minuten mehr als unbedingt nötig an diesem Ort verbringen. Er versuchte, die *Aegis* zu erreichen, um ihnen zu melden, dass sie gelandet waren, aber alles, was er hörte, war ein stetes Rauschen. Erst, als er die Sendestärke hochdrehte, durchdrang das Signal das Störfeld, und er bekam Sprachkontakt mit dem Kanonenboot. Die Bestätigung von dort klang völlig störungsfrei. *Komisch.* Als die *Aegis* in das Feld abgetaucht war, hatte sie die Kom-Übertragung des *Falken* mühelos empfangen und ebenso fehlerfrei durch die oberen Atmosphäreschichten hindurch geantwortet. Luke beschloss, dieses Rätsel als weiteren Beweis für die Unheimlichkeit des Rethel-Punkts abzutun und nicht weiter darüber nachzudenken. Das Signal des Notrufsenders war stark genug, und diese seltsame Störung sollte keinen Einfluss auf ihren Plan haben. Er kletterte aus dem Pilotensitz und sah, wie C-3PO durch die Cockpittür zu ihm hereinlinste. »Kümmer dich um das Schiff. Ich bin bald wieder zurück.«

»Seien Sie vorsichtig, Master Luke«, sagte der Droide.

Als Skywalker nach hinten ging, wartete Kifar dort bereits, den Behälter mit dem Notrufsender in den Händen. Als er sah, dass Luke seinen Waffengürtel samt Blaster und Lichtschwert umgelegt hatte, fragte er ein wenig verunsichert: »Sie kommen mit?«

»Ja, für den Fall, dass es Ärger gibt«, antwortete Luke, aber was er eigentlich meinte, war: »Es gibt keinen Grund, leichtsinnig zu werden.« Man wanderte nicht allein auf einem fremden, angeblich unbewohnten Planeten herum, es sei denn, man hatte keine andere Wahl.

Kifar musterte ihn einen Moment lang aus schmalen Augen, dann nickte er und drückte auf die Kontrolltafel, um die Luke zu öffnen.

Skywalker kannte ihn nicht sehr gut, war ihm nur ein paarmal im Bereitschaftsraum der *Independence* begegnet, nachdem der Mann von der Transportgruppe dorthin versetzt worden war. Der Eindruck, den er anhand dieser kurzen Begegnungen und der Kommentare der anderen Piloten und Mechaniker gewonnen hatte, war, dass Kifar ein zu großes Ego für einen Frachterjockey hatte, dessen Aufgabe darin bestand, sein Schiff von jedem Konflikt fernzuhalten. Er wirkte mehr wie der Typ, der direkt ins Turbolaserfeuer fliegen würde. Vermutlich glaubte er, etwas beweisen zu müssen, nachdem er eingeknickt war und der Piratenanführerin Leias Identität verraten hatte. *Tja, in dem Fall* hat *er auch etwas zu beweisen.*

Die Luke glitt zurück, und die Luft, die ihnen entgegenwehte, war kühl, knochentrocken und dünn, als würden sie auf einem Berggipfel in der oberen Atmosphäre stehen und nicht auf dem planetaren Äquivalent des Meeresspiegels.

Kifar ging die Rampe hinunter. »Wo sollen wir dieses Ding aufstellen? Vielleicht in der Arena?«

Luke hatte eigentlich vorgehabt, den Sender einfach irgendwo im Sand zu vergraben. »Es ist egal, wo. Die *Aegis* wird die Imperialen angreifen, bevor sie landen.«

Kifar blieb nicht stehen. »Sicher, aber falls etwas schiefläuft und sie Degoren verpassen, werden die Imperialen so zumindest eine Weile brauchen, um den Sender zu finden.«

»Richtig. Gute Idee.« Gedankenverloren aktivierte Skywalker das Codeschloss an der Luke des *Falken.* Der Bereich sah verlassen aus und fühlte sich auch so an, aber angesichts der Tatsache, dass es sich um ein Versteck von Schmugglern und Piraten handelte, hatte er nicht vor, unachtsam zu werden. Zudem wollte er sich gar nicht ausmalen, was Han mit ihm anstellen würde, wenn dem *Falken* etwas zustieß, nur, weil er nicht die nötigen Sicherheitsmaßnahmen getroffen hatte. Er folgte Kifar über den Platz, wobei ihre Stiefel auf dem kristallinen Sand knirschten, und die kräftige Brise bauschte ihre Kleidung und ihr Haar auf. Eine Hand behielt er dabei am Blaster, und ein wachsames Auge war auf die zerfallenen Türme ringsum gerichtet. Sein Nacken prickelte unangenehm, als würde er beobachtet.

Die Säulen, die das halb geschlossene, muschelförmige Dach des Amphitheaters trugen, waren spiralförmig, ihre Kanten nach zahllosen Jahren von Wind und Sand völlig abgerundet. Der hintere Teil des gewaltigen Innenraums wurde von Steinbänken ausgefüllt, die sich an der gegenüberliegenden Wand nach oben streckten und inzwischen halb unter Sandverwehungen begraben waren. Diese Bänke hatten eine seltsame Form, waren stellenweise abgerundet, dann wieder mit Löchern versehen. Die Wesen, für die sie gedacht waren, waren augenscheinlich keine Zweibeiner gewesen. Falls es irgendwann einmal eine Bühne oder etwas Derartiges zwischen den Säulen und den Sitzen gegeben hatte, war es längst verschwunden.

Als sie in die Schatten unter dem schweren gewölbten Steindach traten, verstärkte sich das nervöse Prickeln noch, und plötzlich erkannte Luke, dass er seinen Blaster gezogen hatte. Er steckte ihn wieder weg, froh, dass Kifar ein paar Schritte vor ihm ging und es nicht bemerkt hatte. Es gab keinen Grund, so schreckhaft zu sein – die Arena war leer und verlassen, das konnte man spüren. Doch obwohl er sicher war, dass es hier kein Leben gab, nicht einmal Insekten, verspürte er dennoch ein Gefühl der Bedrohung, als würde ihn etwas verfolgen, und er hatte keine Ahnung, warum. Konnte es an dem imperialen Schiff liegen, für das sie gerade den Köder platzierten? *Vielleicht hat es das System bereits erreicht.* Nein, so viel Zeit war noch nicht vergangen. Wie so oft erwies sich seine brüchige Verbindung mit der Macht weniger als Hilfe, sondern vielmehr als Problem.

Kifar stapfte auf einen Durchgang zwischen den Sitzbänken zu, der in einen dunklen Gang führte. »Das sieht gut aus.«

Luke schloss zu ihm auf und leuchtete mit seiner Handlampe in die Finsternis, um sicherzugehen, dass der Korridor abgesehen von den hereingewehten Sandhaufen verlassen war. Kifar stellte den Behälter ab, und noch während Luke Luft holte, um vorzuschlagen, dass sie den Sender besser ein Stück weiter den Gang hinabtragen sollten, drückte der Rebell den Aktivierungsknopf. Verärgert ließ Skywalker den Atem wieder entweichen. Welchen Sinn hatte es, das Ding hierherzuschleppen, wenn man es gleich auf den ersten Blick entdecken konnte? Doch jetzt war keine Zeit mehr, ein besseres Versteck zu suchen – sie mussten sofort zum Schiff zurück und so schnell wie möglich auf die andere Seite des Planeten fliegen. Er wünschte sich, er hätte Han, Chewie, Sian oder sonst irgendjemanden dabei, aber zumindest wusste er jetzt, warum Han nicht gewollt hatte, dass Kifar sich dem Enterkommando anschloss. »Vergraben wir es wenigstens«, schlug er vor. »Das könnte uns ein paar zusätzliche Minuten verschaffen.« Er beugte sich vor, um Sand über den Sender zu schaufeln.

Kaum, dass Luke die Hand vom Blaster genommen hatte,

verwandelte sich seine Nervosität in ein stechendes Gefühl der Bedrohung, und er drehte sich noch rechtzeitig zu Kifar herum, um zu sehen, wie der Mann seine eigene Waffe auf ihn richtete. Der Schuss wirbelte ihn nach hinten, und kurz war er sich noch des kalten Sandes unter ihm bewusst, dann umfing ihn tiefste Dunkelheit.

Leia war so angespannt, dass sie am liebsten auf und ab marschiert wäre, aber dafür war kein Platz. Gerade eben hatte die *Aegis* einen Kontakt erfasst, der in das Sternensystem eingedrungen war, und die Entermannschaft hatte sich auf dem Korridor vor der Luke versammelt. Neben Leia, Han, Chewbacca, Sian und R2-D2 waren das mehrere schwer bewaffnete Mannschaftsmitglieder der *Aegis*.

Kelvan hatte sie über Interkom auf dem Laufenden gehalten, und nun berichtete er: »Wir haben ein Sensorbild. Es ist ein umgebauter Frachter, anderthalb mal so groß wie wir, Transpondersignal lautet auf *Darsumae*. Vier Kanonen. Bietet genug Raum für dreißig bis vierzig Mann Besatzung.«

Hans Blick sagte alles. »Oder Sturmtruppen«, brummte er Chewbacca zu.

Der Wookiee fuhr sich mit den Fingern durch den Pelz, eine vielsagende Geste, die Gelassenheit ausdrückte. Leia war dafür umso besorgter, und was die Leute von der *Aegis* betraf: Sie machten einen nervösen, aber kampfbereiten Eindruck.

Da kam die nächste Meldung von der Brücke. »Gerade ist ein Shuttle von der *Darsumae* gestartet.«

»Oh nein«, hauchte Leia fast im selben Moment wie Terae.

»Das Shuttle hält auf die sensortote Zone zu«, fuhr Kelvan fort, anschließend hörten sie, wie er den Kom-Offizier anwies, den *Falken* zu warnen.

»Sollen wir die Mission abbrechen?«, fragte Fera, aber sie schien nicht zu wissen, ob sie dabei Leia oder Terae ansehen sollte.

Auf der anderen Seite des Korridors beugte Han sich vor, um mitzuhören.

»Nein«, meinte Terae, dann huschte ihr Blick kurz zu Leia hinüber und sie zögerte. »Oder – wollt Ihr abbrechen?«

»Nicht, solange es noch eine andere Möglichkeit gibt«, antwortete die Prinzessin. Sie hob ihr Komlink. »Kelvan, können wir noch immer entern?« Er war schließlich der Captain. Sie hatte keine Befehlsgewalt über ihn, und sie hatte panische Angst, dass er seine Meinung doch noch ändern könnte. Ein umgebauter Frachter dieser Größenordnung bot mehr als genug Platz für Gefangene, was sie nur noch in dem Glauben bestärkte, dass die Crew der *Wagnis* an Bord festgehalten wurde.

Kelvan zögerte einen Moment, bevor er antwortete. »Ja. Wir fliegen los.« An den Steuermann gewandt, fuhr er fort: »Ermittle ihre Position und bring uns in das Sensorstörfeld. Wir werden uns von unten an sie heranschleichen. Sie werden uns zwar auf den Schirmen haben, sobald wir das Feld verlassen, aber das Überraschungsmoment sollte noch immer auf unserer Seite sein.«

Leia hoffte, dass er recht hatte. Es war ein guter Plan, wenn auch nicht so gut wie der ursprüngliche. Degoren erwartete ein beschädigtes Schiff auf der Oberfläche, kein gut bewaffnetes Kanonenboot. Das Deck vibrierte, als die Triebwerke zum Leben erwachten, gleichzeitig spürte Leia, wie sich die Schwerkraft unmerklich verschob, während die Kompensatoren die Bewegung des Schiffes auszugleichen versuchten. Kurz darauf hörte sie Kelvan, wie er der Waffenkontrolle Feuerfreigabe erteilte. Sie lauschte auf die Kampfgeräusche, die über das Brückenkom zu ihnen übertragen wurden, und als sie sah, wie Han unruhig sein Gewicht verlagerte, wusste sie, dass er jetzt am liebsten oben auf der Brücke wäre, oder an einem Lasergeschütz oder sonst irgendwo, nur nicht hier. Ihr erging es genauso, während das Schiff unter feindlichem Beschuss erbebte und Kelvan Befehl gab, den Traktorstrahl zu aktivieren.

Terae, die ebenfalls angespannt dem Kom-Verkehr auf der Brücke lauschte, sagte: »Klingt gut. Wir haben sie überrascht.«

Das ganze Schiff vibrierte, dann hallte ein lauter Knall durch die Hülle, und Kelvans Stimme verkündete über Interkom: »Wir haben angedockt! Los! Jetzt!«

Terae schlug auf den Knopf, und als die Schleuse aufglitt, konnte Leia die Bordwand des anderen Schiffes vor sich sehen. Fera sprang vor, klatschte die kleine Sprengstoffladung gegen die Kontrolltafel neben der Luke und wich dann ebenso hastig wieder zurück. Nachdem Terae die Schleuse wieder geschlossen hatte, nickte sie Fera zu, und die Piratin drückte den Auslöser.

Die Explosion war durch all die Schichten Metall kaum zu hören, aber als Terae die Entriegelung wieder betätigt hatte, befand sich dort, wo eben noch die Kontrolltafel des anderen Schiffes gewesen war, nur noch ein qualmendes Loch. Fera drehte den manuellen Notöffnungshebel, und die Luke glitt auf. Sofort warf Terae eine Betäubungsgranate durch die Öffnung, und die Alderaaner, die der Schleuse am nächsten standen, drehten sich weg.

Diesmal war der Knall viel lauter, und während Leia noch ihren Blaster zückte, stürmten die Piraten bereits vor. Gemeinsam mit Han und Chewbacca folgte sie ihnen durch die Luke, da wurden bereits die ersten Blasterschüsse hörbar.

Sie betraten einen Korridor, der in Längsrichtung durch die

Darsumae verlief, und die Männer und Frauen von der *Aegis* gingen hastig entlang der Wände in Stellung. Vor ihnen lagen vier Männer reglos auf dem Boden, ihren Blastern nach zu schließen Wachen, die an der Luke postiert gewesen waren.

Mit schnellen Gesten schickte Terae fünf ihrer Leute in Richtung Heck zum Maschinendeck, und drei weitere wies sie an, die Schleuse zu bewachen. Auf ein Nicken von Leia hin eilte Sian hinter der ersten Gruppe her, und auch R2-D2 rollte in Richtung Maschinendeck los. Der Droide konnte ihnen helfen, falls codegesicherte Türen ihnen den Weg versperrten.

Anschließend drehte die Prinzessin mit dem Stiefel einen der bewusstlosen Männer auf den Rücken. Sie erkannte ihn nicht, und genau wie die anderen trug er keine Uniform, sondern schlichte Raumfahrerkleidung. Einen Moment lang zog sich ihr Magen vor Schreck zusammen. *Was, wenn wir uns irren?* Falls das alles nur ein schreckliches Missverständnis war und dieses Schiff zufällig ihren Notruf aufgefangen hatte ... Falls es ohne böse Hintergedanken hierhergeflogen war ... Doch dann bückte sie sich und nahm das Komlink vom Gürtel des Mannes: ein imperiales Standardmodell.

Han, der sich über Leias Schulter gebeugt hatte, brummte: »Schön, Gewissheit zu haben.«

Terae hatte innegehalten und Leia ebenfalls beobachtet. Als die Prinzessin das Gerät nun hochhielt und ihr das eingestanzte imperiale Siegel zeigte, nickte die Alderaanerin knapp und winkte den Rest der Entermannschaft nach vorn zur Brücke. Han folgte ihnen, Chewbacca dicht neben ihm, wobei die großen Füße des Wookiees nicht das leiseste Geräusch auf den metallenen Deckplatten verursachten. Leia erhob sich und bildete die Nachhut.

Sie traten durch offene Panzertüren in leere Mannschaftsquartiere und Systemabteile, wo Terae zwei ihrer Leute anwies, die Verbindungsleitungen der Kom-Anlage zu unterbrechen. Schließlich kreuzte sich der Gang mit einem weiteren Korridor, der nach vorn zur Brücke abbog, und hier brach plötzlich ein Sturm aus Blasterfeuer über sie herein. Die Schüsse verbrannten die gegenüberliegende Wand zu Schlacke und streckten einen der Piraten von der *Aegis* nieder. Terae, Fera und die anderen warfen sich in Deckung und erwiderten das Feuer.

Han deutete energisch in Chewbaccas Richtung – ein stummer Befehl, aber Chewie schien zu verstehen. Er ging ein Stück den Korridor zurück und lief zum nächsten Quergang. Im selben Moment stockte Leia der Atem, denn Han hechtete nach vorn, rollte sich ab und schaffte es bis zur anderen Seite des Korridors hinüber, wo er sich, noch immer geduckt, an die Wand presste und um die Ecke feuerte. Die Prinzessin nutzte sein Deckungsfeuer, um nach vorn zu kriechen und nach der Jacke des verletzten Piraten zu greifen. Erst, als sie ihn aus dem Schussfeld zerrte, erkannte sie, dass es sich um Allian handelte. Seine Schulter und sein Arm waren schwer verbrannt, aber er lebte. Schweiß perlte auf seiner braunen Stirn, seine Augen waren vor Schock geweitet. Der Geruch von Ozon und Rauch erfüllte die Luft, und über ihr Komlink konnte sie nun ebenfalls Rufe und Blasterschüsse hören, als die zweite Gruppe um die Kontrolle über das Maschinendeck kämpfte.

Fera flüsterte: »Solo!«, und hielt eine kleine Metallkugel in die Höhe – eine weitere Betäubungsgranate.

Solo nickte, legte seine Waffe beiseite und bedeutete ihr, ihm die Granate zuzuwerfen, was Fera auch tat. Terae hatte sich inzwischen gefährlich nahe an die Todeszone herangeschoben, und nun musste sie zurückweichen, als zahlreiche

Blasterstrahlen direkt über ihrem Kopf die Wand schmelzen ließen. Da ebbte der Beschuss unvermittelt ab, als das unverkennbare Geräusch von Bogenspannergeschossen und das triumphierende Heulen eines Wookiees erklang. Han machte die Granate scharf, beugte sich in den Korridor hinaus und warf sie ihren Feinden entgegen.

Gemeinsam mit den anderen rückte Leia ein Stück nach hinten, bevor der Sprengkörper losging und die Bodenplatten unter der Detonation klapperten.

Terae schrie: »Jetzt!«, dann stürmte sie auf den Gang hinaus, die anderen dicht hinter ihr. Leia sprang ebenfalls auf und setzte sich hinter Solo. Vor der geschlossenen Panzertür zur Brücke fanden sie drei stöhnende Imperiale auf dem Boden vor, und neben ihnen lag ein taktischer Einsatzschild, dessen transparente Oberfläche noch immer von mehreren Blastereinschlägen glühte. Chewbacca tauchte aus einem Durchgang am anderen Ende des Korridors auf und rannte zu ihnen hinüber.

Terae winkte Fera nach vorn, um die Kontrollen der Panzertür kurzzuschließen, dann trat sie zu Han in die Mitte des Ganges. Nachdem sie einen Moment lang ihrem Komlink gelauscht hatte, erklärte sie: »Sie mussten ein Loch in die Panzertür vor dem Antriebsabteil schneiden, aber der Astromechdroide konnte den Kontrollzugriff von der Brücke deaktivieren, und jetzt sind sie fast …«

Leia sah eine Bewegung auf dem Korridor, dort, wo eine offen stehende Panzertür in einen weiteren Quergang führte. »Runter!« Sie feuerte im selben Moment, als der Imperiale aus der Öffnung trat und sein Blastergewehr hob.

Chewbacca, Fera und zwei weitere Alderaaner warfen sich flach auf das Deck. Terae versuchte noch, herumzuwirbeln und zu schießen, aber Han sprang auf sie zu und riss sie mit sich aus der Schussbahn.

Der Energiestrahl aus dem Gewehr zuckte so dicht an Leia vorbei, dass die Welt um sie weiß wurde, dennoch drückte sie noch zweimal ab. Nachdem sie sich die Lichtpunkte aus den Augen geblinzelt hatte, sah sie, wie der Imperiale nach vorn kippte, und seine Waffe landete klappernd hinter ihm auf dem Deck.

Terae richtete sich auf und blaffte: »Merith, sichere diese Kreuzung!«

Nachdem das Crewmitglied losgeeilt war, um ihrem Befehl nachzukommen, sagte Terae mit leicht zittriger Stimme: »Danke, Euer Hoheit.«

»Gern geschehen«, erwiderte Leia, und sie war froh, dass zumindest ihre eigene Stimme normal klang.

Han richtete sich auf und musterte sie mit besorgt gerunzelter Stirn. »Alles in Ordnung mit Ihnen?«

»Nichts passiert«, versicherte sie ihm, obwohl ihre linke Wange sich heiß anfühlte. Als Solo vortrat und neben der Tür in Stellung ging, bewegte sie sich ein Stück nach hinten, bis sie in Chewbaccas Schatten stand, erst dann hob sie die Hand an die geschlungenen Zöpfe, die ihr links vom Kopf hingen. Sie fühlten sich spröde an, versengt von dem Beinahetreffer.

Chewie schnüffelte – ihm war der Geruch verbrannten Haars nicht entgangen –, dann blickte er auf sie hinab und knurrte besorgt.

»Es geht mir gut«, versicherte Leia ihm. Sie verdrängte das Bild ihrer eigenen Leiche, die mit fortgebranntem Schädel auf dem Korridor lag, aus ihrem Kopf und hob den Blaster, denn in diesem Moment gelang es Fera, die Tür zur Brücke kurzzuschließen.

Die Panzertür glitt auf, und Terae rief: »Ihr sitzt in der Falle! Wir haben euer Schiff – ergebt euch, oder wir werfen ein paar Erschütterungsgranaten zu euch rein! Wir brauchen euch nicht unbedingt lebend …« Nachdem mehrere Sekunden keine Antwort erklang, fügte sie mit lauter Stimme hinzu: »Werft die Granaten!«

Da schrie jemand von der Brücke: »Nein! Wir ergeben uns!«

Han und zwei Piraten stürmten durch die Tür. Als Leia ihnen folgte, zerrten sie gerade drei Imperiale von ihren Stationen hoch, entwaffneten sie und zwangen sie, sich auf den Boden zu legen. Während die Männer von der *Aegis* weiter die Gefangenen im Auge behielten, ließ Han sich in den Pilotensitz fallen und rief eine schematische Darstellung des Schiffes auf den Schirm. Leia hörte einen triumphierenden Ruf aus ihrem Komlink.

Ein paar Sekunden später meldete sich ein Crewmitglied der *Aegis.* »Captain Kelvan, Lieutenant Terae, wir haben den Maschinenraum übernommen!«

Leia machte einen Bogen um die Gefangenen und blickte Han über die Schulter. »Wir müssen herausfinden, wie viele Leute an Bord sind.« *Und feststellen, was mit General Willard und den anderen von der* Wagnis *geschehen ist.* Ihre schlimmste Befürchtung war, dass die Imperialen sie bereits auf der Arnot-Station hingerichtet hatten. Ihre Finger schlossen sich fester um die Rückenlehne des Pilotensitzes. Sie wollte erst mit dem Verhör beginnen, wenn sie mehr Informationen hatten, aber Terae stapfte bereits im Kreis um die drei Gefangenen herum und beäugte sie mit einem nachdenklichen, gefährlichen Blick.

Han legte eine Mannschaftsliste auf den Konsolenschirm und leitete ihn dann über die Kom-Frequenz der *Aegis* weiter, sodass jeder von Kelvans Leuten sie empfangen konnte. »Ja, das sind deutlich mehr Namen, als eigentlich an Bord eines solchen Frachters sein müssten. Und schauen Sie, da: imperiale Kommunikationscodes.«

»Einige von ihnen müssen mit dem Shuttle von Bord gegangen sein«, meinte Leia. Aus Teraes Komlink drangen derweil Berichte über vereinzelte Scharmützel auf den Korridoren der *Darsumae* und weitere Imperiale, die sich den Piraten ergeben hatten.

Han fuhr fort: »Der Frachtbereich wurde umgebaut und beherbergt jetzt Waffen und einen Traktorstrahlemitter. Hm ... Es gibt auch Arrestzellen.«

Leia konnte sehen, dass die Sicherheitssysteme in diesem Teil des Schiffes aktiv waren, und die roten Linien auf dem Schirm deuteten verriegelte Luken an. »Ich seh mir das mal an.«

Chewbacca drehte sich herum, um ihr zu folgen, und Terae sagte: »Fera, begleite sie.«

Sie erreichten das untere Deck ohne größere Zwischenfälle. Chewbacca scheuchte einen Imperialen aus einer Kabine, und Leia betäubte ihn, das war alles. Die Kreuzung vor den Arrestzellen war mit einem Eindämmungsfeld gesichert, und dahinter befanden sich vier versiegelte Panzertüren. Fera versuchte sich an der Kontrolltafel, aber dann verzog sie das Gesicht. »Codegesichert. Soll ich die Tafel herausbrennen?«

Leias Herz schlug höher, beflügelt von neuer Hoffnung, und sie nahm ihr Komlink zur Hand. »Han, können Sie das Schutzfeld vor dem Inhaftierungsbereich deaktivieren?«

Das Feld verblasste, das Summen erstarb, und Leia trat vor die erste der vier Türen. Während sie auf das Bedienfeld tippte, rief sie: »Ist jemand da drin?«

Eine ungläubige Stimme antwortete ihr. »Was ... *Prinzessin Leia*?«

Chewbacca trat neben sie und brummte misstrauisch, aber Leia drückte den Knopf, woraufhin die Tür aufglitt und den Blick auf eine kleine, überfüllte Zelle freigab, in der sich mehrere derangierte Mitglieder der *Wagnis*-Crew aneinanderdrängten. Ihre Gesichter waren von Erschöpfung gezeichnet, leuchteten nun aber vor Überraschung und Hoffnung auf.

»Schön, Sie alle wiederzusehen«, sagte Leia. »Ist General Willard auch auf diesem Schiff?«

Eine Frau kämpfte sich auf die Füße hoch. »Er muss hier irgendwo sein. Sie haben alle an Bord gebracht.«

Leia hörte, wie Fera Terae Bericht erstattete. Gerade sagte sie: »Wir haben hier eine unbekannte Zahl von Überlebenden, die vielleicht medizinischer Versorgung bedürfen.« Sie klang, als hätte sie ihre alderaanische Ausbildung noch nicht ganz vergessen.

Leia ging zur nächsten Panzertür, und Chewbacca setzte sich in Bewegung, um die beiden anderen Zellen zu öffnen. Als die dritte Tür aufglitt, vernahm Leia Jerells Stimme.

»Prinzessin Leia!«

General Willard hatte sich in der kleinen Zelle an die Wand gelehnt, und nun setzte er sich auf, zerschlagen, aber lebendig. Sie trat in die winzige Kammer, kniete sich neben ihn und nahm seine Hand. »Wie geht es Ihnen?«

»Jetzt schon viel besser«, antwortete er mit einem Lächeln, anschließend blickte er zu Chewbacca hoch, der am Eingang lehnte. »Ich wusste, ihr würdet sie finden.«

Der Wookiee knurrte eine selbstzufriedene Entgegnung, dann fragte Leia: »Was ist passiert?«

Der General verzog das Gesicht. »Sie hatten die richtigen Codes, also haben wir sie an Bord gelassen. Daraufhin töteten sie zwei der Männer, die für den Wachdienst eingeteilt waren, und haben mich als Geisel genommen. Nicht gerade ein Ruhmesblatt für uns. Ilen konnte glücklicherweise noch die Speicherbänke löschen, bevor sie die Hilfssteuerung übernahmen. Die Imperialen haben also zumindest keine gesicherten Daten aus unseren Systemen in die Hände bekommen.«

Jerell wippte unbehaglich hin und her, und sein Gemütszustand schwankte zwischen Schuldbewusstsein und Scham. »Es war mein Fehler. Ich habe ihre Codes überprüft und sie hereingelassen. Ich dachte, sie gehörten zu einer Frachterbesatzung, die geschickt worden war, um uns zu evakuieren.«

»Darüber können wir uns noch unterhalten, wenn wir wieder bei der Flotte sind«, meinte Leia, obwohl sich ihr bei dem Gedanken an die beiden zusätzlichen Opfer auf der *Wagnis* der Magen umzudrehen drohte. »Fürs Erste sollten wir einfach von hier verschwinden und …« Ihr Komlink piepte drängend, dann war Hans Stimme zu hören.

»Prinzessin, wir haben ein Problem. Ich habe versucht, den *Falken* zu kontaktieren, und bekomme keine Antwort.«

Nur langsam wurde Luke bewusst, dass er auf einem gepolsterten Schalensitz kauerte, sein Oberkörper nach vorn gesackt, der Rücken unter dem Hemd noch immer voller Sand. Sein Körper fühlte sich schwer und taub an, und der Kopf schmerzte ihm, ein heftiges Stechen direkt zwischen den Augen. *Ich wurde betäubt*, dachte er, aber noch konnte er sich nicht erinnern, wie und warum. Schließlich klärte seine Wahrnehmung sich so weit, dass er die Fesseln um die Handgelenke spürte. *Luke, du Narr*, tadelte er sich. Er öffnete die Augen und sah Kifar Itran, der ihm gegenüber saß. Sie befanden sich an Bord eines Schiffes, vermutlich ein kleines Shuttle, und schmale Sichtfenster ein Stück weiter vorn gaben den Blick auf die

Dunkelheit des Weltraums frei. Luke konnte außerdem durch die offene Tür ins Cockpit blicken – davor saßen acht Männer auf Schalensitzen, und eine weitere Gestalt hatte an der gegenüberliegenden Wand Platz genommen. Alle trugen sie dunkle, unauffällige Raumfahrerkleidung, aber irgendwie wollte diese Aufmachung nicht zu ihnen passen. Abgesehen von ihrem kurzgeschorenen Haar war das das Einzige, was darauf hindeutete, dass sie zum Imperium gehören könnten. Die Gestalt, die Skywalker am nächsten saß, war ein grünhäutiger Duros, der seinen Blaster lässig in der Hand hielt – ein Duros, dessen Bekanntschaft Luke schon einmal gemacht hatte. Er stöhnte leise. Das war derselbe Kerl, der versucht hatte, sie auf der Arnot-Station zu überfallen. Also war er gar kein Pirat gewesen, sondern ein imperialer Agent.

»Dein Droide ist ganz schön stur«, meinte Kifar. »Er wollte mich nicht wieder an Bord lassen. Sagte, du hättest ihm befohlen, die Luke für niemand anders als dich zu öffnen.«

Gut gemacht, C-3PO, dachte er. Zumindest hatten die Imperialen also nicht den *Falken* in die Hände bekommen. »Sie, ein imperialer Agent?«, brummte er. »Und die Prinzessin dachte, Sie wären nur ein Feigling, der die Mission verraten hat, als es brenzlig für ihn wurde.« Leia hatte nichts dergleichen gesagt, aber außer Kifar zu provozieren gab es im Moment nichts, was Luke tun konnte.

Kifars Miene versteinerte. »Ich habe meine Aufgabe erfüllt, und deine Prinzessin hatte nicht einmal den leisesten Verdacht. Ich bin nicht eingeknickt – ich habe ein Abkommen mit Viest getroffen. Ich verriet ihr, dass Organa eine Rebellensenatorin ist, die sie an das Imperium verkaufen könnte. Im Gegenzug hat sie mich ihr Kom benutzen lassen, damit ich meinen Vorgesetzten kontaktieren und ihm sagen konnte, dass die

Wagnis bei der Arnot-Station ist.« Er lächelte. »Hat eigentlich ganz gut funktioniert, findest du nicht?«

»Bis jetzt«, räumte Luke ein. Er konnte sehen, dass Kifars Egoismus nicht nur Teil der Tarnidentität war, mit der er die Allianz genarrt hatte. Vermutlich hielt er sich wirklich für einen Spitzenagenten. Es musste ihn wahnsinnig gemacht haben, dass die Rebellen ihn die ganze Zeit mit Transportmissionen abgespeist hatten. »Dann haben Sie den Imperialen also verraten, wo die *Wagnis* aus dem Hyperraum zurückfallen würde, um die Übertragung zu empfangen.«

Kifars Mund verzog sich, nicht zu einem Grinsen, aber doch zu etwas sehr Ähnlichem. »Ich hatte nur Zeit für eine kurze Nachricht an meinen Vorgesetzten, aber das hat gereicht.«

Gut, das zu wissen. Zumindest konnte die Allianz jetzt wieder auf ihr Kommunikationsnetzwerk vertrauen. Das hieß, sofern Luke je Gelegenheit bekam, diese Information weiterzuleiten. »Und was haben Sie jetzt vor?«

Kifars Gesicht wurde hart, und er warf dem Duros einen kurzen Blick zu, woraufhin dieser ein kurzes verbittertes Lachen ausstieß. »Das ist eine gute Frage«, meinte er und schnaubte.

»Genug davon, Trehar. Hättest du ihn und den Wookiee auf der Station nicht entwischen lassen …«

Der Duros fuhr ihm ins Wort. »Wäre er mir nicht entwischt, hätte Degoren sich nicht auf dich allein verlassen müssen, und dann würden wir jetzt nicht in dieser Misere stecken.«

Luke blickte verwirrt von Trehar zu Kifar, dann begriff er. Han hatte recht, Kifar war ein Versager. »Sie hatten keine Gelegenheit, ihre Freunde davor zu warnen, dass die *Aegis* ihr Schiff überfallen würde, nicht wahr? Das hätten Sie erst tun können, nachdem Sie mich betäubt haben, aber dann konnten Sie nicht mehr an die Kom-Anlage des *Falken* heran, und mein Komlink hatte nicht die nötige Reichweite, also mussten Sie auf die Landung des Shuttles warten.«

»Ich konnte nichts tun«, blaffte Kifar. »Hätte ich den Frachter auf dem Weg zur Oberfläche übernommen, hätten sie gemerkt, dass etwas nicht stimmt, weil der Notrufsender nicht losgegangen wäre. Und dann hätten sie die Flucht ergriffen.«

Diesmal war es Luke, der abfällig den Atem entweichen ließ. Er wusste, dass Leia, Han und die anderen nicht geflohen wären, und sollte Kifar das wirklich glauben, dann hatte er eine lausige Menschenkenntnis. *Er ist in vielerlei Hinsicht lausig.* Wäre das Signal nicht wie geplant aktiviert worden, hätte Leia tatsächlich Verdacht geschöpft, aber vermutlich hätte sie dann eines der Shuttles der *Aegis* auf den Planeten hinabgeschickt, um nach dem Rechten zu sehen.

Seine Genugtuung über Kifars Fehleinschätzung löste sich auf, als Trehar erklärte: »Du kannst dich glücklich schätzen, dass die Verstärkung schon fast hier ist.«

»Verstärkung?«, entfuhr es Luke.

Leia rannte zur Brücke, und Chewbacca trottete hinter ihr her. »Vielleicht ist es das Störfeld des Planeten«, meinte sie. »Vielleicht beeinträchtigt es die Sprachübertragung.«

Das skeptisch klingende Schnaufen des Wookiees machte deutlich, wie unwahrscheinlich er das fand.

Selbst Leia musste eingestehen, dass sie nicht recht daran glaubte. Als sie die Brücke erreichten, konnte sie sofort an Hans Gesichtsausdruck ablesen, dass es wirklich übel aussah.

Terae, die neben dem Corellianer gestanden hatte, trat vor, um Leia Bericht zu erstatten. »Das Shuttle ist auf dem Rückweg, und dieser Commander Degoren hat uns auf der Grußfrequenz kontaktiert.«

Leia wurde das Herz schwer. Es hatte nicht funktioniert – sie waren viel zu früh wieder zurück. Degoren würde in der Lage sein, einen Sensorscan seines Schiffes vorzunehmen, sobald er das planetare Störfeld hinter sich gelassen hatte, und dann würde er sehen, dass die *Aegis* längsseits zur *Darsumae* gegangen war. »Hat er irgendetwas über den *Falken* gesagt?«

Terae schüttelte den Kopf. »Noch nicht. Solo hält ihn hin und versucht, ihm ein paar Informationen aus der Nase zu ziehen, aber es funktioniert nicht recht. Captain Kelvan ist auch auf der Frequenz dazugeschaltet, aber außer Solo hat noch niemand mit Degoren gesprochen.«

»Gut.« Leia trat an Hans Seite.

Solo hatte sich ein Headset aufgesetzt und erklärte gerade: »Wir sind ganz unschuldig durch das System geflogen, und da sind wir darüber gestolpert. Wenn ihr nicht wollt, dass jemand es für sich beansprucht, solltet ihr es nicht einfach so im All herumtreiben lassen.«

Leia nahm das andere Headset und hielt es an ihr Ohr, aber sie musste sich vorbeugen, um etwas zu verstehen, denn Chewbacca stellte sich hinter sie und atmete laut auf sie hinab.

Degorens Stimme war unverkennbar, als er sagte: »Geben Sie mir Ihren Kommandanten. Sie haben einen taktischen Fehler begangen, aber es ist nichts, was sich nicht aus der Welt schaffen ließe.« Er klang gefasst und viel zu ruhig.

Leia schaltete das Kom stumm und fragte: »Hat er zugegeben, dass er zum Imperium gehört?«

»Nein, er versucht, auf Zeit zu spielen«, antwortete Han, und sie erkannte, dass sich unter seiner Frustration tiefe Besorgnis verbarg. »Ich glaube, imperiale Verstärkung ist auf dem Weg hierher.«

Chewbacca knurrte angespannt, während Terae die Sensoren aktivierte und auf maximalen Erfassungsbereich ging. Leia meinte unterdessen: »Dann müssen wir uns beeilen.« Zudem mussten sie herausfinden, ob Degoren den *Falken* entdeckt hatte. Sie deaktivierte die Stummschaltung und bemühte sich um einen harten Tonfall. »Wir haben Ihr Schiff, Commander Degoren. Ergeben Sie sich auf der Stelle, oder wir eröffnen das Feuer auf Ihr Shuttle.«

Eine kurze Pause, dann hörte man über Kom: »Davon würde ich Ihnen abraten, Organa.«

Es überrascht ihn nicht im Geringsten, dass ich hier bin, fuhr es Leia durch den Kopf. *Er ist wütend, aber nicht überrascht.* Das war ein ganz schlechtes Zeichen. »Was Sie denken, spielt keine Rolle.« Sie richtete sich an Terae: »Sind die Erschütterungsraketen abschussbereit?«

»Ja, Euer Hoheit.« Die Alderaanerin machte eine scharfe Handbewegung, und eines ihrer Crewmitglieder ließ sich auf den Sitz vor der Waffenstation fallen, betrachtete einen Moment lang verunsichert die fremden Kontrollen, machte sich aber dann daran, die Feuersequenz einzuleiten.

»Wir haben zwei Ihrer Leute an Bord«, erklärte Degoren. »Kifar Itran und Luke Skywalker. Aber ich bin bereit, sie gegen mein Schiff einzutauschen. Sie können sogar die anderen Rebellengefangenen an Bord haben. Ich überlasse sie Ihnen.«

Leias Miene verfinsterte sich, Chewbacca gab ein leises, ratloses Schnauben von sich und Han stieß einen unterdrückten Fluch aus. *Ja,* dachte die Prinzessin, *genau, wie ich befürchtet habe.* Degoren spielte zudem wirklich auf Zeit. Er hatte ihnen nur angeboten, die Gefangenen von Bord zu bringen, weil er wusste, dass es mehrere Minuten in Anspruch nehmen würde. Sie legte einen zögerlichen Unterton in die Stimme. »Geben Sie uns einen Moment, um das zu besprechen.«

»Aber beeilen Sie sich. Meine Geduld ist fast am Ende«, entgegnete der Imperiale.

Leia drückte auf stumm. »Ein anderes Schiff muss auf dem Weg hierher sein. Wir können uns dieses Shuttle schnappen, wenn wir schnell sind. Terae, wir brauchen die *Aegis.*«

Terae aktivierte das Bordkom, sodass die gesamte Mannschaft sie hören konnte. »Die Mitglieder der Allianz werden das Kommando über dieses Schiff übernehmen. Sperrt die restlichen Imperialen in die Arrestzellen und kehrt dann so schnell wie möglich auf die *Aegis* zurück. Bringt unsere Verwundeten als Erste von Bord. Bewegung!«

Han beugte sich über das Kom und fügte hinzu: »Ilen, Barani, falls ihr noch lebt, kommt auf die Brücke! Jedes Besatzungsmitglied der *Wagnis*, das sich noch für einsatzfähig hält, soll sich eine Station suchen und sie bemannen!«

Leia hob die Hand, um Ruhe einzufordern, dann öffnete sie wieder die andere Frequenz. »Also schön, Degoren. Ich gebe Ihnen Ihr Schiff und Ihre Mannschaft, im Gegenzug lassen Sie meine Leute frei. Warum docken Sie nicht an, dann können wir den Austausch durchführen.«

Fera erschien in der Tür, in der Hand ein Komlink, mit dem sie hektisch in Leias Richtung gestikulierte. Die Prinzessin aktivierte die Stummschaltung, und die Piratin rief: »Ich kann die Verbindung auf das Kom-System der *Aegis* übertragen, dann können Sie weiter mit ihm sprechen, und er wird nicht merken, dass Sie nicht mehr auf der Brücke sind ...«

»Worauf warten Sie dann noch?«, fragte Leia und öffnete die Frequenz wieder.

Im selben Moment erklärte Degoren: »Wohl kaum. Ich bin nicht so töricht, wie Sie offenbar glauben, Organa. Sie müssen sich schon eine andere Möglichkeit einfallen lassen.«

Nun tauchten Ilen und Barani am Eingang der Brücke auf, beide verdreckt und erschöpft. »Prinzessin!«, keuchte Ilen.

Leia bedeutete ihm, still zu sein. Han erhob sich von der Pilotenstation und signalisierte ihnen, ihre Stationen zu übernehmen, während Leia, an Degoren gerichtet, vorschlug: »Wie wäre es, wenn wir beide auf dem Planeten landen?«

Fera kehrte mit dem Komlink zurück und formte lautlos mit den Lippen das Wort »Bereit«.

Leia nickte ihr energisch zu. Degoren konnte jeden Moment erkennen, dass sie ebenso versuchte, Zeit zu schinden, wie er.

Fera machte sich einen Moment an der Kom-Konsole zu schaffen, anschließend nahm sie Leia das Headset vom Kopf und drückte ihr das Komlink in die Hand.

Degoren, der von der Unterbrechung nichts mitbekam, brummte unterdessen: »Das klingt schon besser. Aber woher soll ich wissen, dass das kein Trick ist? Auf dem Planeten gibt es eine Art sensorstörendes Feld.«

Han hatte die Brücke bereits verlassen, und Chewbacca wartete an der Tür, von wo aus er Leia mit einer wedelnden Bewegung seines Bogenwerfers zur Eile antrieb. »Lassen Sie mich mit meiner Mannschaft darüber sprechen«, sagte sie. »Vielleicht finden wir ja eine Möglichkeit, Sie zu überzeugen.« Anschließend stellte sie das Kom stumm und rannte los, dicht gefolgt von Terae, Fera und den anderen von der *Aegis*.

An der ersten Kreuzung stießen sie auf General Willard und Jerell, die in Begleitung von Ingenieur Sorel und Bordsanitäter Sarit waren. Han stand ebenfalls bei ihnen und weihte den General in die aktuelle Lage ein. Willard nickte, dann wandte er sich an Leia. »Sie gehen an Bord der *Aegis*?«

»Ja, und ich möchte, dass Sie mit diesem Schiff in den Hyperraum starten und zur Flotte zurückkehren.« Als er tief Luft holte, war Leia sicher, dass er protestieren wollte. Angesichts ihres ohnehin schon viel zu kleinen Zeitfensters erklärte sie: »Degorens Verstärkung ist bereits auf dem Weg, und wir haben keine Ahnung, mit welcher Feuerkraft wir rechnen müssen. Sobald wir Luke und Kifar befreit haben, werden wir ihnen folgen. Sie müssen mir vertrauen …«

Willard hob die Hand, und ihr Wortschwall versiegte. »Ich vertraue Ihnen. Jetzt holen Sie Ihre Leute zurück, damit Sie von hier verschwinden können. Falls ich zurückkommen muss, um Sie zu retten, werde ich Ihnen das den Rest Ihrer Tage vorhalten.«

Das waren genau die Worte, die Leia jetzt hören musste, auch wenn sie sich dessen bislang nicht bewusst gewesen war. Sie nickte kurz. »Wir sehen uns auf der *Independence.*«

Anschließend rannten sie und die anderen weiter den Korridor hinab, wobei ihnen weitere Crewmitglieder der *Wagnis* entgegenkamen, die zur Brücke, zu den Waffenstationen oder zum Maschinendeck eilten oder humpelten, während die Leute von der *Aegis* in Richtung der Verbindungsschleuse drängten. Sie alle wirkten aufgeregt und angespannt, aber nicht panisch.

Leia, die genug Panik für beide Mannschaften verspürte, fragte sich, ob die Männer und Frauen ihre Furcht vielleicht nur gut zu verbergen wussten. *Luke, du musst ihn da rausholen.* Falls Degoren das System mit Skywalker verließ, würden sie ihn nie wiederfinden. Er würde verhört, gefoltert und getötet werden. *Ich darf ihn nicht verlieren.* Und es war ihre Schuld, dass er gefangen genommen worden war. Je mehr sie über Degorens Eintreffen hier nachdachte – über die Dinge, die er praktisch erwartet hatte, über die Dinge, die ihn überrascht hatten –, desto sicherer wurde sie, dass ihr eine schwerwiegende und womöglich fatale Fehleinschätzung unterlaufen war.

Terae ließ sich auf einer anderen Frequenz einen Bericht geben, dann meldete sie: »Das Schiff ist gesichert und alle Imperialen an Bord sind in den Arrestzellen. Zehn Mannschaftsmitglieder fehlen, aber wir glauben, dass sie und Degoren in dem Shuttle waren.«

Ein Alderaaner stand an der Luke der *Aegis*, ein Datapad in der Hand, und zählte die Mannschaftsmitglieder ab, die nach und nach zurückkehrten. Sian und R2-D2 warteten neben ihm.

Leia sagte: »Gehen Sie zur Brücke. Du ebenfalls, Erzwo. Die Mannschaft der *Wagnis* wird Hilfe brauchen.« Der Droide rollte gehorsam davon, aber Sian folgte der Prinzessin an Bord des Kanonenboots, bis Leia sich umdrehte und erklärte: »Das galt auch für Sie.«

»Ich weiß«, erwiderte Sian. »Aber ich begleite Sie.« Sie neigte den Kopf, eine Geste, die der *Aegis* galt – bislang hatten die Piraten nicht versucht, die Situation für ihren eigenen Profit auszunutzen. »Sieht aus, als hätten Sie recht gehabt.«

Leia wusste diesen Vertrauensbeweis zu schätzen, aber sie bezweifelte, dass sie ihn verdiente. »Ich fürchte, in einem Punkt habe ich mich schrecklich geirrt«, meinte sie, während sie sich hinter Terae wieder in Bewegung setzte.

Han blickte über die Schulter zu ihr zurück. »Sie glauben, Itran hat wieder geplaudert.«

»Ich glaube, er hat mehr getan als nur das.« Sie musterte ihn, während sie weiter durch den Korridor eilten. »Sie haben sich ja noch gar nicht wegen des *Falken* beschwert.« Die Sensoren hatten keine Spur von dem Schiff erfasst, und Leia hoffte, dass die Imperialen es unversehrt auf der Planetenoberfläche zurückgelassen hatten.

Ein besorgter Laut drang aus den Tiefen von Chewbaccas Brust, und Han fügte mit grimmiger Miene an: »Sie wissen ja, was Sie mir schulden, falls etwas mit dem *Falken* passiert sein sollte.«

Leia musste nicht lange überlegen. »Falls etwas mit Ihrem Frachter passiert ist, gehört Ihnen die *Darsumae.*« *Und falls etwas mit Luke passiert ist, gehört mir Degorens Kopf.*

16. Kapitel

Als sie die Kreuzung erreichten, die zum vorderen Brückenkorridor führte, hob Leia die Hand, um die anderen zum Schweigen zu bringen, und deaktivierte die Stummschaltung ihres Komlinks. »Commander Degoren, bevor wir uns von Ihrem Schiff zurückziehen, hätten wir gerne einen Beweis dafür, dass unsere Leute noch am Leben sind. Lassen Sie mich mit Skywalker sprechen.«

»Es gibt keinen Grund, an meinem Wort zu zweifeln. Warten Sie, ich gebe Ihnen Itran.«

Natürlich, dachte Leia. »Warten Sie einen Moment, bitte.« Sie schaltete das Kom stumm und rannte weiter.

Als die Panzertür vor der Brücke aufglitt, drehte sich Kelvan zu ihnen herum. Er hatte ein Kom-Headset auf dem Kopf und meldete: »Die Mannschaft ist wieder vollzählig an Bord, und die Luken werden gerade versiegelt. Wir haben die *Darsumae* in *Wagnis Zwei* umbenannt, und der Pilot meldet, dass sie den Sprung berechnet haben und auf Ihr Signal hin in den Hyperraum fliehen werden.«

Terae, die zur Sensorstation hinübergegangen war, fügte hinzu: »Das Shuttle behält seine Position weiter bei.«

»Gut.« Leia hob das Komlink, zögerte aber noch. *Wie sicher bist du dir wirklich, Leia? Auf jeden Fall sicher genug.* Sie blickte Han an. »Kontaktieren Sie General Willard auf einer sicheren Frequenz und sagen Sie ihm, falls Kifar Itran ohne uns zurückkehrt, ist er vermutlich ein imperialer Agent.«

Solos Gesichtsausdruck veränderte sich mehrmals in kurzer Folge, dann schob er den Kiefer vor. »Nun, das erklärt einiges. Er wollte, dass wir beide die Gefangenen aus dem Sklavenpferch holen, angeblich, weil er der Mannschaft der *Aegis* nicht vertraute. In Wirklichkeit muss er vorgehabt haben, mich aus dem Weg zu räumen und irgendwo eine Kom-Anlage zu finden.«

Sian starrte die Prinzessin schockiert an. »Aber er ... Er war die ganze Zeit ... Oh nein! So haben Sie die *Wagnis* auf der Arnot-Station gefunden!«

Chewbacca zog die Lippen zurück und gab einen Kommentar von sich, der erstaunlich vorwurfsvoll klang, woraufhin Han ihn wütend anfunkelte. »Es war nicht meine Schuld. Woher hätte ich das denn wissen sollen?«

Kelvan runzelte die Stirn. Er hatte offensichtlich das Gefühl, außen vor gelassen worden zu sein. »Seit wann wisst Ihr davon?«, fragte er.

»Eigentlich erst seit gerade eben«, erwiderte Leia. »Er muss schon lange verdeckt für das Imperium gearbeitet haben. Er sollte unsere Feinde über unser Vorgehen auf dem Laufenden halten und wann immer möglich unsere Missionen sabotieren, während sie eine Falle für die Flotte der Allianz vorbereiten.«

Terae schlug sich mit der Hand gegen die Stirn. »Dieser miese, kleine ... Er hat Viest nicht nur verraten, wer Ihr seid, er hat eine Abmachung mit ihr getroffen, richtig?«

»Ja, aber nachdem wir ihn gerettet hatten, konnte er Degoren nicht vor unserem geplanten Hinterhalt warnen.« Leia blickte auf die Sensoren hinab. Die Verstärkung, die der Commander erwartete, mochte jeden Moment hier eintreffen.

Kelvan legte den Finger an sein Headset, während er einem schiffsinternen Bericht lauschte, anschließend nickte er Leia zu. »Die Luken sind versiegelt. Wir können uns vom Schiff lösen.«

Leia presste die Lippen zusammen, dann sagte sie: »Wir müssen schnell sein, sonst töten sie Luke.«

Kelvan schenkte ihr ein schiefes Lächeln. »Glaubt mir, wir werden schnell sein. Wir machen das nicht zum ersten Mal.«

Terae nickte, wirkte aber deutlich ernster. »Und Itran wollen wir auch nicht verlieren. Er hat ein Abkommen mit Viest getroffen. Seinetwegen ist Captain Metara tot.«

Leia war nicht sicher, ob es da wirklich eine direkte Verbindung gab, aber dass Kifar seinen Teil zu dieser Situation beigetragen hatte, stand wohl außer Frage. Sie tippte ihr Komlink an und erklärte: »Commander Degoren, wir trennen uns von Ihrem Frachter. Die Mannschaft befindet sich jetzt an Bord unseres Schiffes. Wir werden auf dem Planeten landen und sie gegen unsere Leute austauschen. Folgen Sie uns, oder wir werfen sie im Orbit aus der Luftschleuse und sprengen Ihr Schiff in die Luft.« Bevor der Imperiale etwas entgegnen konnte, unterbrach sie die Verbindung. »Damit werden wir ihn nicht lange hinhalten. Los jetzt!«

Kelvan winkte dem Piloten zu, und Leia spürte, wie sich das Deck unter ihren Füßen neigte. Die *Aegis* raste von der *Wagnis II* fort, so schnell, dass ihre Schwerkraftgeneratoren die einwirkenden Kräfte nicht schnell genug ausgleichen konnten.

Degoren würde ihnen ihr Ablenkungsmanöver nicht abkaufen. Er mochte glauben, dass Leia verwirrt und überfordert war, aber er war kein Narr. Und tatsächlich: Das Shuttle drehte sofort ab, als das Kanonenboot ihm entgegensauste. Leia hielt die Augen auf die Sensoren gerichtet, während die umbenannte *Wagnis II* in die entgegengesetzte Richtung beschleunigte und mit den Vorbereitungen für den Hyperraumsprung begann.

»Sir, wir sind fast in Traktorstrahlreichweite«, meldete der Kopilot.

Kelvan tippte sein Headset an. »Traktorstrahlkontrolle, Ziel markieren und …«

Da rief Fera von der Sensorstation: »Sir, ein neuer Kontakt. Etwas ist gerade aus dem Hyperraum aufgetaucht!«

Wir waren zu langsam, dachte Leia. Sie trat an die Station, und Fera vergrößerte das Bild des näher kommenden Schiffes – eine leichte imperiale Korvette, vermutlich dieselbe, die die *Wagnis* zuvor schon angegriffen hatte.

Fera sagte: »Sir, Kontakt hält auf die *Wagnis Zwei* zu.«

Ja, die Korvette näherte sich in einem Bogen dem fliehenden Transporter. Irgendwie war es Degoren gelungen, das Schiff zu kontaktieren und ihnen die Situation zu schildern, vermutlich unmittelbar, nachdem sie in den Normalraum zurückgekehrt waren. *Oder er hat ihnen direkt den Befehl gegeben*, überlegte Leia. *Vielleicht hat er das Kommando bei dieser ganzen Operation.*

Han beobachtete, wie die Daten der Sensoranlage über die Schirme huschten. »Heute muss Degorens Glückstag sein.«

»Und die Korvette weiß, dass General Willard an Bord der *Wagnis Zwei* ist«, meinte Terae mit angespannter Stimme.

Sie hatte recht. Degoren musste die Imperialen darüber informiert haben, dass er den General an Bord seines Schiffes gefangen hielt. Zwar konnte er nur Vermutungen darüber anstellen, ob Willard auf die *Aegis* übergewechselt war oder nicht, aber die Tatsache, dass die *Wagnis II* in den Hyperraum entkommen wollte, ließ keinen Zweifel daran, dass das Schiff jetzt von den Rebellen kontrolliert wurde. Die Korvette feuerte ihre Turbolaser ab, aber die *Aegis* sauste ins Schussfeld und wehrte die Laserstrahlen mit ihren eigenen Schilden ab.

Im selben Moment, als Leia wieder auf die Sensoren blickte, verschwand die ehemalige *Darsumae* von den Schirmen. »*Wagnis Zwei* ist in den Hyperraum eingetreten«, meldete Fera. »Wiederhole, *Wagnis Zwei* ist in Sicherheit.«

Die Prinzessin ließ den angehaltenen Atem entweichen, aber dann sah sie, dass das Shuttle die Situation ausgenutzt und sich ein Stück weiter von der *Aegis* entfernt hatte. Nun wendete die Korvette, um es gegen die Waffen und den Traktorstrahl des Kanonenbootes abzuschirmen. Leia wollte Kelvan schon den Befehl geben, Degoren zu verfolgen, doch dann blieben ihr die Worte im Halse stecken. Die leichte Korvette war fast doppelt so groß wie die *Aegis*, wenngleich die Bewaffnung der beiden Schiffe in etwa ebenbürtig sein sollte – das hieß, sofern die Imperialen keine Veränderungen vorgenommen hatten. Doch diese Korvetten wurden als Zollschiffe eingesetzt, und aus diesem Grund waren sie speziell für den Kampf gegen Piraten ausgerüstet. Sie konnten die *Aegis* nicht für ein einziges Leben riskieren, nicht einmal, wenn es sich dabei um Luke handelte. Keiner der Alderaaner hier hatte sich der Allianz angeschlossen. Also zwang sie sich zu sagen: »Wir müssen abdrehen.«

Chewbacca stieß ein leises Brummen aus, einen unterdrückten Protest, und sie konnte spüren, wie Sian sie anstarrte. Eigentlich hatte sie damit gerechnet, dass Han laut aufbrausen würde, aber stattdessen meinte er nur leise: »Das da draußen ist vielleicht ein Piratenkiller, aber die *Aegis* ist kein umgebauter Frachter. Wir sind ihnen vielleicht nicht so hoffnungslos unterlegen, wie Sie denken.«

»Er hat recht.« Kelvan drehte sich zu ihr herum. »Euer Hoheit, wir können es schaffen.« Seine Stimme troff vor absoluter Überzeugung. »Wir konnten Alderaan nicht helfen – aber wir können Euch helfen.«

Sie war nicht sicher, was er damit bezwecken wollte. Suchte er Absolution oder Wiedergutmachung? Sie konnte ihm weder das eine noch das andere bieten, und von einem taktischen Standpunkt ergab ein Angriff auf das imperiale Schiff ebenfalls keinen Sinn. »Ich bin nicht Alderaan.«

»Für uns seid Ihr es. Zumindest im Moment«, meinte Kelvan. »Lasst uns Euch helfen.«

Leia erkannte, dass sie die Hände zu Fäusten geballt hatte. Sie konnte Luke einfach nicht dem Imperium überlassen. Sie hoffte nur, dass sie dadurch nicht sie alle zum Tod verurteilte. »Also gut.«

Kelvan nickte und lächelte dankbar. »Ihr werdet es nicht bereuen.«

Ich hoffe, Sie *werden es nicht bereuen,* dachte Leia, während der neue Kapitän der *Aegis* seine Befehle erteilte und das Kanonenboot wieder beschleunigte.

Chewbacca stieß ein erleichtertes Bellen aus, und Han schob sich an ihr vorbei zur Sensorkonsole. »Ich habe eine Idee. Diese leichte Korvette hat externe Andockstellen.«

»Wir können sie nicht entern«, erklärte Leia frustriert.« Sie haben mehr als fünfzig Mann Besatzung an Bord und dazu mindestens eine Einheit von acht Sturmtrupplern.«

»Wir können sie nicht entern, wenn sie uns kommen sehen«, korrigierte Han, dann beugte er sich über die Rückenlehne von Feras Sessel und studierte die Sensorschirme. »Können wir sie in das Störfeld des Planeten locken?«

Die *Aegis* war nun bis auf Reichweite an die Korvette heran, und die beiden Schiffe schienen miteinander zu tanzen, während die Imperialen sich schützend vor das Shuttle schoben. Doch sie drehten sich zu schnell – das Shuttle konnte nicht andocken. Kelvan befahl: »Feuer frei! Zieht ihre ganze Aufmerksamkeit auf uns.« An Han gewandt schob er nach: »Ja, aber selbst wenn ihre Sensoren teilweise ausfallen, werden sie es merken, wenn wir längsseits gehen, und ich kann mir nicht vorstellen, dass sie uns einfach gewähren lassen.«

»Oder sie kommen uns zuvor, indem sie die Luke sprengen und die *Aegis* entern«, gab Sian zu bedenken.

»Nicht, wenn wir eine Rettungskapsel benutzen«, erwiderte Han.

Leia starrte ihn an. »Sie haben völlig den Verstand verloren. Aber es könnte funktionieren.«

Der Plan gefiel niemandem, aber sie hatten keine Zeit, darüber zu diskutieren. Leia, Han, Chewbacca und Sian eilten zur Shuttlebucht der *Aegis*, wo die Rettungskapsel der *Wagnis* einsatzbereit in ihrer Verankerung ruhte. Ihnen folgte eine lautstark protestierende Terae, die offenbar nicht entscheiden konnte, ob sie sie zurückhalten oder sich ihnen anschließen sollte. Turbolasereinschläge ließen das Deck unter ihren Füßen erbeben, aber noch hielten die Schilde. Die *Aegis* sauste hin und her und versuchte, die Korvette tiefer in das Sensorstörfeld des Planeten zu locken.

»Sie werden jemanden brauchen, der sich mit Maschinen auskennt«, sagte Terae schließlich frustriert, als Leia gerade in die Kapsel steigen wollte. Han war bereits im Inneren und leitete die Startsequenz ein, und Chewbacca verstellte den Sitz, um überhaupt Platz darauf zu haben.

»Ich weiß Ihr Angebot zu schätzen«, antwortete Leia, »aber ich, Han, Chewie und Sian kriegen das schon hin.« Terae drückte Sian eine kleine Tasche mit Lukensprengsätzen und ein paar Betäubungsgranaten in die Hand, die von ihrem Entermanöver bei der *Darsumae* übrig geblieben waren, und nach kurzem Zögern fügte Leia hinzu: »Terae, sollten wir Sie und Kelvan nicht wiedersehen …«

»So etwas will ich gar nicht hören!« Die Alderaanerin blieb verwirrt stehen. »Ich … Nach Captain Metaras Tod … Ich weiß nicht, wie ich es sagen soll.«

Leia wusste, was sie meinte. Sie hatte den traumatischen Tod ihrer Mentorin und Freundin verkraften müssen, war mit der harten Realität ihres Piratendaseins konfrontiert worden – ihre Welt war völlig aus dem Gleichgewicht geraten, und einige der Überzeugungen, an denen sie so lange festgehalten hatte, waren zerschmettert worden. Doch jetzt, nach zwei Jahren des Hasses auf die Allianz, der sie die Schuld für die Zerstörung Alderaans gegeben hatte, war Leia trotzdem der einzige sichere Anker in dieser Welt. Terae wollte nicht, das sich ihre Wege trennten, zumindest noch nicht. *Du kannst dich nicht für jeden Überlebenden von Alderaan verantwortlich fühlen*, sagte Leia sich. Niemand könnte eine derartige Verantwortung auf sich nehmen, ohne den Verstand zu verlieren. Im Vergleich dazu verblasste selbst die Aufgabe, das strahlende Symbol der Rebellion zu sein. Doch dass sie Terae und die anderen nun vielleicht zum letzten Mal sah, nagte an ihr. Vielleicht war das der Grund, warum sie ihr Leben während der letzten Tage so bereitwillig riskiert hatte: Die Möglichkeit des Todes war ihr erträglicher als die Alternative.

Sian half Chewie, sich in seinen Sitz zu zwängen, dann ließ sie sich auf den Sessel neben ihm fallen.

Leia hatte keine Zeit für weitere Argumente oder Überzeugungsversuche. Also meinte sie nur: »Denken Sie darüber nach, was ich gesagt habe. Das Angebot steht noch, und falls Sie sich dagegen entscheiden – passen Sie auf sich auf.« Mit diesen Worten nahm sie ihren Platz in der Kapsel ein und aktivierte die Sequenz, um die Luke zu schließen und den Kabinendruck zu erhöhen.

Terae zögerte noch einen Moment, als wollte sie noch immer protestieren, aber dann drehte sie sich um und rannte zurück zu den Panzertüren, wobei sie den Technikern bedeutete, ihr zu folgen.

Als Leia sich festgeschnallt hatte, sprach Han ins Kom: »Wir sind bereit, wenn Sie es sind.«

»Wir bringen Sie so dicht ran wie möglich«, antwortete Kelvan mit ernster Stimme.

»In Ordnung.« Han meldete sich ab, ließ die Frequenz aber offen, sodass sie weiter die Brücke hören konnten, dann warf er Leia einen dieser undeutbaren Blicke zu, die so typisch für ihn waren. »Sie müssen nicht mitkommen, Euer Hochwohlgeboren.«

»Diese Unterhaltung haben wir doch schon geführt. Meine Antwort ist nach wie vor dieselbe.« Es war Hans Idee, und sie wusste, dass er kein Problem damit hatte, sein eigenes Leben zu riskieren. Er wollte nur nicht, dass andere sich unnötig in Gefahr begaben. Doch sie musste mitkommen. Es war schließlich ihre Schuld, dass Luke in dieser Situation steckte.

Sian lächelte angespannt, und Chewbacca brummte leise. Han hatte also versucht, die beiden ebenfalls zum Hierbleiben zu bewegen.

Abgesehen von der Eintreibung der Zölle und der Jagd auf Piraten wurden die leichten Korvetten des Imperiums auch für Such- und Bergungsmissionen nach Raumschlachten eingesetzt. Aus diesem Grund gab es externe Andockstellen, an denen standardmäßige Rettungskapseln diverser Größen festmachen konnten. Wenn ein Schiff von der Größe der *Aegis* versuchte, längsseits zu gehen, würden die Imperialen das selbst innerhalb des Störfeldes bemerken, aber eine Kapsel konnte vielleicht unbemerkt andocken. Zumindest hofften sie das.

Über Kom drangen die gedämpften Stimmen von der Brücke, nervös, aber kühl und entschlossen. Das Kanonenboot feuerte auf die Korvette, die den Beschuss mit ihren Turbolasern erwiderte, und der Schiffsrumpf vibrierte unter den Einschlägen. Leia verzog das Gesicht, als sie sich vorstellte, was wohl geschehen würde, sollten die Schilde der *Aegis* zusammenbrechen. Einen Moment später hörte sie Kelvan sagen: »Wir gehen näher ran. Machen Sie sich bereit, auf mein Signal hin zu starten.«

Die Hangartore glitten auf, und die Kapsel neigte sich in ihrer Verankerung nach vorn. Leia spannte jeden Muskel an, und wie von selbst glitt ihr Blick zu dem kleinen Sensordisplay an der Konsole hinüber. Sie befanden sich inzwischen so tief in dem Störfeld, dass der Schirm nur noch eine Fehlermeldung anzeigte, und obwohl damit zu rechnen gewesen war, zehrte es an ihren Nerven.

Kelvan rief: »Jetzt!«

Als sich die Klammern lösten und die Kapsel ins Weltall hinaustrudelte, erhellte ein statisches Bild von der Brücke den Konsolenschirm: ein Diagramm, das die geschätzte Position der *Aegis* zur imperialen Korvette anzeigte. Das war die einzige Orientierungshilfe, auf die Han zurückgreifen konnte.

Draußen wirbelten die Sterne vorbei, während die Kapsel

weiter abtrieb, und kurz konnte Leia noch einen Blick auf die Hülle des Kanonenboots erhaschen, bevor ein Laserstrahl viel zu dicht an ihnen vorbeizuckte und sie blendete. Sie blinzelte hektisch, und als ihre Sicht sich wieder geklärt hatte, sah sie Han tief über die Konsole gebeugt und Chewbacca und Sian weit vorgebeugt, um über seine Schultern zu schauen. Leia lehnte sich nach hinten, um ihnen nicht das Blickfeld zu versperren.

Nachdem Solo ein paar kurze Korrekturen vorgenommen hatte, drehte sich die Kapsel aus ihrem ziellosen Trudeln, und Leia spürte den Druck der Beschleunigung auf ihren Körper wirken. Han richtete sich auf, um einen Blick aus dem Sichtfenster zu werfen. »Ich würde sagen, drei Grad.«

Sian biss sich auf die Lippe. »Ich glaube, es sind eher fünf.«

Chewbacca heulte zustimmend.

»Wie wäre es mit einem Kompromiss? Vier Grad«, brummte Han, bevor er die Düsen zündete und ihr Gefährt nach vorn schnellte.

Leia streckte den Hals, um ebenfalls aus dem Fenster zu sehen. Eine Wand aus Metall raste auf sie zu und in ihrer Mitte eine runde Andockstelle. Einen Moment lang raubte ihr eine weitere Explosion die Sicht, irgendwo schräg über ihnen, und sie bereitete sich geblendet auf den Aufprall vor.

Die Kapsel wirbelte herum, sodass sie alle in ihre Sitze gepresst wurden, anschließend rutschte sie mit einem metallischen Kreischen über die Andockstation und saugte sich so mühelos fest, als wäre sie speziell für dieses Schiff gebaut worden. Han atmete hörbar aus und sagte: »Das war die automatische Andocksequenz. Sie wurde eingeleitet, als wir nahe genug herangekommen waren.«

»Gut geflogen, Solo«, meinte Sian, die ein wenig atemlos

wirkte. »Vor allem, da wir nicht von einem Andocktraktorstrahl herangezogen wurden. Wären wir zu weit an der Bucht vorbeigetrieben …«

»Machen Sie sich bereit«, rief Leia. Sie wusste, was geschehen wäre, wenn sie ihr Ziel verfehlt hätten. »Uns bleiben nur ein paar Minuten, bevor sie merken, dass wir hier sind.«

Das letzte Schloss rastete ein, und die Warnlichter an der Tür leuchteten grün auf. Auf einen Knopfdruck von Sian hin öffnete sich die Kapsel, aber die innere Luke blieb weiterhin verschlossen. Das war eigentlich nicht überraschend: In einer Kampfsituation konnten sämtliche äußeren Luken des Schiffes nur von innen aktiviert werden. Leia nahm die Tasche mit dem Sprengstoff und reichte Sian eine der kleinen Ladungen, die eigens für solche Momente entworfen waren. Nachdem sie selbst eine zweite Ladung an das Metall geheftet hatte, kauerten sie sich zusammen, und die Prinzessin drückte den Auslöser.

Es erklang nur ein gedämpfter Knall, als die kleine Sprengladung sich direkt in das Kontrollschloss der Luke brannte, woraufhin die manuelle Notfallöffnung aktiviert wurde, aber die Sicherungsbolzen verhinderten weiterhin, dass sie aufglitt. Sian duckte sich weg, während Chewbacca vortrat, die Luke packte und sie mit grober Gewalt zur Seite drückte.

Der Wookiee war auch der Erste, der sich durch den Spalt schob, seinen Bogenspanner erhoben, und Han, Sian und Leia kletterten hinter ihm aus der Kapsel. Der Korridor vor ihnen war schmal und zumindest im Augenblick verlassen, und auf beiden Seiten säumten ihn die äußeren Luken von weiteren Andockstationen für Rettungskapseln oder andere kleine Raumfahrzeuge. »Das Shuttle wird zum Hauptdock zwischen den beiden Heckmodulen geflogen sein«, vermutete Han. »Wir sind ungefähr dreißig Meter von dort entfernt.«

Leia zog ihren Blaster. »Worauf warten wir dann noch?« Ihre Haut prickelte, als sie den Korridor hinabrannten. Unterwegs kamen sie an zwei verschlossenen Panzertüren vorbei, aber beide führten zum vorderen Teil des Schiffes, wo sich Kampfstationen, Maschinenraum und Brücke befanden und es von Imperialen nur so wimmeln würde. Sie hingegen wollten nach achtern, zu der Andockstation, wo Degorens Shuttle festgemacht hatte.

Als Han das geöffnete Schott am Ende des Ganges erreichte, presste er sich daneben flach an die Wand, anschließend lugte er kurz um die Ecke, und Chewbacca beugte sich vor, um über seinen Kopf hinwegzublicken.

Leia konnte genug sehen, um zu erkennen, dass sie eine Abzweigung vor sich hatten, wo ein Gang zum Heck und der andere zum Bugmodul führte. Da erklang hinter ihr ein leises Geräusch. Leia schnellte herum und hob den Blaster, bevor sie den Laut überhaupt als das Zischen einer aufgleitenden Panzertür identifizierte.

Zwei imperiale Techniker in dunkler Uniform traten auf den Gang, und einen Moment erstarrten sie vor Überraschung. Als der Moment vorbei war und einer von ihnen nach seinem Blaster griff, schickte Leia ihn mit einem Betäubungsschuss gegen die Brust zu Boden. Der andere duckte sich nach hinten weg und drückte den Knopf, um die Tür vor sich wieder zu schließen. Doch da warf sich Sian flach aufs Deck und feuerte unter der herabgleitenden Metallplatte hindurch. Leia konnte noch sehen, wie der Imperiale in sich zusammensackte, bevor die Tür vollends zuglitt.

»Ich hab ihn erwischt«, bestätigte Sian. »Sollen wir ...?« Blasterfeuer hinter ihnen schnitt ihr das Wort ab, und als Leia auf dem Absatz herumwirbelte, erwiderten Han und Chewbacca gerade den Beschuss mehrerer Mannschaftsmitglieder, die aus dem Steuerbordkorridor auf sie zugerannt kamen. Chewie gab einen letzten Schuss ab, während Solo auf den Kontrollmechanismus des Schotts feuerte, einen Moment später war die Tür nach unten gesaust und versiegelte sich.

Jetzt blieb ihnen nur noch eine Option. Leia trat neben die zweite Panzertür, und nachdem Sian sich wieder auf die Beine gestemmt hatte und in Stellung gegangen war, um ihr Deckung zu geben, drückte sie den Knopf. Noch während die Tür aufglitt, duckte Leia sich und ging in Feuerposition. Doch der Korridor dahinter war leer – vorerst jedenfalls. Sie würden einen Bogen um die Maschinensektion machen müssen, aber falls sie sich beeilten, sollten sie das Heck erreichen, ohne dass die Besatzung sie entdeckte. »Hier entlang!« Das wäre natürlich leichter, wenn die Imperialen mit etwas anderem beschäftigt wären. »Sian, haben Sie noch mehr von diesen kleinen Sprengladungen? Dann jagen Sie eine dieser Andockschleusen in die Luft.«

Chewie schob sich an ihr vorbei und huschte durch den Korridor, um den Bereich vor ihnen auszukundschaften, aber Han wartete neben ihr, ein wachsames Auge auf die Panzertür vor der Abzweigung gerichtet. Jemand auf der anderen Seite hämmerte gegen das Metall und verlangte lautstark nach einem Fusionsschneider. Sian schlich ein Stück den Gang zurück, platzierte die Ladung an der nächsten Andockschleuse und eilte dann wieder zu Leia und Solo zurück. Im selben Moment, als sie unter der Panzertür hindurchrannte, zündete sie den Sprengstoff.

Han drückte den Knopf, woraufhin die Tür sich schloss und versiegelte, dann sprinteten sie den Korridor hinunter, begleitet vom Heuten des Dekompressionsalarms.

Luke sah, dass Kifar zu schwitzen begann, während sie versuchten, ihre Geschwindigkeit an die leichte Korvette anzupassen. Das Schiff war gerade aber mehr mit der *Aegis* beschäftigt, sodass der Pilot des Shuttles seine liebe Mühe hatte, außerhalb der Schusslinie zu bleiben und die Korvette zwischen sich und dem Kanonenboot zu halten. Skywalker wusste nicht, was ihm lieber wäre: hier und jetzt in die Luft gesprengt zu werden oder ein Gefangener des Imperiums zu werden. Doch je länger er darüber nachdachte, desto mehr favorisierte er Ersteres. Das Shuttle ruckte und bäumte sich auf, und kurz konnte er durch das vordere Sichtfenster den Rumpf eines Schiffes ausmachen.

Trehar beugte sich vor und fluchte auf Duresisch. »Wir hätten beinahe das Steuerbordtriebwerk gerammt.«

Kifar verzog das Gesicht, und auch Lukes Nerven zitterten. Vaporisiert zu werden mochte für ihn noch immer das angenehmere Schicksal sein, aber die bescheidenen Flugkünste des Piloten machten ihn dennoch unruhig. Als das Shuttle endlich zur Ruhe kam, wusste er, dass der Traktorstrahl sie endlich erfasst haben musste. Langsam und sicher wurden sie nun auf die Andockstelle zwischen den beiden langen Heckmodulen der Korvette zugezogen. Soweit Luke es sehen konnte, handelte es sich dabei aber nicht um einen Hangar im eigentlichen Sinne, sondern nur um eine große Andockstation, so entworfen, dass Fahrzeuge verschiedenster Größen hindurchgleiten und im Inneren festmachen konnten. Nachdem das Shuttle gemächlich durch die Öffnung bugsiert worden war, erklang das laute, klackende Geräusch, mit dem die Andockklammern zuschnappten.

Luke hörte noch, wie der Pilot über Kom mit jemandem redete, während er einen letzten Check durchführte, dann kam ein älterer Mann aus dem Cockpit und blieb vor ihm stehen. Kifar, Trehar und die anderen lösten ihre Gurte und standen auf, salutierten aber nicht. Der Mann hatte dunkles Haar, sehr bleiche Haut und harte, kantige Züge. Wie die anderen war er als gemeiner Raumfahrer verkleidet, wenngleich seine Kleidung ein wenig teurer aussah. »Die Prinzessin schien nicht über Ihre Freilassung verhandeln zu wollen«, sagte er.

Skywalker vermutete, dass er Commander Degoren vor sich hatte. Er zuckte mit den Schultern. »Warum sollte sie?« Sein Instinkt sagte ihm, dass Leia und Han etwas planten, nur leider hatte er keine Ahnung, was es sein konnte.

Degoren lächelte kalt und skeptisch. »Itran hat mir berichtet, dass sie sehr an Ihnen zu hängen scheint. Dass Sie eine Vertrauensperson für sie sind, vielleicht sogar mehr …«

Der gute alte Kifar, dachte Luke, und als er ebenfalls lächelte, ließ er ein wenig bittere Belustigung hineinfließen. »Ja, ich habe schon herausgefunden, dass Itran nicht sonderlich vertrauenswürdig ist.«

Kifar starrte ihn wütend an, und der abfällige Seitenblick, den Degoren seinem Spion zuwarf, ließ darauf schließen, dass er Lukes Einschätzung teilte. Auch das war keine Überraschung, schließlich hatte Kifar es versäumt, den Commander zu warnen, dass sein Schiff von alderaanischen Piraten geentert werden würde – ein tiefschwarzer Fleck auf der Weste des imperialen Agenten. Vielleicht konnte Luke Degoren ja davon überzeugen, dass Kifar ein noch größerer Fauxpas unterlaufen war.

»Das ist unwichtig«, brummte der Commander. »Itran hat mir erzählt, wer Sie sind. Sie haben den Todesstern in die Luft gejagt. Und nach dem, was er über ihre weiteren Heldenstücke gehört hat, werden wir einige sehr interessante Gespräche über die Aktivitäten der Rebellen mit Ihnen führen können.«

Skywalker bedachte Kifar mit einem angewiderten Blick. »Das haben Sie ihnen erzählt?« Als er anschließend zu Degoren hochsah, versuchte er, ernst und ehrlich zu wirken – ein Gesichtsausdruck, der ebenso effektiv wie enervierend war, wie Han ihm bestätigt hatte. »Der Todesstern ...« Er schüttelte hilflos den Kopf. »Das war nur ein Zufall. Einer der älteren Piloten hat mir über Kom gesagt, was ich tun muss. Seitdem bin ich die meiste Zeit damit beschäftigt, X-Flügler zu warten. Sie haben mich seitdem jedenfalls auf keine Mission mehr geschickt.«

Degoren musterte ihn mit höflicher Skepsis, aber Luke glaubte, auch eine Spur von Verunsicherung zu erkennen. Kifar hätte auf vielerlei Weise reagieren können, mit Belustigung oder Empörung, aber stattdessen erstarrte er, und sein Gesicht verdunkelte sich vor Zorn. »Glaubst du ernsthaft, wir kaufen dir das ab, Skywalker? Glaubst du, dass wir dich nicht brechen können?«

Luke versuchte, verängstigt und verzweifelt dreinzuschauen, was nicht sonderlich schwer war. Falls ihm kein rettender Einfall kam, bevor die Korvette in den Hyperraum sprang, saß er wirklich in der Patsche. An Degoren gewandt erklärte er: »Hören Sie zu, Sie haben mich in der Hand. Ich habe keinen Grund, Sie anzulügen.« Einen wütenden, vorwurfsvollen Blick in Kifars Richtung später fuhr er fort: »Ich weiß, dass er eifersüchtig war, weil ich und die Prinzessin ... Ich weiß, welche Gefühle Sie für sie hegen, Itran. Versuchen Sie gar nicht erst, das abzustreiten. Sie werden es ohnehin herausfinden ...«

Kifar knurrte und holte aus. Luke duckte sich zur Seite, aber der Hieb erwischte ihn trotzdem an der linken Wange, und er hob unbeholfen die Hände, um den nächsten Schlag abzuwehren.

Degoren schrie: »Genug!«

Widerwillig senkte Kifar den Arm. Seine Zähne knirschten,

dann sagte er schließlich: »Skywalker lügt! Er gehört zur Staffel Rot, und es gibt Gerüchte, dass er von einem Jedi-Ritter ausgebildet wurde.« Er drehte sich herum, nahm Lukes Lichtschwert aus dem Fach neben seinem Sitz und hielt es in die Höhe. »Sie haben doch gesehen, dass er das hier hat!«

Trotz des Pochens im Gesicht ließ Luke verwirrt und ungläubig den Atem entweichen. »Und das glauben Sie ihm? Ich habe das Schwert aus einem Ramschladen auf Commenor.«

Degoren presste die Lippen zusammen, richtete einen mörderischen Blick auf Kifar und erklärte dann: »Das werden wir ja sehen. Wir wollten Organa, aber wenn wir sie nicht kriegen können, sollte der Rebell, der den Todesstern zerstört hat, ein annehmbarer Ersatz sein, um uns alle vor der Hinrichtung zu bewahren. Aber Sie hoffen besser, dass er wirklich so viel weiß, wie Sie behaupten, Itran.«

Er wandte sich ab, und der Pilot, der vor dem Cockpit gewartet hatte, drückte den Öffnungsknopf für den Ausstieg. Trehar trat vor und zerrte Luke auf die Beine.

Nachdem die Rampe sich gesenkt hatte, trat Degoren hinaus, gefolgt von dem Piloten und den anderen Imperialen. Kifar war der Nächste und dann Luke und Trehar, aber als Kifar den Ausstieg erreichte, ging plötzlich draußen im Hangar ein Alarm los.

Jetzt oder nie, dachte Luke. Er rammte Kifar die gefesselten Hände in den Rücken, sodass der Verräter nach vorn stolperte, in den Mann vor ihm hinein, und noch während der Verräter wütend herumwirbelte, riss Skywalker den Kopf mit aller Wucht nach hinten, sodass sein Hinterkopf gegen das Gesicht des Duros donnerte. Er war ziemlich sicher, dass er ein Knacken hörte – hoffentlich ein Knochen in Trehars Gesicht und nicht sein eigener Schädel –, aber da holte Kifar bereits zum

Schlag aus. Luke ließ sich nach hinten fallen, sodass der Hieb ihn nur streifte, und als er auf Trehar landete, riss er dem Duros den Blaster aus der Hand und schoss auf das erstbeste Ziel, das sich ihm bot – Kifars Bein.

Der Agent kippte unmittelbar vor der Ausstiegsluke auf die Knie, und der nächste Schuss sauste über ihn hinweg, auf den ersten Kerl zu, der versuchte, wieder ins Innere des Shuttles zu stürmen. Als er die Rampe hinabstürzte, riss er die beiden Männer hinter sich gleich mit. Luke feuerte weiter, als ein Sturmtruppenhelm in seinem Blickfeld auftauchte. Gefangen zwischen zwei verletzten, aber noch immer handlungsfähigen Feinden, von denen einer den Ausstieg versperrte, konnte er nicht umhin zu denken: *Ich glaube nicht, dass ich hier lebend rauskomme.* Doch es war immer noch besser, als ein Gefangener des Imperiums zu werden. Da hörte er plötzlich, wie draußen noch mehr Blasterfeuer erklang.

Sie rannten, so schnell sie konnten, und schafften es tatsächlich unbemerkt an der Maschinensektion vorbei, wo es zweifelsohne nur so von Mannschaftsmitgliedern wimmelte. Bislang stimmte der Aufbau der Korvette mit der schematischen Darstellung überein, die Leia gesehen hatte. Han musste sie ebenfalls genau studiert haben, denn bislang hatte er nicht einmal gezögert, während er sie durch das Schiff führte.

Über die bordweite Sprechanlage verkündete eine Stimme: »Sicherheitsteams zur Hauptandockstation.«

»Ist das unsertwegen?«, wisperte Sian.

»Vielleicht. Vielleicht leistet Luke aber auch Widerstand«, meinte Han.

Vor ihnen führte eine weitere Panzertür zu einem Verbindungsgang, und von dort sollten sie einen Weg zum heckwärtigen Andockmodul finden. Leia keuchte: »Es muss gleich da vorn sein.«

Han und Chewbacca erreichten die Tür zuerst, und der Corellianer blieb so abrupt stehen, dass Leia beinahe in ihn hineingerannt wäre. Auf der gegenüberliegenden Seite des Ganges befand sich ein abgeschrägtes Fenster, das den Blick auf die Andockstation freigab. Die hintere Wand war zum All hin geöffnet und nur durch Eindämmungsfelder gesichert, sodass Schiffe verschiedenster Form und Größe hier andocken konnten. Degorens Shuttle befand sich in der Mitte der Station, von Andockklammern umschlungen, die Rampe ausgefahren und die Heckluke geöffnet. Rings um diesen Ausstieg schien ein Blastergefecht zu wüten. Es sah aus, als würde jemand aus dem Inneren hinausfeuern, während mehrere Männer in Raumfahreraufmachung und zwei Sturmtruppler den Beschuss erwiderten und auf der Rampe nach einem besseren Schusswinkel suchten.

Chewie heulte vor Freude, und Leia wechselte einen kurzen Blick mit Han, dessen Stimme düster klang, als er sagte: »Ja, das muss der Kleine sein.«

Leia sah sich nach einem Weg in die Andockstation um. Rechts befand sich eine weitere Panzertür, links eine große offene Plattform für einen Frachtlift, die die paar Meter zur unteren Ebene hinabführte. »Sian …«, begann sie.

»Betäubungsgranaten?«, kam die Rebellin ihr zuvor, anschließend zog sie einen der Sprengkörper aus ihrer Tasche.

In diesem Augenblick öffnete sich die Tür hinter ihnen, und als Leia gemeinsam mit den anderen herumwirbelte, sah sie sich vier verdutzten Sturmtrupplern gegenüber. Einer von ihnen versuchte, seine Waffe zu heben, aber da eröffneten Han und Chewbacca bereits das Feuer mit Blaster und Bogenspanner, und Sian riss den Arm hoch, um die Granate zu schleudern. Ein Blasterschuss traf sie an der Schulter, bevor sie die Bewegung zu Ende führen konnte, und sie taumelte und fiel. Die Betäubungsgranate rollte über den Boden. Leia hechtete darauf zu, packte sie, drückte den Aktivator und schleuderte sie durch die Panzertür.

Die Detonation fegte sie nach hinten, und sie prallte heftig und mit klingelnden Ohren gegen die Metallwand. Als sie sich wieder aufrichtete, waren die vier Sturmtruppler reglos über den Verbindungsgang verstreut. Han torkelte zur Panzertür hinüber, um den Knopf zu drücken, dann, als sie zugeglitten war, trat er zurück und feuerte auf das Bedienfeld, um die Kontrollen zu Schlacke zu verbrennen. »Das war keine Betäubungsgranate, Euer Hochwohlgeboren!«

»Ich glaube, es war eine Erschütterungsgranate«, stimmte sie ihm zu, bevor sie langsam aufstand und auf Sian zutaumelte, die sich inzwischen aufgesetzt hatte, aber mit schmerzverzerrtem Gesicht ihren Arm hielt.

Schuldbewusst ächzte die Rebellin: »Ich hab einfach die erstbeste Granate aus der Tasche gezogen ...«

»Es hat doch funktioniert.« Mit leicht zusammengekniffenen Augen betrachtete Leia die Wunde an ihrer Schulter. Die Haut war gerötet und von Blasen bedeckt, der Stoff von Jacke und Hemd fortgebrannt, aber im Moment gab es nichts, was sie tun konnten. Leia wühlte in der Tasche herum und sah, dass nur noch drei Betäubungsgranaten übrig waren. Eine davon hielt sie in die Höhe, und Chewbacca nahm sie ihr aus der Hand, bevor er auf die Liftplattform trat und zur Andockstation hinabblickte.

Han zog eine zweite Granate aus der Tasche und stellte sich neben den Wookiee. »Bereit?«, fragte er.

Leia stand auf. Durch das Sichtfenster sah sie, dass die Imperialen in der Bucht von dem Shuttle abgelassen hatten. Ein paar von ihnen rannten zu einer Panzertür im hinteren Teil des Raumes, die anderen zur Liftplattform. »Chewie«, sagte sie, »wirf nach Backbord, so weit du nur kannst.«

Han drückte den Knopf, und während der Frachtlift nach unten rauschte, bückte er sich und ließ seine Granate fallen. Sie landete zwischen den Männern, die um die untere Plattform herumstanden und nun hastig zurückwichen. Als der Lift sich so weit gesenkt hatte, dass er Chewbacca nicht mehr behinderte, schleuderte der Wookiee die andere Granate mit solcher Kraft und so schnell, dass Leia ihrer Flugbahn nicht folgen konnte, aber sie hörte, wie der Sprengkörper mit einem gedämpften Knall gegen die Backbordwand der Bucht prallte. Die Imperialen dort mussten es für eine Erschütterungsgranate halten, denn sie stießen einander brutal zur Seite, um sich in Sicherheit zu bringen. Han und Chewie duckten sich nach hinten von der Plattform weg, und dann ließ das doppelte Grollen zweier Explosionen das Sichtfenster erzittern. Solo richtete sich wieder auf und warf einen vorsichtigen Blick nach unten, dann rief er: »Los, weiter!«

Leia griff nach Sians Arm und zog sie mit sich in die Höhe, während Solo und der Wookiee zu der Leiter neben der Liftplattform eilten. Unten angekommen, teilten die beiden sich auf und gingen vorsichtig an den bewusstlosen oder ächzenden Imperialen vorbei auf das Shuttle zu, die Augen auf die Panzertür an der gegenüberliegenden Wand gerichtet. Chewbacca gab Han Deckung, und nachdem der Corellianer die Tür geschlossen hatte, jagte er auch hier einen Blasterstrahl in die Kontrolltafel.

Nun konnten Leia und die noch immer auf sie gestützte Sian

den Lift rufen und damit nach unten fahren. Anschließend eilten sie auf das Shuttle zu, begleitet vom Sicherheitsalarm des Schiffes, der hier unten noch viel lauter klang als oben an der Plattform. »Luke«, rief die Prinzessin. »Bist du da drin?«

»Leia?« Skywalker streckte den Kopf durch die Ausstiegsluke, dann trat er auf die Rampe hinaus. Seine Hände waren gefesselt, und ein Auge hatte bereits begonnen, sich bläulich zu verfärben, aber er hielt einen Blaster. »Wenn ihr wüsstet, wie sehr ich mich freue, euch zu sehen!«

Han zerrte einen Imperialen aus dem Startbereich und rief: »Ich hoffe, du hast die Instrumente dieses Shuttles nicht zu Klump zerschossen, Kleiner, denn das ist unsere einzige Fluchtmöglichkeit.«

»Nein, alles in Ordnung«, versicherte ihm Luke. »Hilf mir, diesen anderen Kerl hier rauszuschaffen. Wir müssen uns beeilen – Degoren meinte, ein Kreuzer wäre auf dem Weg hierher.«

Leia wartete mit Sian, während Solo einen bewusstlosen Duros aus dem Shuttle zog und ihn auf das Deck hinabfallen ließ, dann wandte er sich zu ihr um. »Itran ist auch da drin. Er ist verwundet. Was sagen Sie: Sollen wir ihn nach dem Start ins All hinausblasen?«

Luke beugte sich erneut nach draußen. »Ihr wusstet, dass er ein imperialer Agent ist?«

Leia antwortete: »Wir haben es leider ein wenig zu spät herausgefunden. Und Han, nein – auch wenn es ein verlockender Gedanke ist.« Sian drohte, das Bewusstsein zu verlieren, und ihr Gewicht lastete immer schwerer auf Leia. Halb stützte sie sie, halb schleifte sie sie neben sich her, während sie zu Han hinüberging, der die Rebellin an der Hüfte packte und sie ins Shuttle hinauftrug. Leia kletterte hinter ihm die Rampe hoch, und dann sah sie Kifar Itran vor sich auf dem Boden liegen.

Er hatte eine Wunde am Bein, und Luke oder Han mussten irgendwo zwei Handschellen gefunden haben, denn er war sowohl an den Hand- als auch den Fußgelenken gefesselt. Luke mühte sich gerade mit seinen eigenen Handschellen ab und versuchte, sie mit einem Codeschlüssel zu öffnen. Leia half derweil Han, Sian auf einem der Sitze abzusetzen, dann ging er ins Cockpit, und sie schnallte Tesar fest.

Itran begann: »Prinzessin, das ist ein Missverständnis ...«

»Halten Sie mich für eine Närrin?«, entgegnete Leia. »Sie haben Zeit, bis wir wieder bei der Flotte sind, um sich eine bessere Geschichte einfallen zu lassen, und ich rate Ihnen, diese Stunden zu nutzen.« Doch der Verräter war vergessen, als Chewbacca in das Shuttle kletterte und der Geruch von verbranntem Fell in Leias Nase stieg. »Chewie, bist du verletzt?«, fragte sie.

Er knurrte abweisend und drückte den Knopf, um die Rampe einzufahren und die Luke zu versiegeln, anschließend ließ er sich schwer auf den nächstbesten Sitz fallen. Entlang seines linken Arms war das Fell geschwärzt und versengt, und darunter waren Flecken geröteter und aufgeschürfter Haut zu sehen.

»Du *bist* verletzt!«

Der Wookiee schüttelte energisch den Kopf.

Leia hatte keine Zeit, mit ihm zu diskutieren, denn in diesem Moment konnte sie durch die Schiffshülle das leise Klacken hören, mit dem die Andockklammern sich lösten. Sie ging durch die Cockpittür nach vorn, wo Hans Hände bereits über die Instrumente huschten und die Systeme des Shuttles zum Leben erweckten.

»Sie werden versuchen, uns aufzuhalten«, sagte Han. »Wir brauchen Feuerschutz von der *Aegis*.«

Leia nahm auf dem Sitz des Kopiloten Platz und aktivierte die Kom-Konsole. »Chewie hätte es um ein Haar erwischt, aber er will es nicht zugeben.«

»Wirklich? Warten Sie nur, bis wir hier raus sind, dann wird er gar nicht mehr aufhören zu jammern. Er mag nur dann kein Mitleid, wenn er beschäftigt ist.«

Leia erwiderte nichts darauf. Das Einzige, was noch befremdlicher war als Chewbaccas Marotten und Eigenheiten, waren Han Solos Marotten und Eigenheiten. Sie kontaktierte die *Aegis* und erklärte: »Wir haben Degorens Shuttle und werden damit die Korvette verlassen. Halten Sie die Augen offen, ein imperialer Kreuzer ist auf dem Weg hierher.« Sie wurde durch ein Donnern draußen in der Andockstation unterbrochen. Die Panzertür, die Han blockiert hatte, war gerade in einem Regen aus Funken, Trümmern und Rauch explodiert. Leia zuckte zusammen. »Wir brauchen Feuerschutz ...«

Das Kom knisterte, dann war Kelvans angespannte, drängende Stimme zu hören. »Euer Hoheit, uns werden mehrere Kontakte gemeldet! Die Sensoren können sie noch nicht richtig erfassen – wir befinden uns am Rand der planetaren Störzone –, aber da sind gerade mindestens ein Dutzend Schiffe aus dem Hyperraum gekommen!«

Han nahm die Augen nicht von der Konsole, aber er schnitt eine Grimasse. »Oh, oh.«

»Imperiale Transpondersignale?«, wollte Leia wissen.

Mehrere Stimmen im Hintergrund riefen widersprüchliche Meldungen, dann hörte sie Terae fluchen: »Es sind die Piraten!«

Das kann nicht sein. Leia sagte: »Bestätigen Sie: Sind das die Schiffe vom Umschlagplatz?«

»Es ist völlig ausgeschlossen, dass sie uns bis in dieses System gefolgt sind. Wir wussten ja nicht einmal selbst, wie man hierherkommt«, stieß Han zwischen zusammengepressten Zähnen hervor. »Es sei denn, jemand von der *Aegis* hat sie über Kom informiert, nachdem wir Kurs gesetzt hatten.«

Leia schüttelte den Kopf. »Nein.« Anschließend wandte sie sich wieder an Kelvan. »Sie müssen einen Peilsender an Ihrem Schiff angebracht haben, als es auf Viests Kosten repariert wurde. Sie wollte vermutlich sichergehen, dass Sie Ihren Teil der Abmachung auch erfüllen. Wer immer Ihren Platz eingenommen hat, vermutet wohl, dass wir sie umgebracht haben, und jetzt will er Rache – oder er will die *Aegis*.«

Es folgte ein Moment schockierten Entsetzens, das Leia selbst durch das Kom spüren konnte. Die Korvette war noch zu tief in dem Störfeld des Planeten, um die Piratenschiffe von ihrer Position auf den Sensoren zu sehen, aber die Transpondersignale würde sie sicher ebenfalls auffangen. Der Captain musste das Ganze für eine ausgeklügelte Falle halten, und vielleicht gab er den Befehl, Reißaus zu nehmen und in den Hyperraum zu flüchten.

Sturmtruppler, der Rest des Trupps, dem sie oben im Korridor begegnet waren, stürmten durch den Rauch. Die meisten von ihnen waren nur mit Blastern bewaffnet, aber einer trug etwas Größeres.

Han sagte: »Wir können nicht länger warten, Schätzchen.«

»Kelvan, wir starten jetzt«, rief sie, und ihre Worte endeten in einem abgewürgten Schrei, als Solo die Bugdüsen zündete und sie mit einem jähen Ruck auf ihrem Sitz nach vorn gerissen wurde.

Das Shuttle raste rückwärts durch das Eindämmungsfeld und zwischen den Modulen der Korvette nach hinten, dann tanzten die Sterne um sie, und Han wendete das kleine Schiff.

»Ich fliege tiefer in das Sensorstörfeld. Falls es uns gelingt, zu landen und uns zum *Falken* durchzuschlagen, haben wir noch eine Chance.«

Leia erhob keinen Einspruch. Die Zielcomputer der Korvette würden sie innerhalb des Feldes nicht erfassen können, und hoffentlich waren die Imperialen zu beschäftigt, um auf Sicht nach ihnen zu jagen. Die Sensoren des Shuttles zeigten zudem nichts als Fehlermeldungen an, und die Prinzessin bezweifelte, dass sie es bis zur *Aegis* schaffen würden, ohne getroffen zu werden, ob nun von der Korvette oder von den Piraten.

Luke trat in die Cockpittür und fragte: »Wie sieht es aus?« Er hatte sich inzwischen von seinen Fesseln befreit und das Lichtschwert wieder an sich genommen.

»Nicht so berauschend«, meinte Han.

»Wie geht es Sian …«, begann Leia, aber dann tönte sich die Cockpitscheibe dunkel, als eine viel zu nahe Explosion die Außenhülle erzittern ließ.

Solo fluchte und riss das Shuttle in ein rollendes Ausweichmanöver, das bei einem Sternenjäger vermutlich besser funktioniert hätte. Noch einmal ächzte die Hülle.

Aus dem Kom drang Kelvans gefasste Stimme. »Ein Piratenschiff hat gerade auf Euch gefeuert, Hoheit. Wir greifen sie an.«

»Danke, Captain«, brachte Leia hervor.

Han lenkte das Shuttle auf einer Spiralbahn von der Raumschlacht fort. »Sie haben recht, Euer Durchlauchtigste, sie müssen einen Peilsender an der *Aegis* angebracht haben. Nur so konnten sie uns derart schnell finden.«

»Ihre Atmung ist ruhig«, beantwortete Luke Leias Frage von eben. »Aber sie braucht dringend medizinische Hilfe. Ich konnte leider kein Medikit an Bord finden.«

Leia konnte noch immer hören, was auf der Brücke der *Aegis* vor sich ging. Jemand meldete, dass die Korvette die anderen Piraten angriff und damit unbeabsichtigt zum Verbündeten des Kanonenboots wurde, was die Situation noch undurchsichtiger machte.

Nachdem Luke mehrere Sekunden auf das Kom gelauscht hatte, sagte er: »Die Imperialen müssen die Piraten für Allianzschiffe halten.«

Das Shuttle sank dem Gravitationsfeld des Planeten entgegen und erbebte, als es die oberen Atmosphärenschichten erreichte. Sie waren nun nah genug, um die grauen Ebenen und dunklen Flecken auszumachen, die die Überreste von Städten markierten.

Luke beugte sich vor, um einen Kurs in den Navigationscomputer des kleinen Schiffes einzugeben. »Da war der *Falke*, aber ich weiß nicht, ob er noch dort ist.«

»Du *weißt* es nicht?« Han schaffte es, alle vorwurfsvolle Empörung der Welt in diese vier Worte zu legen.

Hinten in der Passagierkabine heulte Chewbacca.

»He, ich wurde betäubt«, verteidigte sich Luke. »Ich weiß nicht, was geschehen ist. Aber ich habe die Luke mit einem Code gesichert, und Ce-Dreipeo war noch an Bord, also konnte Itran das Schiff nicht betreten.«

»Warum hat er nicht die *Aegis* gerufen?«, fragte Leia, um die äußerst ausdrucksstarken Verwünschungen zu übertönen, die Han ausspie – für so etwas hatten sie jetzt keine Zeit.

Luke schüttelte den Kopf. »Nach der Landung hatten wir Probleme mit dem Kom. Ich glaube, das Feld ist auf der Oberfläche noch stärker. Jedenfalls konnte er kein Signal senden.«

Solo folgte Lukes Koordinaten und flog zu einer verlassenen Stadt aus zerbröckelndem Stein hinab, vorbei an eingefallenen Türmen und kreisförmigen Straßen, die von Sandverwehungen und Vegetation begraben lagen. Als vor ihnen der *Millennium Falke* in Sicht kam, erfüllte ein kollektives Aufatmen das Shuttle. Der Frachter stand noch immer dort, wo Luke gelandet war, und Leias Herz machte nicht nur um Hans und Chewbaccas willen einen Satz, sondern auch wegen Sian. Das Schiff hatte genug medizinische Ausrüstung an Bord, um die Blasterverbrennung zu behandeln und sie zumindest so lange zu stabilisieren, bis sie wieder zur Flotte stießen.

Das Shuttle setzte neben dem Frachter auf, und sie traten hastig auf den Platz hinaus. Sian war bei Bewusstsein, aber sie litt große Schmerzen, und Luke musste sie zum *Falken* tragen, während Solo voraneilte, um das Schiff für einen schnellen Start vorzubereiten. Kaum, dass er die Rampe erreichte, glitt die Einstiegsluke auf, und zum Vorschein kam ein goldener Droide.

C-3PO rief aus: »Oh, Sie sind zurück! Ich habe mir ja solche Sorgen gemacht! Und Master Itran hat sich äußerst verdächtig verhalten.«

Han schob sich grob an ihm vorbei, also nahm Leia es auf sich zu antworten. »Danke, Dreipeo. Bitte bereite die medizinische Notfallstation vor. Wir haben eine Verwundete.«

»Ich kümmere mich sofort darum, Euer Hoheit. Oh, aber wo ist Erzwo?«

»Ihm geht es gut. Er ist mit General Willard auf dem Rückweg zur Flotte«, erklärte Leia. Erleichtert eilte C-3PO davon, während Chewbacca Itran aus dem Shuttle schleifte. Sobald sie alle sicher an Bord des Frachters waren und Luke Sian auf eine Koje gebettet hatte, ging die Prinzessin nach vorn zum Cockpit.

Han konnte den *Falken* innerhalb von drei Minuten startbereit machen, aber diesmal hatte sie das Gefühl, als würde er es in zwei Minuten schaffen. Jedenfalls erhob sich das Schiff bereits über dem Platz, als sie sich auf den Sitz vor der Kom-Station fallen ließ. Nun trat auch Chewbacca ins Cockpit und zwängte sich auf seinen übergroßen Kopilotensessel.

Leia versuchte sofort, die *Aegis* zu erreichen, aber Luke hatte recht: Das Signal war zu schwach, und erst als sie die obere Atmosphäre erreichten, erhielt sie eine Bestätigung von der Kom-Station der *Aegis*. Nun konnte sie im Hintergrund Kelvan hören, wie er Befehle rief, und dazu Teraes drängende Stimme. »Wie ist die Lage?«, fragte die Prinzessin.

Der Alderaaner, der das Kom bemannt hatte, antwortete: »Wir haben uns aus dem Sensorstörbereich zurückgezogen. Die Korvette hat ein Schiff zerstört und zwei weitere stark beschädigt. Wir werden von drei weiteren Piraten angegriffen.« Der Mann klang jung und angespannt, fast schon am Rande einer Panik.

So schlimm ist es also, dachte Leia.

Nun meldete sich endlich Kelvan. »Euer Hoheit, seid Ihr in Sicherheit?«

»Ja, wir sind auf dem *Falken*.« Sie zögerte. *Du musst es tun*, dachte sie. *Sie können jeden Moment zerstört werden.* Leia wollte sie nicht verlieren, aber sie musste sie fortschicken. »Kelvan, verschwinden Sie aus dem System. Fliehen Sie mit der *Aegis* in den Hyperraum.«

Ein kurzes Zögern. »Prinzessin, wir können Euch hier nicht zurücklassen …«

»Wir treten selbst gleich in den Hyperraum ein. Sie müssen verschwinden, und werden Sie diesen Peilsender los. Falls Sie … Ich habe Terae eine Liste mit Kontaktpunkten gegeben. Sollten Sie Ihre Meinung über die Allianz ändern, kommen Sie in einem Monat zu dem ersten Ort auf der Liste. Ich werde dort auf Sie warten.«

»Euer Hoheit, ich kann Euch nichts versprechen – ich weiß nicht, ob die anderen damit einverstanden sind … Ich weiß noch nicht einmal, ob ich damit einverstanden bin …« Eine Explosion, die die ganze Brücke durchrütteln musste, schnitt ihm das Wort ab.

»Kelvan, fliehen Sie!«, rief Leia, dann unterbrach sie die Verbindung.

Der *Falke* folgte der Wölbung des Planeten und raste ins Weltall hinaus. Im selben Moment, als das Störfeld unter ihnen zurückblieb, leuchteten überall auf den Senorschirmen Kontakte auf, aber Han hatte ihre Fluchtroute gut gewählt, und keines der heranfliegenden Piratenschiffe war nahe genug, um sie abzufangen. Der Großteil des Feuers galt ohnehin der Korvette, und Leia sah, wie die *Aegis* einen besonders hartnäckigen Gegner mit zwei Erschütterungsraketen bewegungsunfähig machte und sich dann mit voller Kraft von der Schlacht entfernte.

Die Koordinaten für den nächstgelegenen Rendezvouspunkt mit der Flotte waren bereits einprogrammiert, und während Leia den Computer die Berechnungen für den Sprung durchführen ließ, brummte Han: »Sie werden es schon schaffen.«

Leia schüttelte den Kopf. Sie hoffte es – sie hoffte es wirklich. Das Signal der *Aegis* verschwand von den Schirmen, und das Kanonenboot trat in den Hyperraum ein. Ein paar Sekunden später tat der *Falke* es ihm gleich.

Epilog

Leia bekam die *Aegis* nicht aus dem Kopf, und obwohl es zahlreiche weitere Notfälle bei der Flotte gab, die sie beschäftigt hielten, zählte sie die Tage, bis der Moment kam, den Kontaktpunkt aufzusuchen.

Am Ende des Monats hatte Sian sich völlig von ihrer Verletzung erholt, Luke war zu einer weiteren Mission aufgebrochen und Itran eingehend von Madine verhört worden. Zu den Dingen, die Leia während dieser Zeit auf Trab gehalten hatten, gehörte auch, Itrans Aufstieg in der Allianz zurückzuverfolgen. Sie hatte sämtliche Codes und Abläufe geändert, auf die er möglicherweise Zugriff gehabt hatte, jedes Schlupfloch, von dem er wissen konnte, verlagert, und sämtliche bislang ungeklärten Ereignisse durchleuchtet, die er inszeniert haben mochte – von mechanischen Defekten bis hin zu verschwundenen Vorräten. Glücklicherweise hatte Itran nichts tun wollen, was Aufmerksamkeit oder Misstrauen erwecken konnte. Er hatte einfach nur darauf gewartet, dass man ihn zur *Independence* versetzte.

Leia wusste, dass sie ihm nur durch Glück auf die Schliche gekommen waren. Hätte er weiter unbemerkt Informationen gesammelt und nur kleine Sabotageakte durchgeführt, die keinen Argwohn erregten, hätte er früher oder später die Position der Echo-Basis erfahren. Doch er hatte entschieden, alles zu riskieren, um die Prinzessin und General Willard an Commander Degoren auszuliefern. Leia wusste, dass Itran sich nur aus diesem Grund freiwillig gemeldet hatte, sie auf die *Aegis* zu begleiten. Es war eine spontane Entscheidung gewesen, motiviert durch die Sorge, er könnte seine wertvollste Beute verlieren.

»Wäre er nicht so ehrgeizig gewesen, hätte er uns noch viel größeren Schaden zufügen können«, hatte Madine ihr eines Tages erklärt.

»Vielleicht sollten wir uns das eine Lektion sein lassen«, hatte Leia entgegnet. Sie waren gerade von einer Besprechung mit Mon Mothma und mehreren Mitgliedern des Oberkommandos gekommen, und Leia fühlte sich, als hätte sie gerade eine zweite Runde mit Viests wahnsinnigem Minendroiden hinter sich. Dass sie ebenso viel ausgeteilt wie eingesteckt hatte, konnte sie nicht wirklich trösten.

»Das sollten wir«, hatte Madine eingeräumt. »Aber das werden wir nicht.«

Zumindest das Intermezzo am Umschlagplatz der Piraten war nicht völlig umsonst gewesen. Kurz bevor der Monat um war, suchte Han Kearn-sa'Davit bei dem Handelshafen auf, von dem aus der Videllaner seine Geschäfte kontrollierte, und erkundigte sich nach dem Handelskonsortium. Nun, da Viest nicht länger eine Bedrohung darstellte, hatte sich die Situation drastisch verändert, und der Raumverkehr zur Arnot-Station und ihren Handelspartnern war schlagartig angestiegen. Davit wusste natürlich auch nichts Genaues, aber er vermutete, dass die meisten Piraten den Umschlagplatz dauerhaft verlassen hatten und nicht mehr in den Sektor zurückkehren würden. Auf den Schwarzmarktkanälen erzählte man sich, dass mindestens einer, vermutlich aber eher zwei von Viests potenziellen Nachfolgern gestorben waren. Ihre Schiffe waren während der Raumschlacht mit der *Aegis* und der Zollkorvette am Rethel-Punkt vernichtet worden.

Doch für die Allianz hatte sich kein spürbarer Nutzen aus dieser Episode ergeben: Sie hatten keine neue Materialquelle für den Bau der Echo-Basis, wie Leia immer wieder ganz direkt klargemacht wurde. Insofern hatte sie mehr als nur einen Grund zur Freude, als sie sich endlich an Bord des *Millennium Falken* von der Flotte fortstehlen konnte. Niemand außer Mothma und Madine wussten von der Reise, und auch wenn Han und Chewbacca sie bisweilen in den Wahnsinn trieben, stellten sie zumindest keine Ansprüche an sie. C-3PO hatte sie ebenfalls mitgenommen und dazu mehr als genug Arbeit, um sie beschäftigt zu halten, während sie auf die Ankunft der *Aegis* wartete.

Bei ihrer eigenen Ankunft am Kontaktpunkt war von der *Aegis* nichts zu sehen, aber noch machte Leia sich deswegen keine Sorgen. Je nachdem, wohin ihre Reise die Alderaaner geführt hatte und welche Reparaturen an ihrem Schiff nötig gewesen waren, konnte es eine Weile dauern, bis sie diesen Ort erreichten.

»Dieser Ort«, das war ein kleiner Handelshafen auf einer Welt in den Außenregionen des Inneren Rands, weit entfernt von Viests Umschlagplatz und der Arnot-Station. Der Raumhafen war auf erhöhten Plattformen über einem seichten Süßwassermeer erbaut, und neben Landeplattformen, Lagerhäusern und einer kleinen Werft gab es hier auch die obligatorische Ansammlung von Etablissements, die Speis und Trank anboten. Sämtliche Plattformen waren durch Brücken verbunden, unter denen kleine Fischerboote dahinsegelten, und eine erhöhte Dammstraße führte von der Anlage zu der kleinen Stadt hinüber, die sich auf dem nächsten Inselarchipel erstreckte. Es war also nicht der schlechteste Ort, um ein paar ruhige Tage zu verbringen, trotz der Luftfeuchtigkeit und des morgendlichen Nebels. In der Regel war es aber nur Chewie, der nach draußen ging, um Essen für sie zu holen, und er hatte keinen Zweifel daran gelassen, dass er nicht an Wünschen oder Vorschlägen interessiert war. Er brachte mit, was ihm schmeckte, und die anderen hatten sich gefälligst damit zufriedenzugeben. Leia nutzte die Wartezeit, sich zu erholen und die Berichte zu lesen, die sich auf ihrem Datapad angesammelt hatten.

Als die *Aegis* auch am zweiten Tag nicht auftauchte, wurde ihre Nervosität immer größer, bis sie ihren Aufenthalt nicht mehr genießen konnte und das Warten von Erholung zu einem Nervenspiel umschwang. Dass die Alderaaner dem Treffen fernblieben, war so schmerzhaft für sie, dass Chewbacca sie nur mitfühlend beobachtete, und sogar Han sparte sich jedwede Bemerkung über die Abwesenheit des Kanonenboots.

Doch dann, nach vier Tagen, meinte Han zögerlich: »Falls wir noch länger hierbleiben wollen, müssen wir uns Arbeit suchen oder unser eigenes Essen anbauen.«

»Ich weiß.« Leia rieb sich die Augen. Sie saßen im Cockpit, von wo aus sie einen guten Blick auf die anderen Landeplätze hatten. Da sich die Plattform des *Falken* ein Stück über den anderen befand, konnte man mühelos all die anderen Schiffe im Auge behalten, die meisten davon Frachter und kleine Transporter aus dem System, und dazwischen die weiten Wasserflächen und das hohe grüne Riedgras, das zwischen den Säulen wuchs. »Ich hatte nur gehofft, sie würden es sich vielleicht noch anders überlegen.« Es hatte sich nicht nur um eine Hoffnung gehandelt – sie war absolut sicher gewesen, dass die *Aegis* auftauchen würde. Bei ihrem Abschied hatten Kelvan und sogar Terae den Eindruck gemacht, als würden sie einem Beitritt zur Allianz offen gegenüberstehen. Sie hatten zahllose Gelegenheiten gehabt, Leia für ihren eigenen Profit zu verraten, aber nichts dergleichen getan. Sie waren ehrlich mit ihr gewesen, hatten ihr vertraut. *Ja, sie sind ehrlich mit dir gewesen, sie wollten dir helfen, sie haben dir vertraut. Aber du bist nicht die Allianz,* dachte sie. *Und letzten Endes hast du sie im Stich gelassen.* »Ich habe sie zu sehr unter Druck gesetzt. Vielleicht hätte ich ihnen ein weiteres Treffen anbieten sollen, um einfach nur zu reden. Als ich ihnen sagte, sie sollten hierherkommen, klang das, als müssten sie sofort eine Entscheidung treffen – das war ein Fehler.«

Han drehte den Pilotensitz hin und her. »Was hätten Sie denn sonst sagen sollen? Sie wussten bereits alles, was es zu wissen gibt. Sie mussten eine Entscheidung treffen.«

Leia wandte den Blick ab und beobachtete die Mannschaften und Droiden, die mit dem emsigen Be- und Entladen ihrer Schiffe beschäftigt waren. »Und so wie es aussieht, haben sie sie getroffen.«

»He«, erwiderte Han leise, und sie wandte sich wieder zu ihm herum. »Wie wäre es, wenn wir ihnen noch einen Tag geben?«

Leia stand auf. Sie wollte sich allein mit ihrer Enttäuschung auseinandersetzen. »Noch eine Nacht«, erklärte sie. Sie wusste Hans Großzügigkeit zu schätzen, aber sie wusste auch, dass es keinen Sinn ergab, noch länger zu warten. »Morgen früh brechen wir auf.«

Solo nickte. »Was immer Sie sagen.«

Sie erwachte im Morgengrauen, als Han gegen die Tür ihrer Kabine hämmerte. Sie hatte bereits den Blaster gezogen, in der Überzeugung, dass der *Falke* angegriffen wurde, aber dann hörte sie, was er sagte: »Raus aus den Federn, Schätzchen! Hier ist jemand, der Sie sprechen möchte.«

Hastig schlüpfte sie in ihre Kleider und rannte nach vorn. Sie erreichte das Cockpit gerade noch rechtzeitig, um zu sehen, wie etwas, das verdächtig nach einem alderaanischen Kanonenboot aussah, auf der nächsten Plattform aufsetzte.

Danksagung

Ich möchte Jennifer Jackson, Shelly Shapiro und Jennifer Heddle dafür danken, dass sie mir die Möglichkeit gegeben haben, dieses Buch zu schreiben.

Als *Star Wars* 1977 herauskam, war ich dreizehn Jahre alt. Ich hatte damals seit jeher große Probleme, meine Eltern davon zu überzeugen, mit mir in bestimmte Filme zu gehen, deshalb las ich für gewöhnlich zuerst den Roman zum Film. Letzten Endes schaute ich mir *Star Wars* dann insgesamt neun Mal im Kino an. Verglichen damit, wie oft andere den Film gesehen haben, mag das nicht allzu beeindruckend klingen, doch im Hinblick darauf, in welcher Phase meines Lebens ich mich seinerzeit befand, war das eine echte Leistung.

Ich war schon immer eine begeisterte Fantasy- und Science-Fiction-Leserin, und das bereits, seit ich in ganz jungen Jahren die entsprechende Abteilung in der öffentlichen Bibliothek entdeckt hatte. Das war lange vor dem Internet, und ich hatte noch nie irgendwelche anderen Science-Fiction- oder Fantasy-Fans getroffen. Ungeachtet der ganzen Bücher in der Bibliothek und in den Buchläden redete man mir ein, ich sei die Einzige, die »dieses Zeug« mag. Und als Kind glaubt man solche

Dinge, wenn sie von Autoritätspersonen kommen – zumindest galt das für mich.

Was das betrifft, war *Star Wars* also eine gewaltige Offenbarung für mich. Ich war doch nicht allein. Ich war kein Freak. Es gab jede Menge Leute, die Science-Fiction und Fantasy und auch diesen Film mochten, und das war der Beweis dafür. Ich kaufte mir so viele der Spielzeuge und Bücher, wie ich nur konnte. Ich entdeckte das *Starlog*-Magazin für mich und stieß auf Fanzines und Fanfiction, was letztlich dazu führte, dass ich Kontakt zu Gleichgesinnten bekam, Sci-Fi-Conventions besuchte und zu einem lebenslangen Fan wurde. Im Laufe der Jahre nahmen andere Filme und Fernsehserien zwar bis zu einem gewissen Grad den Platz von *Star Wars* ein, doch seine erste große Fan-Liebe vergisst man nie.